U0543351

假面真探

张晓流 著

上海社会科学院出版社
SHANGHAI ACADEMY OF SOCIAL SCIENCES PRESS

故事背景

1931 年 9 月，“九一八”事变爆发。上海滩著名建筑师、商人季世卿义愤填膺，打算捐一笔秘密资产抗日。不料突发中风不日去世。没人知道那笔秘密资产究竟在何处，是什么形式的资产。

谁也不愿意让这笔神秘的资产渐渐湮灭在历史长河里。多年来，各路人马闻风而动，却在与死人的智力较量中纷纷败下阵来，无一胜出。

直到 1937 年 6 月，一对化名“戴维”和“安娜”的江湖神偷无意中卷了进来。

一念之差，引来鹰鸷狼食；十里洋场，尽显风云诡谲……

主要人物

厉害：私家侦探。

戴维：浪迹江湖的惯偷。

安娜：戴维的搭档。

季世卿：建筑学家出身的商人，慈善家。

季世轩（四叔）：季世卿的堂弟及助理。

季忠仁：季世卿的大儿子。

季忠孝：季世卿的小儿子。

五爷：某帮派老大。

池田老头：日本黑社会组织黑樱社头目。

林姆斯基（面具男）：法租界公董局成员，拥有法国血统的白俄。

阿廖沙：白俄黑帮俄罗斯总会成员。

邢雅萍：季忠仁的妻子。

乔俊生：圣约翰大学教授，戴维的老同学。

闵神父：许家集教堂的神父。

菊妹：戴维养父母的亲生女儿。

泥鳅：五爷手下。

罗思嬷嬷：公济医院的护理负责人。

目录

楔子

这次他疏忽了，彻底地疏忽了！

他只要早一秒察觉，便可发出凄厉的尖叫，让声波变成长矛，直奔二十米开外挂着蕾丝布帘的玻璃门。他记得那门半开着，穿堂入室的长矛必定可以击中就近某人的耳膜，产生足以惊觉的回响。

可惜，他迟了。他发不出声，他只来得及抬手摸到勒住他脖子的粗绳，绳子和脖子间已没了缝隙，任凭他翻折了两个修剪精致的指甲也无济于事。他拼命扭动着身体，可他的背被死死拉着紧贴椅背。他急中生智，放下手悄悄摸到了扶手下端的按钮，解除了轮椅固定地面的模式。随着波浪起伏，他使劲一扭身，轮椅斜向里冲去，未及撞到船舷，已侧翻在甲板上。

他和背后的人一同摔倒了，发出沉闷的轰响，他已经没工夫奇怪为什么如此大的响声还没惊动人，他沮丧地发现，背后的人比他强壮得多，哪怕跌倒在地，依然紧紧拽着绳子，未曾一丝松手。

施暴者调整了体位，一脚蹬开横亘在两人之间的轮椅，用膝盖顶着他的后背，加大了勒绳的力度。

他的头砸得生疼，潮汐拍岸声被尖锐瘆人的耳鸣淹没，他感觉眼睛要爆了，舌头不自主地冲开牙关往外逃，潮湿的甲板冰冷而肮脏，弥漫着令人作呕的死神般的咸腥味。他下意识地想躲避，只些微地转动了脑袋，便看见幽暗的夜空里，轮椅的一个轮子越转越慢，恰如此刻，他的脉搏……

不，不！我就要死了么？我的生命就要在这甲板上结束么?！二十米开外的门里，有人在觥筹交错；一千多公里外的广州，老同学们翘首以盼，我却真的就要横尸在这儿？这就是我、我的一生、我的一切的终点？

不，不！这太荒谬了！就因为我想趁着雷雨稍歇，享受一下晚间的海风，好让一筹莫展的脑袋清醒清醒？就因为阿祥突然说肚子疼，急着要回房，而我说我一人待上一刻钟肯定没事？就因为我太过沉浸在搜肠刮肚的回忆中，来来回回地推理，想当然地误以为轻声走近的是阿祥？于是我就该倒霉，就该少活几十年，就该只剩下体验生命快速流逝的痛苦?！不！不!！不!!!

他的眼睛渐渐失去了焦距，他的衣领被扯开，有只手探寻到他脖颈上的项链，捏住了串在项链上的那枚大钻戒，死命一拉，全然不稀罕被拉断的是几十克重的卡地亚铂金项链。

目标明确。

他的心一沉，身心都跌入了绝望的深渊……

对不起，爸爸！对不起！我终究不是能解读你智慧的人。我辜负了您的期望，我也辜负了我自己，辜负了六年的韬光养晦。我空有博士头衔，却与您相差千万里，设计不了教堂、医院、图书馆，也破不了钻戒之谜，只能眼睁睁地看着钻戒被人抢去，还白白丢了性命。爸爸，我如何有脸见您啊……

……

真不明白眼下这时局，政府官员们怎么还能灯红酒绿，局座长、局座短地谈笑风生！

厉害的目光划过“国共庐山谈判或陷僵局”的大字标题，落在了另一篇小道消息上：驻丰台日军在卢沟桥附近进行军事演习，东京已盛传“七夕之夜，华北将重演柳条沟一样的事件”。厉害叹了口气，扔下报纸，冷冷地瞥了一眼餐厅中央两大桌酒酣耳热的客人，喝完咖啡，起身出门。铺着红毯的长走廊，向左通往头等舱客房区，向右通向甲板。随身携带的资料已读完，谁料想船因台风被困在了宁波港。回房无事可做，厉害右拐走向玻璃门，掀开蕾丝门帘，外面的雨停了，不如吹吹海风，驱散一屋的浊气……

第一章
重返江湖

此季非彼季

季世轩打算去餐厅吃早饭，一开卧室门，一位年轻的教士静候在门外，递上一份《新闻报》，毕恭毕敬道："闵神父让我尽快给您。"

报纸经过特意折叠，正中央的"启事"用红笔打了勾：

吾兄季忠仁于公历 6 月 22 日 18:30 携贴身侍童坐广兴号轮前往广州，参加同学聚会，不幸于 22 日晚失踪。吾兄随身携带一枚约 20 克拉钻戒，内圈刻有 I 开头之字母及数字。

吾与兄手足情深，惊闻兄长失踪，痛不欲生。有知情者提供吾兄下落，助其平安返家，赏银元十万；有获吾兄心爱之钻戒，且完璧归赵以慰吾心者，赏银元十万。

联系地址：雷上达路 38 号　季公馆

联系电话：51488

季忠孝

民国廿六年六月二十七日

季世轩大惊，顾不上吃饭，匆匆离开教堂，赶往启事上的地址。

法租界西边的雷上达路一派阴郁。两旁林立的梧桐树枝繁叶茂，把这条路盖成一条树荫的拱廊，见不到天日。梧桐树旁，各国不同风格的洋房院墙一小段一小段地把整条路分割殆尽，像是这座城市的微缩版。

38号坐落在路的中段，此季非彼季，季公馆，堂兄季世卿的公馆。季世卿过世后，他的两个儿子忠仁、忠孝并未分家，一直同住在此。

开门的阿柱对季世轩恭敬地鞠躬道："四叔，您来啦，小少爷在餐厅用膳。"

穿过曲折的中式庭院，一栋典型的法式花园洋房展现在眼前。孟沙坡面式的屋面铺着红色的平板瓦，嵌着或黑或白鹅卵石的外墙缠绕着随季节变换色彩的藤蔓，优雅而不落俗套。堂兄的品味，中西两种风格的珠联璧合，相映成趣。

季世轩从弧拱形的大门步入室内。底楼的东端是餐厅，西端是书房。堂兄在世时，书房房门终日紧闭，未经允许连儿子都不能擅入。或许是由于留学西方的经历，堂兄保持着国人少有的隐私意识。

六年前九月的一个夜晚，正是在书房里，堂兄做出了重大的秘密决定。

"世轩，看过今天的《申报》了吗？"堂兄的桌上摊开着当日《申报》的第三版，大篇幅报道《日军大举侵略东三省》。

两天前的事，不，是两天前开始的事。季世轩恨不能插翅飞往东北：“是，看了。”

堂兄扫了一眼报纸，重重地将手掌压在上面，连连摇头：“万人抵不过500人，什么军队啊？耻辱啊！国破家亡啊！这样下去怎么了得，怎么了得！今日东三省，他日……”

堂兄瞪大眼直视着世轩：“世轩，我想好了。我再不能无动于衷，坐视不管。世轩，上次你跟我讲的事情，我决定了。我要捐款，不仅要捐我自己的钱，我还要捐一笔额外的资产，足可以购买十架最先进的飞机或者其他武器弹药。”

“大哥，你……”

堂兄一抬手：“这是笔秘密财产，严格地讲，这笔财产不是我的，但我有责任把它用到最有价值、最需要的地方。”

六年前堂兄的话世轩字字记得，当时自己暗暗的狂喜也记忆犹新：果然，堂兄有笔秘密的财产，且非他正常的经营或继承所得，完全符合上级提供的信息！这些年来的努力终于没有白费，要取得他的充分信任，要让这位虔诚的天主教徒为无神论信仰的共产党捐款，真是件极不容易的事情！

“晚饭后，你陪我去趟教堂，不要惊动任何人。你先去图书馆帮我还两本书，再按这单子借几本。”

“好！”世轩退离书房，内心哼起了曲。他万万没料到惊喜来得快，也去得快，一眨眼的工夫便成为海市蜃楼……

世轩内心一揪，回过神走去餐厅。

季忠孝穿着深蓝色真丝晨服吃着培根煎蛋，头发梳得一丝不苟，被打折过的鼻梁上不知何时起架了副金丝边眼镜，多了一些斯文与成熟。令世轩意外的是，他的对面坐着个体态臃肿、油光闪闪的客人，原先的金发像秋后的小草，灰败地卧倒着，勉强覆盖住头顶，令人注目的酒糟大鼻比一年前更红了。

吉约姆，法租界警察局局长，季家的老朋友。这是有备而来呀！两厢寒暄，世轩落座，望一眼吉约姆，转头问忠孝："忠仁的事我刚听说，这是有新消息了？"

忠孝放下刀叉，满脸堆着焦虑与无奈："抱歉，今天正想通知您呢，焦头烂额。昨天白天，我在公司忙着。该死的宁波警方直接通知了嫂子，嫂子当场就晕倒了，还是宝莲给我打来了电话才知。"

世轩心跳一紧："大少奶奶现在怎样？"

"我安排在宝隆医院贵宾病房。情况还行，伤心担忧是免不了的。不过，医生说胎心正常，大人也没有特别要紧的情况。"

佣人章妈端来一盘刚刚出炉的小羊角面包，忠孝拿了一个，咬了一口，又拿起果酱刀挖了黄油，厚厚地抹在咬过的缺口上。

"你见到警方了么？警方怎么说？"

"23日早上送餐进房的侍者首先发现的，床上无人睡过，哥、阿祥和轮椅都不见了踪影，他们的随身行李在。"忠孝嚼着口中满是黄油的面包，"最后见到过两人的是前一晚的餐厅侍者。据侍者说两人吃完晚餐，阿祥推着哥去了甲板。警方在甲板上发现了打斗拖曳的痕迹，还有一小摊不明血迹一路滴到了船舷边。"

"血迹?!"世轩咯噔一下，"作案者肯定在船上！大海上能逃到哪里去!"

忠孝摇摇头，喝了口果汁："当时船因台风暴雨临时停泊在宁波港。作案者极有可能趁风高夜黑逃之夭夭。"

"船上还有人也失踪了。"吉约姆插嘴道，一边嚼着半块蓝莓起司蛋糕，"一名客人，三等舱的，登记的姓名住址是我们法租界的。我派人查了，查无此人。"吉约姆喝了一大口咖啡把蛋糕咽下，顺便耸了耸肩。

这在意料之中。世轩又问："忠仁怎么忽然想到去广州？他周日来做礼拜也没提起。"

"四叔，你也知道，自从父亲过世，哥一直那样子，"忠孝回头给章妈一个手势，章妈立刻将蓝山咖啡送上，忠孝边加糖边说道，"公司的事我都忙不过来，早出晚归的，虽一块住，却几天碰不上面也是常事，哥想什么我没法都掌握。"

忠孝搅匀了咖啡，喝了一口，继续道："19日那天他突然说要去广州见老同学，我想出去散散心也好，就帮他买了票。"

佣人章妈见皮蛋瘦肉粥已凉，世轩还未动筷，想换一碗，四叔摆了摆手，哪有心思吃，最重要的问题他还没问出口。待章妈走远，他尽可能随意地问道："刊登寻人启事的事大少奶奶知道么？"

"四叔是想问钱的事吧？赏金我来出！"忠孝回答得很干脆。

"不是这个意思，忠仁毕竟是她的丈夫。"

"也是我哥哥。嫂子现在这种情况，我觉得还是不要打扰她的好。"

这么说，钻戒不是大少奶奶告诉忠孝的。世轩心下思忖。

"刊登启事是我给他的建议。"吉约姆用餐巾擦了擦油光光的厚嘴唇，干咳了一声，坐直了身板，"以我与华埠警方打了十几年交道的经验，我可以向你保证，他们已经没戏了。只有靠我们自己，趁热……抓紧，发寻人启事，重赏之下——说不定就会有勇、勇士出现。"

"我担心，原本并没有人知道忠仁带着这么贵重的戒指，现在公布出去，会不会给他带来更大的危险？"世轩等着忠孝的反应。

忠孝优雅地切下一块培根送入口中，说道："四叔，哥已经失踪好几天了，他应该不是突发奇想，主动玩失踪吧。"

"说得对！"吉约姆挥着叉子道，"他不是在匪徒的手里，就是已经……”

“我哥一定还活着！”忠孝打断吉约姆，“但肯定失去了自由。我要是匪徒，一定把他藏得好好的。不过，很可能会将他的戒指变现。”

忠孝拿了块面包一边涂抹奶油，一边继续道：“那枚戒指是我母亲的遗物，很值钱。所以，旁人见到戒指的可能性也许比见到我哥大得多。”

“对，对，这样我们就可以……那个……沿着树枝摘到瓜！”

忠孝看了吉约姆一眼，转向世轩：“写上钻戒是吉约姆和我经过慎重考虑的一致意见。”

懂了，也就是权威意见、专业决定。

世轩想要知道的都已经知道，一时间也无话可说，没话找话地嘱咐了几句，保持联络，需要帮忙尽管说，然后告辞。

在阿柱点头哈腰的道别声中，世轩跨出季公馆，心里狠狠地摔了一记铸花鎏金工艺大铁门：撒谎！

过房儿子的疏忽

阳光火辣辣地刺穿稀稀疏疏的梧桐叶，在隆泰银楼老板王福根半光的脑门上晃悠。中午的毒日头里，整个世界都耷拉着脑袋，唯有树叶间成百上千的知了亢奋地喧闹着。王老板掏出手绢抹了把脑门上的汗，迈进银楼。

“阿爸回来啦！”迎上前来的是阿桂，王老板的侄子、过房儿子。阿桂知道过房爹是从相好的——麦家圈医院内科护士长那里回来。自从两年前王福根得了糖尿病，便泡上了那徐娘。她中午有两个小时的休息，住处就在医院隔壁的里弄。过房爹吃饭、打针、泡妞三不误，几乎天天雷打不动。

“嗯。”王福根吱了声，随手接了阿桂递上的凉茶和烟，今天阿桂比往常兴奋。喜形于色！哎，教不会的，还是嫩啊！要不是自己老婆、小妾不争气，生来生去生了三个女儿，哪里轮得到将他过房了来培养！

“阿爸，刚才你不在的时候，做成一笔精品大生意呢！”阿桂终于憋不住了。

“哦？那对老坑玻璃种的镯子卖了？”

“那倒不是。”

“那是——”

“你前几天刚进货的那枚大钻戒！没想到这么快……”

“什么?！我不是关照过侬不要动么？啥人让侬自作主张的?！”酷暑里王福根惊起一身冷汗。

“我、我，”有生意不做？这年头局势动荡，本来生意就不好做。“对方出的价格很高啊！不吃亏的！”

“混账东西！还犟嘴！侬闯大祸了！”

过房爹的脸色从没有这么难看过。阿桂连忙说：“别急别急，钻戒还在呢！他们只是付了定金，等会来取。”阿桂匆匆进入柜台，捧来了钻戒。

王福根瞥了一眼，松了口气，边抽烟边听阿桂有惊无险地讲述。突然，他扔下烟，拿了钻戒盒奔进里屋。半分钟后，王福根像一头被摸了屁股的猛虎直冲向阿桂，放大镜和钻戒盒一起砸了过来：“猪猡！饭桶！给我去死！睁大你的狗眼，这是那钻戒吗?！给人调包啦!!”

下午，王福根关了店，面无血色地呆坐着。一招不慎，满盘皆输。这份家业转瞬之间就要葬送在自己的手里了。早知这样，何必一时贪念……王福根起身，打开橱门，拿出一只大包，开了保险柜和展示橱，把值钱货一件一件装进大包。

“阿爸，您这是要……？”王福根两道利剑般的目光刺来，硬是让阿桂把话噎了回去。

王福根拎着包，走出柜台，茫然地环视店内的一切，几十年的老店啊！虽然生意越来越难做，可是，这是几十年的老店啊！

“阿爸，阿爸，我去报警吧？”跪在地上的阿桂怯生生地提议。

“报屁警！侬祸闯得还不够啊！滚！闭紧侬只嘴，再不许提这事！”王福根艰难地迈开腿，走到门前，他打住了。站立良久，默默地回到里屋，拉开大包，把东西一件件放回到原处。

满屋的红木家具都及不上王福根的心情沉重，唯有对面的白色府绸衫是整个办公室的亮点，王福根从这一身明亮中看到了自己的全部希望。“事情就是这样。这是用来调包的假钻戒，几乎和那真的一模一样。没有一定的专业素养，光凭肉眼不仔细瞧的确是难辨真假。这戒指您可以留着。”王福根欠身递上戒指。

对方并不接手：“都说了？没有遗漏？”

“都说了。没有了。”

面对王福根的赔笑应答，厉害轻哼了一声，冷冷地起身欲走。王福根大惊：“哎哎，厉神探，您这是——”

“你还知道我是神探？我是这么好糊弄的？你还‘忘记’了什么重要的事情没说吧？你不想说也可以，我忙着呢。你报警吧。”

“息怒，息怒，好吧，我全说，全说！”

弄巧成拙

世轩从季公馆出来，去了宝隆医院，回到教堂时已经中午。烈日下的奔波，热得褐色棉布长衫前胸贴后背，让他更显瘦削羸弱。某种角度讲，他给人的这种印象恰恰是他这些年的优势——不引人注意。一米七的个子，不到一百三十斤的重量，当年跟在面色红润、体格魁梧的堂兄身边，仿佛一株小草傍着大山。在旁人眼里，他就是个靠着堂哥混口饭的人。而今，则靠着两个堂侄子和一份遗产养老。

年届五旬的他此刻疲惫不堪，忧心忡忡。他与去餐厅的教士们反向而行，直接回房，全然不顾肚子咕噜噜地抗议。他需要好好歇歇，理理头绪。

世轩的这间房原来是季世卿的私人休息室。作为许家集教堂的设计者和主要的捐资者，这是堂兄的特殊待遇。那些年，只要人在上海，在世轩的陪同下，大多数主日季世卿都会来做弥撒。两人早到了或者做完弥撒都会在这间房歇脚，安道尔主教及几个熟悉的神父得空也会来，大家一起聊天，乐意融融。

季世卿去世后，征得了主教的同意，世轩便把这儿当成家。准确地讲，那是从葬礼后的第三天开始的。

葬礼的当晚，毛律师宣布了遗嘱。季世卿的亲属关系不复杂，他的遗嘱也因此不复杂，却像建筑设计图纸一样详细明确。两个儿子分获了遗产的大部分，剩下的分成两份，一份捐给了许家集教堂，最小的一份给了世轩。众人对遗产的分割并无异议，宣布遗嘱之事便四平八稳地落幕。

堂兄立遗嘱时能想到他，世轩是有点意外的。不过很显然，这份遗产并不是那笔可以买好几架飞机的捐款。一是立遗嘱在先，决定捐款在后；二是金额差距明显；三是那笔巨款很秘密。堂兄是突发中风而亡，事先并不知道自己的大限近在眼前，很可能他从发病到去世期间都没有能力交代旁人，包括他的两个儿子。世轩意识到这笔巨款已经成了绝版秘密，将淹没在历史的长河里，渐渐演变成虚幻的传说。

葬礼那晚，世轩几乎一夜没睡，堂兄的一句话让他在伸手不见五指的黑暗中看到一丝若隐若现的光亮——“晚饭后，你陪我去趟教堂，不要惊动任何人。”

说这句话前，堂兄刚刚向他宣布打算捐款，不光是自己的钱，还要捐一笔秘密的、严格意义上不属于他的巨款。他说他有义务将这钱用在最有价值的地方。接着就说晚饭后陪他去趟教堂，并且不要惊动任何人。越琢磨，越觉得这里边有文章。

堂兄去教堂，再稀松平常不过的事情，从来没听他嘱咐“不要惊动任何人”。有什么要怕惊动别人的呢？另外，为什么突然晚上打算去教堂呢？为什么在说捐款的事情，突然转到说要去教堂呢？两者有什么联系吗？不属于他所有的巨款，他却有支配使用权，这是怎样一笔款项？会不会就放在教堂里？在教堂的话又具体在哪里？天微亮时，世轩决定，要找个借口把工作重心移到教堂。

世轩的想法得到了上级的肯定。上级指示，广开思路，深入研究，捕捉线索，找到宝藏。

隔天的早餐桌前，世轩对两位少爷说出自己的想法：“老爷是名虔诚的教徒，念经做七恐非他所愿。如今两位少爷早已能独立担当公司的重任，老爷对我不薄，我想退居二线，为他在教堂里祈祷，替他多做些善事。”

“父亲对教堂很有感情，你这么做他在天之灵一定会很高兴的。”忠孝首先表示很赞成。忠仁虽然极力挽留，最后还是遵从了他的意愿。

一晃六年过去了。期间虽有些收获，感觉宝藏唾手可得，再往前一步，却又是死胡同。宝藏在无情地戏弄着世轩，将他硬生生地挂在了墙上，眼睁睁地看着这个世界的风起云涌。而他只能与世隔绝般地成为一介悠闲的富裕游民，游荡在戏院、教堂、茶楼之间，顺便看着忠仁养病娶妻、忠孝扩张资本。

忠仁一直到结婚前一个月才将结婚对象公之于众。堂兄去世前三周，忠仁骑马摔断了腿和肋骨，堂兄亲自安排儿子去松江治疗休养。而忠仁的新娘就是在松江护理过他的女医生，叫邢雅萍。知识分子不爱张扬浮华，他们的婚礼办得很低调，只请了几桌关系很近的亲朋好友。婚后，雅萍没有待在家当少奶奶，依旧做着医生，连孩子都暂时不想要。

与医生恋爱结婚的忠仁并没有按预期恢复健康。父亲的猝然离世给了他太大的打击，这么些年，他日日与轮椅为伴，一直没能自己站起来走路。上海顶级的好医院都看过了，专家们也说不出个确切的病因和治愈办法，只能创造性地总结出几个晦涩的名称，什么心因性恢复障碍综合症、外伤型统合失调症……世轩建议去美国看看，被灰心丧气的忠仁拒绝了。所有的人心里都明白，大少爷这辈子看来也就这样了。

比起忠仁的日益消沉，忠孝颇为意气风发。季氏集团蓬勃发展，兼并了多家公司，成为动荡局势下上海滩上的一匹黑马。仅用六年时间，忠孝就成了上海商会最年轻的理事。

可是从内心深处来讲，世轩的好感总偏向于忠仁。兄弟俩虽是一母所生，却从小是完全不同的两个存在。哥哥忠仁文雅听话，聪明好学，一路读到博士毕业，听从其父安排，在自家公司工作。而忠孝生性调皮大胆，不服管教。早年学业比不过哥哥，却吵着要去日本留学，终究不是读书的料。有关他的各种流言蜚语不断从东瀛飘来。堂兄无奈，派了几个亲信把他从东京的酒肆里架了回来，好不容易！回上海之后，他倒是规矩了许多，与大哥一起辅佐着父亲。可隐隐约约，世轩总觉得浪子回头的忠孝并不那么简单。

有时候，世轩也怀疑自己是否在用有色眼镜看人。而有时，却认为这种感觉比白桌布上的陈旧咖啡渍还无法无视。比如此时此刻，它就像窗外大殿顶上的石质耶稣像一样真实。

老实说，在今早读到寻人启事前，跟了季世卿这么多年，世轩从不知道季氏家族还有一枚 20 克拉的大钻戒存在。季忠孝说这是母亲留给忠仁的遗物。撒谎！世轩从没看到堂嫂佩戴过，无论堂嫂还是堂兄，过世后的遗产清单里都未曾提及。刚才在宝隆医院，世轩随意地问过大少奶奶，她也一脸茫然。依忠仁的做派，如果从母亲那里继承了这样一枚首饰，断不会私藏着，结婚四年的老婆都不让知道。忠仁的开销账目世轩也是清楚的，从未有这样一笔不菲的支出。

这枚戒指到底从何而来？世轩一激灵，会不会也像堂兄的秘密财富那样，“严格地讲，这笔财产不是我的，”但他有支配权？它会是秘密财富的一部分吗？“钻戒内圈刻有 I 开头之字母及数字”——无论堂兄还是堂嫂，中文名、外文名都不以 I 开头，字母和数字是什么意思？难道是打开秘密财富的密码？……

世轩发现自己钻进了无限想象的死胡同，什么也解答不了。但有一点很奇怪，属于忠仁的钻戒，忠仁带没带去广州、钻戒的细节有些啥为何忠孝会一清二楚？另外，今早吉约姆的出现又是为的哪般？世轩临走时问过阿柱，这老外比他早到不过二十来分钟。按路程推算，应该是世轩去电季公馆确认忠孝在家为先，吉约姆从自家出发赶来季公馆在后。

世轩细细回想了今早三人的会面，吉约姆最重要的作用无非是一个：亲口告诉世轩，既悬赏寻人又悬赏寻物是权威人士的专业之举。这恰恰让世轩觉得别扭，两个十万把失踪的哥哥等同于一枚钻戒。而特地请法租界的警察局长来助阵，更有弄巧成拙之嫌。

吉约姆这位专业人士的专业水平，世轩是领教过的。

陈年笑话

让吉约姆给世轩留下印象的是多年前季家的豆腐饭局。当然，这场饭局还有人给世轩留下了更深刻的印象，这并不互相排斥。

那年堂兄季世卿去世，葬礼在他亲自设计的许家集教堂进行。人山人海，上海滩各路人马济济一堂。赫赫有名的昌盛船业公司老板高五爷也出席了，身后六个黑衣侍从默默相随，好大的气派！虽然是个西式葬礼，仍有许多参加者免不了中式葬礼的送礼习俗。世轩负责收礼，向送礼者奉上“豆腐饭”的帖子，而老管家老于头负责登记和保管礼金。

葬礼再怎么悲伤，国人一到“豆腐饭”的饭桌上，热闹欢喜的劲头便喷涌。难怪婚礼和葬礼并排在一起，被称作红白喜事。饭局里，新朋老友，你来我往，每个人的人脉大树茁壮成长。终于，酒足饭饱，宾客陆陆续续离席告辞。

突然，一石激起千层浪。

“啊呀，我的钱包没有了！”

“我的手包呢？要死来，也不见哉！”

“哪有这种事体的啦！我的皮夹子也没有了呀！”

场面混乱起来。此时，老于头脸色煞白，跌跌撞撞跑向在场的法租界警察局长吉约姆：“我，我的包，礼金、礼金全没有了！”

吉约姆踉跄起身，青筋暴突：“关门！一个也不许走！坐下，都坐下！这是对法律的藐、藐视！这是对法租界秩序的公然挑战！我要一个个地审！呕……”一股酒气上涌，打断了吉约姆的话。人们面面相觑，脸红得像猴屁股似的警察局长此刻能否正常发挥专业水平？没人敢置评。

“这点小事，我看是否就不劳烦局长大人亲自出马了？”一袭白衣，成为焦点。

“哦，厉神探，你也在，真是太……太好了。”吉约姆像抓到一根救命稻草，一把搂住厉害的胳膊，“各位，请一切听从厉——厉神探的安排。呕……”

席间再次炸开锅。“原来这就是厉神探啊，没想到这么年轻。”

“别看他年轻，他很有本事的呢。上次法租界的陈家绑票案就是他破的呀。”

“对的，对的。听说他帮助法租界巡捕房破过好几个案子呢。”

“请大家少安毋躁，不妨再喝两杯酒，给我三刻钟。”三刻钟?!三刻钟就能破案？大家你看我，我看你，小偷就在我们中间么？

侍应生端来了满瓶的酒，又新添了几个菜。离席的纷纷回座，但这酒菜是喝不起兴致，吃不出香味了。席间，一个中年秃发男子捋平了和其相貌一个档次的长衫，绘声绘色地讲起了关于厉侦探的小道故事，吸引了周围一圈人。显然他很珍惜成为众目焦点的机会，不仅讲了厉侦探破案的神奇，还讲了他的身世：“他是南市大同药材店杭州籍老板厉忠良的儿子。”继而又放低了声音披露道，“是养子。小孩长大后，有自己的主见，父子不和，便离家先做了警察，后当了侦探。”

为了证明自己所言的可靠性，男子半推半就地向两名听得津津有味的贵妇自我介绍：“在下张德生，《新闻报》高级编辑。”

《新闻报》可是上海滩有名的大报纸，看着众人恍然信服的表情，张编辑非常受用。若不是厉侦探站到他背后，请他去问话，他的故事会还将继续下去。

厉害的问话先从丢东西的人开始，随后是季家人，再后是在场的侍应生以及任何一个觉得有线索要反映的人。厉害让老于头在一边协助，他并不多问，每人仅两三句而已。

三刻钟刚到，厉害开口道：“我知道是谁干的了。”

众人惊呼，互相巴不得从对方的额头上看到“小偷”两字。“哦?”“谁呀，快讲呀!”

厉害笑了，并不着急：“在座的都是上海滩的名流，我相信断不至于干这等偷鸡摸狗之事。”

“那你说是谁?”众人把眼光瞄向侍应生们。

厉害高高举起老于身边那只包：“这是只什么颜色的包?”

“黑包啊。”众人露出讪笑，个别人甚至觉得受了愚弄。

厉害放下手，半蹲着忙活了十几秒，把包内外翻了个个儿，再次举起，众人惊异地发现，厉害手里出现了一只完全不同的女式棕色包。

“这是‘专业选手’的道具。”厉害解释道。

“那是谁？还不赶快把他抓出来!”有人呼道。

“既然是‘专业选手’，得手了那么多，你认为他此刻还会在吗？他还会等到散席，等到你们发现被偷吗?”

“谁先走了？谁先走了?”

“对呀，先走的就是小偷!”

“诸位，我们也不必打击面太大，并不是先走的都是贼。”厉害高举三张纸，“这里有一份季家管家于先生记录的参加宴会宾客的名单，我已经勾出先走的八位宾客的名字，一一做了核对。其中六位均是上海滩有名人士，有在座的为证。唯独有两人无人认识。”

“哦？谁?”

“燕京大学教授吴墨斋及其夫人。请问，有认识他们的吗?”

众人纷纷摇头。

“这就对了。我敢打赌燕京大学根本没有此教授!”

“哦？何以见得?”人们的兴致被吊起来了。

“吴墨斋，吴墨斋，还没听出来吗？就是‘唔么哉’——上海话‘没有了’的谐音啊，这两个职业小偷是在调戏诸位呢!”

一时间，骂娘的、哄笑的此起彼伏。老于头苦笑着摇了摇头，不知道该佩服厉侦探的睿智还是那两个偷儿的幽默。

“对了，一定、一定是他们!”吉约姆一手端着酒杯，蹒跚地走向厉害，“我知道——一定是他们！百变神偷！去年，蔡公馆失窃案里，那从广东来的风水先生宋柏武和他的助手。宋柏武、宋柏武，我手下的上海人讲，就是上海话‘送给我’啊！那时你正好不在上海，让他们活生生逃脱了！这对雌雄大盗，太、太嚣张了！我不抓到他们誓不为人！呕……”

多年以后的现在，更多的脂肪爬上了吉约姆的躯体，脑细胞的占比自然下降，除了给忠孝这等人站站台，估计也没别的事可以胜任。

世轩的嘴角挂起一抹冷笑，启事已见报，街头巷尾已多了一条新鲜劲爆的谈资，只能静观待变了。这么些年，世轩生活的基调就是静观待变。

物极必反，平静了太久，该来的就要来了。

有苦难言

紧闭的办公室里，厉害快速地回顾着阿桂所说。今日中午，大约王福根离开银楼才一刻钟，一对操着北方口音衣着华丽的阔少夫妻来到店中。男的穿着一身高定薄西装，涂满发蜡的大包头光亮得滴得出油，一副一掷千金不眨眼的样子，带着江诗丹顿的手挥着支票本对阿桂道：“你把好东西都拿出来吧，随便看看。只要达令喜欢，我就买单。”

女的显得很娇贵很难伺候。猫科动物般的身姿包在真丝旗袍里，即便生气扭来扭去也十分的妩媚妖娆。她一会儿觉得从缅甸来的“鸽血红”红宝石耳环太长，款式过时；一会儿嫌弃那对老坑玻璃种翡翠手镯的质地还比不上其祖母传给她的那副，据说那是她祖母当年做格格时从宫里带出来的。挑东挑西，女的决定买钻戒，但对柜面上陈列的几枚都不满意，认为小了。阿桂刚说了句钻戒不完全看戒面大小，这可是 VVS1 级的。那女的立即杏眼圆睁，柳眉倒竖：“你当我是乡下暴发户第一次买钻戒，只看大小不懂品质？还是你狗眼看人低，以为我买不起更大更贵的？”继而转身一跺高跟鞋，对阔少娇嗔道：“达令，都是你要来！我说还是下月去纽约买吧，国内的店，没什么好货色，服务态度又差，买不到称心的首饰不说，还平白无故地受一包气！干嘛吗！”

人家话说到这个份上了，有更好的东西不拿出来，阿桂咽不下这口气。隆泰银楼虽说不上是上海滩的第一，至少也是一家数得上名的老字号。阿桂立马想到了几天前过房爹拿来的那枚钻戒，钻面超过 20 克拉，底座是白金，用复杂的工艺做成花冠状。那戒指比较新，没有经常戴的刮痕，指环内侧刻着一些谁也看不明白的字母和数字。唯一的解释，这是一枚定做的戒指，曾经的主人把自己才知的特殊含义定做在了上面。

王福根告诉厉害：买老货是经常的事。自己有好几个朋友是经营当铺的，弄点进价便宜的值钱货倒腾给老客户两全其美。阿桂就亲手帮忙做成好几单这样的生意。

可是此次进货后的第二天，王福根即关照阿桂暂缓动钻戒。阿桂思忖着过房爹大概是有了客户方向，想卖个好价钱。那天他说过至少值十几万！我要是能卖出更好的价钱岂不是让过房爹刮目相看？

那女的一下子就看上了阿桂拿出来的这枚钻戒，戴上手不想脱：“达令，你看怎么样？”

“不错，你喜欢就成。”那男的懒散地将自己埋在沙发里，似乎只有付账才跟自己有关。

“仅仅不错?！比法国公使夫人手上那枚强吧？下周他们举办的派对上，我要戴去！让钻石的光芒洒满全场！让所有的女人都羡慕我!”那女的兴奋地哼着舞曲，旋转起快三步圆舞曲，同时伸直了戴钻戒的手，目不斜视地欣赏着。

“夫人真是赛过电影明星啊!”阿桂应景地讨好道。话音刚落，那女的一个旋转撞了沙发旁的茶几倒在地上。呻吟、痛哭、搀扶、责怪、商议，一通忙乱后双方商定阿桂为他们留着货，男的先付一笔定金，马上送女的去医院，待无大碍后再过来买单取货。

阿桂就这样拿着调包的假钻戒及少得可怜的定金，满脸堆笑亦步亦趋地护送着两人出门，还傻傻地盼着他们早点回来!

一个精心策划好的阴谋啊！他们不仅对王福根的行踪了如指掌，而且一男一女演技老辣，调包手法娴熟。那枚假钻戒仿真程度也很高，不是道上背景深厚的行家是万万做不出来的!

厉害撇了撇嘴，示意王福根支走阿桂。

“你为什么不打算让钻戒出手?”

事关身家性命，王福根别无选择。他告诉厉害，自家祖孙三代都经营珠宝生意。近些年时局动荡，生意很不好做。“我不能傻兮兮地呆看着祖上传下来的家业毁在我手里啊！我就、我就——接了道上的货，销出去后与对方分成。”

“这枚钻戒也是?”

王福根痛苦地点点头。

“你的上家是谁?”

“我不知道，我没见过，不认识。”

“那你们怎么联系?”

“每次都是他手下的一个伙计与我联系。我不能主动找他，只能由他的人来找我。每次给了货后，那伙计就会十天来一次，看看出手了没有。”

“可你这次并不想把货出手拿分成，为什么?”

“您看看这个。”王福根从办公桌抽屉里拿出一份报纸，“悬赏的就是这枚钻戒啊！原来它还带着两条人命呢！我……我哪敢销出去啊！谁知却在我那蠢货过房儿子手里给人骗走了，这哪还了得啊！道上的规矩您也一定听说过，我如何向上家交代?这事关我一家老小性命，求求您，一定要帮我寻回来！我要把那对狗男女千刀万剐!”

第二章
心动时刻

一万与十万

真钻就是与众不同！能在夏日骄阳里璀璨夺目的恐怕只有它了。安娜裹着浴巾，在照进窗台的一小片日光里轻轻把玩着。切割精确的无数个反射面魔力般地把光线成百上千倍地放大回射，耀花了眼。就这么个小东西，五爷肯付一万？一万是什么概念？每人五千。有了五千，安娜的梦想就可以加速实现！为此，安娜已经努力了好几年。

“嗨，嗨，迷住了？干我们这行的，啥没见过？别动心了，小心把你的小命搭上。”戴维早脱了西装，连衬衫也脱了。这天热的，让他不自主地想念小时候家里的穿堂风和冰冰凉的上等篾席。那会儿，看到他仅穿个裤衩四仰八叉地躺着，一脸享受，菊妹就吵着也要挤上去，而养母就会拿着蒲扇驱赶自己的亲闺女，惹得菊妹眼泪汪汪地嘟囔到底谁是亲生的。

安娜虎着脸，不以为然地将钻戒啪地扔在戴维眼前：“我说你别学银楼里那个戆大，狗眼看人低行不？拿去好了，反正捂不热就要交出去的！”

戴维这才在咫尺之内端详钻戒，在银楼里他只是一本深陷在沙发里会讲话的支票本。此刻，他盯着钻戒仿佛中了魔。

“哎，哎，还说我呢，你发什么呆着什么迷啊？切！”安娜鄙夷地嘲笑道，顺手点起一支烟，猛吸一口故意喷向戴维。

“别烦！”戴维赶开烟雾，继续专注于钻戒，“20克拉的钻戒，内圈刻有I开头之字母及数字，不就是这枚钻戒么？”

“什么这枚那枚的？”

戴维两眼放光：“这是一枚失主正在悬赏的钻戒！我在西餐厅等你时看到过这个悬赏启事！悬赏十万！”

“十万？你没数错零吧？你去餐厅盥洗室顺手牵羊时，我也看过报纸，怎么就没看到呢？”安娜一想到戴维连摸皮夹这种下三烂的活都做，就像吃了只苍蝇。

六年里安娜和戴维搭档过好多次，他的确是个很聪明的人。特别是前年在扬州，亏他敢在众目睽睽之下从柴大官人的宅邸把南宋赵伯驹的《江山秋色图卷》拿了出来。这样的人需要靠临时摸皮夹来应付一顿并不丰盛的双人餐？安娜大为惊讶，也很捉摸不透他。毕竟道上的规矩，除了合伙做事，各不干涉私事，除非这私事只属于他们俩之间……

戴维对安娜的嘲讽视而不见，一本正经道：“这说明我们看的是两份不同的报纸。我记得那启事正好在电影明星金山的采访文章下面，就是那个《夜半歌声》的男主角，电影你看过的吧？十万写的是汉字，不是阿拉伯数字，绝对没错！”

十万！安娜一阵眩晕。那就意味着自己的目标不仅瞬间可以实现，甚至包括后半辈子都不用发愁。十万！而五爷让我们出生入死才给一万，他自己净赚九万！五爷也太抠了！

对于安娜和戴维，有些事情是不需要商量的，一个默契的微笑足矣，比如在选择各拿五千还是五万。虽然后者的风险也将十倍于前者。但他们没料到会出师不利。

餐厅侍者说他们中午刚换过报纸，原来的报纸都是前两天的甚至上周的。

“那换下的在哪里?”

侍者走向内部操作区。不一会儿，再次来到两人面前：“非常抱歉，报纸和垃圾刚被收走。”

两人怏怏地退出门，满心不甘。顶着烈日找了两个报摊，依旧未果，毕竟是过期的旧报纸。卖报的建议两人不妨去望平街的派报行看看，上海的主要报纸都在那里派发。

来得及么？安娜给了个询问的眼神。戴维抬腕看表，吐了两个字“抓紧!”离向五爷交货的时间不多了，必须找到那张报纸，确认手上的战利品就是那十万之物，同时必须掌握失主的联系方式，否则一切都是扯淡。为了件不着边际的事情得罪五爷那简直是疯了。

两人没想到派报行又给了一记闷棍。“过期的报纸？还不知道报名？没有，这里肯定没有了。”派报行的伙计一边忙着手中的活一边连连摇头，“你们看，我们一天要派发多少报纸啊，哪还有堆前两天或者上礼拜报纸的空地。再说了，隔了好几期的旧报纸批给谁去呀。”

两人刚欲走，另一伙计说话了：“你们找那两个十万的悬赏启事？你们——要去拿悬赏?”

房间里忙碌的人们发出了没有恶意的讪笑声。

“啊，不不，”戴维警觉地回避着，“我妹妹是个金山迷，刚从南洋旅游回来，听小姐妹说上周的报纸上有金山的大幅报道，一定缠着我要来找。”

“是啊，我那小姐妹忘记是哪张报纸了，就记得是和什么两个十万的悬赏启事登在一起的。”安娜迅速地给予回应。

“哦，我想呢，哪那么容易得两个十万。我记得是哪张报纸——《新闻报》，他们报社就在这条街上。”

去报社！

《新闻报》社街对面，一个骑着单车的年轻人匆匆告别人行道上偶遇的朋友，转身向外滩骑去。几分钟后，他进入汇丰银行的公共电话亭：“他们在望平街，去了派报行，现在刚进入《新闻报》社。”

江湖老友

跨出徐家汇路路口“红头阿三”把守的大铁门，世轩一路东行。华埠的路虽没有法租界的林荫道宽敞，但光听听这些路名便十分亲近：松雪街、桑园街、豆市街、福佑路、丹凤路、蓬莱路、佛阁路……世轩踏进佛阁路上的丽水浴室，将买好的竹筹递给浴工，几秒钟之内木拖板、茶水、热毛巾如变戏法似的呈现到跟前。世轩脱下衣裤，交与熟识的浴工：“他来了吗？”

“还没呢。他来了我招呼您。”说话间，浴工已经动作神速地轻轻一叉，将衣裤稳稳地勾在高高的衣架上，绝无失手。世轩满意地看着近似表演的手法，笑了笑入池。各行各业做精了都能成神手、魔手、鬼手。只可惜，并非全天下的事都能靠“惟手熟尔”解决。

夏天洗澡的人不多。但凡来的，算是喜欢享受的。大池里一泡，毛孔打开、浑身冒汗之际，让扬州师傅严严实实地搓一遍背，洗净了用滚烫的白毛巾擦干，裹着浴巾往榻上一靠，浑身酥软，赛过神仙。这是“泥鳅”放松自己的必来之地，也是世轩与他碰面的老地方。今天一套程序走完，“泥鳅”还不见踪影。

世轩的眼前浮现出一根筷子，两只不停地翻转倒扣的小碗，三粒花生米鬼使神差地穿梭于俩碗内，筷子指向哪里在哪里。任凭你瞪大了眼在咫尺之内细瞧，也搞不清怎样的手势让花生米搬了家，也永远猜不对哪只碗里有几粒。“泥鳅”的拿手绝活屡次倾倒世轩。他笑着抿了口茶，抬头说正事，却见对面坐着的并非“泥鳅”，竟是穿着低领睡裙的侄媳妇邢雅萍，左侧锁骨下方淡咖啡色的胎记醒目地裸露着。世轩大吃一惊，一个激灵坐直，旁座那个熟悉的人形正瞧着自己：“四叔，您醒啦。来，喝口茶。”

这下看清了，是“泥鳅”。世轩接过茶杯低头喝茶，掩饰着自己失态的尴尬。

“您的大侄子有消息了吗？全城都知道了。”

“有消息我还来找你？”世轩放下茶杯，单刀直入，“与你们有关吧？”

“你当真这么认为？”“泥鳅”的语气隐含着失望。

“泥鳅”没有必要说谎，世轩收了目光：“至少，我想，你应该消息比我灵通。”

“泥鳅”手里的两只铁蛋转得飞快。许久，他轻声道：“前些日子，有人做掉个小鬼，身上有点货，货里有枚钻戒，按往常的程序流转了。”

世轩眼睛一亮：“你是说，就是那枚？”

“不好说。”

看着“泥鳅”异常灵活的手指，世轩转了话题：“江湖上有对雌雄盗贼，你听说过吧？”

“你说的是当年在豆腐饭局上盗走礼金的那对？”

世轩点点头。

“偷点礼金是小 case 了。”

“哦?”

“这几年，有多起入室盗窃名画字帖珠宝的，失主非富即贵。江湖传说都是他们所为。”

“貌似至今未归案吧？要不早成头条了。租界和华埠警方都拿他们没辙?”世轩试探道。

“你以为全靠他们的本事吗？他们只不过是打工的。”

“泥鳅”说得这么肯定，不会没有根据。世轩又问道：“最近他们在为你们老板打工?”

“泥鳅”嘴角微微上扬，手里的铁球转得愈发自在……

“想请你帮个小忙。”世轩犹豫再三，还是说了出来。

“尽管说，只要我能做得到。”

“许家集疗养院有位女医生叫邢雅萍，以前在松江佘山疗养院工作过，能否帮我了解一下背景?”

“没问题。有了消息我会告诉你。”

出了浴室，凉风中世轩有种解脱感。纠结了两天，还是交代给了“泥鳅”。凭他在道上的人脉，定然能挖出点邢雅萍的信息。她究竟是不是小丫儿呢？她为什么那么巧，偏偏姓邢呢？这可不是很常见的姓氏。当然，也不算特别少见。可又为什么在锁骨下偏偏有那样的胎记呢？要不是那天去宝隆医院探望，她穿着浅领的睡衣倚靠在病床上，这些年还真没机会看到那胎记。从那时起，胎记就似一枚超大的钉子深深扎进世轩的心中，死死绞住心脏不放松，生疼生疼。原本这个时刻是不应该为这事费神的，重要的事太多了。

难道小丫儿对我就不算重要的事了?！世轩试图说服自己。

好使的小伎俩

“找到了！找到了！”安娜兴奋地拍着桌子，打断了戴维和值班编辑老张的聊天。戴维丢给老张一个无可奈何的笑容，朝安娜凑过去：“终于如愿以偿啦？害得我停了笔生意来陪你。”

安娜一扭屁股撒娇道：“哥，你看他说得多好啊——‘必将以全新的形象报答爱我的观众们。’他真是，不仅长得帅，而且才华横溢，一百年也不见得出一个！……”

老张在一边自顾自摇着头笑了。这年头，迷金山的太太小姐可真不少。戴维恰到好处地挡住了他的视线，他根本不知道两人极力掩饰着心花怒放，两双眼睛都聚焦在悬赏告示上。

“哎呀，哥，我的一只耳环掉了。”

“掉哪里了？”

“不知道啊！”安娜把报纸兜底翻，没有；又蹲下身在地上找。她急得快哭了：“那可怎么办？怎么办？是祖母留给我的那副啊！哥，你帮我打个电话问樱桃，看家里地上有没有。再没有就惨了，一定是掉在路上了。”

戴维顺水推舟地提出借打电话。编辑立刻热情地指引道：出了房间对面小间就是。

“这位大哥怎么称呼？”安娜见戴维出了门，立即缠住老张。

“大哥不敢当。在下张德生。是搞经济类新闻的高级编辑。”

“经济类？好啊，我爸是祥怡洋行的总经理，我哥是复旦大学经济学教授。我未婚夫是财政部部长的秘书，以后有什么经济方面的信息可以互通有无啊！”

老张连连称是，说刚才令兄已赐予名片了。

“你们报社怎么人这么少啊？”

“我们报社人不算少，大白天都出去采新闻啦!”很难得这位大小姐对报社的情况这么有兴趣，老张逐渐算听明白了，原来是要让他介绍结识跑文艺的记者，以便何时金山再露脸，可以跟在记者后面去见这个大众情人。真是痴迷啊！嘿嘿……

戴维出现在门口。

“哥，樱桃怎么说?”

“在你卧室的地上呢。”

“太好了！谢谢张先生啊，我们走了。”

下了一层楼梯，拐角处，戴维悄声对安娜说：“明晚七点，德大西菜社。对方身穿藏青色长衫，左手中指和无名指各戴一枚祖母绿嵌宝戒。”

“太好了！我们快走吧。”

“走得了吗?”

怎么了?安娜警觉起来。戴维朝窗外努努嘴，报社大院外，六七条“尾巴”在守株待兔。

这么快！过点了?戴维迎着安娜的目光抬起手腕，那还用说?

怎么办?尾巴们群集在楼外的院子门口，幸亏这是上海数一数二的报馆，又在租界里，否则这群尾巴恐怕早已冲进楼来三下五除二地拿下两人。这楼虽应有不止一个门，但都必须通过院门走到街上！实在不行就只有翻屋顶到相邻的建筑上，或者沿着背街的墙翻窗而出。安娜暗暗叫苦不迭，为了扮演在快三步舞曲中失足跌倒的阔少妇，脚上穿的是足有八厘米高的高跟鞋。要么提着俩鞋飞檐走壁，要么扔了鞋翻墙后大白天赤脚走大街——太可笑了!

安娜头上都冒汗了。此时，由远而近地传来了警车声。难道五爷还报警不成?!安娜快急得走投无路了，心一横，就往楼上冲。戴维一把拉住了她。“上哪儿去呀?”

安娜压低了声音：“黑的白的都来了，还不快走?”

戴维笑了："怕什么，你看尾巴还有么？"

真的，院子门口的尾巴瞬间给警车吓跑了。可是，警车却在院门外停了！"巡捕来了！"安娜的心快跳到嗓子眼了。

"又不是来抓你的。"看着安娜的着急样，戴维心里直乐呵。

"你……"

戴维凑近了安娜轻声快速地说："你先我后，大胆地出去吧。放心，巡捕对我们没兴趣。对了，先前的旅社不能再去。我们一起行动目标太大，明天我单独去德大西菜社会季公馆的人。明晚八点半，在顾家宅公园花亭碰面。"戴维一扬眉做了个得意的鬼脸："你叫我打电话，没说只允许打一个吧！"说完朝另一边的楼梯走去。

安娜将信将疑地望着戴维远去的背影，报警电话居然是他打的？凭什么是他打的警察就不会怀疑我们？经验告诉她此刻的上策是赶紧按他的话做。安娜硬着头皮稳定了情绪，扭起腰肢慢慢地踱下楼去。

一阵急促的登楼声夹杂着叫嚷声，巡捕冲上楼来。

"小姐，闹事的酒鬼在哪里？"

安娜一脸茫然地摇摇头，接着好像突然想起什么："三楼乒乒乓乓的，肯定在那里吧。"

"快！"领头的一挥手，一队人直往上冲。

戴维这家伙，真有你的！安娜心里偷偷一笑，加快了脚步，神色镇定地边出门去。

她知道戴维会在后面三十米开外跟着出院门。但她不知道，至少还有两拨人也看着这一幕。

第三章
黄雀在后

没那么简单

即便是暑气难消的夏夜，德大西菜社的生意依然红火，几乎每个桌子都有客人。戴维不是第一次来了，上次是五个月前，与安娜接头做一单生意。老脾气不改，她依旧是晚几分钟到，好似与情人约会必须摆的小姐架子。戴维忍不住嘲讽道："你能不能把化妆的时间省点下来，提高一下职业素养？女为悦己者容，难道这里有你的悦己者？"

不料安娜半秒都没思考，反唇相讥道："哼，士为知己者死，没想到大半年不见，你还这么活蹦乱跳的。看来你一个真朋友也遇不上，真替你伤心！"

安娜总是针尖对麦芒，这不仅仅是嘴上不肯吃亏的功夫。在面子上感到一点不舒服外，戴维更看到的是安娜任性甚至骄横的外表下隐现的机智与敏捷。这正是做这行所必须具备的天赋。

戴维不止一次地好奇过，这女人从哪里来？如何练就这样一副尖牙利齿？好奇归好奇，戴维从未打算去探究她的身世。身世只不过是人背后的一道幕帘。拉上的时候，还能提供一个清清爽爽的背景，拉开了未必是别有洞天，倒极有可能是藏污纳垢之处。再说了，互不打听对方身世也是道上的规矩，即便不了解也并不妨碍戴维需要女伴时安娜是首选，从身心来讲都是。

今天说好了单独行动。自昨天与安娜分开后，戴维狠劲地忙活了一阵，为了今天的德大西菜社之行。该考虑的都仔细考虑了，该做的准备也都做了。今早一起床，还是隐隐有一丝怅然若失之感。细细自省，内心深处怕依然有点不自信。一方面，去德大西菜社接头是必由之路。另一方面，此路却是变数难料，甚至暗藏杀机也未可知。

午饭后，戴维扔下半缸烟头，早早出门。

没有人会注意一个背微驼、发灰白，一手破公文包，一手旧阳伞的小职员。戴维顶着这副行头兜了一小时的圈子，确认无人跟踪后打开了门。

这是法租界边陲的一栋两层私宅，曾经的外籍主人在举家返乡前把房子委托给一个朋友出手，目前正处空窗期。从正门看，铁将军把门，许久无人居住。沿着围墙走到后侧，有一扇小铁门，正中央用铁条弯弯绕绕地围成了一个中式宝瓶。戴维便是穿过这扇门来到院子里的附属平房。

门把手上的平安结在风中飘荡。戴维按约定的节奏轻轻叩响房门。一声咳嗽声响，戴维用钥匙开门进房。

“发生了什么事？我记得今天你应该是很忙的。”卧榻上的人欲起身，旋即皱了眉头又躺了回去。

几乎同时，戴维伸出手摇了摇，坐下说道：“我想再跟你聊聊。”

对方打量着戴维，缓缓发问：“你犹豫了？……我们可是有约定的。”

“我知道。”戴维望了一眼对方腿上的纱布，“你放心，我不会毁约。”

“可惜，如今这样子，我帮不了你什么。”对方扬了扬一双阔眉，耸了耸肩。

“和我再聊聊，或许，这就是对我最大的帮助。”

“那请吧。想听什么？我可不善于鼓励人。”

五点半，戴维从外面锁上宝瓶门。正如阔眉之人所说，他不善于鼓励人，甚至不善于交谈，但此刻戴维怅然无着落之感已经不翼而飞。那人之于戴维，犹如门上的宝瓶，是种平安的象征，实实在在地给了他一份鼓励、一份心安。

七点差两分，戴维在街对面慢慢穿过马路。他已经在隐蔽处观察了十余分钟。今日除了客人比较多，并没有特别异常的情况。这年头，这座城市说不定哪天就炮火连天，及时享乐成了袋里有点钱的人的共识。

侍应生在恰到好处的时候拉开了门，职业性的问候声中，穿着陆军中校制服的戴维慢悠悠地踱进来。对面墙上欧风的挂钟指着六点五十九分。挂钟下面的座位上，一位穿藏青色长衫的客人边翻看报纸，边喝咖啡。拿报纸的手上两枚祖母绿嵌宝戒不张扬地显露着，他的眼睛正悄悄越过报纸瞟向门口。

不知怎地，戴维直觉旁边几个桌子上的客人表情不甚自然。仅一刹那的犹豫，戴维被一盘意大利通心粉扑了个正着。一位女招待赶忙连连赔起不是：“哎呀呀，长官，太对不起了，太对不起了！请原谅！”

怎么这么熟悉？戴维低头一看，竟是安娜！

“你怎么搞的?！吃完了饭我今晚还有重要约会。你让我怎么办？叫你们经理来！”

“我这就给您擦。”

“这么油的东西，擦能擦得干净吗?”

经理赶了过来：“这位长官，实在是太对不起了！你怎么搞的?这么毛手毛脚，客人都要给你吓跑了！”

“真的很对不起！”

“哎，你是新来的？走走走，你不要在这里干了。”

“经理，再给我一次机会吧，找工作太不容易了！”

“走！走人！”经理毫不理会哀求，安娜哭着奔去内部操作间。

“这位长官，她是刚来的见习生。真是对不住！”经理讨好地拿起口布边擦边说，“您住哪里，我把衣服送干洗店，明天给您送来。”

“明天？明天一大早我就回南京了。”

“要不，这样，您今天的消费全部免单。另外送您一盒本店的特色小点心，请您免费品尝。”

戴维抬腕看表，气呼呼道：“算了，我得回去换衣服，不吃了。”顺手提了侍者递上的一盒点心出了门。

刚走几步，后腰被硬物顶住。“别动，不要回头。假军官，我知道你是谁——钻戒在你手上，可你的搭档在我手里。朝前走。任何反抗都是无益的！”

“我可以请教个问题吗?”安娜在对方手上，戴维只好乖乖地跟着走。

“可以。但别想耍花招。”

“你怎么识破我的?”

“呵呵。中校的军服是量身定做的，而不像普通士兵只能是对号入座。如果说腰身明显多了两厘米是因为你减肥了，那裤腿短了一厘米半是怎么回事？难道你当上中校后还在不停地发育长高？”

“你是谁？”

“我是谁不重要，重要的是隆泰银楼里被调包的钻戒在你这里吧？”

戴维一耸肩：“谁说的？有什么证据？你要搜身吗？”

“哈哈哈哈，你的搭档为什么到德大西菜社卧底，等你出现了马上把你赶走？难道你真没发现满餐厅的尾巴？”

戴维微微一惊，要不是安娜那盘通心粉，局面真有些……

“把钻戒交出来吧！你们想用钻戒换十万，没那么简单，此次你们的对手不是一般的富商失主。交出钻戒，你和你的搭档远走高飞过正常人的生活吧！”

“我没有什么钻戒，你搞错了。”戴维干脆地回答。这人是谁？五爷的人？巡捕？还是……

“你不要执迷不悟了！难道一定要我说出你们的对手么？你们在跟五爷斗，这是以卵击石！有几个道上违约的能逃脱横尸街头的命运？你想想五爷会放过你们么?!”

“你这么帮他说话，你是五爷的人？”

“哈哈，真的假的？闻名江湖的雌雄大盗就这么点推理能力？我是五爷的人，我还不进了西菜社关门打狗？”

“不许动！戴维，别跟他啰嗦，快走！”安娜的声音如一记耳光狠狠地抽在了戴维的脸上。怎么就没料到对方是虚晃一枪呢？枪，真是个好东西，人人怕。安娜的枪也发挥了作用。戴维转过身来，看到对方的样子，五十来岁，个子不高，中等偏瘦的身材，戴着墨镜，一身中式长衫。

“放弃钻戒吧！你们想用钻戒去换那十万赏钱，你们将永远生活在五爷和其他力量的追杀中。这值得吗？命是一，其他都是零，没有一，即便给你们一百万、一千万，还不都是零？”

“闭嘴！我们被杀也不关你的事！戴维，走啊！”

戴维稍一迟疑，立刻消失在灌木丛后。

“别动！除非你能跑过我的枪子。你是干什么的？干嘛要掺合进这件事情？把钻石交给你？你想自己去领十万吧?!”安娜边说边后退，估摸戴维已经跑远，她也撒腿就跑。

墨镜紧跟着追出二十来米，猛然一闪身躲进了路边的灌木丛。不远处，雌雄大盗一前一后被一群黑衣人拦下。男子摘下墨镜，坏了，是五爷的人围住了两人。

安娜一眼认出刚才在德大西菜社守株待兔的就有这群人。为首的黑衫中年男子，黑脸宽肩，微微挤出一丝阴笑：“果然都在啊！怎么，两位的手表都慢了吗？五爷还在等你们赴约呢！”

安娜突然把枪指向戴维：“你不会以为我们蠢到随身带着戒指吧。让我们走，不然我先把他打死了，再自杀。看你们哪里去寻戒指！”

“算了吧，收起你的假枪。你当老子是个雏儿，随便糊弄？”中年男子说。

“你！”安娜羞愤得脸通红说不出话来。

“给我捆了。”

“慢！”路旁树丛中慢悠悠地走出一袭白色府绸衫，“对女士不要这么粗鲁嘛。这位小姐，他们怎么可能放你们走，放了岂不是更得不到钻戒？人要想得穿，首饰乃身外之物。再贵重，不值得为之丢了性命吧？”

“这位仁兄说得在理。我劝你们别耍花招。老实告诉你们，五爷已叫我们把王福根干掉了。不相信的话，看明天各大报纸就是了。王福根是你们俩的前车之鉴！对不懂道上规矩的人，不管是他还是你们，老板都绝不会手软的！”

“什么？隆泰银楼的老板也是五爷的人？”戴维惊讶至极。

“王福根这个笨蛋!”厉害自言自语道。

“你认识王福根?你为什么骂他笨蛋?”安娜追问。

厉害回头答道:“五爷给他戒指销赃,又雇你们去偷,为什么?王福根拿到戒指的第二天看到悬赏告示,就把戒指锁了起来不出售,为什么?你们戒指刚一得手,五爷立马派人杀了他。这又是为什么?只有一种可能,王福根守着戒指敲诈五爷。结果呢?自己反被杀了。”

厉害转身望了一圈所有人,无奈地耸耸肩:“好了,我的雇主也死了,你们玩吧,我不玩了。你们都好自为之吧,朋友!”厉害上前握了握戴维的手,又拍了拍他的肩膀打算离开。

中年人说道:“这位仁兄,我不管你是谁,我劝你少插手这件事。你们俩今天不交出戒指休想走,明年的今天就是你们的祭日!五爷说了大不了戒指不要了,但规矩不能破!”

“是不是我们交出了戒指就可以走了?”戴维冷冷的一句如惊雷炸愣了每个人。

江湖结缘

戴维打到季公馆的电话是家辉接的。六年前管家老于头在主人的葬礼上被偷了礼金,虽然季家没人怪罪他,他却过不了自己内心的坎,辞职回了老家。而世轩又定居教堂,男仆家辉便接下了师傅老于头的管家之职。

按照忠孝的叮嘱,启事发出后,一概不贸然地让陌生人上门,由家辉出面约在外头接触。世轩是从家辉那里得到的消息。他很想六年之后再会会那两位玩命江湖的雌雄大盗,当初小看了“学者夫妻”。“泥鳅”提供的信息,五爷找了他俩去隆泰银楼偷换一枚大钻戒，世轩立即联想到忠仁的戒指。如果是同一枚戒指，世轩要抢在五爷和家辉之前得到它。直觉告诉他，这戒指大有文章！

世轩换了件新的长衫，戴了平日不戴的礼帽，又翻箱子找出一副墨镜戴上。压了多年的箱底，墨镜依然很新，只是右边的镜脚虽经修理仍略微有些凹陷，正对着世轩眉角上的一道伤疤。世轩伸手摸了摸镜脚，要不是它挡了一下，凹陷的就该是自己的太阳穴。堂哥在那件事上过于轻视了。他以为派堂弟领头去日本把小儿子“请”回来，不过是去抓逃了学野在外面不敢回家的孩子而已，最多有个把日本姑娘生拉硬拽不肯放手。幸亏老于头提醒并从中斡旋，请了五爷的手下护航，才以一死两伤的代价完成了任务。正如老于头所料，忠孝与日本的黑社会沾上了边。

世轩在德大西菜社附近的擦鞋摊上待了许久。他吃惊地看到，五爷的人比家辉还早进入西菜社。

一袭白衣飘然而至，世轩意识到现实比他的想象还复杂。他在暗处看着明处的戏，着实是一场生动的大戏。原本是天敌的猫和耗子居然配合默契地双双逃离狼的魔爪，还狠狠戏弄了狼一把。多么天衣无缝的对接，多么浑然天成的演技。世轩脑海不由得闪过“泥鳅”的身影。在剑拔弩张的东京，“泥鳅”冒充日本浪人，靠一根筷子、两只小碗的把戏替忠孝解了围，逃脱了一帮地痞的包围。

世轩很惊讶“泥鳅”的本事，称他作“魔手”。同时也很好奇，五爷手下的人竟会一口流利的日语。只是与他刚刚认识，不便打探过多。然而，在回国的船上，身受重伤的“泥鳅”对救命恩人世轩谈起了他从前的点滴。他示意世轩摘下他的项链、戒指，说，如果有个三长两短，请世轩去看望一下他孤苦一人住在南市的老母亲，把这些交给她。她是个日本孤儿，嫁给中国的一位富商做小妾。父亲过世后，母亲被主母赶出家门，流落街头，幸得卖艺的“老神手”收留。后来，继父也亡故，只留下母亲一人拉扯大“泥鳅”。

少年丧父，中年丧夫，老年丧子，全让她这辈子摊上了。

“泥鳅”以为，自己的大限到了。世轩拿出“秘方定魂丹”给“泥鳅”服下，又用了上好的云南白药。到了岸，车接了直接送宝隆医院。由于急救得当，“泥鳅”捡回一条性命。“泥鳅”印象最深刻的不是他神志渐渐迷糊时得到的急救，而是事发一刻，世轩奋不顾身地推开“泥鳅”，自己受伤的一幕。若不是这一推，世轩应该是毫发无损的，而身背忠孝的“泥鳅”则必定当场殒命。

“泥鳅”出院的那天，世轩又送了他一小瓶“秘方定魂丹”。对于整日在刀尖上行走的人，这比金子更贵重。“泥鳅”起初不愿意收，都是给主子卖命的人，腥风血雨的世道里刀光剑影是常事，什么也没有救命的药值钱，拿了它说不定就是拿了朋友一条命。世轩安慰道我认识制药之人，需要时还可让人家做。“泥鳅”这才重重谢过，含泪收下。

世轩只对“泥鳅”说了一半真话：需要时还可以做。另一半没说的是会制药的人就是他自己。世轩会制药季家没人知道。红军辗转奋战的地方大多条件艰苦，加上敌人的封锁，缺医少药是常态。世轩虽长期在敌区潜伏，心却一刻也没有离开过自己的部队。闲暇无事，便潜心研究中医，盼着有一天回归部队，用一技之长挽救战友的生命。

“秘方定魂丹”是他结交的一位老中医在古方基础上融合了民间偏方研制的。世轩替他还了债，保住了不大的祖宅。作为回报，老中医将自己压箱底的方子送给了世轩。前前后后，世轩花了好几年时间，在老中医的指导下仔细研究过几十本中医书。一般的病症，世轩都能开出得当的方子；一般的药，看、闻、捏、尝便能判断出个大概成分。

堂兄季世卿去世前独自一人待在书房。下午三点许，也就是世轩刚刚离开书房赶去图书馆借书还书之时，章妈进去送过下午茶，那时他还好好的。到了四点去收茶具，章妈惊恐地发现老爷倒在地上不省人事……世轩回来后曾仔细地查看过世卿食用的东西。上等的锡兰红茶，泡于水中，汤色橙红明亮，泛着一圈皇冠状的金色光圈，透着薄荷、铃兰的芳香。曾听堂兄介绍过并喝过一杯，这叫锡兰高地乌沃茶，虽入口较为苦涩，但回味甘甜，是锡兰最好的红茶。

世轩试喝了一小口堂兄的剩茶，没有问题。配红茶的是章妈亲手烘制的小甜饼干。其原料面粉等食材，也用来给大家做早点面食吃，并无异样。世卿的私人医生，宝隆医院的德籍医生穆勒博士解释，世卿虽然年纪不算大，但他患有高血压和糖尿病，这些都是中风易发因素。特别是高血压，它是中风最主要最常见的病因。世轩就此没了方向。

行云流水

“戴维！你没有权利自作主张！”戴维居然想交出钻戒?！安娜又急又恨。

戴维并不理她，重复了一遍：“我问你呢，是不是我们交出了戒指就可以走了?”

中年人喜上眉梢：“对啊。”

“你以什么保证?”

“保证？呵呵，我的话就是保证，其他的确没有。你要知道你已没有选择，除非你想鱼死网破。”

“好吧，我承认，我们输了。老话说的对，命是一，其他都是零。没有一，给你一千万，又有什么用？命要紧。”戴维一下子高举起右手，在众人目光的聚焦下，明亮的钻戒牢牢地捏在指间。

"戴维！你！你没有权利……"

"你给我闭嘴！"戴维转头朝安娜瞪眼道，旋即又转回去，"你们不就是想要这东西么？这东西再好，没有命值钱。拿去吧！"

戴维出人意料地一抛，钻戒飞向空中。众人惊呼着跃起，又纷纷趴向地面乱摸。安娜起跳的一刹那被一只手有力地拽住，拉着就飞奔出去。

"我的钻戒！谁允许你这么做！"安娜使劲地想甩脱戴维的手，这只手的擅自决定轻易地粉碎了她的梦想，让她无比厌恶。然而它却更加强硬地握牢安娜，无法挣脱。安娜一低头，手臂上竟是白色府绸的袖子！厉害回过头来压低了声音道："那钻戒是假的！"

他怎么知道是假的？他什么时候和戴维串通一气了？骗我？安娜的思绪和脚步一同飞奔。

"安娜，他说的没错！你快点！"戴维的催促是有道理的，安娜的鞋跟虽然没有昨天的高，但无疑她的步幅是三人中最小的。

"前面路口向左转，往大路跑！"厉害朝领头的戴维喊道。

突然，斜后方弄堂里杀出几个人来："在这里！不要让他们跑了！"

安娜一晃，鞋跟极不合时宜地踩中了一块小石子，几乎跌倒。她忍痛停步，迅速地把鞋蹬掉。就这几秒，追杀者已近在咫尺。厉害果断地返身迎向追者，戴维拖着安娜朝大路狂奔，身后传来了打斗声。两人沿街角左转，不禁一愣，前方大路应该离老闸捕房不远。是进是退是转？

"左边大路！"厉害的声音追了上来。对，捕房是把双刃剑，还是大路相对安全。两人顾不得多想，选择了大路。

当他俩踏上宽阔的人行道时，厉害也赶到了。三人一起向西跑。街对面停着一辆富家自备车，厉害朝两人一挥手，穿过马路直冲向自备车。厉害能事先准备好一辆车子接应，两人并不感到意外，但厉害接下来的行动让他们吃惊不小。只见他一下子拉开驾驶座车门，使劲把司机拽下车，嗖地坐了进去。“快上啊！”没见过一个侦探能如此行云流水地完成一次抢劫！两人匆忙钻入车内。小轿车载着三人绝尘而去。

“呀，你受伤了！”后座上安娜惊叫，白色府绸袖子被鲜血染成了殷红。

雨，在这座城市的夏天里，如“碰哭精”的眼泪。“碰哭精”是上海人对爱哭闹的小孩的称呼，意思是[illegible]碰就哭的小精怪。“碰[illegible]盆地的架势。安娜已经分辨不[illegible]到了哪里，但她心里清楚此刻最应该去的地方——医院！厉害受伤的手臂还在不停地流血，不及时处理会有严重的后果。

“你应该立即去医院。”安娜说。

厉害没有理睬，全神贯注地驾车。

“你还在淌血，你必须去医院！”安娜坚持着。

“现在不是时候，皮肉伤，没事的。”

“你不能小视皮肉伤！……”

“他现在能去医院么？刚抢了车。”戴维嘟囔道，对安娜的天真与固执有些不满。安娜无语，两个男人处事有着惊人的一致性。方向盘不在自己手上，只能听之任之。

车在倾盆大雨中艰难而坚决地一路西行而去。

第四章
雨夜奇缘

你疯了吗

车终于在雨中停步。下了车，安娜发现早已出了租界到了郊区。沿着泥泞不堪的小道，两人跟着厉害深一脚浅一脚地走进一小片冷清的棚户区，除了偶尔的一两声狗叫外几乎没有活物存在。今夜，这里应该是最安全的。厉害从门旁的破砖堆里摸索出一把钥匙，开了门，浑身湿透的三人鱼贯而入。

没想到其貌不扬的破板屋里一应俱全。面包、水、红肠，干净的衣裤，还有急救箱！安娜熟练地打开急救箱，为厉害清创。剪开破碎的袖子，安娜一声惊呼，淌血的臂膀上插着一枚小小的三角形铁片！

“不好，刚才那伙人是东洋人。”厉害说道。

“什么？日本人？”安娜和戴维都大吃一惊。

“没错，这种暗器日本人常用，源自古代东洋忍者。”

情况顷刻变得严峻了。日本人也瞄上了这枚钻戒！戴维有种不祥的预感，事态或许正向自己无法控制的方向发展。

安娜的心情也越发沉重。难道自己这次真的抉择错了？不仅自己陷入一个深不可测的泥潭，而且还连累了眼前的这个人。要不是他，可能自己早已丧命在日本人手里了！安娜不由自主地倒吸一口冷气。冷静！冷静！不要再多想了！现在能做的是尽快为他处理好伤口。

厉害咬着牙静静地配合着安娜操作完，说道："你做过护士。"安娜像没听到似的，忙着收拾急救箱不作答。

戴维瞟了一眼安娜，继续独自一人啃着红肠和面包。等雨停了，最晚天一亮就离开这里。这个人是谁？一身白色的府绸衫，干练而飘逸中透出一丝若隐若现的贵族气息。戴维不喜欢。说不清理由，戴维就是讨厌这种有意无意沾点豪门油漆的矫情。更重要的是现在有越来越多的势力要夺钻戒！绝对不能久留！

吃饱了干粮，两个男人执意把唯一的床让给安娜。厉害就地铺了条草席，首先脱了鞋躺下，其余两人也各自躺下。虽然疲惫不堪，却无人入睡。

"你是哪里人？"安娜突然发问。戴维一惊。

厉害显然很感意外，确认安娜问的是自己，愣了老半天，答道："浙江人。"

"浙江哪里？"

"这个很重要吗？"

"不能满足一下我的好奇心吗？"

厉害笑了笑："好吧，杭州人。"

安娜报以微微一笑，陷入沉思。戴维摇了摇头，翻身闭上眼。这个女人有时真捉摸不透。但不管怎样，我得和她尽快离开这里。

雨时大时小，一直没有停歇。雨声中夹杂着辗转反侧的声音。厉害忽然艰难地坐了起来，朝放水杯的桌子踉跄而去，脚下不慎绊着一只小板凳，差点摔倒。安娜马上起身相扶："你发高烧了！你得去医院！"

厉害摆摆手，指了指木柜："有药。"安娜迅速点亮蜡烛，打开木柜，看到了另一只箱子。厉害点点头，安娜开箱一看，哇，简直是半个医院药剂室！厉害指点安娜找到一瓶针剂，安娜熟练地为他注射。

雨不知何时停了。天微亮，戴维轻轻摇醒了安娜，趁厉害熟睡之际得抓紧走。安娜一把把戴维拉到门外："我不走。"

"为什么?！还在为我扔掉钻戒的事生气?"

"你说呢?"

"哎！我怎么舍得扔掉钻戒呢！嘿嘿……"

"那是?"

戴维朝屋里努努嘴："他给我的，假的。"

"没骗我?"

"真是假的！姑奶奶！"

哦，安娜恍然大悟，厉害那时佯装要独自走人，曾经与戴维握过手！这两人可都是老手！

"咱们赶紧走。"

"不，我还是不能走！"

"什么?!"戴维几乎不相信自己的耳朵，"你疯了吗?!"

你是哪里人

安娜的决定让戴维内心无比抓狂，他压低声音道："假钻戒在他手上，他说王福根雇佣他，现在王福根死了，死无对证，要是他是凶手呢？你知道他是什么人?"

“这个人救了我一命，现在他受着伤又发高烧，我怀疑暗器上有毒，弄不好会有生命危险。给我两到三天时间，等他好转了我就跟你走。”

丧失理智！“两到三天？你以为五爷和日本人都是吃干饭的？再说了，他救你还不是为了钻戒？”

安娜坚持道：“我现在不能走。你先走吧。”

“你喜欢上他了？”戴维眯起眼，困惑中欲求解答。

“吃醋了？”

又来了，尖牙利齿！好吧，妥协。戴维约好三天后见面的时间地点，拿了车钥匙离去。他要趁天未大亮，把车开得远远地扔了。这样，至少这里可以多安全些时日。

车子一路东去，戴维无法平复心绪，他真不知道安娜中了什么魔。板房一晚一幕幕重现在脑海，异常就隐藏其中。对了，这女人为什么会突然问“你是哪里人”？

戴维一走，安娜旋即锁上门，坐在床上。未来的几天就剩下两人了。厉害还熟睡着，打了针，后半夜果然睡得好。厉害身上盖着一件衣服，双脚露在外面。安娜悄悄地弯下腰凑近些仔细看，没错！昨晚，厉害躺下时安娜就发现了，在他右脚的脚后跟刺着一朵五瓣的小花。这就是她昨晚打听厉害是哪里人的原因，也是她为什么今天极力想留下来的缘由。

曾经，大前年的冬天，她也问过戴维同样的话。那是在徐州，两人潜入军火商金玉昌的一个地下室仓库，不慎被锁在里面，饥寒交迫，绝望无助。

“你是哪里人？”安娜突然问道，整个地下室都查了无数遍，一切的可能似乎都尝试过，石墙依然纹丝不动，两人瘫坐在地上等死。

戴维一挺身坐直了，侧头端详起安娜，仿佛不认识搭档。安娜吓了一跳，这男人的眼神里第一次弥漫起迷茫和无措，这是安娜从未读到过的柔弱。这是他吗？这是他内心最真实的一面吗？这个男人是如此的熟悉又如此的陌生。他的真名叫什么？他来自哪里？他出生在怎样的家庭？为什么会干这一行？生活所迫？被逼无奈？叛逆出逃？

“不能告诉我么，即便现在？”安娜苦笑了一下。或许这就是尽头了，和这个熟悉又陌生的男人一起走到尽头，也算有个伴。只是……

“上海人。”戴维突然答道。

“上海人？呵呵，哪有什么真正上海人，还不都是从别处迁去的。”

“我从小就生活在上海，或许我就出生在上海。我真的不知道自己祖籍是哪里，我是个……孤儿。”戴维艰难地说道。

“哦。”

“你呢？你的口音有一点不像上海人。”戴维第一次打探安娜，或许也是第一次打探别人。他本没有这种好奇心。

“我？”安娜并没有思想准备，“我是江苏人，我，我也是个孤儿。”

这么巧？是不愿意告诉我吧。戴维笑了笑，不追问。要不是安娜首先问起，戴维根本没兴趣主动了解别人的身世。了解身世有用吗？能用来找到途径逃出密室？不能。既然不能，不如轻轻松松，哪怕上路也没有牵挂。

戴维一直不知道，安娜是有牵挂的。为了这份牵挂，安娜甚至改变了一生。在这绝望的密室里，安娜不得不想到要做些力所能及的安排。前提自然必须基于两个人中有人能活着离开密室。能吗？安娜怀疑。如果是自己，那么就根本不需要什么安排了；如果是戴维，这个男人能完成自己的嘱托么？或是说愿意去完成么？

一来一去对了几句话，安娜又犹豫了。对于这样一个男人来说，这绝对是件不太可能做成的麻烦事。还是听天由命吧！

后来，安娜一直很庆幸当初的犹豫。因为不久两人就意外地破解了机关，脱离了险境。安娜无法想象和一个知道自己全部底细的人再搭档，这就如同赤身裸体地去参加一场豪华舞会。

厉害忽然动了一下，打断了安娜的思绪。他的脚像有感应似的曲了起来，但安娜依旧看得见他的脚后跟。这花太熟悉了！安娜抬起自己的右脚，脚后跟处也赫然刺着同样的一朵小花！

两朵小花

厉害的烧压了下来。人年轻，恢复得快。不过，凭多年的经验，安娜知道不能掉以轻心，还有低热，必须坚持用药，以免反复。

照顾厉害对于安娜来讲是小菜一碟。能有多少事情呢？当年安娜当班时一人常常要照顾一房间的病人，且个个比他的病重。那是段风平浪静下暗流涌动的日子，也是改变了安娜一生的日子。安娜常常独自瞎想：如果，小时候不走丢，就不会被养父母收留；如果，养父母不意外去世，就不会又无家可归；如果，不是碰上罗思嬷嬷，就不会在教会中长大，成为教会医院的护士；如果，不当护士，就不会碰上那样的事情，安娜也就不会是现在的安娜……可是，人生就是由很多个偶然构成的，人生无法倒车回去走一遍“如果之路”。“如果”只是一种虚幻的存在，是海市蜃楼。恰恰因为它的虚幻，遥不可及，往往让人产生无限的遐想。

然而现在，安娜感觉从未如此真实地接近那些缥缈的事情。眼前的这个病人，这个救过自己命的陌生人，极有可能与自己有着非常特殊的关系，是时候拉开真实与遐想之间的最后一道幕帘了。

“你一个大男人，为什么在脚上刺朵小花？”安娜顾不得冒昧，直截了当。

厉害猛地缩了缩脚，轻描淡写道：“小时候的事，都记不得了。”

“不是你自己要刺的？”

“不是。”

“那是谁刺的？是什么含义呢？”

“这很重要么？你的好奇心真……”厉害呆住了，安娜慢慢抬起的右脚底，赫然刺着一朵同样的小花！

“你……你怎么也有这样的刺青？”厉害“嚯”地起身扑到安娜跟前，动作迅猛，手臂上的伤令他疼得皱起眉头。他不顾一切地一把抓住安娜的右脚，手指反复揉搓着那朵小花。真的是一样的刺青啊！

安娜没料到厉害有这么大的反应，她极不自在的同时内心狂跳，她预感到真相即将扑面而来。“我正想问你呢！这代表什么意思？”

“你从小就有么？从你记事起？”

“嗯。”

“你，你有父母么？对不起，我是说你是不是领养的？不是你现在的父母所生？”

“对，我是被领养的。”

“那你养父母呢？有没有告诉过你他们是什么时候、怎样领养的你？”

安娜摇摇头：“我的养父母早已过世。我和姐姐在孤儿院长大。”

“你还有姐姐?”厉害显然感到意外和失望。

“嗯，姐姐是我养父母亲生的。”

厉害又仔细地端详了安娜的刺青，认真地说道：“如果我没有说错的话，你是我的妹妹!”

厉害告诉安娜，这刺青是家族里的传统，以防小孩丢失。父亲是杭州人，做生意的。母亲是南方人。光绪三十四年生了个女儿，小名梅儿。梅儿三岁时父母带着儿女去武汉做生意，恰逢武昌兵乱爆发，不慎将女儿丢失，虽经多方查找，还是杳无音信。母亲为此天天以泪洗面，郁郁寡欢，不久就得了失心疯，两年后撒手人寰。

“那我父亲呢?他现在在哪里?”安娜的眼眶湿润了。

“他……他也去世了。”有很多事只能含糊其词，这是厉害的无奈。当然，还可以告诉她一些，“奶娘顾妈还在，就是从小照顾你的，也是给我们刺青的人。父亲酷爱梅花，他曾提及母亲的老家在杭州西溪，那里盛产梅花，因而父亲不仅给你取名梅儿，还选择梅花作为刺青图案。”

梅儿，梅儿。安娜轻轻地念着陌生的名字。原来自己叫梅儿。自小别人都叫她银凤，那是养父母给起的名字。因为姐姐叫金凤。安娜不记得自己是如何被收养的，七八岁时从霸道的邻居小孩骂人的话语中得知了一二，后来又在大人的窃窃私语中得到了更多的信息。银凤的生活并没有因此有丝毫的改变。除了这个家，银凤不知道哪里还有父母的关爱，饿了、累了哪里还有饭吃，有床睡。

后来，养父母意外死于马车翻车事故，恶毒的叔父一家霸占了仅有的一点家产并把姐妹俩赶出了家门。流浪中姐姐曾告诉她，她是父母从很远的地方捡来的。厉害的话也是个印证。现在有很多细节无从考证了，但有一点是可以推断的：养父母定是在武昌碰上了走丢的梅儿，找不到其家人就带回了扬州老家。这也就是为什么亲生父母再也找不到丢失的女儿的原因。

安娜告诉厉害，和姐姐流浪了三个月后两人幸运地遇到一位洋人嬷嬷，把她们送到了教会的孤儿院，她是在那儿长大的。

“可为什么你不在教会里继续待着呢?”厉害很谨慎地问。安娜沉默了，即便是第一次拥有血亲的关怀，安娜还是觉得难以启齿。厉害也不勉强，他告诉安娜，奶娘顾妈就在上海。安娜很激动，作为曾长期生活在父母身边的人，她一定知道许许多多关于父母以及自己小时候的事情。

厉害摇摇头说：“可惜她是个哑巴。”

黑夜之行

安娜悄悄地推开门，一缕月光瞬间探进头来。安娜回头看了看熟睡的哥哥，下定决心迈出门去。还好，厉害没醒，这样他就不会阻拦。

这两天安娜搞清楚了这里的位置。在她彻底告别这里赶赴戴维的约定之前，她必须离开一次。安娜反复认真地考虑过了，戴维的约要去赴，这是她应得的辛苦钱。在这之前，还有一件十分紧急的事情必须办成。厉害的伤情出现了反复，而针剂只剩最后一支了。这是一种从德国进口的针剂，一般药房买不到。厉害又不能去医院，怎么办?安娜翻来覆去想了半夜，只有冒险走这步棋，赌赌运气!

走之前，安娜给厉害留了纸条。辗转了两个多小时，苏州河北岸边，安娜终于看见了目的地——公济医院。登上主楼旁的副楼二楼，安娜在东侧到底一间门口，吸了口气定定神，轻而有力地敲起了门。

“我的上帝！玛丽亚，是你！进来吧。”很久没人这么称呼自己了。玛丽亚，是罗思嬷嬷给安娜起的教名。自从安娜离开教会，再也没有人知道她的这个名字。她要斩断任何与过去的直接联系。而今，她是自投罗网。神啊，你将会怎么对待你有罪的羔羊啊？

“罗思嬷嬷，看在上帝的份上，请无论如何帮帮我。您是护理部负责人，您可以办到的。”

“感谢上帝！我的孩子，你终于回来了。七年了，七年你都在哪里？干什么？我没想到你当初执意要走，真的一走就是那么多年。迷途的羔羊，回来吧，这才是你的家。”

“罗思嬷嬷，请原谅，我现在不能留下。我找到哥哥了！还记得我脚底的刺青么？他也有，一模一样！他现在受伤了，可能有生命危险，急需这种进口药。但他不能来医院。”安娜手心里的纸条上写着药品名。

“为什么？他是罪犯吗？”

“不！绝对不是，我以上帝的名义起誓！说来话长，容我以后向您禀告。请您看在上帝的份上，相信我！我是在您身边长大的。我知道您有宽宏仁爱之心，我急需这药！请不要让我的亲人得而复失！求您了！”安娜跪倒在地，双臂抱住罗思嬷嬷的腿。

“你起来吧，孩子。”

安娜惊喜地起身，罗思嬷嬷淡淡的一句话便是答应了自己的请求。罗思嬷嬷让安娜等在她的寝室里，自己出门去。不一会儿，她带了一包东西进来，把门关紧，递给安娜。

安娜百感交集，罗思嬷嬷衰老多了，唯一不变的是她透着镇定与仁慈的双眸。是的，她有权拒绝安娜的任何请求，她养大了安娜，为她承担了巨大的责任，却遭到了背叛。只有上帝知道安娜多么伤了她的心！可是今天，面对安娜突然的出现，对她召唤的再次回绝，她依旧是那么宽宏，那么信任，无条件地满足了她唐突的请求。

“谢谢您！您好么？”

“好！上帝保佑！玛丽亚，你不想了解别的吗？”

“想。”

“好着呢，放心吧。如果你回来，就一切都圆满了。”

“对不起，至少我现在还不能。上帝宽恕我。我该走了。”安娜知道再不走，眼泪就淌下来了。

夜色中，安娜急急地往回赶，照此速度，在早上哥哥醒来之前定能抵达。有了药，安娜可以放心地离开去见戴维。第三天了，事情应该有了进展。安娜觉得每走一步就离自己的目标更进了一步。

正想着，月光和星光霎时间都消失了。一只从天而降的大麻袋将她套了个严严实实。

第五章
峰回路转

墓穴般空幽的声音

安娜被重重地从壮实的肩头卸到了地上，麻袋打开，安娜置身于一个昏暗的地下室。室内的面积不大，除了靠墙一排架子外几乎没什么家具。仔细一看，安娜浑身鸡皮疙瘩，头皮发麻，架子上居然陈列着十几个骷髅头！

“那是真的。”不带任何表情的话音仿佛是从棺材里飘出来的阴风，安娜一哆嗦。正前方黑暗处太师椅里站起一个蒙面黑衣男人，继续他未完的解释：“都是些不识时务、要钱不要命的人。跟我们作对？哼哼！”那男人停顿下来，挥挥手，一下子，那些粗壮的肩头就乌贼般地贴墙溜走，只留下一个瘦小的助手陪侍在男人身后，一言不发。

“小姐，你是要钱的还是要命的？”那男人问道。

“要命，要命，当然要命。”安娜不停地哆嗦着，哎，真是要命啊！这帮人不是五爷的，那步履、那口音都给安娜一个不祥的信号——日本人。

“好，那你告诉我，‘涅瓦河之星’在哪里？”

“什么？什么……东西？”安娜丈二和尚摸不着头脑。

“哈哈哈哈，安娜小姐，装傻的人我见多了，我劝你不要玩这种俗套的游戏。”

他竟然知道我的名字！安娜更为紧张：“我，我真的不知道你说的什么星啊！”

小个儿助手对男人耳语了几句，安娜的预感得到了证实，日本人！

“好吧，我们换个话题。你和你的搭档前几天去了一家珠宝行，骗走了一枚大钻戒，引来一路追杀，也害得珠宝行老板被杀，这是事实吧？”

“那老板不是我们害的！”

“哦！你终于不再露出一副茫然的样子，把我的话当天书了。很好，很好。”男人停顿了一下，“你们骗走的钻戒现在在哪里？”

“我不知道。”

“不知道？你们中国人有句古话‘识时务者为俊杰’，你要做俊杰还是要做那排骷髅中的一个？”

“不，不在我这里。”安娜下意识地整了整衣服。

“那在哪里？你搭档那里么？你的搭档在哪里？”

“我不知道。”

“安娜小姐，我不得不提醒你，你每说一个不知道就朝那架子迈进了一步。”男人抬起握刀的手，连刀带鞘地朝陈列骷髅的架子指了指。

“我说的是实话！我们发生了争执，他就跑了。我也正到处找他呢。我一个子儿还没拿到呢！”

“你一个子儿没拿到就白白让他带着钻戒跑了，还不知道他的去处。哈哈，这谁相信啊？你有这么傻吗？”

“我也没想到他会突然跑了啊！我一个弱女子怎么追得上他？我又没枪没箭的。”

“这么说，你既没钻戒又不知道有钻戒的人在哪里？好吧，我问你最后一个问题，这纸条上的字母和数字，你能告诉我它的含义么？”

安娜读着助手递来的纸条：“**IHCG 30.19.60.01**。这都是什么呀？我听都没听说过。”安娜着实发晕。

“没听说过？哈哈哈哈，真是不到黄河心不死啊！准确地说，安娜小姐，应当是你必然看见过！”

“看见过？!”

“就算戒指现在不在你这里，但是，你总不见得否认你曾经拿到过钻戒吧？不管是作为天性爱慕贵重首饰的女子，还是作为要认清目标以免搞错的职业惯偷，你不可能没有仔细观察过这枚‘涅瓦河之星’吧？难道你就没看到指环内圈里的字母和数字么？难道你和你的搭档就没有研究过它吗？说说你们的想法。”

安娜记起来了，那钻戒是有一串密码般的符号。是的，最后一组数字是01。安娜以为这无非是姓名、生日之类的组合。日本人怎么会这么感兴趣？难道还有别的玄机吗？安娜像一个笨小孩，面对老师不停地提问，又一次狼狈地陷入茫然之中。她预感到问题的严重性。

果然，那日本人默默地朝她瞪了片刻，用墓穴般空幽的声音慢慢说道：“安娜小姐，你看，我客气地请教你几个问题，你一个也不回答我。既然这样，你说，你对我是不是一点用处都没有啊？来人，把这无用的女人拉出去埋了。”

未等安娜申辩呼救，壮实的肩膀们迅速闪进屋里来，极其熟练地将安娜堵上嘴，捆了手脚装入麻袋驮了就走。

毁容的顾妈

夏夜的野外，蚊虫在半人高的杂草间狂舞，趁着寒露未至，尽情释放着它们旺盛而短暂的生命力。今天的运气真不错，难得享有如此的大餐——平常不多见的庞然大物——三个人，两个忙着挖坑的男人外加一个被捆了手脚撂在地上的女人。

安娜不停地扭动着，心里充满着绝望。她想到戴维，想到厉害，想到那十万和自己的梦想。这次真的选择错了？真的走到尽头了？戴维你在哪里？哥哥你在哪里啊？安娜觉得自己太可笑了，他们两人怎么可能知道她在这里，且即将与他们阴阳两隔？

人倒霉起来喝冷水都牙碜，连小小的蚊虫都来欺负人！安娜翻来滚去地驱赶着这些微型轰炸机。可恼的是夏日的裙装无法将躯体全部遮盖，安娜暴露的四肢上已经被叮了无数个包，浑身胀痒。挖坑的日本人也被叮得叽哩哇啦地直叫，一边抱怨一边扔下铁锹拍打驱赶着蚊虫。忽然他们停下手，坏笑着耳语一番，一齐走向她。

今夜，有第二种动物准备把安娜当作大餐。安娜的绝望无以复加，她拼命地挣扎，无望地试图站起来，但手脚被绑根本无法起身。一双手过来解绳索，安娜明白他的目的。

不！不！绝不！安娜情愿立刻被扔到坑里埋了。但是，待宰的羔羊还有什么资格提出要求？连立刻死的权利都没有！那双手边解绳索，边肆意地抚弄起安娜暴露在外的肌肤。另一日本人已脱下大裤衩，摇晃着奇丑无比的赘肉朝安娜冲过来。安娜闭紧了双眼，两座山重重压在了安娜身上……

不对劲，两座山轰然倒塌便没了动静。安娜正疑惑中，身上的分量忽然轻了许多。大山被移开扔到了一边，一双男人的大手拉起了安娜。

哥！安娜又惊又喜，扑到厉害的怀里，眼泪顿时夺眶而出。

“你怎么会来救我的？”

厉害笑而不答。

“哥，告诉我，否则我不走了。”

厉害看着耍小脾气的安娜，笑得更深了，这哪像刚从死亡威胁中逃脱的人呀。“我说了你可别生气。你刚离开我那里我就知道了。”

“什么？！你跟踪我？”

“是怕你出事！果不其然嘛！”

安娜尴尬地做了个鬼脸，转了话题：“你怎么样？折腾了半夜，身体行吗？那针剂只剩下最后一支了。你还得坚持用几天药才能巩固疗效。”

“所以你去公济医院为我弄药？”厉害温情地望着安娜，“谢谢！”

“可惜，都让日本人搜去了。”

“没关系，我可以搞到。”厉害说。

“你千万别去冒险！”

“别担心。还记得我给你讲过的顾妈吗？她隔三岔五地就会来收拾，这两天应该会来。你不是想见她吗？”

“哦，太好了。”

“怎么样？饿了吧？先带你吃点东西？”厉害疼爱地看着妹妹。

安娜感受到久违的亲情。“好啊。”

“想吃什么？”

安娜张大了嘴，一时不知道该说什么，想了想，一歪脑袋说：“吃你最喜欢吃的。我请客，你付钱。”

“哈哈哈哈，好！”厉害畅快地笑道，这笑声深深感染着安娜。

“你喜欢吃什么？”

“我……”轮到厉害不知如何选择。

“这很难吗?”

“好吧，带你去吃我喜欢的小常州排骨年糕，在四川路上的。顾妈也喜欢吃，她还会仿照着做呢，以后让她给你做。”

“好啊!”安娜嘴上答应着，却是满心的遗憾，在未来的十二小时内她必须想办法脱身去见戴维。一路上，安娜不是没有想过要和哥哥明说，即便哥哥也不能干涉自己的自由啊，难道他还能学日本人绑架自己不成?可是，他一定会跟踪的，会成为实现计划的阻力。不能跟他说。安娜有了新的想法。

走近板房时，两人都疲惫不堪。安娜急切地想快走几步，进了屋躺到床上。只有上午可以休息几小时，过了中午就得打起精神离开这里。厉害突然一把拉住安娜，手指放在唇上做了个噤声的手势。有人?警察?五爷的人?日本人?

厉害猫着腰放轻了脚步贴墙而行，安娜依样地跟在其后。厉害轻轻地推开门，一瞬间他站直了身体，如释重负地拉着安娜进屋。

“顾妈，给您一个惊喜。”厉害回头对安娜道，“顾妈不能说话，但听得见，你可以对她讲话。”

一位包着头巾、瘦小的老妇人坐在床边，她正从大布兜里往外掏干净的衣服。她停了手中的活，站起身疑惑地打量着安娜。安娜一惊，极力克制着不失礼，老妇人用头巾遮住的脸满是疤痕!

厉害示意安娜脱了鞋抬起脚底。老妇人一见刺青，顿时迸发出怪异的声音，嚎啕大哭起来。瘦小的身躯蜷缩着颤抖着，似寒风中的秋叶摇摇欲坠。安娜不禁心生怜悯，也不再觉得她面目的可怕，搀扶着她重新坐回床沿，给予安抚。

初次和一个不识字的哑老人交流，自然没有多少实质性的收获，但安娜还是非常满足。和顾妈在一起，感觉就如和父母在一起。顾妈抚摸着安娜的刺青，反复地“嗯嗯”指着自己，又做缝衣服的动作。安娜明白她的意思：刺青是她的杰作。

顾妈没吃午饭就匆匆走了，留下两布兜的食品和衣物。厉害边吃着面饼，边沉重地告诉安娜：顾妈原本是个健康人。那年母亲怀着孕，父亲正好有一单紧急的生意去了外地。家里发生火灾，母亲受惊吓跌倒，是顾妈冒着生命危险救出了全家人。顾妈因此烧坏了脸，成了现在的可怖样子。她的嗓子也因吸入过多的焦炭屑变成了哑巴。安娜的心揪得生疼，怨厉害不早说。

吃过了饭，在安娜的劝说下，厉害打了最后一针。安娜看着厉害渐渐地昏昏欲睡，最后卧倒在席子上一动不动……

女人的直觉

霞飞路上的阿尔卡扎尔咖啡餐厅，花园里几十张咖啡桌坐了八成的客人。靠近后门的一张桌旁，戴维把头埋在《申报》里。这里是法租界内最大的咖啡厅，也是三天前戴维与安娜约好见面的地方。

戴维一直认为，最热闹的地方往往是最安全的地方。万一有紧急情况，花园咖啡厅这种敞开式的结构十分方便撤离。戴维不担心安全，却担心安娜是否能来。厉害显然有什么地方迷住了她。她会来吗？厉害会让她来么？戴维看了看表，已经过了三分钟。这女人是犯老毛病爱迟到呢还是真不来了？难道五万不想要了？

戴维翻过一页报纸，强迫自己装得很投入。社会杂闻版里一则新闻吸引了他——《富商失踪或因误中钻戒魔咒》。

上海富商季忠仁神秘失踪有新解，或因误中钻戒魔咒。据可靠消息称，季先生于公历 6 月 22 日 18:30 携贴身侍童坐广兴号轮前往广州参加同学聚会，随身佩戴一枚神秘钻戒。该钻戒多年前由其父大实业家、慈善家季世卿购于国外，因传说有不能见光之魔咒，一直深藏于季府。季老先生过世后，钻戒由其大儿子季忠仁继承。季忠仁先生不信魔咒传说，戴之外出即于当晚失踪。

“这么投入？看到一百万的悬赏了？”终于来了，带着一身的刺。戴维递过报纸，安娜惊讶道：“真的啊？我、我那天戴着它在阳光下把玩呢！”

“你这也信？”

“有些东西讲不清的，不可全信，不可不信。宁可信其有，不可信其无！”安娜拉开一张椅子，一扭腰坐了下来。

戴维打量着搭档，扑哧一下笑出声来。

“笑什么呀？你别不当真好吧。”

“我没笑这个。”戴维的眼睛在安娜脏兮兮的衣服上扫来扫去，“看来你相好的待你不怎么样嘛！”

“收起你的醋坛子！要不是他救我，今天鬼来见你！”安娜压低了声音，“我差点给日本人活埋！”

一口咖啡入唇，安娜贪婪地体味着唇齿留香的感觉，恨不得要把这两天凄风苦雨的记忆都覆盖掉。她告诉戴维这两天的遭遇，特别是日本人对钻戒的关注。

“‘涅瓦河之星’？涅瓦河？你没听错吗？”戴维眉毛拧在了一起。

“没错，那日本头子前后说过两遍。‘涅瓦河’这三个字发音多像上海话‘热坏我’啊，这么热的天，我被他们装在麻袋里，真的是热坏我了！只是，这名字多怪啊！有这名字的河流？河流和钻戒又有什么关系呢?”

“当然有，不过不在中国。”戴维点了根烟。

“在日本?”安娜伸手讨了过来。

戴维叹了口气，问道：“知道这门口的霞飞路上哪国人的商家最多?”

安娜转了头想了想，回答：“俄国人。”

“对，所以上海人称这条路为‘罗宋大马路’。但你知道俄侨自己称这条马路叫什么吗?”

“不知道。”

“有两种叫法，一种叫‘东方圣彼得堡’，另一种叫‘东方涅瓦大街’。”

“涅瓦河是俄国的?”

“对，涅瓦河是流经旧俄首都圣彼得堡的河流，就像黄浦江流过上海。”

“这么说，这钻戒是从俄国流传过来的了?”安娜问，“对了，钻戒上有一串外文字母和数字，日本人好像对之特别感兴趣。不知道有什么特殊含义？嗨，或许是个宝藏的密码呢也说不定。”

看着安娜两眼放光，戴维不屑地哼了声：“是啊，说不定是所罗门王的宝藏呢！你想象力真丰富，还是踏踏实实地拿到五万更现实点吧。”

“那你说说你这三天干得怎样了?”

“收获不大。”戴维原本以为像上次一样行事即可，他按照悬赏启事上的电话打过去，不料不是对方说打错了，就是无人接听。戴维不敢贸然去雷上达路38号按门铃，那里不止一拨人在守株待兔。戴维转而侧面打探悬赏人季忠孝的情况，得知季忠孝是季氏集团的二把手。他的父亲即是赫赫有名的儒商加大慈善家季世卿。六年前，季世卿突发中风撒手人寰，整个家业便由两个儿子继承。还得知，大儿子季忠仁伤残，季氏集团的实权掌握在季忠孝手里。

季忠孝是个不爱抛头露面的人，以前生活在父亲和哥哥的影子里，现在也不常在上海社交圈出现。这样一个行踪不定的神秘人物，一下子要找还真不好找。不过戴维毕竟是戴维，他还是想办法联系到了季公馆。今晚七点半，会面地点虞洽卿路、爱多亚路口的大世界游乐场内咖啡馆。对方穿浅灰长衫，带金表，手拿《大公报》，桌上会放一只银质烟盒。

“给我点钱。”安娜揌灭了烟头。

“干嘛?”

“我总得洗个澡，换件干净的衣服吧？人都要发馊了。你去接头我正好做这些事情。咱们今晚老宅子见。”

别了戴维，安娜沿着霞飞路一路往西。街两边商店鳞次栉比，橱窗里女式衣裙千姿百态，安娜却只顾闷头西行。她在霞飞路1836号停了下来，看了看标牌走了进去。标牌上写着：上海国际图书馆（日内瓦中国国际图书馆分馆）。

安娜一排一排地扫视着书名，不时地取出一两本翻看。她在书架最底层抽出一本积着一层灰的旧书《旧俄轶闻》，一目十行地浏览。忽然，她的眼睛放出异样的光亮——直觉啊，女人的直觉！哈哈……

第六章
处处虎狼

隔窗有眼

大世界的主楼是三栋相连的四层建筑，楼与楼间通过百米天桥南北相贯，上下拾级相通。中央是座位按同心弧形排列，以表演魔术、杂技为主的露天剧场。四周的楼群内则分别设有各种娱乐设施和休息场所。

夏夜的大世界熙熙攘攘，杂耍、说书、滑稽、游乐，应有尽有。咖啡厅算是闹中取静之地。游客玩累了，喝杯咖啡稍作歇息，天南海北地神侃一通，再续游兴。露天剧场的表演精彩了，掌声潮起之时，亦可放下杯具起身伏在窗栏上，饱个眼福喝个彩。

戴维四下观察，打定主意，一旦有情况，就推开临中庭的窗户翻出，沿螺旋状楼梯直接下到露天剧场。若往下不行，便从主楼间的百米天桥越顶而遁。

是时候了，戴维看了表踱进门去，上了楼上雅座，要找的人进入视线。很好，靠墙最边上一座。留给戴维的位子背倚室内楼梯栏杆，多了条路，从此处翻下楼也方便得很。

“请问，先生看的可是今天新出的报纸?”

“没看过的都是新报纸。”

“这倒也是。故事可当新闻看。”

“新闻可作故事讲。”

对话间戴维已入座。

对方问：“货带来了吗?”

“没有。”

“开什么玩笑!”对方站起身打算离开。

“为了证明我的诚意，请看了这个再说。”戴维掏出一张纸条，对方接了过去。纸条上画着钻戒的草图，草图下则是一行字母和数字——**IHCG 30. 19. 60. 01**。果不其然，对方坐回了谈判桌，没有近距离接触过钻戒的人绝对不可能画出这张草图。

“东西现在在哪里?”

“在一个安全的地方。我需要现钱，折换成美金。你什么时候准备好了，我们立刻一手交钱一手交货。”

“那不成，事情没那么简单。你这张纸条并不能证明你现在有货，最多说明你见过而已。你得给我看一看真货才行。我也是为我家主人做事，折换十万现钱不是小事，我不能冒这个险。”

“好吧，货现在在银行的金库里。”戴维摸出一把特制的钥匙在对方面前晃了一晃，“你在季家做事，应该不陌生这种东西吧? 不过，光有我这把还不行，我朋友也有一把，我们两人同时在才能打开。”

“哦? 你朋友? 呵呵，你是指你的搭档吧!”

戴维如惊弓之鸟跳了起来：“你是什么人?”

灰长衫冷冷道：“五爷找你们找得好苦。”

戴维一听，飞身推窗，窗竟纹丝不动。灰长衫迅速拿起桌上的银质烟盒猛一打开，顿时飞出三支暗器，直追戴维而去。戴维一蹲，耳边传来暗器击中墙壁的轻微响声。戴维迅速起身，顺势翻下室内栏杆，未及站稳，一把被抓住胳膊：“跟我来！”

那人拉了他就穿进工作间，从另一道门出去，拐入一条狭窄的长通道。两人分了手，一前一后疾奔。哎，眼前之人不就是德大西菜社外认出自己是假冒军官的那位嘛！人人都嗅到了钻戒的气息！通道的尽头是往下的楼梯，戴维突然跑向不远处往上的楼梯，令带路人措手不及。“回来！危险！”

世轩懊恼不已，回追上楼，戴维已经跑入围绕露天剧场的回廊。迎面十几米开外一字排开站了四个短打黑衣人，每人领口处绣有麻将牌“五饼”——五爷的人！

戴维两步助跑翻上螺旋楼梯栏杆，顺着栏杆往上，打算走天桥。突然，一张大渔网从天而降，将戴维罩在其中。灰长衫出现在底楼中庭，仰头指挥卸货。

“啪啪啪啪……”中庭舞台前的观众席里传来一阵单调的掌声。众黑衣望去，空荡荡早已跑光观众的中庭，一位秃发老者镇定自若地击掌喝彩。老者阴阴地开腔道：“再好的身手终究还是抵不上足智多谋啊！”

“这位是——”

“鄙人姓池田，一介商人。古人云：‘天下熙熙皆为利来，天下攘攘皆为利往。’商人自然更是如此。我愿意与你们做一笔互惠互利的交易，不知阁下意下如何？”

“我家主人不和日本人做交易。”

“呵呵，没有人和钱过不去。你姑且听我说完不迟。”池田稍作停顿，指了指吊在半空中的戴维，“你们肯定知道，他有个搭档，是个女的。你们想要的东西，光有他还不行，还必须抓到那女的。但是，我想告诉你，那女的你们抓不到了。”

“你怎么知道?”

“呵呵，除非……”

“除非什么?”

“除非与我合作。”

“为什么?”

“因为她在我手上。”

“你胡说!”戴维在网中挣扎。

“哼哼。”池田两声冷笑，一击掌，两个彪形大汉像拎小鸡一样架了安娜进前来。戴维无比沮丧地看到安娜还是穿着那脏兮兮的衣裙，双手反绑着，嘴上被贴了块大胶布，正做着徒劳的反抗。

“各位应该看清楚了吧?”池田继续着，“其实我们的合作是各有所得。你们真正想要的是物，我想要的是人。只要把空中的这位借我十天，我保证到期完璧归赵。”

“不行!空口无凭，我们又不认识你，到时候我们找谁去?”灰长衫一挥手，黑衣短打们立刻做出欲抢人的动作。

“哈哈哈哈……你们也不睁开眼看看，这是什么地方?我想你们老大也不会乐意为了点小东西与人大动干戈，砸了上海滩赫赫有名的黄金荣黄老板的场子吧?”说话间池田再击掌，黑衣短打们发现各自身后站着两个日本人。

“好吧，我考虑考虑。”灰长衫走下楼梯，来到池田跟前，“你说借十天，你得详细说说，怎么个借法?怎么个还法?”灰长衫掏出盒烟，摸出一支点燃了叼在嘴上，转而问池田：“来一支吧?”

池田一摆手，说：“我不——”说时迟那时快，灰长衫手指一动，从半开状的烟盒里飞出三支暗器直奔池田当胸。池田一闪身勉强躲过，脖子已被灰长衫夹住。“放开那女的!”灰长衫瞪眼道，“否则你们就等着收你们头儿的尸首吧!”

一时间池田手下不知该怎么办，正僵持着，忽听得一阵急匆匆的脚步声奔来。

“不许动!”

“不许动!”

“统统把手举起来!”

法租界的巡捕来了，楼上楼下各层都伸出了乌黑的枪管。

“真是无法无天!”吉约姆冲进中庭，赤红着脸，“谁居然敢在法租界上海最大的游乐中心闹事？这是对租界当局和法律的公开藐视！是对民主与法制的野蛮挑衅！统统给我绑了!”

“我是日本人，合法侨民，我没有闹事……”

“统统回局里说。绑了，绑了，一个也不能漏!”吉约姆不耐烦地挥了挥白手套，“还有那对男女，一个也不要漏，一起绑了带走!”

三楼和一楼的窗户里，世轩和厉害各露着小半个脸，无奈地看着众人的背影消失在大世界出口……

神秘的面具男

多么相似！大前年冬天，一样的地下密室，一样的只有两人，一样的不知未来。不同的是前一次是自己走进去的，而这次是被巡捕关进来的。这次会否逢凶化吉？为什么单独把我们两人关在地下室而其他人都关在别处呢？也不见有人来提审。其实，不解的事远不止于此。安娜最想不通的是：五爷的人和日本人是怎么知道戴维和季家在此接头？

戴维此刻也在纳闷，灰长衫怎么会熟知自己和季家约定的相认暗号？这暗号连安娜都没告诉过！耳边飘来了安娜的低语：“他们会把我们怎么样?”

“不知道。你不是去洗澡、买衣服了吗？怎么会被日本人抓到的？”

“我去了图书馆，我有了重大发现。”安娜得意地挤眉弄眼。

“呵呵，然后你就成了日本人的重大发现？”

安娜一下子来了气：“我是跟你说正经的。你讽刺我干嘛呀？你要比我强多了，现在还关在这里？”

戴维被说闷了。五爷的人和日本人显然是两路人马。他们都会知道接头地点，难道两方人在季家都有内线？最奇怪的是，那个池田口口声声要借人，意思是他们并非冲着钻戒来。借我们两个人有什么用呢？是骗人的幌子？

安娜赌气地一扭头背对着戴维打起盹。关进来已有两个时辰，半夜里鬼才惦记我们呢，要审要罚都等明天吧。

安娜买了两张火车票，和戴维化装成一对老夫妻悄悄离开了上海。火车一路往北奔驰，绿色的树林往后飞逝。渐渐的，树林少了，是成片的黄土、成片的草原。再后来，草原也消失了，极目四望，光秃秃一丁点儿绿色都看不见了。戴维对安娜耳语道：“我们已经出了国境，到西伯利亚了！现在一直往西，开上六天，就能到圣彼得堡。”

“六天?!”安娜张大了嘴。火车不知疲倦地向前猛跑，六天并非想象中的漫长。终于看到欧式的高楼大厦了！

“这就是圣彼得堡啊？”

“对！”戴维肯定地说。安娜不信，她打开行李箱取出宝贝经纬仪。是的，这里就是！戴维也兴奋异常，拉着安娜二话不说沿着宝贝仪器的指引向前奔去。

就是这里，没错。肯定就在这里面！两人看着经纬仪确认了两遍。围墙里幽然矗立着一座爬满藤类植物的古堡。厚实的高墙，高耸的尖塔，固若金汤。这样的古堡机关重重，处处有神秘的夹墙、地下室，是最可能有宝藏的！院墙大铁门紧锁，铁门上巨大的铁锁和铁链已经锈迹斑斑，起码有一百年没有开过，符合情理。怎么办？两人四下里张望，这是郊外人迹罕至之处。于是异口同声道：“砸！”

戴维从行李箱里掏出斧子果断地抡起来，巨锁和铁链发出刺耳的响声，火星四溅。安娜不由得惊叫起来。

“怎么了？”戴维问道。

眼前的戴维正在一尺开外的地上坐着！两秒钟的思维短路，原来是个梦，两人还关在上海法租界巡捕房的地下室呢。唯一真实的是金属响声，有人正在打开地下室铁门上的大锁。

“做噩梦了呗。”安娜没好气地嘟囔。

“不许讲话！”四个巡捕走进屋内，兵分两路，拉起两人，套上头套，绑了双手。

“你们这是干什么？”

“干什么呀？”

“老实一点，要不就用脏抹布给你们堵上嘴！”

两人完全看不见，任由巡捕拖拉着深一脚浅一脚地出了门，上了楼梯，出了建筑。夏夜的自然风涌进鼻孔。没过半分钟，两人被塞入一辆汽车，七拐八弯地开了约莫一个小时，停在一栋房子跟前。两人被拉下了车，进入室内，头套被取下。

宽敞的中式书房，拉着厚重的双层窗帘。整套的红木家具显露着豪华与气派。虽然一路摸黑而来，戴维心里却不是一点没谱。巡捕房的车开了一个小时是在故意绕弯兜圈，这栋房子应该还是在法租界内，如果没猜错，应该就在居尔典路、福开森路附近。

书房的门已经被人从外面关闭。微弱的光线下，房内似乎没有人。两人注意到宽大的书桌后面，能旋转360度的高背皮椅不太正常地背对着他俩。有人？

椅子嘎吱一响慢慢转了回来，两人一惊，一个戴着万圣节面具的男人正盯着他们看。

俄国往事

“啊，果然是金童玉女！可惜了！可惜了！”面具男朝着两人连连摇头，一开腔便知是个洋人。

“你是谁？把我们弄到这里来要干什么？”安娜首先发问。

“救你们！”男人的话掷地有声。

“你到底是谁？如何救我们？”戴维问得不紧不慢。

“你们不必关心我是谁，你们应该关心关心你们自己。我刚才说了两次‘可惜了’。知道我为什么这么说吗？”男人故意稍作停顿，见两人不搭话，自己接茬道，“可惜之一是你们正经百业不做，偏挑此等偷鸡摸狗的营生；可惜之二是即便做了这行，整天小打小闹，偷个画骗个戒指，还被追得个屁滚尿流。哎！白白浪费智商！”

“看你连脸都不敢示人，也不见得比我们好多少吧。何必五十步笑百步呢？”安娜一扭身，露出鄙夷之色。

“好厉害的一张嘴！呵呵，可惜了，可惜了！”

“可惜什么呀？除了可惜你还会说什么？”安娜扬起眉毛，送出个更大的讪笑。

面具男盯着安娜看了片刻，轻蔑地笑了笑，站起身走出了书桌，一步步踱到安娜跟前，围着她兜了半圈。安娜可以闻到他的男士古龙香水，面具的两个窟窿眼里一双钢蓝色的眼珠子闪着寒光，安娜下意识地往后一退。

面具男因着安娜的退缩而得意：“哈哈哈哈，可惜我来救你们，你们却不领情，不合作，张嘴反讥。那老账新账一起算，你这辈子只能对着牢房的墙壁继续修炼你的嘴皮了。”

“慢着，我们没说过不领情，不合作。”戴维说道。

“好，还是你的搭档识时务。”

“你想让我们干什么?”戴维冷冷地问。

“说来话长，让我先来给你们讲个故事。”面具男点起烟斗，慢慢在两人面前踱步，“世界上最大的国家知道是哪国吗？别想当然地告诉我说是你们的国家。中国的确很大，不过俄罗斯帝国要比中国大得多得多。”

面具男抽了口烟，有意无意地挺胸道：“建立这个人类历史上空前绝后的大帝国的是位伟大的女性——女沙皇叶卡捷琳娜二世。她生活在十八世纪中叶，在她统治的三十多年里，俄罗斯帝国版图扩大了六十多万平方公里！她成为仅次于彼得大帝的一代英主!”

“大半夜的给我们上历史课？你有兴趣上，我没兴趣听。有话快说，有屁快放。”安娜不麻烦道。

面具男无视安娜的抗议，继续沉浸在他的故事中：“关于她的奇闻轶事很多，有一则传闻是关于她的珠宝的。她曾将一颗名为‘涅瓦河之星’的裸钻赠与宠臣——年轻的禁卫军军官格里哥利·奥尔洛夫。”

安娜望了戴维一眼，两人的目光交汇到一起。

“据说格里哥利·奥尔洛夫后来把它镶成一枚大钻戒，并且钻戒关乎一处秘密宝藏，有说那宝藏属于格里哥利·奥尔洛夫私人，也有说是女皇军队征战土耳其时的战利品。可惜他死后这枚钻戒就神秘地失踪了，宝藏也湮灭在历史长河之中。”

面具男突然站定，正对着两人加重了语气：“如果我刚才说得像在搬历史教科书，那么接下来我要讲的是你们翻遍任何书籍都找不到的独家旧闻。”

面具男又开始踱步："十八年前，大批流亡的俄国人经哈尔滨到上海创业。其中有个青年才智过人，善于经营，很快在霞飞路高档地段拥有了多家店铺。一日，他在自家店铺中遇上了一位高贵美丽的中国姑娘，一见钟情。那姑娘也对他有意，两人迅速坠入爱河难以自拔，一转眼就到了谈婚论嫁的地步。"

面具男慢慢地抬起手，深而猛地吸了一口烟："可是，阻碍出现了。姑娘的父母无论如何不同意她嫁给一个外国人。他们限制了她的自由。那个青年接了单制作高档婚纱的生意，不料试穿婚纱的竟然是自己的情人！她的父母就这样匆匆把女儿嫁给了一个她根本不爱的、比她大将近二十岁的中国商人，而且还是个有着两个儿子的鳏夫!"面具男极力克制着情绪，握烟斗的手却颤抖起来。

又猛吸一口烟，故事继续下去："婚后，女孩生活优裕阔绰，但她并不幸福。不仅是因为她不爱丈夫，她丈夫也不爱她。就在婚礼的当晚，她丈夫喝醉酒把她叫成另一个女人。"

"应该不是那男人已故的发妻。"安娜接口道，一地鸡毛猜也猜得出来。

面具后的眼睛打量着安娜，微露一丝惊讶："对，不是。商人说要把一枚巨大的钻戒连同一个相关的宝藏一起送给她。心情寂寞的女孩时不时地借购物的机会光顾青年的店，青年从她的嘴里也多少了解了她丈夫的情况。"

"那商人是谁?"安娜的反应不是一般的快。

戴维递了个眼色，不想让安娜打断面具男的叙述，还好对方并没受影响："她丈夫的祖上是在北方做生意发迹的。青年听了女孩的叙说，立刻浮想联翩。青年的母亲是沙俄时代的名门闺秀，贵族中流传着各种皇室小道消息，青年小的时候也听得不少。青年马上就想到了'涅瓦河之星'的传说。"

安娜叹了口气，终于说到正题。

面具人依旧浸淫在故事中："青年认为，说不定'涅瓦河之星'辗转流落到中国的北方，而其丈夫祖上在北方做生意时觅得了此宝贝。青年让女孩回去进一步打探。过了几天，女孩来说丈夫对酒醉时提到的事情矢口否认，打探的事还需从长计议。可是，最最不幸的事情发生了……"面具男停顿下来。

"怎么了？发生了什么不幸的事？"安娜眉头一紧，催促道。

良久，面具人继续："女孩遭遇了车祸，去世了。从此戒指和宝藏的线索断了……可惜了！可惜了！"

"难道是被她丈夫所杀？"安娜听得入迷。

面具人耸了耸肩，道："青年曾怀疑女孩的死与她丈夫有关，为她，也为了'涅瓦河之星'，跟踪调查了相当长一段时间，始终没有发现有价值的线索。闯祸的车是邮局的。两年后他郁郁而终，临死之前他将日记赠给了他最好的朋友——我。"

"我还以为你就是那青年呢。"安娜说。

面具男一怔，摇摇头，安娜看不出面具下的他有没有笑。"事情过去这么多年，本来这些往事都早在我的记忆中淡忘了。可是一周前，那枚戒指又浮出了水面。"面具男拉开抽屉，拿出一份报纸扔在桌上。

"你们应该不陌生这悬赏启事吧？你们也应该最清楚隆泰银楼老板王福根的事吧？咱们都是聪明人，打开天窗说亮话。我知道钻戒还在你们手上，但宝藏你们还没有找到，否则你们早就跑得无影无踪了，不会赖在上海滩不走，让各路人马追来杀去。"钢蓝色的眼睛在两人身上扫来扫去，寒光增强了几分，"今天你们被法租界抓住，只要我发句话，信不信由你们，你们将把牢底坐穿！"

面具男又踱起了步："两位想想，不出牢门就永远得不到宝藏，钻戒也好、宝藏也好，有和没有就都无甚区别，不是吗？"

面具男优雅地转回身，似乎很陶醉这出全盘掌控的独幕剧。现在高潮即将来临，需要停顿片刻，因此他定格在那里，目视两人，给他们留出思考的时间，然后抛出他的王牌："天无绝人之路，只要你们肯与我合作，我保你们一天牢也不用坐就能出去。我的要求也不苛刻，找到宝藏对半分。够公平吧？"

"要是找不到呢？"戴维问。

"没尝试，怎么知道找不到？我提醒你们，上海滩到处有我的眼线，别耍小聪明。"

"我们现在就可以走了吗？"安娜的声音里藏不住欣喜。

"可以，不过，得怎样来怎样走。"

"我们离开这里后怎么再找你呢？"戴维依旧冷冷地问。

"哈哈，你们这次如何见我的呢？"面具男拿起桌角上一只精致的铜铃铛摇了摇，书房的门立刻打开了。押解两人的四个巡捕涌进门来。面具男一歪嘴，戴维立刻被两个巡捕套上头套拉走，另两个巡捕却按着安娜不动。

面具男走上前，寒气逼人的眼睛近距离端详着安娜。

"你要干什么？"安娜心里直发毛。

面具男暧昧地说道："你长得有点像……我一个故去的熟人。"

"在你们白人眼里，中国人不是人人长得一个样吗？"安娜说。

面具男哈哈一笑："的确，近二十年前，我刚到中国时，真这么觉得。不过，后来我发现，黄种人和我们白种人其实是一样的，脸的样子千变万化。有和善的、粗鲁的、狡诈的、愚笨的、天真的，当然还有——怎么说来着，哦——秀色可餐、摄人心魄的。呵呵呵呵。"

"你！你……"

"哦，不不不，别害怕！"面具男夸张地一摊手，"我是个有教养的 gentleman，我不会为难一个美丽的女士。我只是好奇，您这样一位美丽的女士，怎么会干这一行？"

安娜一扬眉回道："我也很好奇，一个有教养的绅士有啥见不得人的，干嘛戴个面具？"

安娜看到那双钢蓝色眼睛尴尬地眨了眨，肆意地用目光抚摸着她的脸："利嘴之下往往是颗柔弱的心。你会被我征服的，但不是靠蛮力。我是个有教养的 gentleman，也是个有原则的人。先忙正事。"面具人做作地微微一鞠躬，直起身一努嘴，安娜立刻被套上头套拉出门去。

书房的边门吱呀一声打开，面具男对走进门的年轻洋人问道："看清楚没？"

年轻洋人点点头："没问题。"

面具男眼含凶光："真没问题？阿廖沙，做生意我喜欢丑话讲在前头，这样才能各得所需，做成功生意。"

面具男吸了口烟，双手抱胸，缓缓把烟朝对方喷去："这对男女中，男的是重点，是主谋，你要盯紧了。你若是想甩了我独吞，我会去跟蒙索洛夫讲讲你算计你妈的那点破事，我还会让黑樱社知道是你这个俄罗斯总会的小喽啰抢了他们梦寐以求的宝贝。"

"不不不，别！别！！我怎么可能对您背信弃义呢！上帝作证！您是我的靠山！我绝不敢做对不起您的事。"

"嘿嘿，你是个聪明人。现在你们俄罗斯总会比不得从前了，仰人鼻息啊。不要说池田老头，他手下的人就可以对你们指手画脚，不好对付。"面具男拿起桌上的铃铛，显然是要送客了，"你要是得罪他们，你就是走到天涯都未必逃得出他们手心，更别说你计算你老妈，想取代她在总会里的位置——统统彻底泡汤！"

"我懂，我明白！您放心！"

"我也不会亏待你。事成之后，你我三七开，怎么样？"

"您，您不是刚才要和他们对半开的吗？"

"哈哈，你这也当真啊？你什么时候和中国人讲话算数了？"

第七章
各有所图

清风朗月

车子在大街小巷里歪歪扭扭地行进。一片黑暗中，安娜的眼前浮现着面具男那双钢蓝色的眼睛。

我是个有教养的gentleman，我不会为难一个美丽的女士。我只是好奇，您这样一位美丽的女士，怎么会干这一行？……

你长得有点像我一个故去的熟人……

的确，近二十年前，我刚到中国时，真这么觉得。不过，很快我就发现，黄种人和我们白种人其实是一样的，脸的样子千变万化。有和善的、粗鲁的、狡诈的、愚笨的、天真的，当然还有——怎么说来着，哦——秀色可餐、摄人心魄的。呵呵呵呵……

利嘴之下往往是颗柔弱的心。你会被我征服的，但不是靠蛮力。我是个有教养的gentleman，也是个有原则的人……

安娜不由自主噌地离开座位，头还没碰车顶，就被两旁的巡捕强按回去。洋人看中国人个个长得差不多，中国人看洋人何尝不是？何况还戴着面具。不，不，那眼睛，那眼神！真是见鬼了！见鬼了!!

半个多小时后，车停了。两人原以为会马上获释，谁知一根粗麻绳从反绑的双手间穿过，系在了树上。晚风吹来，呼啦啦。戴维心一沉，这已是在空旷的野外。

“啪!”是打火机的声音。

“你们想干什么?”

“救命!”安娜叫了起来。

两条宽布条隔着头套勒住了两人的嘴部，在后脑勺打了结，令两人无法正常发声。

“老实一点，你们走狗屎运了！哈哈哈哈……”

空气中传来麻绳着火的焦味，紧接着关车门的声音，两人无望地听着车子绝尘而去……

为什么？为什么?! 哪里出了岔子？谈判不是谈得好好的么？巡捕们见了面具男毕恭毕敬，怎么会违背面具男的意思下如此毒手？为了钻戒吗？若是，为何一句话也不问就要绝人于死地？太没有道理了！——难道真是那钻戒有魔咒，谁带着见了光都没好结果？不，不!

夏夜的凉风里，火苗正顺着绳子慢慢靠近。荒野里，即便呼救都未必有人听见，而两人还根本无法叫喊。明天，就会有人发现这里多了两具焦尸。这样的死太冤了！

两人无望地挣扎着。手腕处的皮肤被火舌舔出了泡。安娜想到罗思嬷嬷的关心与付出，还有哥哥厉害，刚刚拥有亲情，就要阴阳两隔！哥哥呀，你快来呀！你能来吗？你能再一次突然出现救下妹妹吗？你能感应到妹妹内心的呼救吗?!

挣扎着，绑着手的绳子松了！被烧断了！自由了？自由了！两人恍然大悟，巡捕们并非要他们的命，只是为了拖延时间。两人赶紧各自解开勒嘴的宽布条，除去头套。

“这是哪里?”戴维自言自语道。按照行车时间和大致的线路，应该已经出了法租界，在法租界的西南侧。

“不知道啊。管他呢！我们自由了，这才是最重要的!”安娜贪婪地深深呼吸了一口夜风，“听!”

“什么?”

“钟声……如果我没听错的话，那应该是许家集教堂的钟声。”

“教堂的钟声不都是一样的吗?”

“不。每个教堂的钟有大有小，质地、形状也有差别，所以钟声是不一样的。另外，什么时候敲钟各教堂的规定也会有不同。这是许家集教堂的钟声，肯定是！说明我们离那里不远。”

“想不到你对教堂这么了解。”

“啥意思？我罪孽深重？不配对教堂有所了解？告诉你，教堂就是拯救罪人的，除非你连自己有罪都不知道。”

“好好好，我有罪，我有罪。别闹了，我们要做的事情还真不少呢，不是吗?”

戴维一讨饶，安娜的刀子嘴便顿时化为乌有。现在，首要的事情是尽快找个安全的地方安顿下来，再好好研究下一步。

两人走了不多久，果然如安娜所言，戴维看到了高耸入云的两个尖塔，顶上各一个十字架直插云霄。上海人不管信不信教，几乎没有人不认识它——圣母之堂，俗称许家集教堂。典型的欧洲中世纪哥特式双尖顶砖石结构，清一色红砖墙石墨瓦顶，大殿大门上方有着漂亮的圆形彩色玻璃窗，建筑四周饰以众多圣子、天主石雕，神秘、圣洁而安详。安娜不知不觉中慢了脚步。

清风朗月下，这个女人仰望十字架的侧面如此的静美，戴维恍惚了。她与教堂有着无法割舍的联系。

重大发现

“现在你应该相信有宝藏了吧?”安娜进了门便一屁股坐进圈椅里，十指相扣，神情严肃地说道。

戴维望着安娜：“说说你的发现。”

“你怎么知道我有什么发现?”安娜惊奇地问。

戴维呵呵一笑：“我说错了?”在咖啡馆要了钱，说是去买新衣的，离开那么长时间，依旧一身脏衣裙。干什么去了？此刻终于到了安全之地，不是急着洗漱更衣，反倒坐定了有话要说。除了有重要的发现，还能是什么?

安娜嗔怒地瞪了戴维一眼，脱了右脚的鞋子，从鞋里掏出两张纸片，得意地扬了扬。从书上撕下的。戴维倒吸一口冷气，这女人!

安娜挺着腰肢，模仿面具男的腔调读起来：“叶卡捷琳娜二世一生嗜好珠宝。她的名贵珠宝每一样都来历不凡，有的珠宝还带有神秘的含义。比如她曾将一颗命名为‘涅瓦河之星’的裸钻赏赐给情夫格里哥利·奥尔洛夫。虽然这颗裸钻在她的珠宝中并不起眼，但是，传说格里哥利·奥尔洛夫在叶卡捷琳娜二世去世后将它镶成一枚戒指佩戴在手上，在戒指的指环上刻着一个关于宝藏的密码……”

安娜停下来，抬眼看到戴维把头凑了过来。安娜把手伸直，与戴维一同阅读下半段：“而那个宝藏是格里哥利·奥尔洛夫在充当叶卡捷琳娜二世情夫期间积累的，包括女皇赠予的，他在宫中顺手牵羊的，达官贵人们巴结他的以及他用各种手段搜刮来的巨额财产……”

安娜换上第二张纸片，继续道：“因此，‘涅瓦河之星’成了与叶卡捷琳娜二世有关的最神秘的珠宝。女王去世后，宫廷曾发现有相当一部分宝物不翼而飞，这似乎也有了合理的解释。只可惜‘涅瓦河之星’在格里哥利·奥尔洛夫去世后便从此不知去向。”

戴维思索道：“就这些吗？和面具男说的基本一致，如果他不是在复述这本书的话，看来宝藏多半是真有其事了。”

“面具男不是说了，他那死去的朋友是听其母亲说的，是贵族间流传的故事吗？而且那是十几年前的事情，和这本书根本没有关系。”

“可是，这并不能说明‘涅瓦河之星’就是我们的这枚戒指。不管书上还是面具男都没有说到‘涅瓦河之星’的具体数据，比如戒指或者钻石多少重量，有什么确定的铭文、图案，等等。”

“这倒是。不过光是找到这些记载我也不会太当回事。”

“哦？你还有什么发现？”

“你研究过钻戒上的字吗？”

“当然，怎么了？”

安娜拿起桌上的铅笔，在纸条上端写下 **IHCG 30.19.60.01**。“你知道后面这四组数字代表什么吗？”

“生日？去世之日？保险箱密码？”

“你看看这个。”安娜变戏法似的又摸出一张小纸片。天，可怜的图书！戴维接过细看——圣彼得堡：东经 30.20；北纬 59.56。戴维精神一振：“这么说是经纬度？宝藏的经纬度？就在圣彼得堡附近！”

安娜得意地笑了：“可以说是重大发现了吧？你想，这么奇怪的四个两位数，不是经纬度还能是什么？况且和圣彼得堡的经纬度那么接近！”

“那个女皇的情夫很可能将宝藏藏于圣彼得堡附近。你等等。”

要来安娜手里的笔，戴维又在抽屉里找了一张空白信纸，全神贯注地埋头苦算。一串串字符安娜横看竖看没有一行看得懂。这男人专注的样子令安娜好奇，他是谁？他应该是大学里苦读的研究生，应该是中学里积极备课的教师，或者洋行里时刻关注盈亏、汇率的经理，他怎么会是……他的身上真是有太多的谜。

“算出来了。”戴维双眸放光，“我粗略地计算了一下，东经30.20，北纬59.56和东经30.19，北纬60.01这两个地点的距离至多不超过60公里！没错，宝藏应该就藏在圣彼得堡郊区！”

“太好了！你真行！”安娜脱口而出。女人的真心赞美让戴维内心产生了一波奇妙的涟漪。他满足地望着纸片，转而问道：“那数字前的字母是什么意思？你有收获吗？”

“有啊！”

这女人神了！

安娜甩了下长发，问道：“知道大英百科全书吗？”

“当然。”

“知道书里如何写叶卡捷琳娜二世的吗？”

戴维摇摇头。

安娜要回纸笔。“就像面具男人所说，叶卡捷琳娜二世是个非常有作为的沙皇，在她统治的几十年里，不仅俄国的领土得到大大的扩张，而且科学和文化也获得了空前的繁荣。因此，她被尊称为叶卡捷琳娜大帝，也就是……”安娜刷刷在纸上写下 Catherine the Great，“缩写的话就是 CG。IH，我认为应当是 In Honour of 的缩写，即‘为纪念谁’的意思。IHCG 合起来就是以此纪念叶卡捷琳娜大帝。”安娜很有成就感地抬起头来。

戴维点头回应：“嗯。有了准确的经纬度，只要去搞一台测经纬度的便携式仪器就方便了。”

安娜快活地一拍手：“我在巡捕房的地牢里做的梦，没想到真要成现实了！等你搞到仪器，我们就出发。知道么，我梦见我们到了圣彼得堡，拿着能测经纬度的宝贝仪器找到了一座封存百年的古堡！哈哈！可惜后来好梦被巡捕搅了。”

怪不得她尖叫着醒来。戴维笑了。早晨的阳光从窗帘的缝隙中探进头来，照着几乎一宿没睡的两人，有点刺眼。两人像喝多了咖啡。迎接他们的将是从未经历过的神秘与刺激。

吃过早饭，戴维独自行动。围绕赴俄，有太多的事情要规划。但此刻有一件事必须放在优先级，否则，很可能就没机会了，那是要不得的。

一个多小时后，宝瓶铁门被打开，一个花匠模样的人从小推车上搬下几盆花和一大箱东西，看样子是装着肥料和园艺用具，不轻。

东西被一一搬入室内。戴维一把扯下头上的草帽，边扇边坐了下来：“给你带了些吃的，还有水、药。”

“这是要出远门？”

戴维微微一愣，不置可否。

“不要对我隐瞒，你答应过的。”

迟来的忏悔

傍晚，门诊结束，薛培儿院长召集各部门负责人开会。罗思嬷嬷心知最不愿面对的局势终于来了。薛培儿院长严肃的神情令与会者都感到了问题的严峻：多种迹象表明，极可能仗说打就要打了。现在有多少住院重病患者？罗思嬷嬷答有三十余人。院长说一旦发生战争，公济医院位于苏州河以北，在跨越苏州河进入市中心的交通要道旁，必是激战之地。要保全病家和医护人员的安全，我们必得搬离此地。

这是个头疼的问题。这么多医疗器械，这么多无法行动自如的病人，必须有一个周全的计划。罗思嬷嬷走在通向饭堂的路上，想着如何安排搬迁。

“罗思嬷嬷，是您吗？”

花坛边，一位金发蓝眼的中年人起身怯生生地迎上来。罗思嬷嬷想不起来哪里见过。四十多年来，接触的教友、病人及家属实在太多。

“好不容易找到您。我去许家集教堂医院找过您，他们说您已经到这里来了。”

“您是谁？”罗思嬷嬷极力搜索着记忆。

“我……我是来向您道歉、赎罪的。年轻的时候太冲动，太过分了。”

我的上帝！罗思嬷嬷不由自主后退半步，倒吸一口冷气。

“别！请别害怕，容我说几句话好吗？我是专程过来找您的，我这些年一直受着良心的责备，深感自己罪孽深重。我一定要向你们道歉。我有今天的行动，完全是上帝的引导。”

罗思嬷嬷缓和了些，“安德烈，有话就请在这儿说吧。”

“我……我真不知道该从哪里说起。但我要说，我必须得说。”安德烈努力克服着局促不安，“我自从干了那件事出逃后，一直受着良心责备。随着时间的流逝，不是越来越淡，而是越来越深。我知道，我是犯了十诫，犯了不可饶恕的罪过。上帝啊！我怎么会这样！这些年来，只有跪倒在上帝面前，我才能感到一丝的心安。我觉得自己是个十恶不赦的坏蛋，您肯定也是这么认为，我给玛丽亚造成了无法弥补的伤害。我真希望这是个噩梦，这不是真的！我不是个坏人！！”

安德烈喘着气，稳定了一下情绪，无奈地摇头道：“我知道，现在说这些太晚了。都怪我当时冲昏了头。罗思嬷嬷，她……她太像我车祸死去的未婚妻了！我见到她的第一眼，我就震惊了，懵了。我无法控制自己疯狂地爱上了她。她对我笑一笑，对我精心护理，我都看作是她对我的爱的回应，以至于我无法承受她的拒绝，无法克制自己犯下那么大的罪过。事发后也无法面对自己做的事，我选择了逃之夭夭。”

“你知道你的罪孽给她造成了多大的伤害?!”罗思嬷嬷瞪眼道。

“是的。这些年我没有一天不是在深深自责中度过的。我发现我不仅剥夺了玛丽亚的幸福快乐，我其实也剥夺了我自己的幸福快乐！我没有勇气去自首，也没有勇气来向你们道歉，我憎恨自己，我甚至害怕进教堂，觉得自己不配。我太丑恶了！我痛苦极了!”安德烈哽咽着，掩面说不下去。

罗思嬷嬷默默地等他缓过气来。

“后来，我想明白了。我要摆脱这种痛苦和罪恶，唯有靠上帝。我是只罪孽深重的迷途羔羊。只有好好地信上帝，好好地忏悔，好好地多做善事，才能弥补和洗刷自己的罪恶。我隐姓埋名地逃到江西，为那里教堂的印刷厂、医院做义工，顺带也教学校里的学生学习法文和俄文。”

“你好好地在江西，回上海做什么?”罗思嬷嬷问。

“到处在传，要打仗了。各国侨民纷纷离开这个国家。您知道我是俄国侨民，其实我只是半个俄国人。我妈妈是俄国贵族，我爸爸是法国人。俄国是回不去了，但我可以去法国。我远在法国的叔叔来信了，他帮我把去法国的一切都搞定了。”

“上帝保佑，祝你一路平安顺利!”罗斯嬷嬷画着十字。

安德烈却还有话要说：“在这个国家待了那么多年，唯一放不下的心结就是这件罪孽。所以，我回来了，我决定不论怎样，我要亲自向你们，尤其是玛丽亚道歉，并为许家集教堂或公济医院做些力所能及的善事，取得你们的原谅。我听说，公济医院正考虑搬迁以躲过战火，我可以……”

“你要见玛丽亚?!”

“对。我知道她已经不在许家集教堂的医院里了。没人说得出她去了哪里，他们说只有您可能知道她的下落。”

“我，我也不知道她在哪里。”

“您从小将她带大，您等于就是她的母亲。您怎么可能不知道她在哪里呢？您不用顾虑和担心，我发誓，我绝对不会再伤害她，您可以同我一起去见她。”

“我真的不知道她现在在哪里。”

“这么说您是不愿意带我去见她了。”安德烈颇为失望，“许家集教堂的闵神父还说您一定会愿意帮助我的。我不怨您，是我自己不好。一切都是我的罪过。上帝啊！我怎样才能得到救赎啊！好吧，您多保重！有机会请您告诉玛丽亚，说罪恶的安德烈来请求她的宽恕和原谅。也请她多保重！永别了，我这辈子不会再回来了。”

望着安德烈的背影，罗思嬷嬷叫住了他：“安德烈，我这一生从没有欺骗过任何人，包括今天的你。感谢上帝，你能有今天的悔罪。玛丽亚如果听到，也会感激上帝。但是，我真的不知道她在哪里，联系不上她。当年，她的确痛不欲生，她选择了不告而别。”

“您之后就再也没见过她么?”

罗思嬷嬷想了想说：“见过。可是她并不愿意告诉我她的生活情况，我是不会强人所难的。”

“她还在当修女吗?”

“不了。我真的没法告诉你更多了，安德烈。一路顺利，做个好人。上帝与你同在!”罗思嬷嬷抬脚走人，不要说的确不知道该怎么找到玛丽亚，即便知道也绝不会让这个男人再见到她。结痂的伤口岂能再残忍地掀开!

安德烈望着远去的罗思嬷嬷，嘴角扬起了难以察觉的微笑。安德烈，她还记得他叫安德烈。在这块土地上，已经有很多年没有人这么叫他了。玛丽亚果然也已经早不当修女了。

各有人脉

上午的阳光里，厉害很远就看见了爱文义公寓那浅红色砖装饰的弧面外墙。底楼的十三家店铺已经开始了一天的营业。厉害走入左手第四个门，一家洋服定制店。

“先生，来定做洋服啊?”迎面招呼的是一个年轻的少妇，三十来岁，圆熟和朴实并存。

“嗯，我来试样的。”

“哦，对对，瞧我的记性，快请里面试。”

厉害进入吊满了各款半成品服装的里间。少妇紧跟其后关上了门，拿起门后的衣叉，抬头叉了一套洋服帮厉害穿上。

“有什么新情况?”厉害低声问道。

“昨晚半夜，雌雄大盗被秘密押去见了林姆斯基。”

林姆斯基，他果然掺和其中了！厉害耐心地听完菊花的叙述，问道：“你确定这些都是真实的?”

“没错，肯定!”

“林姆斯基与两人密谈应是绝对私密的，怎么可能知道得这么具体详细?”

菊花露出了得意的笑容：“这得感谢西式洋房的壁炉、烟囱。略施小计，就能神不知鬼不觉地听个一清二楚。”

厉害点点头，脱下衣服。

“有什么新指示吗?”

"继续接近目标，等待新的指令。"

"好。"菊花一扭身为其开门。

厉害出了店铺，匆匆向东而去，菊花的情报提供了重要的信息。一、这枚钻戒的确与沙俄有关；二、戴维和安娜的确不知道钻戒的密码奥秘；三、林姆斯基已与两人达成了寻宝协议。那么，现在两人在何处？钻戒又在何处？

厉害的目的地是卡尔登大戏院，曾经雄冠上海影院之首的娱乐场所。如今，上海虽然有了更豪华的影院，但它依旧得到许多人的青睐。那里不仅有剧场，还有舞厅、咖啡厅、弹子房，可谓功能齐全。交通也方便，出了卡尔登大戏院就是最繁华的大马路，同时，它还有四个不同朝向的边门。厉害特别看中这一点。

卡尔登大戏院的弹子房里白天客人不多，除了击球声，几乎没有别的声音。厉害默默地在一旁坐下，掏出皮质烟盒，点起一支烟耐心地观战。等一局散了，上前朝一位头发油光锃亮的老克勒点点头，两人一副熟悉的样子却不言语。弹子房的客人来自四面八方，即使经常互相邀请并交锋，也约定俗成地从不互问姓名和个人情况。厉害举手向服务生示意八十，老克勒也做出八十的手势，两人含笑开局。

厉害并不很在状态，一盘下来竟没有一次击中两红一白得五分的，半小时后比赛毫无悬念地以老克勒的胜利告终。厉害望一眼挂在墙上的粗糙古朴的大算盘记分器，摇摇头无心恋战，拾掇起烟盒付了台租，迈出门去。谁也没注意，厉害口袋里的烟盒早已调了包。

"借个火。"

厉害坐在顾家宅公园角落里的长椅上，低头看着报纸。长椅的另一端，刚坐下的灰长衫男子开口道。厉害将打火机递了过去。

"这是最后一次。"厉害轻声说道，手指间的香烟突然掉下一截烟灰，烫了一下。

“嘿嘿，我这个人，你是知道的，就这点爱好。”男子拿起报纸摊开在膝盖上，猛吸了口烟。

“再这样下去你会死的，这真的是最后一次了！”

“呵呵，你真不顾我这个师傅了？”

“正因为你是我的师傅，我不希望你再这样下去！你可以戒掉的！”

“呵呵，难得！唉，你知道的，我就这样了……”沉默片刻，长衫男子抬起头，望着远处的灌木丛，“你也好自为之，我不希望你走得比我更快。”话毕，长衫男子顺手捡起长椅上厉害的烟盒，放入袋中远去。

厉害离开半个多小时，菊花换了身旗袍出了门。她招了辆黄包车：“国立同济大学附属医院。”

“小姐，哪个医院？”车夫茫然道。

“哦，就是宝隆医院呀！”

“晓得了。”

医院改名六七年了，可老百姓还是记着旧名。人要接受一个新的改变有时候真的很难。可世事和时局是不断变化的，不管你愿意不愿意。今天，宝藏的迷局正不可阻挡地吸引了越来越多的人。这个迷局太玄了，菊花屡次怀疑是否真实存在。

怀疑一切，包括事、包括人，本身就是工作常态，是一种开端，不是结果，结果是必须求证到底。对人如此，对事亦是。厉害说得对，不存在也要有不存在的铁证。而寻找铁证，是需要不懈的努力加运气，也需要得天独厚的关系。

菊花登上二楼，来到贵宾病区，推开一间套间病房门：“雅萍妹妹，今天感觉好点么？”

第八章
出师不利

不期而遇

从马斯南路拐入霞飞路，往西走七八分钟，左手边街面房开着一间不大的面包店。什么时候嘴馋了，一路又窜又蹦，溜进去尝一小块免费的蛋糕，这是儿时的一大乐趣。至今，戴维还记得金发碧眼的俄国老板娘柳莎扭着肥肥的腰肢，尖叫着驱赶小白吃客们的腔调。

平心而论，柳莎算不得坏，就一个卖西点的风流外国娘们。偶尔跟着养母去买生日蛋糕时，她都是一副笑容可掬的样子看着戴维尝这尝那，还连连夸戴维长得漂亮。这么多年过去了，店依旧在，老板娘还在不？

正闲着的中国小店员进到里间叫了几声。从打盹中醒来的柳莎叽里咕噜地满嘴俄语，不懂也能嗅出埋怨的气息。一露脸，白皙苍老的肉立刻堆成一堆发僵的面团："先生，您是——"

"柳莎大婶，不认识我了？仁和里的宝根，小时候和你儿子一起玩过的。”戴维提溜着一条色彩斑斓的丝巾给柳莎。

“啊——哦！”老太太两眼放光，伸开双臂迎出柜台，“宝根！我记得！”俄罗斯式的大拥抱结束，柳莎小腿般粗的双臂夹着丝巾紧紧地堆在肥硕的胸前，仿佛要把自己勒死，脑袋痛苦地来回摇摆：“你这些年都去哪里了？你妈妈找得你好苦！”

戴维微微皱了皱眉头：“不谈这事，好吗？”

“啊——好，瞧，买点什么？尝尝，我们店刚刚独家推出三个新品种，纯正的俄罗斯风味！”

“柳莎大婶，我……有事找您。”戴维故意迟疑一下，柳莎机敏地招呼戴维进里间，把店员关在了门外。

“你知道怎么去俄罗斯吗？”

面团下半截凹陷出个大洞：“去俄罗斯？你不是开玩笑吧？”

“你看我像开玩笑的样子么？”

“俄罗斯早就是苏维埃的天下了。弄不好就被‘咔嚓’！你去干什么？你难道是——是共产党？”

“你太抬举我了，我像是搞政治的人么？”

“哦——那你是做生意的？”

“可以这么说吧。”

“嘿嘿，肯定是大生意吧，才舍得去冒险啦。”

“怎么去呢？从东北还是……”

面团上两粒煤球珠活络地急转着：“不不不，你听我说，老实说，你不是共党一伙的，要申请进入他们的地盘是几乎不可能的。进去了，也随时可能把你当作间谍抓起来处决掉。再说了，你从来没去过，你怎么找得到要去的具体地方？中国算大的了，但没法和俄罗斯比。俄罗斯是好几个中国那么大呢！”

“这正是我来找您的原因。”

“啊哈，这就对了！你是大老板，花点钱不在乎，平平安安办成事才重要，对吧？”

戴维点点头。

大面团一歪：“我帮你想想办法。不过呢，我需要先去打点打点。”

戴维递给她一个信封，两粒煤球珠子差点从面团上掉下来：“太好了，你真慷慨。后天这个时候，你再来这里。”

两人出了里间。一位熟客向老板娘点头致意。柳莎兴奋道：“这么巧，俊生大教授，你还认识他吗？”

“你是——”

“宝根啊，你的老同学，你认不出了吗？”柳莎快人快语道，“小时候你们经常结伴来我这里吃试吃品，胃口可大了，哈哈，忘了吗？”

“真是你？！宝根！老同学！幸会幸会！这些年你在哪里做事？”

“哎，一言难尽。多年不见，现在成大教授了？”

“什么大教授的，Johnson，还像以前一样，叫 Johnson 的亲切。”两位老同学勾肩搭背地同老板娘柳莎道别，跨出门去。

柳莎回头进柜台，一位戴着墨镜的男子冷冷地站在食品柜前。“刚才，那位叫宝根的托你做什么了？”

“没……没……没有啊！”两粒小煤球变成了圆杏。

墨镜男扔下一小叠钞票：“别敬酒不吃吃罚酒。租界也不是保险箱，并不安全。你在这里开店有二十年了吧？”

“遇到老同学俊生？”一双阔眉打了个问号，“所以你这么快又来这儿？”

戴维点点头：“他拖着我就近找了家咖啡店。”

“他说啥了？”

“他说这十几年都没离开过学校。高中、本科、硕士、博士，现在已是圣约翰大学的教授。”

“你怎么说?”

“我饶有兴致地询问了圣约翰大学的学科以及课程设置。他问我是否想回炉来读书。我说没有那个闲心了。我告诉他，自己正在合伙跟人做生意，怕吃亏，想了解了解工程与测绘方面的事。”

戴维点上一根烟，继续：“他说：‘你算找对人了。上海的大学，如同济、复旦，都已经停课忙着内迁。我们圣约翰等几家还算好，组成了上海基督教联合大学，不必奔波数千里，只是迁到了公共租界。明后天我都有课，你若有空就过来找我吧。’”

阔眉一皱，停顿着，随后舒缓道：“那不是挺好吗?你多了个资源。有问题?”

戴维猛吸了口烟，透过徐徐吐出的烟雾望向阔眉：“他问我，你什么时候回去。两老一直念叨着你。”

阔眉嚯地坐起，忍痛道：“你要回……?不行!”

“我没这么打算。你知道的，这对于我，太难。我只是跟你聊聊。”戴维弹了弹烟灰，轻笑一声道，“除了你，我还能跟谁聊?”

戴维看着默不作声的对方，调整了个舒服的坐姿，缓声道：“正如你上次提醒我的，我们是有约定的，不是吗?聊聊吧。”

广学大楼的奇事

新天安堂隔壁一个街区，矗立着气势宏伟的广学大楼，这座九层的大厦不久前成了几所大学的临时课堂。因着场地有限，白天黑夜都排上了课。夜晚的课刚上到一半，四楼一整层的灯突然熄灭。学生一片哗然，师生齐向窗外张望，几年前国立同济被炸的噩梦依然在心中萦绕。大家见街对面建筑灯火通明方定了神，各自感叹在公共租界里还是安全的。

值班老师胡长安与背着修理箱的电工在漆黑的楼道里撞了个满怀。

“跳闸了？”

“没那么简单，得打开一个个房间查了，有一会呢。你有所有房间的钥匙么？”

“哦，有，有，我去拿钥匙。哎，怎么搞的，才建成四年的建筑……”

“你们是不是有的房间换了锁了？换锁不要紧，得知会我们一声啊！否则出起事来，应急抢修都没有办法进。要是着起火来，整个大楼都会遭殃，这个责任谁负？”

“是，是，是，回头我跟各系都通知一下，给你们一套备用钥匙。”

这边胡长安满头大汗地一把把钥匙摸索着开门，那边学生三三两两走出教室。任课老师的询问响起，修得好么？是等着还是就放课了？

“你去吧，我来开。”修理工颇为善解人意。

“好，好。”胡老师感激地递上钥匙串，返身去应付师生。

四楼的顶端，一间紧锁的大门被打开了。没有课桌椅，没有黑板，没有人，有的只是散乱地堆放着的各种教学器材，靠墙还有一个个木箱。一双手使劲地撬开木箱，借着手电，一卷卷教学用挂画被展开，丢弃一旁……又一个木箱被打开，各种仪器展现在眼前，这双手翻来翻去，终于拿定主意抓住一台仪器，连着旁边的两幅挂画一起装入袋子……

二十分钟后，胡老师一间间教室去宣布：“今晚只能就这样了，这栋房子的隐蔽工程不知哪里出了问题，连电工也一下子查找不出，一切待明天白天再解决。大家散了吧！”

师生们摸黑作鸟兽散。电工也不见了踪影。

俊生迈进广学大楼时，远处正传来九下敲钟声，俊生的课还有半小时才开始，他笃悠悠地上了电梯走向办公室，心里想着课前还可以看一张报纸或者某位学生的毕业论文初稿。一跨入办公室，同事们正在嘁嘁喳喳着，如弄堂里张家长李家短的妇人。怎么回事？

“乔教授，昨晚你不在，发生了桩稀奇的事。”胡长安从人群里探出头来，“昨晚我值班，晚间的课上到一半发生突然停电事故。”

“哦？”俊生的表情在问，这很稀奇吗？

“乔教授，稀奇的是后面。今天早上接班的电工说，停电的原因竟是配电间的一段电线被人为地割断了！”

“人为割断？”

“是啊！而且，昨晚值班的电工昏睡不醒，好不容易弄醒了，他根本不晓得晚上停电的事情。那么晚上来的电工到底是谁？”

“那电工是否喝醉了？唉，你不是晚上和那个电工面对面过么？是不是同一个人呢？”一位女教师问道。

“不好说呢，我们搬到这里没多少日子，我哪里熟悉这里的每一个维修人员呀！再说，昨晚黑灯瞎火的，又着急，那人自称电工，还背着个电工的修理箱，我忙着一间间开房门还来不及，谁会注意他长什么样。”

“如果是冒充电工，制造停电干什么呢？”一位年长的老教师问。

“会不会是日本人搞破坏？”另一个女教师狐疑道。

“我还没讲完呢，稀奇的还在后头。”胡老师一抬手做了个噤声的手势，结束了众教师的七嘴八舌，看来他很满意成为众人关注的焦点，“刚才地理系的陈老师来说，顶头的那间仓库被翻得乱七八糟，地上扔着电工维修工具，地理系的一些物资失踪了。”

"哦？丢了些啥?"

"听说是几张俄罗斯的地图，还有什么仪器，嗯——经纬仪。"

女教师们讪笑起来。"贼偷这些有啥用啊？脑子有病不?"

"是呀。"

"还精心策划，想不通!"

"地理系的那个仪器很贵重吗？哎，王老师，你是地理系的呀!"

被点名的王老师回答："又不是金银制品，不值多少钱。"

"是派什么用场的呀?"

"测量经纬度的。"王老师解释道。

"偷这东西有啥用场啊?"

"是啊，这个贼还蛮懂科学的哦，偷回去找金矿去！哈哈……"几个女老师的笑声充满了房间。

"乔教授，你说说看，这谁能解释啊？奇怪伐?"

俊生笑笑摇摇头，不知道该说什么，这年头怪事一箩筐。刚坐定，一道闪电划过俊生心头，他眉头紧皱思索片刻，对胡长安说，请他帮忙换节课到下午，匆匆出了广学大楼……

命悬一线

柳莎对店员嘱咐了几句，往头上扎上戴维送的丝巾出了门。站在街上，柳莎回身对着门哈了口气，用手指轻轻擦去开门时看到的一块污迹，无奈地摇摇头。现在的店员真没十几年前的做事认真了，现在的生意也没以前好做了。可不做还能做什么呢？年轻时可以时不时地靠靠男人，现在……最稳定的依靠还是这开了二十来年的店。即便阿廖沙的保护费越来越高，糊口尚不成问题。当然，有时候也会撞大运，就像今日，有外快绝不能放过！阿廖沙不是个好伺候的人，让他吃一大口，未必会舍得多留一小口。所以，柳莎聪明地找了娜塔丽娅，亏得娜塔丽娅从中周旋才把事谈妥。毕竟阿廖沙再蛮横，自己母亲的面子总还要顾及。

柳莎一路往西，亨利路劳尔登路口，孔雀蓝的圆穹顶在黑暗的天幕下闪闪发亮，那是东正教三一教堂。柳莎在胸口画了个十字，拐进一家酒吧，宝根正喝着啤酒看报纸。

柳莎屁股一入座，立刻笑成一朵烂棉花："你的东西带来了吧？"

戴维明白她指什么，点点头，拍了拍身边的小包。

"太好了，我都替你搞定啦！你跟我走，到时候让你做啥就做啥，什么也不要问，人家不喜欢多问，你放心好了。"

戴维伸手招来了侍者："喝点什么？"

此刻哪有心情！柳莎摆摆手，急急地催着戴维结账出门。

戴维跟着柳莎穿到马路对面，走入三一教堂大殿。大殿布满俄罗斯风格的油彩画装饰，几近眼花缭乱的地步。戴维眯了眯眼，看清大殿呈十字形，空荡荡的，没有一排排的长椅子。

记得曾经听说过，这个教派认为人面对上帝只配站着反省和祷告。要是人老得站不动了怎么办呢？就像此刻大殿一角那位老妇人，佝偻着背祷告，感觉随时会倒下去。戴维东张西望了一圈，准备着出现几个五大三粗的俄罗斯男人。

戴维突然腰间一疼，柳莎收回胳膊肘努努嘴。并无壮汉出现，而是老太已动身出殿，柳莎马上紧紧跟上。老太拐了两个弯，在一处僻静的弄堂里挺直了身子转过头来："柳莎，你可以走了。"

"啊？嗯……"柳莎冒出一连串的俄语，做着献媚讨好的动作。

老太皱了皱眉头，扔来一个信封。柳莎如获至宝，连连称谢而去。

老太原地不动，没有走的意思。一辆轿车停在弄堂口，老太做了个招呼的手势，引导戴维上了车。车窗用厚厚的白色窗帘遮挡得严严实实，车上除了司机，还有一人坐在前排默不作声。车子一启动，戴维发现老太并非仅是带路人，而是谈判的主角，这场谈判就在车上进行。

两个人，去圣彼得堡。走陆路，明天从上海出发。老太说不知道原来有两个人要去，得三倍佣金。人多目标大，难度高。戴维最终满足了她的贪婪。

柳莎紧紧捏着信封兴奋地出了弄堂，借着街灯向信封里瞄了一眼，嘿，真不少呢，至少抵面包店半年的利润啊！要是经常有这等好事多好！柳莎得意地哼起歌，沿着亨利路向东，到了亚尔培路就容易叫到车。今天打车回家！

这是自己吗？安娜愣在镜子跟前。一袭修女的黑袍，宽大的帽子连头巾将头发遮得一根不露，熟悉而陌生的装束。好吧，越是想不到、认不出越好。安娜拎上修女常用的医药箱出门。戴维已先她一步出发，分开走，不引人注目。

两人在毕勋路碰头，上了轿车。还是昨日的车，昨日的那些人，只是今日老太坐到了副驾驶的位子上。老太回头打量着他们，说还得去接全程陪同的向导。

夜幕里，车在渐渐加剧的颠簸中驶离了法租界。车停之处，周围见不到灯光，只有一大片残墙断壁。老太下了车，后排的车门突然被打开，伸进来一支黑洞洞的枪管。几乎同时，安娜的胳膊被同坐的俄籍男向导紧紧抓住，匕首尖抵住了下巴。司机也回过头拿枪对准了戴维。

“出来吧！这些都是真家伙，劝你们俩识相点。”老太的声音自车外掷来，老太的身后不知何时出现了好几个洋人。

两人被拉出车绑了手。老太迫不及待地打开医药箱，经纬仪，俄国地图……她将一叠钱塞入怀中，望着戴维嘿嘿一笑，挥枪道："自认倒霉吧，谁让你们自己找上门来。带你们去俄罗斯，哈哈，你还当真！这年头，谁愿意去俄罗斯啊？在你们中国人讲的九泉下自己去吧！"老太一努嘴，两个俄籍大汉上前动手。

"慢着！"俄国人里突然冒出不同声音。

"阿廖沙?!"老太又惊又气。种种迹象早就表明，儿子阿廖沙对自己不满。不过这是许多家庭里的普遍现象，不是吗？母亲和儿子两代人有分歧，不很正常么？现在看来，错得很！在家的一幕再现在眼前。

"那中国人我要了。"吃完早餐，他又没规没矩地把双脚翘到了餐桌上。

"为什么？那是我的，阿廖沙。"

"别做傻事！我知道，你就懂得'咔嚓'了捞眼前一点小利。那是条大鱼，得放长线！"他把烟灰直接弹在了地上。

一个烟缸扔到了儿子眼前："放下你的臭脚，你难道和这个中国人一样天真，打算跑去圣彼得堡?"

"我要他活着。"

"不行，这绝对不行。"老娘也点起了烟。

阿廖沙噌地站起来道："必须得行！我会证明给你看，证明给老大蒙索洛夫看！"

娜塔丽娅也站了起来，一口烟喷向儿子："你以为你自己翅膀硬了？你这样冒失和天真会惹大麻烦的！你得听我的。"

"像你这般目光短浅，缩手缩脚能干成什么大事?"阿廖沙摔门上车，丢下老母和一窝火气。

此刻，在这荒郊野外，老太太的火气再次爆发：“阿廖沙，你干什么？你竟然拿枪对着我？对着你的母亲和导师？”

“有你这么对儿子的么？有你这么做导师的么？处处压制着我，事事得听你的。不！我早就怨透了，我们早就怨透了！”

老太惊恐地发现，大部分的下属站在了儿子那边。“阿廖沙，你，你要干什么？我还不是为了你好！”

“省省吧，看见了吧？对你不满的不止我一人。”

老太机敏地一把抓住安娜用枪指着：“你们想造反？老大会放过你们吗？”站在老太一边的司机配合默契地同样对付起戴维。

正对峙着，一道灯光如探照灯般射来。

子承母业

众人回过头，不知何时，废墟边停下两辆车，俄罗斯人的外围三三两两地站着好些人。循着车灯望去，车前众星拱月地站着一个穿和服、戴面具的男子。那面具雪白雪白的，像日本艺伎的脸。面具人手中不停地玩转着两粒钢珠。

“对修女动粗，不怕你们的老朋友法国佬们暴跳如雷？”

“你，你是谁？”老太的语调微微抖动了一下。

“哼哼，亏你还是俄罗斯总会的资深会员，不懂得不该问的不问吗？”

“你……你到底是谁？你要干什么？”老太的语音彻底走调了。自己对对方一无所知，而对方竟然知道自己的底细！连几十年的老邻居柳莎也不会了解得那么清楚，最多知道她的儿子很有路子，很有花头。她到死都压根想不到真正有花头的是老娘，而不是儿子。

“把这两人留下，你们可以走了。”面具人冷冷地命令道。

“你开玩笑吧？凭什么？”

“八格！不识好歹的臭婆娘，难道要蒙索洛夫为了你这条老命在池田大人面前丢尽脸？”

老太愣了，犹豫着何去何从，同车的司机悄悄地抬起枪瞄准面具人。面具人没正眼瞧，以迅雷不及掩耳之势一挥手，一枚钢珠击落了枪，另一枚正中司机的下体，司机惨叫着倒地抽搐不止。

“伊万！”老太心疼不已，无可奈何地咬牙道，“撤！”

面具人给两人松了绑。安娜转了转生疼的手，收拾起医药箱。

“这些东西不是你的吧？”面具人说。

“不，当然是我的。”安娜冷冷地回答。

“呵呵，修女要经纬仪做什么用？找圣杯？如果我没说错的话，这些东西是从广学会大楼拿走的，不是吗？”

“你到底是谁？”戴维皱紧了眉头。

“你不认识我，我也不认识你，这里非久留之地，你上车就知道了。”

戴维将信将疑地上了车。“俊生？是你！你——”

俊生微笑道：“老兄，你好险呐！”

“你怎么知道我在这里？你为日本人工作？”

“你想复杂了。我就是一大学教授而已。能把你的命捡回来，总算不枉我这两天忙得够呛。你干嘛要去俄罗斯呢？俄罗斯现在是赤色政权的天下了，好多人逃离俄国都来不及呢。你知道你托的是什么人吗？”

俊生递来一份《申报》。借着车内微弱的灯光，戴维看到报端一角一条不起眼的新闻：一辆黑色轿车昨晚在亚尔培路亨利路口转弯时未减速，撞倒一名俄籍老妇后逃离。俄籍老妇当场殒命。警方正在调查。

“是柳莎？”

俊生点点头："那个老太婆叫娜塔丽娅，是白俄蒙索洛夫的黑社会组织——俄罗斯总会的一个头目。他们控制白俄妓院，向各种店铺勒索保护费，甚至贩卖军火，为了钱什么都干。你真是所托非人啊！"

"你的意思老太一伙制造车祸杀人灭口？"戴维问。

"不好说，现在没有直接的证据。但不是没有可能。太巧了。"

"他们是俄罗斯总会的人，你们怎么会轻易地就把他们吓跑了呢？"

俊生看了看面具人微笑道："一物降一物，俄罗斯总会虽然猖狂，但是最近为了更好地生存，他们依附于日本的间谍机关'黑樱社'。所以……"

安娜和戴维不约而同地瞥了眼那张异常的白脸。

"你们又想复杂了。日本人讲日语，但讲日语的不一定都是日本人。要不是这位朋友帮忙，我哪里能及时找到你们。你俩此刻或许已是隆兴庙废墟里的两具无名尸了！"

哦，两人尴尬地连声感谢。

远处，传来一阵枪声，隆兴庙的废墟里还是出现了两具无名尸。

阿廖沙吹了下略微发烫的枪管，瞪眼道："兄弟们，我们晚到了一步，眼睁睁地看着日本人抢了我们的猎物，还枪杀了我的母亲。我们去找老大，我们要继承我母亲的遗志，干一番大事替她复仇！"

"支持！"

"我们要向老大举荐阿廖沙接替做导师。子承母业，天经地义。"

"对。"

"我同意！"

“好兄弟们，有福同享有难同当！走！”

俊生的车离隆兴庙越来越远，隆兴庙那里发生了什么，车上的人并不特别关心。

“宝根，你不要嫌我多嘴，这次我能救你纯属运气。我不知道你在做什么，但你绝对不要再动去俄国的念头。谁会愿意冒着掉脑袋的风险带你深入俄国几千公里？即便真带你进入俄国，任何时候一看不妙都可以轻易地把你们甩在危险中自己逃离。你认识路吗？你会俄语吗？你碰到的任何一个人都会把你当奸细告发，让你命丧异国。”

车忽而停下，俊生继续道：“对过就是法租界了。仪器和地图我要还回学校。宝根，我们是从小一起玩大的，你有什么难处，信得过我的话，不妨对我说。我还住在原来的地方。对了，你的父母老了，你有空去看看他们。”

戴维点点头，默默地下了车。

第九章
又陷危局

雕虫小技

“你在想什么？接下来怎么办？怎么去俄国？”安娜整理着修女服，望了眼戴维。自下车后他就没吭过声。

“嗯，不去了。”戴维嘟囔道。

“什么？你再说一遍！”安娜猛地把衣服朝床上一扔。

“不去了，我们压根儿就错了。”

“你什么意思？你这么听你的那个朋友的话？你可别忘了我们是有约定的。”

“我的意思是我们不用跑到万里之外。”戴维郑重道，“我们的戒指根本不是什么传说中的‘涅瓦河之星’。”

“为什么？”

“你是如何解释这字谜的？你告诉我说大英百科全书称叶卡捷琳娜二世为叶卡捷琳娜大帝，IHCG 就是以此纪念叶卡捷琳娜大帝的缩写？”

“对呀!”

“我们犯了个愚蠢的错误，是俊生的话让我豁然开朗。小姐，叶卡捷琳娜二世是哪国人？她的情夫是哪国人？”

“据书上说叶卡捷琳娜二世原是德国人，欧洲皇室间通婚频繁，她是从德国嫁到俄国的。至于她情夫么，应该是俄国人啊。”

“你还不明白我的意思么，把IHCG解释为纪念这位女皇是英语的说法。她的情夫格里哥利怎么可能在考虑戒指上刻什么话时用英文思维表达呢？即便不用母语俄文，也应该用德语或法文，因为俄国的贵族文化是渊源于法国的。这也是霞飞路半壁江山是俄侨，俄、法能在法租界共生共存的根源。”

安娜呆住了，怎么就没往这上面想！愣了半天说道：“那，这些数字呢？不是经纬度又能是什么？不可能不是！一定是！你说的有部分道理，IHCG可以不是In Honour of Catherine the Great的意思，但并不能就证明这枚戒指不是‘涅瓦河之星’啊！只是我们至今还没破解IHCG这串字母的意思而已。”

“安娜，老实说，我内心一直有一种直觉，这枚钻戒不是‘涅瓦河之星’。我曾经看到一本书上介绍，欧洲皇室的钻石有点名气的都动辄上百克拉，而我们的钻石至多不过二十克拉，这钻石凭什么以旧俄首都的母亲河冠名？又凭什么成为叶卡捷琳娜二世送给相好的礼物，并在她送的成堆礼物中盛名远扬？”戴维停顿了一下，留给安娜思考，“当俊生说你认识路吗？你会俄语吗？我的直觉就更加强烈了，我突然意识到这些字母不应该是那种解释。”

“直觉？只听说过女人的直觉很灵的，没听说过男人的。”

戴维坚持自己的主张：“我敢说不是。你认为这些数字只有作经纬度讲，那是因为还没有找到别的更合理的解释，但是请注意——我们没找到并不等于不存在。”

“你没有证据，光靠直觉说服不了我。”安娜从床上拾起衣服重新折叠。

“那你的意思还是要去圣彼得堡?”

“你不去?”

“不去。我相信不是。”

“不行！我一个人怎么跑那么远去？说好了我们是搭档！男子汉一言九鼎，你真不是男人，真不是戴维!”安娜虎起脸。

看来无法说服这女人了，但这不是随便能妥协的事情。“好吧，既然我们谁也说服不了谁，做个游戏定胜负吧!”

戴维把房间里装饰架上的围棋棋盘摆到两人中间。

“我不会下围棋。”

“不要你下围棋。这么玩，我放一格，你放一格。”戴维拿出一粒围棋子放入棋盘空格当中，“后一手必须在前一手的旁边，一直放到谁没处放了谁就输。我让你一把，你先下我后下，怎么样?”

安娜迟疑了一下：“嗯，好吧。”

戴维的嘴角微微上翘。多年前，这是他在众多小伙伴和大人中百战百胜的小游戏之一。别人都以为输赢是随机的，而他却发现了必胜的秘诀，屡试不爽。

戴维熟练地步步为营，紧贴安娜的棋子落子。围棋盘由纵横各19条直线组成，即横竖各形成十八个空格，均为偶数。当行与列至少有一种为偶数时，只要掌握一定的下法，后走者有着必胜的法则。不出所料，安娜缴械投降了。

“不算不算！这个太难了，我以前没玩过不适应。”安娜要起赖。

“那我们换个更简单的。”戴维移开桌上的两只茶杯，把茶杯下的漆器圆托盘翻转倒扣在桌上，托盘平整的底朝上。“依旧是轮流放棋子，随便放哪里，不能堆积重叠，放好了不能移动。看谁没处放了谁就输。怎么样？无论谁输都不许赖。”

“这个简单，没问题。”

“还是你先来?”

“嗯，不，你先来吧。”

戴维要的就是这句！戴维将第一粒棋子放到圆盘中心。好了，已稳操胜券，不用白跑万里了！当无法用正常的方式解决问题时，游戏的确是个绝佳的解决办法。无论安娜在哪里落子，戴维的棋子都落在以圆盘中心点为中心的对称点上。只要安娜有地方落子，戴维就不愁没地方下子。最先无处落子的必然是安娜。

胜负毫无悬念。

安娜怏怏不乐地把手里剩下的几枚一扔，道:“将来要是有一天让我知道你的判断是错的，小心你的猪脑袋!”

安娜躺上床，被子往身上一卷，脸对着墙呼呼睡去。这一天太累了，累得整个身子往下沉，像要沉到湖底去，却又深不见底。整个世界在身后远去，婴儿尖锐的哭声、教堂洪亮的钟声、嬷嬷们神秘的眼神、浓重的汗味烟味……不要，都不要，什么也听不见了，什么也看不见了，都消失吧，我不想听，也不想看，甚至呼吸也不想呼吸，就这样沉下去，沉下去……前面一片黑暗，黑暗中渐渐有了亮光，亮光里看见的是毛，许多的毛，还有头发，都是卷曲的，棕色的，是男人的，迎面涌来……安娜伸出双臂驱赶，无济于事，越来越多，越来越近……安娜大叫起来。

戴维干巴巴地坐在对面的床上，刚刚拧亮的床灯发出刺眼的黄色光线。安娜看了戴维一眼，重新倒下，任凭戴维继续瞪着疑问的双眼。这女人真会做噩梦，戴维已经见怪不怪了。不过，戴维还是在内心打了个冷颤，不是怕她做噩梦，而是她的警告“将来要是有一天让我知道你的判断是错的……”她所担心的会有可能吗？哪怕千分之一、万分之一?

下下策

大池里一个人也没有。照往日情形，正可以舒服地泡个澡。泥鳅扑进池里，划拉了几下，稍稍泡去一层臭汗便裹了浴巾出来，对走上前来的扬州师傅摇摇手，急急地坐到躺椅上："等急了吧，搞定了。"

右边躺椅里，世轩睁开眼，这种事只有泥鳅能办成。不知道为什么他们要跑到万里之外，宝藏真在那么远的地方？现在他们下一步该如何走呢？

"人呢？"

"放了，安排了两个兄弟暗中跟着。"

"哦。"接下来这两人会怎么办呢？世轩努力揣摩着他们的心思。

"你托我了解的邢小姐的情况也有了眉目。"

泥鳅的话切断了世轩的思绪："说来听听。"

"她是个独生女，没有兄弟姐妹，早年和寡居的母亲寄居在姨母家，毕业于同德医学院，在松江那边的疗养院工作，再后来就与季大少爷结婚，然后改到许家集疗养院工作。"

"就这些？"

"还有，她是名虔诚的天主教徒。她的寡母好像姓薛，薛宝钗的薛。二十年前已经去世了。姨母一家待她不错，像亲闺女。"

世轩眉毛一跳，像被蜜蜂蜇了。

"她姨父是个经营苏绣的小商人，家住……"

果真是小丫儿！世上有这么巧的事情？她们怎么会来上海？那年一别时她才三岁，是最好玩的时候。穿着碎花小袄，笃笃笃地奔跑在水乡小镇的青石板路上，"爸爸，爸爸！"叫得人喝了蜜似的。

十五年前，当他逮到一个难得的机会偷偷回去寻访时，不料早已人去楼空，横竖探听不到一点消息……原来母女俩竟是来到了上海。幸亏上海那么的大，否则不巧碰上的话，倒是难以应付的尴尬与危险。

打住，打住！世轩暗暗告诫自己，当务之急不是考虑小丫儿，而是那对“金童玉女”，他们会怎么打算？

泥鳅远远地朝扬州师傅招招手，擦背去了。世轩出了浴室往回赶。去不了俄国，他们可能找别的办法再去，也可能长期静默，待以后机会成熟了再去。这两条路的前提是：他们对俄国有着确凿无疑的信心。如果没有信心呢？很可能就会打消赴俄的念头，交出戒指兑现。

平心而论，第一种可能——找别的办法再去，客观上难度高，成功的可能性小；第二种可能——长期静默，待以后机会成熟了再去，这种选择最大的阻碍是两人的主观意愿，等机会成熟要等到啥时候呢？怎么样才算机会成熟呢？对于在江湖上赚一笔是一笔的惯偷来说，捞现钞应该比遥遥无期地等待更符合他们的口味。那只有最后一种可能了。虽然无法和缥缈的巨额宝藏比，但实实在在的十万现钱也是不小的诱惑。对，最可能的就是交出戒指兑现悬赏。问题是，在多方的跟踪拦截下，他们将以何种方式再次出现呢？

世轩跨进教堂裙房大门，家辉正焦急地候着，说：“小少爷要见您。”

忠孝在书房等着世轩，书桌上横七竖八地摊着一堆报表和报纸。忠孝愁眉不展地向世轩摊牌：上个月各家分行的报表来了，业绩每况愈下，时局也一天不如一天。目前上海好些公司都在考虑内迁，我们也不得不做点打算。思来想去，只能有劳四叔去各地打点一下，为公司的前途开辟点新路。

世轩说自己已退居，恐难胜任此重托。忠孝表示，四叔是自家人，又是长辈，对各地的分行十分熟悉，以前都去过，除了四叔还真找不出第二个更让人放心的人了。他本人不是不愿意去，哥的事情还没个结果，上海总部也堆着一摊子事，实在分身乏术。

世轩不好再推辞，心乱如麻。这一去没有个把月搞不定。个把月！那还不什么都成了黄花菜了！不能去外地。关键时刻，必须留在上海！世轩决定铤而走险，试一试，对，试一试。下下策也可以是最奏效的办法，就这么定了。

世轩回到教堂，关紧了门。打开大衣橱，小心地搬出一叠衣裤，橱底木板上有一个自然的节子纹路，轻轻一按节子，衣橱背面挡板向两侧滑去，露出一个一尺见方的壁龛。世轩取了壁龛里的一只小玻璃瓶，拔去塞子，倒了两粒药丸吞下，然后物归原位。

世轩静静地躺下，闭上眼睛，体会着药物在体内慢慢融化，吸收……这个夜晚注定不太平了。

悬赏有音

闵神父几乎一宿没睡。做完晚祷告又看了会书，待就寝已是近半夜一点。不想凌晨三点不到，被一阵紧张的敲门声吵醒。一名教士来通报，世轩兄弟出事了，到处是血。闵神父来不及细问，跟着教士赶去，只见几个教士已将世轩抬至底楼的医务室，世轩后仰着头一手捂着鼻子，一手比划着，不知道说的啥，鲜血顺着指缝不停地滴落在睡衣的前襟上。教士们有的翻药柜，有的拿来毛巾擦拭，一见闵神父仿佛遇见了主心骨。闵神父也没见过这么多的血，慌忙指挥人去把教堂的司机叫起来，赶紧送世轩兄弟去大医院，另一路赶紧去电通知季家。

下午，在医院忙活了一上午的家辉回来向忠孝禀报，四叔出血暂时控制住了，但医院一时查不出原因。医生怀疑有内部脏器的重病，需要住院观察。忠孝叹了口气，这么巧，去内地只能另外派人了。他想了想，作出安排：将四叔转至公共租界内的宝隆医院。一方面，季家与宝隆医院一直有着密切的关系，德国人的医术也让人放心；另一方面，大少奶奶在那里保胎。家辉守着四叔，也可顺带照应大少奶奶。最近家里的事家辉就不要管了。

家辉领命而去。忠孝信步走到花园中，偌大的季公馆，除了几个干粗活的下人，如今空了。要是十年、二十年前，怎会料到有今天的落寞？这怪谁呢？忠孝喊回家辉，吩咐放那几个下人一周的假。

夜晚，一矮个儿神职人员按响了季公馆的门铃。厚重的大铁门打开了一扇小窗。

“什么事？”

“我是许家集教堂的张神父，我奉安道尔主教大人之命找季先生，完成一项他父亲的遗愿。”

“请稍等。”

约莫二三分钟后，大门打开，来人被引进书房。这间书房着实大，法式的气派家具，花枝环绕的大壁炉，厚重的落地双层窗帘一点没有使房间显得逼仄，却还有一座中式屏风将房间的后一小半隔开。屏风前的书桌旁坐着一个三十来岁的西装男，吸着烟斗，一丝诧异中夹杂着急切。

“您是季忠孝季先生？”来人一开口竟是个女的。

“是，听说你受托完成我父亲的一个遗愿？”忠孝好奇地放下烟斗，坐直了身体。

“很抱歉，我采用这种冒昧的方式打扰您。我并非许家集教堂的神父。”

“你是谁？你想干什么？”

“我是谁不重要。重要的是，我有您悬赏的东西。”

“你说什么？钻戒？带来了吗？”忠孝站了起来。

来人从手上褪下戒指递给对方。忠孝激动得双手颤抖地接过细细端详。“对，对，对，就是它！你从哪里得来的？你有我哥哥的消息么？”

来人摇摇头。“我是偶尔从一位朋友处得到这枚戒指的，又恰巧看到了您登的悬赏告示，才得知是令兄的心爱之物。至于令兄，很抱歉，我什么也不知道。”

“哦，真是太感谢了！我与哥哥手足情深，形同一人，没想到他竟遭遇如此不测……今天能再见到他的心爱之物，睹物思人啊！哎，都是这枚钻戒，魔咒显灵了呀！”

“魔咒？这钻戒真有不能见光的魔咒？”来人显出不安。

“怎么说呢。这枚戒指是家父早年在国外购得，从一名破产的犹太商人那里。银货两讫之时，那犹太人突然告诉家父一个秘密，说这是一只不能见光的钻戒。就是一旦被太阳光照到，这只钻戒就会大放异彩，但它的主人却会遭灾。这是他们家族流传了四代的古老魔咒。他的太祖母、姨祖母、母亲、大姐均死于非命。”

“真有此事？”

忠孝似笑非笑地咧了咧嘴：“信奉天主教的家父根本不相信犹太教徒的这番话，认为那商人是因钻戒低价易主，进行口舌报复。但为了安全起见，他还是将钻戒锁于保险箱内。家父逝世后，我兄长继承了它，他更是对魔咒之说不屑一顾。这次去广州参加同学聚会，便执意戴了去，不想就发生了这样不幸的事。老实说以前我也不太相信，现在看来，真是宁可信其有，不可信其无啊！”

“季先生不必过于伤心，毕竟令兄目前只是失踪……”

“谢谢你的安慰。我知道，兄长对这戒指爱不释手，若非不测，这戒指是断不会与人分开的。”忠孝哽咽道，“对不起，让你见笑了。哦，对了，我这就给你赏金。”

验明了赏金，来人提了包告别了主人，转身朝门外走去。

季忠孝悄悄打开书桌抽屉，取出手枪，瞄准了来人的背影……

第十章
追踪溯源

节外生枝

季忠孝准备扣动扳机之时，明代屏风后闪出一人，用枪顶住了他的脑袋。

“季忠孝，你终于露馅了！”

穿着神父服，走到门口的安娜一回身，大为惊讶道：“戴维！季忠孝，你这是什么意思？”

“谋害季忠仁的不是别人，正是此人——他的亲弟弟季忠孝！”

“你胡说！”季忠孝大声反驳。

“胡说？你们兄弟俩虽然都是季世卿的亲生儿子，但由于你哥儒雅聪慧，而你生性顽劣，令尊一向偏爱长子，更是立下遗嘱百年后将季氏集团的大权交与季忠仁。这一切都让你对哥哥心怀恨意。更令你不可忍受的是，令尊在最后时刻单独将长子留于书房密谈。而律师宣布遗嘱时竟然只字未提钻戒。你肯定是看到过，也听到过关于这钻戒的种种传说。于是，一个恶毒的谋杀计划产生了，季忠仁在广兴号轮上离奇失踪。”

“佩服，佩服！没想到你还是出色的小说家。”

戴维冷笑道：“这是完全真实的事情。”

“真实?”忠孝哈哈一笑，“世界上的真实只掌握在胜者手里!”正说着，书房的窗门全开，众多家丁举枪对着两位闯入者。家丁身后出现一位白西装男子，酷似眼前的季忠孝：“说得好！真实情况就是你们的末日到了!”

“你是谁?”

“鄙人季忠孝。”男子指了指书桌后的替身道，“瞧瞧我们像不像?呵呵，让你们欣赏一下易容术的杰作。他只是我的一个家丁。你们知道的太多了。给我上！一个都不能活着出去。”

话音一落，突然所有的灯都熄灭了。漆黑中一阵枪响……

七月初的一个晚上，雷上达路的一个院子里突然放起了焰火和鞭炮，那是38号季公馆的院子。没人知道为什么。既不是过年，也没听说有结婚之类的喜事。倒是前几天季家大少爷失踪了，成了上海滩茶余饭后的热点谈资。焰火过后，法租界西部街头巷尾又有了关于季家的新话题。

——你说季家遇到不幸的事情还放鞭炮焰火没道理?兴许季家这阵鞭炮焰火是在冲晦气，谁管得着呢?

——到底是富商家，出手阔绰，那鞭炮猛烈不说，焰火煞是好看，照亮了半边天。这种焰火国内是没有的，都是国外进口的呢。

——是啊，五颜六色，变化多端，好看得很!

当第一束焰火腾空，短暂照亮突然变得漆黑的室内时，站在书桌旁的戴维早已箭步冲到壁炉前按下了炉壁上的花形纹饰，壁炉旁的整排书橱迅速滑向一边，露出了一个暗门!

“快!”戴维上前拉起蹲在地上的安娜就往门里钻。子弹声淹没在鞭炮声里，此时嗓门再高也是哑巴一个。季忠孝没想到鞭炮声是把双刃剑，掩盖了枪声的同时也掩盖了他的吼声。他从心底里承认，他输了，输得很惨。他万万没想到半路杀出个程咬金，而且令他惊恐的是这个程咬金竟然对自己的家如此熟悉，甚至准确地知道这栋豪宅的机关与暗道！而他作为生活在此多年的主人竟对之一无所知！

当季忠孝看到书橱侧移，橱后出现暗门时，他大吼停止射击，可是谁也没听见。原本计划里就没有这一出。季忠孝不敢贸然冲进射程之内，只好在忽明忽暗中傻看着两个人影遁入暗门，机关复原。

季忠孝仔仔细细地把壁炉周围检查了个遍，所有的可疑纹饰都使劲按了好几回，一切纹丝不动。机关应该有反锁功能。再看书橱，是整体定制了嵌入墙内的，并非简单地靠墙摆放，要搬离也非容易之事。

季忠孝一不做二不休，干脆叫人把书橱拆了，这才发现了暗门，终于搞明白，暗道直接通到了季公馆外。季忠孝坐在书桌前，望着残缺的暗门发愣：书房原是父亲的，父亲在世时别人未经允许连进都不能随便进，原来是有这样的秘密存在。

一个外人怎么会如此熟悉？他究竟是谁？他与父亲是什么关系？

惊天秘密

“没想到季忠孝这么阴险毒辣！”安娜愤愤道，顺手把闷热的神父服脱了下来。拿十万悬赏的梦想算是泡汤了，还差点丢了性命。

“你应该考虑到这种可能性。”这女人独自擅闯季公馆，胆子真不小，可惜太鲁莽。

“谁会想到是他害他哥。既然主谋是他，为什么他还要刊登悬赏启事呢?”安娜心里窝火。

“那是因为谋杀背后出了点小小的意外。原定事成之后杀手应带着钻戒回来复命，可是，他必定是被深深吸引了，并敏锐地判断那枚钻戒的价值远远高于他的雇佣费。于是，心一横，带着钻戒逃之夭夭。”

安娜不自觉地低下了目光，说得对，不是只有她和戴维有眼睛，也不是只有他俩会心动。

“此时的季忠孝既怕杀手是个活口，钻戒成了物证，将来留隐患，又不甘心白白丢了宝物，便想出了一个绝招——刊登悬赏启事，同时派人向八卦记者透露钻戒所谓见光有灾的魔咒。”

“什么？魔咒的说法是假的?”安娜诧异道。

戴维点头道：“这么做可谓一箭三雕。一来可以向全社会传达他对长兄情深义重的信息，谁也想不到他哥哥的失踪会与他有关。二来告知天下这枚钻戒是件受诅咒的首饰，让杀手出不了手。你想谁愿意花巨款买一枚既不能戴出去又沾着血腥的戒指呢？三来，更可以让人相信他哥哥的失踪是触犯了魔咒，使这件事带上说不清道不明的迷信色彩。倘若这枚戒指出现了，还能通过它顺藤摸瓜，找到那杀手，以绝后患。”

“老谋深算!”安娜极度地失落，现在戒指也丢了，下步该怎么走?

“怎么了？泄气了？接下来想怎么办?”

明知故问！换作别人，安娜早就尖嘴利牙地回敬了。安娜没好气地给了戴维一个白眼，头偏向别处。

“送你一样东西。”

安娜一动不动。戴维摊开的手掌伸到了安娜鼻子底下。

安娜跳起来："怎么在你这里?!"钻戒，戴维的掌心里赫然静卧着钻戒！

"它就在书桌上啊，我走之前趁乱拿了它呗。"

"你动作好快！对了，你怎么知道他家的暗道呢?"

"呵呵，如果你没有急事的话，我带你去见一个人。"

礼查饭店位于外白渡桥北侧，公共租界的东区。这家外资饭店以其规范的服务和对宾客隐私绝对的尊重享誉沪上，欧美人士尤其偏爱。戴维来到五楼商务套房区，轻轻地在501客房门上敲了一串《波莱罗舞曲》节奏。

"嘭嘭嘭嘭—，嘭嘭嘭嘭—，嘭—嚓，嘭嘭嘭、嘭嘭嘭、嘭-嚓"。有人把门打开一条缝，随即从门内卸下了保险链子。安娜尾随戴维进入室内。

开门人对戴维点头致意。戴维吩咐道："请先生出来吧。"开门人随即进入里间卧室推了一辆轮椅出来，轮椅上坐着一个30多岁的男子，一身素色居家服，宽额圆脸，随意不掩儒雅。

"这就是季忠仁季先生。"

戴维的话令安娜眩晕，季忠仁？他不是被害了吗？怎么好好地活着？且与戴维关系非同一般？但看轮椅上的这位，眉宇间的确与季忠孝有些相似，只是少却了几分阴险，多了几分书卷气。

"我是季忠仁。"季忠仁彬彬有礼，微笑答道，"大家坐下慢慢说。"

什么?! 这钻戒还是有关宝藏！猪脑袋！安娜恶狠狠地瞪了戴维一眼，眼神里恨不能伸出只手摘了他的脑袋。

"能冒昧地问个问题吗?"戴维说道，"令尊为何在遗嘱中特意不提及这枚钻戒?"

季忠仁耸耸肩，苦笑道："这不是明摆着吗？他不希望更多的人知道有这东西。"

"可令弟还是知道了，或许还有别人。令弟是怎么知道的呢？"

季忠仁摇摇头："我也是看到报上的悬赏启事，才确认他是知道这枚钻戒的。"

"他不是您的亲弟弟吗？他就为了一枚钻戒要谋害您？"安娜插嘴道。

季忠仁沉默了片刻，哀伤浸润了脸庞："可以说是，也可以说不是。"

"怎么讲？"

"还得从我父亲说起。"

季忠仁告诉大家，父亲季世卿出身商人之家，早年在上海读书，后又留学欧洲。季世卿的父亲即自己的祖父希望儿子学经济，将来可以振兴家业。可是擅长数学的季世卿在欧洲改学了建筑设计，并入了教会。当一身洋装一腔洋学的季世卿回到家乡时，被他的父亲痛骂数典忘祖。季世卿于是来到上海的十里洋场，靠自己的专业打拼逐渐立足。后来，祖父身体不好，父亲回家乡完婚。祖父过世前将家业传于父亲。

祖父过世后，父亲把全家迁到了上海。在上海，父亲靠多年的诚实经商、热心公益获得了良好的口碑和兴隆的家业。外界的传说和猜测很多，但没人确切知道他有多少财产。至于这枚大钻戒，更是无人知晓它的来历，也从来没有见过季家的女人戴过。忠仁第一次看到钻戒还是在父亲病倒之后，父亲过世的前两天……

"那个午后，我去看望父亲，他用含混不清的表情加言语支走了看护，挤眉弄眼带哼哼，使出浑身解数指挥我锁了门。让我按动壁炉上方一朵花朵雕饰，靠墙的书橱瞬间移动，露出一个深不见底的通道。"过去的场景在忠仁的眼前重演，"书橱背面的架子上放着一只八宝首饰盒，父亲不停地扬眉，示意我拿下盒子打开，里面是一枚美丽无比的大钻戒。父亲异常激动地想说话，可是越激动他的五官越扭曲，让人无法准确判断他的发音，我连蒙带猜只隐约地听得一个‘宝’字。”忠仁的脸上难掩遗憾。

“后来呢?”安娜忍不住问。

“我天真地以为来日方长，等父亲身体好转了自有机会再问。唉……”忠仁叹息道，“现在看来，那日父亲实属回光返照啊。他没有把这么漂亮的戒指给任何一任妻子，悄悄地放在密道里，一定有深意。”

死里逃生

季忠仁继续介绍：“父亲去世的时候，遗嘱里处置的财产并没有人们想象的那么多。再加上父亲对钻戒的隐瞒以及回光返照之际的言行，不得不令人遐想，他还有隐匿的巨额财产，或者说宝藏。钻戒白金底圈内侧刻着一圈字 **IHCG 30. 19. 60. 01**，既不像人名也不像日期。难道父亲拼命想说的就是这串字母与数字的含义吗?”

这几年忠仁一直在悄悄地研究钻戒，但始终不得要领。听说今年的同学聚会旅居美国多年的老同学们将专程赶回国参加，其中有两位搞数学研究的，忠仁思考再三，决定带了钻戒找两人看看，不料在去的船上遭到劫杀。

忠仁认为，弟弟既然知道这枚钻戒的存在，十有八九他也知道钻戒与宝藏有关。所以他对自己下毒手可以说是为了钻戒，也可以更直接地说，是为了宝藏。

“那您是如何逃过一劫的呢?”安娜问。

季忠仁含笑道：“我命不该绝吧，遇到了一位好人相救。”

“您听说过‘涅瓦河之星’吗?”安娜问道。季忠仁摇摇头。戴维微微皱了皱眉头。安娜仔细地讲解自己的推论以及戴维相反的看法。

“安娜小姐，我有个提议，你们看是否可以接受。”季忠仁诚恳地说道，“既然我弟弟悬赏十万，我也可以。他是假意，但我是真心。毕竟这枚钻戒是过世的父亲特地遗留给我的珍贵礼物，你们让我失而复得，我非常感谢。”

季忠仁伸出手，年轻仆人递上一只八宝锦盒。季忠仁接过安娜手上的钻戒，端端正正地嵌入锦盒红丝缎的内衬中，轻轻合上镶嵌着八宝的盒盖，递还给安娜。安娜惊讶道：“季先生，您这是……”

“安娜小姐，你和你的搭档都是非常聪明之人，希望你们能帮助我破解这枚钻戒的谜底，以告慰我父亲在天之灵。”季忠仁郑重地按了按首饰盒，“我们若不走在前头，忠孝就会千方百计寻觅，还有五爷、日本人。他们对你们俩的追杀也不会停止，忠孝的阴谋也不会大白于天下。”

季忠仁满意地看到戴维点头赞同，他低下头有点艰难地继续：“关于忠孝，我不妨对你们两位以实相告，他不仅谋财害兄，他——他可能还暗中与日本人有勾结。”

季忠仁抬起头诚恳地望着面前的两位，坚定地说：“只要我活着，我绝对不允许父亲遗留下来的宝贝将来落入日本人的手中！更不允许他的一世英名遭逆子玷污！我恳求你们帮帮我!”

“季先生，我冒昧地问一句，你是否曾经有个年轻的继母死于车祸?”戴维想起那神秘的俄国人。

“你怎么知道的?”季忠仁颇为诧异。

“市井传闻。你知道富家的不幸总是最容易被津津乐道的。”戴维故作漫不经心的样子。

“是曾有个继母，嫁过来才一年多就死于车祸。可能她的死对父亲造成很大的打击，父亲后来就再也没续过弦。那时我还小，在寄宿制学校读书，与她见面机会并不多，对她也无甚了解。”

“哦。”季世卿曾再婚是真，续弦死于车祸也是真。这从另一侧面说明钻戒确实关联着某个宝藏。可是，季忠仁也认为这戒指不是“涅瓦河之星”，那么，**IHCG 30. 19. 60. 01**，这串密码到底是什么意思呢？

第十一章
起死回生

救人要紧

上午，世轩听前来探望的家辉说，由于大少爷的下落一直成谜，小少爷昨请了风水先生来，认定季公馆风水欠佳，阳气不足，于晚上特定的时刻在院子里大放了一把焰火，驱阴添阳；又说要改造书房，因为平日里书房密闭，朝向又不佳，老爷当年也是在书房病倒，说明浊气太重，要破一破。

世轩惊异道："当真不年不节的放焰火了？"

家辉确认是真，只可惜小少爷吩咐他去波尔多酒庄采办一批葡萄酒，未能亲眼目睹焰火的盛况。

忠孝什么时候信风水了？世轩内心冷笑，一定是发生了什么特别的事情。难道是与他们俩有关？这么快就想法子接触到了悬赏者？如果是，那么糟了，这两人现在该在哪儿呢？会不会已遭不测？忠孝若得到了钻戒，他下一步会怎么做？

想来想去，最好的办法是以静制动。如果钻戒真与宝藏相关，无论谁握钻戒在手，他必定会探寻一切与季世卿有关的地方，而世卿亲自设计的教堂无疑是重中之重。

世轩下午吵着要出院。家辉拗不过他，请来了主治医生。世轩坚持，什么病因也查不出，且自我感觉甚好，也不再流鼻血，再这么待下去自己反而要闷出病了。下午的晚些时候，双方终于达成了协议，鉴于医学方面还需进一步检查，世轩还暂时留院观察。不过，世轩是自由的，白天想听戏、喝茶、去教堂……一切自便。

晚饭时分，世轩径直去了教堂。再过一日，世轩在教堂待晚了，就不回医院了。托教士去电告知时，家辉已经在医院急得团团转。翌日一早，家辉带着世轩最爱的小笼包赶到了教堂。好劝歹劝，把世轩劝回医院去做既定的检查项目。

一进医院，两人意外地被请去见副院长。副院长神色凝重地告知："我们正在抢救邢雅萍女士。她流产了，大出血。"

怎么会突然流产的呢？副院长摆摆手说，现在重要的不是探讨突然流产的原因，而是救人。邢女士是AB型血型，是四种血型里最少的一种。医院里AB型血液库存不够，已经紧急向其他医院求助。当下的时局，战争已经开打，血源紧张，各医院都严格控制用血。越来越多的华人涌入租界，交通也有不便，邢女士需要的血还没有得到确切的落实，让人甚为担心。希望尽快通知到邢女士的血亲，以备不时之需。另外，家属要做好充分的思想准备和最坏的打算。

"抽我的，我是AB型！"世轩撩起袖子，不顾众人的担忧与反对，决意献血。

感谢上帝！在这么多年后，能让我再见到小丫儿，能让我以这种方式弥补对她的亏欠，对她妈妈一世的亏欠！感谢上帝！！

看着鲜血缓缓地从手臂里流出，注入血袋，世轩的一部分生命以及满心的祝福也随之而入。世轩闭上眼，内心默默地祷告，他仿佛看见小丫儿的母亲在天国微笑着注视自己。

献了两袋血，家辉扶着世轩到病房，世轩晕晕沉沉地睡了一上午。午饭时分，家辉试着喊醒世轩用膳，并欣喜地告诉他，大少奶奶抢救成功了。医生说多亏了世轩的血，否则情形还真不好说。现在大少奶奶的亲戚也到了，正在听院方的情况介绍，等会儿自是要过来向四叔当面道谢。

世轩暗暗一惊，皱着眉头看了看眼前的菜，说吃不下，还是想简简单单吃碗老半斋的肴肉面。家辉听了，马上说没问题，您歇着，我这就去买。

家辉一走，世轩立刻起床，不顾脚软踉跄到门口，透过门上的小窗看着家辉消失在通道转弯处，便小心翼翼地一闪身出了门。

快，要快！越急，脚越不听使唤，远远地听见家辉的声音从右前方的通道里传过来，越来越近，定是家辉未出院门，碰上那亲戚。世轩急忙拐入左边通道，绕了两绕，从应急楼梯下到一楼大厅。穿过大厅出了楼，就是院门了。世轩不知道要去哪里，一心想的先逃离了医院再说。

“嗨，四叔！您等等！”

一团乱麻

一个人会将什么编成密码？这是个没有固定答案的问题。就像人生的意义，一百个人或许就会有一百种回答，甚至不去思考本身也是一种答案。实际上，大部分人忙于柴米油盐，不会去思考一个离现实很遥远的问题。戴维和安娜忽然发现他们正面对一个很遥远很费解的难题，却没有退路。除了获得十万悬赏这个很实际的目标外，现又肩负起从未有过的重大使命——不让宝藏落入外族手中。两人感到严峻、刺激、迷茫，他们必须尽快找出这个没有固定模式的答案。

季世卿，一个已经去世的陌生人，他的生命里什么是最重要的，最有可能被他编成密码的呢？

“生日！”安娜判断道，“他自己或者重要的亲人的。你们看这些数字，**IHCG 30. 19. 60. 01**，两两一组，其中还有 19。我们完全可以把这组数字重新排列，按公历的年月日可以排成 1930 年 01 月……”

“60 日？”戴维嘴角泛起浅笑。

“呃……为什么不可以看成 10 月 06 日？当然也可以是 1906 年 10 月 3 日、3 月 10 日，1903 年 6 月 1 日、6 月 10 日、10 月 6 日、1 月 6 日，还有 1901 年 3 月 6 日……”

季忠仁摇摇头：“据我所知，我们家这几个年份都没有人出生。”

戴维嘴角抽搐了一下，眼中满是疑惑。

“重要的纪念日也很有可能。比如公司成立之日、大学毕业之日或者亲人的忌日……”安娜补充道。

忠仁皱紧了眉头思考良久，在众人期盼中失望地又摇了摇头。

这样猜测不是办法，季忠仁铺开了纸，三人群策群力，把季世卿生活中可能有关联的数字写了个遍。首先是身份证件的号码、电话号码、账号、门牌号。这四个号码没有一个是 8 位数。况且，密码开头的四个字母是什么意思呢？身份证件号码、电话号码是没有字母的，季公馆、季氏集团及其下属各公司、上海各大银行、各条马路的缩写都没有与密码字母相符合的，哪怕换了位也是没有。若不是简单的缩写，那字母替代法则又是什么呢？情况变得根本无从着手。

三人对着锦盒发呆，锦盒里的钻戒闪亮夺目，仿佛看着一筹莫展的众人得意地笑花了眼。

对于季世卿来讲，还有什么是很重要的呢？忠仁梳理了两条线索。一是父亲是个虔诚的天主教徒，每周主日没有特殊情况的话都要去做弥撒。他去世前身体时好时坏，看病较多。看病基本都是预约德国籍医生穆勒上门，有时需要做检查，设备关系，也会预约了去医院。二是父亲一生热衷于慈善事业，曾经资助过医院、教堂和图书馆等等，为此甚至变卖过早年的部分古董收藏。

"他常去的教堂和医院分别是哪里？"戴维问。

"许家集教堂和宝隆医院，就是现在的国立同济附属医院。"

"法租界不也有很好的医院么？为什么他要特地舍近求远去公共租界里的医院？"戴维很不明白。

"宝隆医院是德国医生宝隆先生始创的，医生也大多来自德国。家父比较欣赏德国医生的严谨细致，他还资助过这所医院。同时，他也资助建造了许家集教堂。"

"我有个想法，"安娜说，"这密码会不会是季老先生在宝隆医院的病历编号？每个医院的病例编号是不同的，我不清楚宝隆医院是如何的编号规则。或许他在病历资料上写了有关宝藏的信息也未尝不可。"

"这是种可能性。最好是能直接联系到季老先生的那位德国医生穆勒。"戴维答道。

忠仁马上摇头："没这可能了，穆勒医生几年前回德国了。"

"季先生，你父亲给你钻戒的时候，钻戒就是放在这个盒子里的吗？"戴维的问话有点突兀。

"嗯，是的。"

这有啥好多问的？安娜白了戴维一眼，又看了看锦盒。红木质地，盖面镶嵌着珍珠、玛瑙等八宝。打开锦盒，内里是首饰盒惯用的正红色织锦缎内衬，上面织有传统百子图案的局部。在盒盖正中央绣着钻戒上的那行小字：**IHCG 30. 19. 60. 01**。这行字的上下，有五个小孩尤其绣得传神。字母 CG 的上方，有个小孩在调皮地脱靴子；四组两位数的左上方，一小孩在与一只缺了尾巴的猫玩耍；右上方的小孩玩着一对钩钗首饰；数字正下方一个孩子耍着十八般兵器之一的钩，他的脚下方，另一个孩子则捧着一卷书。文武兼修的意思吧？

30. 19. 60. 01，**30. 19. 60. 01**，戴维听到了自己的心跳声。

第十二章
往事难忘

回家探底

在礼查饭店季忠仁的客房里，安娜报出由 **30. 19. 60. 01** 这些数字任意合成的几个日期组合，戴维听着，着实吓了一跳，他听到了自己的生日。转而一想，即便真是日期，那么多的排列组合，碰巧相同又有什么稀奇？何况为什么 30、60、01 这三个数字要颠倒了组合呢？没有道理嘛！

但戴维偏偏就此着了魔似的，脑海里不停闪现着这四组数字，不肯歇息。俊生的话反复响起，回家看看，回家看看……

他把他的想法说与幽居的阔眉男听，那是唯一一个他可以对之畅所欲言的人。对方沉思后表示赞同。

他们又聊了好些事。回忆排山倒海般地涌来。那是十岁生日，他第一次发现，自己生日竟然年年不同日。养母笑着告诉他，我们记的是农历，你讲的是公历，当然年年不同日。事后，他专门去学校图书馆找到一份本世纪五十年阴阳历对照表，才知道自己的生日公历是1903年6月10日。他把这一日期工工整整地记录在随身的笔记本上。

想到养父母，戴维就不得不提到养母烧的一手好菜，蚝油牛肉、水晶虾仁、梅干菜烧肉……都是他的最爱，也是菊妹所爱。菊妹是养父母的亲生女儿。可每次有好吃的，养母都会呵斥菊妹贪嘴，却惯着他吃。只有邻居邢嫂的女儿萍妹也来吃饭时，菊妹才敢放胆吃一些……

戴维还记得饭桌上方的灯，有着漂亮的花边白玻璃灯罩，每晚一亮，黄色的灯光热气腾腾地散发着家的温馨。可是，为什么对自己这么好的养父母却有着冷酷无情的另一面呢？这是郁积在戴维心头十几年的心结。

不管如何，他现在做了个决定，不改了，无论这有多难。

沿着霞飞路往东，近贝勒路，里弄住宅一片接一片。天还未全亮，做早生意的店铺刚点起屈指可数的几盏灯。再过一会，这条街就成了扫街的、卖菜的、送奶的以及勤劳的主妇们的舞台。

戴维顶着晨雾拐入仁和里。霞飞路商业街十几年变了很多，而时光在仁和里这片居民区停住了脚步。戴维走到第三排右转。第一家紧闭的大门里一如既往地传来了几声犬吠。戴维的心咚咚作响，他看到了那只做工考究的仿红木信箱依旧钉在第三家门边的墙上，旁边的大黑门上虎头门环被擦得锃亮。戴维伸手摸了摸门环，朝里面使劲地张望，门里已经隐约闪出灯光来。他迟疑了一下，握着门环轻轻地叩响。

"谁呀？"门上的小窗打开了，露出两只眼袋重重的眼睛，"先生你找谁？"

这双生着白内障的苍老眼睛能认出完全变样了的养子吗？戴维心一颤："妈，我是宝根。"

"你，你是宝根？你是宝根！老头子，宝根回来了！"门迅速打开的一瞬间，养母立刻抱住了戴维，生怕再失去他。晨雾弥漫进戴维的眼眶。

“宝根，”养父嗫嚅着，“你终于回来了。你不恨我们了，是吗?”

“爸，妈……”

养父突然伸出手制止道：“别再叫了，这么多年我们俩想了又想，想明白了。你想知道的，我们都告诉你。”

“宝根，对不起你！是我们的错，让你在外受苦十几年，一转眼都成中年人了。”养母两行热泪将戴维的心彻底打湿。

“妈，快别这么说。是我……”

“宝根，你虽不是我们亲生的，但我们一直把你当亲生的一样。我和你妈当初不肯说出你的身世是迫不得已啊！没想到令你这么伤心，一走就是十几年。”养父一脸的后悔，“现在，我全部告诉你！我们老了，再不告诉你，就要带进棺材里了，你就一辈子不晓得了。但是，你须答应我们，千万不要去找你娘家！我们当初答应老爷的，不能不守信用。”

戴维第一次知道亲生母亲叫高淑仪，是苏州富商高文德的小女儿，生于光绪十年春分之日寅时初。她十四岁就跟着大哥、大姐到上海去读书。只是每年放假回来一两次，住上几个礼拜又去上海。高淑仪天生丽质，又加上在上海读洋书，见了世面，随着年龄的增长出落得愈加高雅动人，是父母的掌上明珠。

十七岁那年夏天回家，她却与父母大吵了一场，震惊了全府上下。原来她在上海私订终身，遭到父母的坚决反对。父亲将她软禁府内，并张罗着将她另许他人。高淑仪逮到个空偷偷出逃，回到了上海。大半年后她被大哥带回苏州，不久她被发现已怀了孕。

为了避人耳目，在高老爷的安排下，高淑仪搬到远郊的一处宅子住下，由仆人赵大贵夫妇前去照料。高淑仪在生育时难产去世，却生下了一个健康男婴，取名宝根。

赵氏夫妇抱着新生儿去见老爷，不料老爷拒不肯看一眼外孙，一袋银子打发了赵氏夫妇。夫妇俩带着小姐的骨肉儿经辗转，最后在上海法租界定居。

“我亲生父亲是谁？他为什么没有来提亲？”戴维怒火中烧。

“不知道啊，我们做下人的怎么好打听这种事情呢？”养母无奈地说，“我们服侍小小姐的那些日子，小小姐一直闷闷不乐，整天整天地不太说话。哦，对了，还有就是翻看她的那些书，有些书还是洋文的，边翻边落泪。哎，作孽啊！小小姐聪明漂亮，写诗、猜谜本领很高，她大哥大姐都及不上。她还会自己编谜语，还能讲一口流利的洋话，可惜命薄啊！”

“我母亲葬在哪里？”

“老爷把处理小小姐后事的任务交给了佣人阿三，他是老管家倪庆海的三儿子。他们家祖孙三代都在高家做事，与我们是同乡。我们带了你离开高家后先在老家居住了一年多，后来才到了上海。我们还在老家时阿三回过乡，还来看过我们。”

养父点头道：“是的，他告诉我们，老爷不允许小小姐入葬高家墓园，说脸都让她丢尽了，就当没有这个女儿，随便葬在哪里让他自己决定好了。”养父伤心得说不下去。

养母接话道：“阿三只好把小小姐葬在离高家最近的普通坟山上。他对我们讲，如果你们有条件，最好把她的坟迁到乡下来，也只有你们还可能给她清明冬至上上坟。可我们那时正想着要到上海来谋生，到了上海刚刚安定下来，我又怀上了菊妹……便把迁小小姐坟的事情搁置下来了。”养母一脸的愧疚。

“那我母亲的坟还在苏州？”

“不是，不是。我们在上海安定后不久，发生了件奇怪的事情。”养母放轻了声音，“有一天我们开信箱时发现了一沓钞票，塞在一只信封里。信封上有一行写得歪歪扭扭的字：好好带好小孩。以后每过一段日子就会又来一信封的钱，钱的数量越来越多。虽然我们留心，但一直没看到到底啥人放的。”

养父又抢着说：“我们寻思着会不会是老爷心生后悔又不方便表露，便安排人偷偷送来。希望是吧。”

养母有点不满意老头子的插话，瞟了他一眼：“是不是啥人晓得？”养母又对着戴维说道，“不过，我们有了这资助，在上海落脚的第三年你爹就回了苏州一趟，把小小姐的坟迁到了上海。现在葬在长安公墓。这些年来，我们年年冬至和清明去看她的，今年清明也去看过了，你放心。”

“没想到我外公对自己女儿这么绝情！”戴维一拳砸在桌上。

养母慌忙说道：“宝根，都是三十多年前的事情了。你外公在苏州也是有头有脸的人，小小姐未婚先孕他自然挂不住面子。再说老爷也早已仙逝。”

“那这几年来还有人送钱来吗？”

“是啊，一直有。”

“那说明并非是他让送的。”

养母思索了一下，说：“也不能这么断定。你的舅舅、姨妈都还在啊。老爷说不定临终有过交代。”

“你们在上海的住址有没有告诉过高家人或者老家的人啊？”

养父母同时坚决地摇摇头：“没有。”

“那你们怎么知道老爷子去世的？”

养母解释道：“前两年你爸又回过老家，给自己的爹娘上坟。在老家遇上倪庆海。他年纪大了，做不动了，老爷也不在了，便告老还乡。”

养母说话间养父转身进里间，拿出一个扎得紧紧的布包，郑重地放在八仙桌上。养母神情庄重地一层层打开，小小的布包竟包了三层。戴维从她的举动中感觉到了不寻常。打开最里一层真丝手巾，养母双手捧起一本泛黄的书递给戴维："这是你妈留下的。"

《谜趣集锦》，一本关于谜语的闲书。戴维轻轻地翻开封面，仿佛打开藏有宝藏的地宫之门。发黄发脆的封面在戴维的指间微微颤抖，好似随时准备化蝶而去，戴维捏紧了怕碎捏松了怕飞，手指感受了千钧的重量。

往事追寻

"这本书你妈很喜欢的，经常放在枕边。高家来处理你妈后事时我们悄悄藏起来留个纪念。"

养母的话仿佛漂浮在遥远的另一个世界里，戴维的世界此刻只有眼前的这本书。书的扉页上有两行陈旧的钢笔墨水字迹，是英语："To my daring Cathy，Yours forever Davy"。

戴维问："我亲妈的英文名字是不是叫凯西?"

养母一脸抱歉："这个不知道呀。没听说过，我们又不懂洋文。"

"书肯定是她的，没错吧?"

这回养母表示出了充分的信心："这个肯定没错！你翻到后面看看，上面都是她亲手写的笔记呢，有的还是我当场看着她写的呢。"

养母说的对，母亲必定是酷爱猜谜的，也是猜谜的高手。这本书上密密麻麻地写满了每个谜的解析过程和答案。有的地方母亲又根据书上的谜语自己编了同类谜语写在边上。比如书上印着：望夫云（下楼格，打《水浒》诨名一）。母亲写道：面郎君白→白面郎君。然后她又在页面边上即兴写了个同类型的谜：十读成九（下楼格，打一成语）。答案：一念之差。（念之差一→一念之差）。

一念之差，哎，一念之差。母亲这短暂凄婉的一生算不算一念之差？当她挺着日渐隆起的肚子幽闭在苏州郊外的荒宅里想的是什么？为什么在被这个有名无姓的Davy抛弃后，她还一往情深，把绝情寡义之人的礼物放在枕边？她难道不后悔？不绝望？为什么这家伙居然也叫Davy！戴维噎得慌。

“老头子，你在高家时有没有听到过小小姐的洋文名字叫……叫啥？”养母转向戴维。

养父未等戴维重复Cathy一词，头就摇得像拨浪鼓：“没有没有。佣人们都称她小小姐，老爷、太太叫她小名珍珍，大少爷、二少爷、大小姐叫她珍妹，从没听说有别的叫法。”

“没关系。”戴维说道。不懂外文的二老当年即便是听到过母亲的外文名字也记不住，更不用说三十多年后还记着。

“宝根，”养母迟疑道，“你这次回来，不会再走了吧？你这十几年怎么生活的呢？娶亲了没有？当爹了没有？要是你成家了一起回来住吧。我还干得动，可以帮你带小孩，买汏烧。”

“我还没结婚，在外面做点小生意。”戴维顿了顿，“这次我在忙一笔大生意，暂时不能住回家。等我做成生意，足够买房子买田，我们一起搬回老家去好好过日子，好吧？对了，菊妹、萍妹现在好不？”

养母点点头，生怕说得不详细：“你走时菊妹还刚刚读初中，现在已经也三十岁的人了，在一家定做高档西装的私人公司做事。结婚了，住在静安寺那里，先生是在银行里做的。萍妹呢，早就被她姨妈领回去了。那还是你走后第二年的事情呢。本来么，你晓得的呀，她就是后弄堂邢嫂的女儿。”

养母见到桌角有灰，用抹布擦了把，叹道：“邢嫂作孽啊，男人据说跟了老板到国外去了，天晓得！这么多年我们也从来没见过。她自己年纪轻轻就得了不治之症，临死把萍妹托付给我家。我也是可怜小孩才收下的。后来，她姨妈来要领她回去，我怎么能不让走呢？一开始两年还有几封信来，后来就断了音信了。现在也有三十来岁了。说不定啊，早已结婚成家做姆妈了。”

养母停了停，换去一丝惆怅：“宝根啊，你暂时不住回来，那你有空就经常回来，你这么多年没有吃过我烧的水晶虾仁、梅干菜烧肉了。要不，我现在就去买菜，叫老头子去通知菊妹，一起来吃饭。你们兄妹也十几年没见了。”

“不了，妈，我今天还有重要的事情。下次再聚吧。我会经常来看你们的。”

养母有点失落，随即掩饰道：“好的，依你吧。”

“妈，这本书我可以带走吗？”

“当然，你姆妈的东西嘛，我帮你包起来带走吧。”养母接过书恭恭敬敬地放在三层布料中间，“对了，这真丝手巾也是你妈用的。”

质地很好的真丝绣花手巾，是那种有钱人家小姐的贴身之物。养母拎起一角与另一角打成结，戴维发现手巾角上绣着两个大写的花体字母，仔细一看：C. G。

“宝根，”养母一把实实地抓住戴维的手臂，一本正经地嘱咐，“姆妈求你件事情，你一定要答应。这世界上，只有高家的人是你的血缘亲人。做人要对得起天地良心，宁可人家负我，也不可以做对不起人家、伤天害理的事情啊！”

养母一辈子都那么善良，戴维点头答应。

法租界的西南，长安公墓是历史最悠久的公墓。这里奇松古柏参天，百鸟千虫鸣和。多年的闯荡，戴维曾路过此地不下十次，除了墓碑坟墩，这里的风景和公园没啥两样。不曾想，可梦不可求的亲生母亲原来就近在咫尺。

母亲的墓碑与邻居们比简朴得显眼，既没有成群的子子孙孙立碑人名单，也没有文笔简练隽永的墓志铭。只简简单单的七个字：高淑仪小姐之墓。

一个未婚先孕、无法认祖归宗的短命女子，该如何写墓志铭呢？还是无字胜有字吧。但有怀念、怜惜之情不妨存于胸中，或前来献花一束足矣。就像此刻，墓碑前一束白色的百合新鲜怒放，恰似她生前的美丽与对爱的追求。

戴维的眼皮猛地一跳，这么大一束百合，这绝不是养父母的方式。依养父母的老派，即便来看小小姐，也定是点香烛烧锡箔，哪会献花？再说养母亲口说“每年冬至和清明去看她，今年清明也去过了。”这花根本不可能是几个月前献的，看其新鲜度最早不会超过两天！养父母说他们没有告诉过任何人小小姐的墓地地址，来的是谁？是那个负心汉 Davy？是那个神秘的送钱人？这两人会不会是同一人？

第十三章 各有所获

各忙各的

世轩被一声喊拦在了医院的大厅门口。家辉急匆匆地奔来："四叔，您这是要去哪里啊？"

"我想去院子里透透气。"

"大少奶奶的亲戚来了，在您病房呢，您待会再去院子吧。"

世轩暗暗叫苦，被押解般地跟了家辉回去。人就是这么奇怪，当初大少爷结婚的时候，邢雅萍的姨妈作为女方的长辈出席了婚宴，世轩并没有什么特别的印象，也没有联想起什么。如今一见面，从雅萍姨妈的脸上活脱脱看出了雅萍母亲的样子来。

世轩不敢直视，面对对方的千恩万谢，一再低头谦和地表示这是应该做的，不足挂齿。待家辉引客人离去，世轩方松了一大口气，瘫坐在椅子里。雅萍的妈妈若在世，也该是这般模样了？不不，她的眼睛是没有眼袋的，也没有深深的鱼尾纹。她的颈是白嫩的，脸颊是光滑紧致的，而不是白皙松弛的。她的体型也极为匀称，没有发福的肚腩。她生育了小丫儿后大半年就彻底恢复了，梳两条小辫完全可以冒充小姑娘。做到这点，不仅是因为身材，还有她的眼睛，永远是明亮清澈的，清澈得不忍多看，看久了仿佛就会照出自己的鄙陋来。

这样一双眼睛，只有最美好的希望、最幸福的生活配得上她的期待。可是，她期待到什么呢？自己什么也没有给她，除了四年短暂的共同生活和无尽的担惊受怕。总想着革命成功了，会有一天团聚，会有一天能够执子之手与子偕老，却是一场梦。对不起！真心对不起！！

“她四叔。”门口一个声音怯生生地唤道。世轩一抬头，雅萍的姨妈竟独自折回来了。

“我能进来说个话吗?”老妇人站在半开的门边，迟疑而礼貌地问。

“当然，请进。”世轩如临大敌地站起身。

“您是季家的长辈，能不能如实相告，忠仁他……是否真的已经……你们都瞒着雅萍?”

“没有啊!”世轩如释重负，“小少爷发出的悬赏一直没有消息，警方也没有音讯。我们正在通过各种渠道进一步打探。”

“可是，我听说了一些事情，说忠孝少爷在季公馆放许多焰火，又重新装修房子。这是为什么呢？您是清楚的，当年季老爷的遗嘱是明确把雷上达路的房子留给忠仁的。若不是忠仁不在了，作为弟弟的忠孝少爷怎么就自作主张地重新装修起房子了呢？即便哥哥不在，嫂嫂还在呀！还有，这不年不节的大放焰火，上海的小报上满是八卦文章。若不是忠仁有了不好的消息，干嘛要冲晦气呢？您知道雅萍怎么会突然流产的?”

“怎么会的?”世轩心一紧。

“她就是无意中得知了这些事情，认定忠仁有了坏消息，决意要去找小叔子询问清楚，一不留神在医院走廊里滑倒了才流产的！这孩子，遭罪呀！丈夫、孩子都没了的话，叫她如何活下去呀……”老妇人哽咽得说不下去。

“您千万别多想，事情没有坏到这个地步。”

“那你们也得好好地跟雅萍说说清楚到底怎么回事呀，别再让这可怜的孩子痛不欲生了！”

“没有问题，我会跟忠孝讲，让他亲自来解释清楚。”

“那谢谢了，我替雅萍谢谢了！雅萍这孩子，三岁爹跑了，没两年娘又死了，是我一手带大的，和我亲生的没两样，就差没有在我肚子里待一待。好容易找了个好人家，却是这样的结果，哎……不知道她爹这么多年到哪里去了？要是她爹知道她现在的境遇，不知道会不会心疼？”

世轩强忍着内心的汹涌，平静地说：“不知道大少奶奶身世这么坎坷。或许她爹有难言之隐迫不得已也未尝可知。主耶稣教导我们要宽恕、要仁爱。大少奶奶也是信耶稣的，上帝会保佑她的！”

老妇人在唉声叹气中告辞，临别她再次重重地看了世轩一眼。

世轩的脸被两把刀子狠狠地挖了一记，生疼生疼，一直疼到心里，疼到心悸……

过了苏州河，就是人称“上海日租界”的公共租界北区。这里聚居着成千上万的日本侨民。街道边开着几家日式茶馆、饭店。若是路边栽上樱树，四月份一开花，便像极了东京。

季忠孝照例让司机把车停在两条马路以外，自己戴上墨镜，四边走三边地绕过两个街区，前后看了看，一头扎进樱の魂日式餐厅。登上嘎吱作响的木楼梯，穿着和服的日本女招待拉开一间包房的移门，季忠孝略一打量，踏了进去，移门轻轻地在他身后关上。

屋内空无一人，陈设简单雅致。靠墙的矮柜上一只瓷瓶画着浮世绘风格的和服仕女图，令季忠孝想到京都的那些女人，那是女人中的女人，她们的字典里只有“哈伊”。墙上挂着一把日本刀做装饰，季忠孝玩过这种刀，又长又沉，得双手齐握才能劈刺。墙上的这把估计是个空壳，但来自同一国度的真刀真枪正越来越多地涌向脚下这片土地。

房间的一边放着一面仿明屏风，这是唯一一样中式的东西，多少有点不协调，却恰到好处地遮住了墙面的一大半。屏风后是另一道移门。此刻门开人入，黑色的和服一堵墙般地横在季忠孝的对面：“来啦，季公馆的焰火真好看啊！”

季忠孝微微一震，尴尬地挤出一丝笑容：“真是万事逃不过您的眼睛。”

“呵呵，这么灿烂辉煌，把半个上海滩都照亮了，隔天还成了各类小报的花边新闻，看不到岂不成了瞎子？”

外面传来轻轻的敲门声，带着职业特点。听到客人的应声，移门慢慢拉开，忽然女招待连同手里端着的茶点一同摔进门来，过道里一位酒醉的壮汉嘴里骂骂咧咧地也绊倒在地。季忠孝刚要起身发作，来人伸手制止，冷眼放任壮汉嘟嘟囔囔地爬起身。壮汉的确醉了，一转身又笨拙地撞上过道里的浮世绘画作，然后才跌跌撞撞地走远。

女招待连声道歉，匆匆收拾了一地的茶食，换了新的端来。门合上，来人喝了口茶，身体前倾，操着东京口音不紧不慢道：“季少爷必定是大喜临门了吧？”

季忠孝闻言大惊：“池田先生，您可是误会了！”四目相对，对方犀利的眼神让季忠孝脊背发凉，苍老的脸丝毫未因皱纹的加重变得慈祥和善一些。

那年在新宿，这张冷峻的脸曾经喝退了一批地痞流氓，救季小少爷于强龙斗不过地头蛇的险境。随后，顺理成章地成为这位懵懂青年的保护伞。于是，借着读书的名，季忠孝赖在日本两年多，由保护伞罩着，开了眼界，做了很多以前不敢想、不敢做的事，直到父亲派亲信赴日找到他，几乎是被押解着回了国。

在日本放纵、自由的日子让季忠孝留恋。离开日本，也不是不能接受。两年多的时间足以让季忠孝清楚，这张脸为何能成为地痞们的煞星。回到上海，季忠孝以为从此再无瓜葛。谁知两年前的一天，季忠孝在DD'S咖啡馆门口又遇到这张脸。

“哦？误会？”

季忠孝连连点头，把放焰火当晚发生的一切原原本本地告诉了池田。

“这么说，你能确认那人带来的钻戒是你家老爷子的那颗？”

忠孝沉默了。当晚的确没有亲自验证，突发的情况让他措手不及。但伪装成自己的家丁仔细地看过，他应该不会看错，他把细节已背得滚瓜烂熟。而这些细节来自忠孝的脑海深处，已藏了二十多年。

二十多年前那个张灯结彩的夜晚，贴着红双喜字的主卧床上，喝醉的老爸搂着新妈胡言乱语。年幼的忠孝惊讶地听到，老爸竟然把新妈当成别的女人，叫着从来没听到过的女人名字，说要送她一枚大钻戒，还有一座宝藏……趴在床下躲猫猫的忠孝深感恐惧，大人的世界真是无法理解地复杂。

老爸的言语又给了这个未满十岁的小屁孩无限的遐想，如果我拥有一颗大钻戒和一座宝藏，我一定要叫魔法师给爸爸喝一瓶魔法水，让他别老是不喜欢我，老是什么都是哥哥好。我还要叫警察把新妈赶走，把哥哥扔到黄浦江里去。凭什么一个陌生的女人成了我妈？凭什么哥哥见过妈妈，我没有？然后我要去上帝那儿把妈妈买回来，不许她再回上帝那里去，让她只喜欢我一个。我要什么她就给我什么……

想到此景，忠孝笑了，那时的自己真傻，只会在漫天瞎想中解恨。老爸的遗嘱列得很详细，连母亲和新妈的首饰都做了明确分配，却不见那枚大钻戒。忠孝记得，钻戒是放在一只很大的八宝锦盒里，作为单放一只戒指的首饰盒是有点过大了。忠孝第一次见到那个首饰盒是在父亲的书房抽屉里。那天书房门没锁，忠孝便把探险的疆域拓展到了书房。正玩着钻戒，门外传来了父亲的脚步声。忠孝立即放回钻戒，合上抽屉，躲入厚重的落地窗帘内。

父亲拿出钻戒细细把玩，凑近看的样子好像一口要吞下去一般。忠孝诧异着父亲的姿态，不幸弄出了声音，被父亲一顿呵斥赶出了书房。此后，书房成了未经允许不能擅入的禁地，爱探险的小家伙于是开辟了新的躲猫猫天地。当他趴在主卧床底下听到老爸酒醉之言时，立刻想到的就是那枚大钻戒。

二十多年过去了，那段记忆穿越时空深深扎根在脑海中。二十多年里忠孝做过的更为荒唐的事多了去了，却从未见过老爸那么大惊小怪地愤怒，愤怒里还夹杂着从未有过的慌乱。说明什么？说明钻戒有着重大秘密！

“你笑什么？为什么不回答我的话？”

忠孝回过神来，毕恭毕敬道：“宁可错杀，也不可放过。再说，钻戒若假，那人怎敢上门来交货？他们走时为何还要冒生命危险带走钻戒？”

池田点了点头，又摇了摇头：“宁可错杀。可是，你杀成了没？啧啧啧啧，多乱啊。你好歹跟了我两年，要是说出去我都替你感到丢脸。中国有句老话——知彼知己，百战不殆。你一不知对方的底细，二连自己家都不熟悉，你哪还有胜算呢？”

“哈伊！您批评得对！”季忠孝连忙认错。

池田并不买账，继续数落道：“依你现在的状况，很难令我相信你能完成你我的约定。你应该明白，这不仅仅是你我两个人之间的事，而是涉及大日本帝国的圣战。北平那里已经在卢沟桥开战了，上海这里也是早晚的事。公共租界也好、法租界也好，还有华埠，整个上海都将由我们日本人掌管。你必须加紧开动脑筋，好好地研究你的父亲，排除一切障碍，尽快找到宝藏献给圣战。”

池田站了起来：“那样，我才能兑现对你的承诺——上海商会会长一职非你莫属。到时候呼风唤雨全凭你的兴致了！”说罢一转身进入屏风内侧去了。

“哈伊！我明白。”季忠孝对着池田的背影立正道。待池田消失在屏风后的门内，季忠孝也打开移门，心事重重地离去。他没注意，过道上的画作已经换了一幅。

上午的宝隆医院病人络绎不绝。整个医院像一台大机器，每个医护人员都是机器上的一个零件，忙忙碌碌推动着机器的运转。没有人留意有个女人已经上上下下把医院逛了个遍。

安娜没有来过这家医院，但医院的格局大体都相似，安娜只是要确定这些相似部分的具体位置。

如同绝大部分医院，宝隆医院的挂号处设在一楼大堂，病人挂了号，只得到一个号码单，病历并不交给病人，而是直接传递到相关的科室，病人就诊时才在医生那里见到病历。就诊完毕病人凭处方配药，病历留在医生那里，由护士送去归档。如果病人需要看第二个科，病历也是由护士传递至第二科。这样的管理极其严密，有效地防止了病历资料的遗失。对于安娜，这却是一个令人失望的现实：这说明季老先生根本就没有机会单独接触自己的病历，更何谈在病历上写什么秘密。

法租界的西边，早晨的阳光温柔地抚摸着许家集教堂朝东的正面，堂身正中的圆形花窗，繁复华丽，远看像极了罗马钟表的形状。堂身两侧的钟楼高耸入云，典型的哥特式建筑。戴维随着做早弥撒的教徒不紧不慢地走在通向教堂的小道上，小道的左边是神职人员的处所，右边是教堂所属的裙房、藏书楼。稍远的地方还有修道院以及孤儿院、医院、学校。

这座上海家喻户晓的教堂已经矗立二十多年，而戴维是第一次认真仔细地看它。这座季世卿资助过的教堂会与他留下的不解迷局有关么？目标很明确——寻找关联；道路却很迷茫——怎么找？会有怎样的关联？或许压根就没有关联？用上海话讲就是两者“浑身不搭界”？

迈入教堂大殿的心型拱门，并不信教的戴维还是感到震撼。能容两千多人的大殿由几十根雕花大柱支撑，上接拱券，重重叠叠向上，一如上帝的崇高与神秘。正前方远处的大祭台一片金碧辉煌。立于祭台之巅的圣母像抱着耶稣，俯视全堂。殿堂两侧上方还设有曲径通幽的回廊，暗示上帝无所不在。回身仰望，后墙上悬挂的是《最后的晚餐》大型壁画，耶稣基督的仁爱与哀伤跃然画中。

戴维学着信徒们的一举一动，夹杂在他们中间做弥撒，心里暗暗叫苦：这漂亮的教堂与钻戒之谜的关联，头绪又在哪儿呢？

接近真相

安娜转到三楼贵宾区，贵宾病家无需在楼下挂号，直接上这里就诊。贵宾区的门口设服务台，贵宾病家从进门起就得到护士一对一的全程陪同。依季老先生的身份，他生前必定也是贵宾病家。他的病历编号到底是怎样的？在贵宾区他究竟有无可能在自己的病历上留下秘密的留言？

安娜转身下楼，穿过一楼大堂，在大堂左侧有一条小通道，通道底端的门上贴着“病家免进”。安娜推门而入，又是一条不长的通道，安娜向前走了数米，果断地推开“外科护士更衣室”的门，拔下头上的发卡，三下两下捅开了一个柜子，取出护士服穿上。刚要出门，门突然被打开，进门之人令安娜倒吸一口冷气。

弥撒结束了，戴维还没有发现点滴值得注意的细节，他慢吞吞地随着人流往外走。走出大殿，回望一眼教堂，高大的钟楼直插云霄。戴维改变了线路，独自转弯走向钟楼。

“这位兄弟，本教堂钟楼非神职人员谢绝入内。”戴维刚伸出的手定格在距门一寸之远。身后一位和蔼可亲的神父继续道：“找人还是有别的事？我是闵神父，我能帮你什么吗？”

“哦，不，不。”戴维耸耸肩，“您瞧，我第一次来上海就听朋友介绍，这个教堂名气很响，我是慕名前来。”

“你是教友吗？”

戴维显得不太好意思：“暂时还不是，不过我是慕道者，同时，我也是名建筑师。所以……”

“没有关系，欢迎你来！这是神的力量在召唤。今天早上的弥撒刚结束，接下来我们正好有一场慕道活动，接待杭州来的慕道交流团。欢迎你参加！请这边来。”

揪个空溜走，这并不难，戴维却鬼使神差跟着闵神父回到大殿。层层叠叠的穹顶、五彩图案的玻璃窗户、顶天立地般的楹柱，处处体现着神秘、幽静、虔诚。

“慕道交流团的兄弟姊妹们，刚才丁神父向大家介绍了这里教会早期的概况。下面请允许我向大家继续做介绍。”闵神父向大家微笑致意，“正是在这样的发展趋势下，本世纪初，耶稣会决定建一所新教堂，即我们现在所见的这座宏伟的大教堂。”

闵神父开始边走边讲："本堂正式名称为 CHURCH OF GOD'S MOTHER——圣母之堂，一般人们称作许家集教堂。本堂始建于前清光绪三十年，即公历 1904 年，前清宣统二年即公历 1910 年告成。历时五年多，期间众多教友倾力奉献。本堂外观雄伟，两座钟楼高 60 米，为全国罕见。本堂大殿共设 19 个祭台，大殿可同时容纳 2 500 多人做弥撒，是上海各派各宗教堂之首……"

上帝啊！请宽恕我一直对您的存在抱有的怀疑！光绪三十年、19 个祭台、60 米高的钟楼、上海教堂之首！**30. 19. 60. 01**！突然间一切变得如此简单，真相如潮水般涌到面前。钻戒字谜的谜底就在这里！宝藏就在这里！

"你是谁？"安娜紧张地问道。酷暑天，眼前的人却罩着一层厚厚的面纱，诡异之极。

来人反手把门锁了，伸手示意道："安娜小姐，请不要害怕，我不会伤害你的。"来人的口音有点奇怪，她说完慢慢地解开面纱。

"顾妈?!"安娜失声叫道，"你……你怎么会说话？你不是哑巴吗?"

"我是顾妈，是你在厉害的郊外板房里见到的顾妈。但我其实又不是顾妈，更不是哑巴。"

安娜听糊涂了："那你究竟是谁?"

"我，我……"老太太竟一下子激动起来，"我是你的妈妈啊！你是我的亲生女儿!"

难道这真的是谜底，是真相吗？狂喜的初潮渐渐退去，众多的问题一浪接一浪地拍打着戴维的理智。**IHCG 30. 19. 60. 01**，为什么字谜中教堂英文名全称——CHURCH OF GOD'S MOTHER 只取第一和第三个词的首字母？这是否只是另一个版本的叶卡捷琳娜二世缩写和圣彼得堡经纬度？若真是误解与错觉，为什么数字又是这般的一致？如果这是谜底，是宝藏的所在地，那宝藏在哪里呢？如此大的一个教堂依然是无从找起。还有个至关重要的问题，没人知道宝藏究竟是什么。一袋钻石和一个一千多年前的皇家墓葬当然有着天壤之别。

戴维仔细地回忆着神父的介绍，他罗列的关于教堂的数据还不止这些，比如他说过整个建筑高 79 米，大殿里有 64 根楹柱，为什么字谜中不把这些数字列入而只涉及钟楼和祭台呢？莫非宝藏就和这两者有关？

慕道交流活动一结束，教友义工们涌入大殿进行清洁工作。戴维拿了抹布一排一排擦拭长椅，擦完第一排，主祭台就在眼前。戴维很自然地接着擦祭台前的栏杆，一路抹去到了豁口处。主祭台上罩着精致的镶有蕾丝和流苏的台布，尽显庄重圣洁，但从各个角度都没有发现有价值的线索，戴维在栏杆豁口处一步跨上台阶。

“这位兄弟快请下来。台上我们不用打扫。”

“为什么？顺便擦一下不麻烦的。”

“你是新来的教友吧？没有神父的允许，非神职人员不得登台！”

“哦，这样啊，不好意思。”在十几双眼睛的注视下，戴维无奈地退下台来。

这老太太一定是疯了！如果她是我的亲生母亲，那她也应该是厉害的母亲，厉害怎么会不知道？若他知道为何要对我隐瞒？安娜紧盯着眼前的老女人，满腹狐疑。

“你别害怕，我没有疯。”老太太把手指伸向自己烧坏的脸，使劲地捏起一小片皮肤往下扯，安娜惊呼起来。老太太立刻腾出一只手做了个噤声的手势。安娜张大了嘴默默看着她把难看的疤痕皮肤一片一片全撕了下来！

“你现在应当相信我不是顾妈了。我如果是顾妈，没有必要假装烧坏了脸。要说明我是你妈妈，说来话长。这里不是久留之地，你穿着护士服扶着我出了这栋楼，去隔壁住院部斜后方太平间旁边的假山花坛，那里清静，我慢慢说给你听。”老太太说完，不等安娜答应，重新盖上面纱侧转了身，一手开门，一手弯曲，把臂弯留给安娜。安娜中了魔般听任她差遣，搀了她出门。

神父们午饭后的例行祷告会早已结束，夏日的午后总是特别长，安道尔主教一脸凝重急匆匆地带着助理李神父出了藏书楼，沿着小路赶来。教堂门口神父们和法租界的巡捕们僵持着一字站开。

“主教大人来了，主教大人来了！”神父们如盼到了救星。

“我是安道尔主教，你们这是……”

“尊敬的主教大人，我们是法租界中央巡捕房。我们奉命要对此教堂进行紧急搜查。这是搜查令。”

“我的上帝，这是教堂，是圣洁之地！你们怎么可以这样！”

巡捕头凑上前道：“我们也没有要冒犯的意思。只是我们接到密报，有人在教堂里安装了炸弹，准备在晚弥撒时趁人多……”

“上帝啊！魔鬼出现了！要不是魔鬼谁这么邪恶?!”

“这现在还不敢肯定。当务之急是赶快让我们请来的专家彻底查一查。”

“这……好吧。让李神父陪你们的专家查吧。”

离晚弥撒只剩两小时。李神父急急地领命进入大殿，巡捕房的专家尾随其后。在李神父的引导下，专家检查了大殿内的长椅、十八个小祭台、回廊等各个角落。但专家似乎更关注主祭台。他登上台阶，围绕主祭台趴在地上仔细检查，一无所获。专家又提出上钟楼查看。李神父解释钟楼非一般人员可以去，罪犯应该不可能去那里放置炸弹。

专家冷笑道："凭我多年的专业经历，有经验的职业罪犯恰恰非常人思路，越是不可能之处越是他们所中意的下手地点。"

专家看看李神父肥胖的身材，善解人意道："这样，有劳您在钟楼底下等着，我独自登楼无妨。"

李神父一听，爽快地答应。他意识到，若真有炸弹，此刻多磨一秒钟嘴皮，就多一分立刻见上帝的可能。李神父按专家的要求示意修士迅速打开钟楼门。

成功了，终于进入常人难入的钟楼！戴维放下一直端着的专家架子，踌躇满志地深吸一口气，默默祷告道：上帝啊，请再次眷顾我，给我幸运与智慧！

刚才在大殿里，戴维已经有了巨大的收获。戴维趴在地上，轻轻掀起主祭台缀有蕾丝和流苏的台布，仔仔细细地寻找。在主祭台的后方台脚边浅刻有一枚徽章，徽章中央是四个花体字母**EBHR**。徽章周围一如西方传统的风格饰以一圈图案，通常该是花草、动物、盾牌之类，但令戴维纳闷的是，这徽章的图案竟是由两样奇怪的东西组成。上半部右侧为一颗滴血的心，下半部右侧是两条折来折去不断向上的线，活像楼梯。这是什么意思呢？

这徽章仿佛是一个聪慧而调皮的小鬼头，在尽情捉弄着看到它的人。戴维甚至都不能很明确地判断这到底是什么——是不可捉摸的季老先生的另一道谜？还是仅仅是一个制作主祭台的工匠将自己的标志印在了自己的杰作上，如同画家在油画角落里签上自己的大名？如果这是季老先生留下的，那么，戴维敢打赌这只是半道题，另外半道在钟楼里！

世事难料

“现在，请你耐心地听我说，我的女儿。”老太太脱下面纱，泰然自若地坐在石凳上，仿佛是坐在自家客堂。“二十多年前，我的丈夫，也就是你的父亲在杭州与人合伙做生意时突得疾病去世，我连最后一面都没见着。令人费解的是，你父亲一直称生意做得很好，赚了很多钱，而我得到的只有一张欠债单。我怀疑是生意场上的人侵吞了他的财产，但没有实际的证据。我发誓要查清真相。”

老太太望着安娜：“我最怀疑的是他的生意伙伴，杭州的药材商人厉忠良。我和我寡居的姐姐化了名住在厉家附近，并与他们家的佣人顾妈建立了很好的关系。你父亲去世时我刚刚怀了孕。厉家的夫人也在差不多的时间怀孕。过了半年，厉家发生了一件大事。厉家年仅两岁多的大少爷厉害趁大人的疏忽，玩火柴点燃了房子，顾妈冒死把大少爷救了出来，却因此自己受了伤，毁了容。”

原来，那场火灾是年幼的厉害造成的。安娜想起厉害的说法，他也许并不知道谁造成了火灾。

老太太继续着：“厉家付了一笔钱让顾妈回老家养病。不久姐姐打探到顾妈已去世，她的家人带着厉家给的钱离开老家去西南谋生了，她便萌生了一个大胆的想法，冒充顾妈重返厉家。”

“厉家会认不出来?”安娜不太相信。

“顾妈毁了容，又不能说话，但对厉家的人和事都非常熟悉，厉家没多大怀疑就接纳了这个假顾妈。”老太太解释道，“又过了一段日子，我和厉家夫人相继生了女孩。我姐姐提议把这两个孩子对换。”

安娜露出一脸的惊讶，但她马上就听到了这样做的理由：“姐姐说，即便我们无法追回厉家侵吞的财产，以后我的孩子也能名正言顺地拿到一部分。此外，依厉家的条件，我的女儿生活在厉家自然要富足、幸福得多。而且我就住在厉家附近，我还能经常看到女儿，甚至厉家夫人奶水不足，我还能给孩子喂奶。就这样我答应了姐姐的主意，由她把你和厉家的女儿掉了包。”

“那你怎么又成了顾妈呢？你姐姐呢？”

“那是后面的事情了，听我慢慢讲。时局一天比一天动荡，为了以防万一，厉家要‘顾妈’为自家的一儿一女在脚跟处刺一朵梅花。姐姐就把两人送来，是我亲手为你和盛儿刺了梅花。盛儿是厉害的小名，象征厉家枝叶茂盛的意思。”

安娜不由自主地抬了抬脚，老太太看在眼里，笑在眼里：“想不到以后真的派上用处了。你三岁的时候，厉家全家去武汉，不想遇上暴动，混乱中将你丢失。我得知消息后五雷轰顶。我曾去武汉找过你，可是茫茫人海，哪里找得到啊！受到打击的还有厉家夫人和我姐姐。厉家夫人只当是亲生女儿走丢，天天哀哭，后来竟得了疯病，两年后就去世了。唉！”

老太太的眼里满是悲伤，全无刚才的笑意：“我姐姐一直觉得对不起我，也抑郁成病，紧接着厉家夫人后一年去世。她重病期间，告诉我自己将不久于人世，建议我和她再对调，让我扮成顾妈进入厉府。就这样我继她之后也成了顾妈。”

“难道厉家就这么糊涂，一直没发现？”安娜难以置信。

“其实，自厉家女儿丢失、夫人发疯后，厉家已经逐渐败落，那些佣人都纷纷请辞，大部分人离开了。厉家只剩下老夫人、厉忠良、盛儿以及三两个佣人。老夫人眼睛不太好，厉忠良几乎常年在外奔波，盛儿是个小孩子。佣人们也是各忙各的，对毁了容的顾妈是害怕的，都敬而远之，谁也不会仔细端详。”

“你进厉家当了‘顾妈’，和我换的厉家女儿谁抚养？”

“厉家女儿生下来情况就不太好，吃得很少，也很少哭，虽然我视作自己的女儿精心喂养，还是未出半年就夭折了。”

“那你这么多年在厉家，查出来丢失的财产没？”

“在厉家这些年，厉家连遭不幸。厉忠良奔波劳累，不出几年也去世了。再后来厉老夫人也年迈去世，就剩下我和盛儿。我慢慢地发现我离不开这孩子。我也无处可去，便留了下来。这些年来我对厉家的经济情况已经了如指掌，厉家并没有侵吞我丈夫的财产。”

安娜对眼前的老太太顿生怜惜之情，不管她是谁，她的一生毕竟充满悲剧色彩。“你干嘛不回娘家呢？你老家没有亲人了吗？你准备一辈子假扮成毁容的顾妈吗？厉害哪天得知真相你不怕失去他吗？”

“我……”老妇人迟疑着，“我的老家很远，我没有任何亲人了，除了你。”

安娜望着老妇人，还是疑窦丛生：“你凭什么说我是你亲生的？”

“有些东西是天生的，遗传的。你的右半个屁股上有一块扁豆状的胎记，对么？你的右脚小脚趾趾甲盖是凹陷的，和我完全一样。”老太太脱了鞋露出未穿袜子的脚，“还有，你双手的指纹只有两个拇指和一个小指是圈；你伸进你的头发里摸摸自己的脑袋，两边形状有点突出，好像要长出角似的。你可以过来摸摸我的，和我的头型一模一样啊！”

老太太从衣襟里掏出一张照片：“这是我25岁时的照片，你仔细看看，和你多像啊，这眼睛，这下巴。”

安娜脑子乱极了，绝望地问：“你，你为什么要告诉我这些？”

“那是因为我想你啊，我再也不能失去你了，你是我唯一的亲人！我已经老了，请理解一个老年母亲的心情吧！她已经度过二十多年失去女儿的痛苦岁月。当她突然发现女儿就在眼前，她怎么可能不相认呢？你这么多年来没有思念过你的亲生母亲吗？”老太太泪流满面。

安娜不由自主地跟着泪眼模糊起来。

“孩子，能和我拥抱一下吗？”

与宽敞的大殿相比，钟楼的空间简直就是弹丸之地，除了四壁和盘旋而上的楼梯，空无一物。楼梯护栏和四周墙上画着《圣经》故事。这些画有什么特殊和异常吗？与字谜有什么关系吗？要是安娜在此，她一定不像自己这般睁眼瞎。戴维慢慢地往上走，钟楼里的奥妙究竟在哪里？是什么？

楼梯的最顶端是个平台，修士们就是在此敲响正上方悬挂着的大钟。平台的四周依旧是《圣经》故事。一定有什么不寻常的东西。戴维觉得这不寻常的东西呼之欲出，可又如空气围绕着自己，就是看不见、摸不着！

戴维悻悻地往楼下走。整个钟楼宁静得听得到心跳，一、二、三、四……从平台走到地面一共走了一百一十步，也就是一百一十级台阶。一百一十，一百一十！戴维抬起头仰望墙上的耶稣像，他的头部围绕着一圈光环。戴维感觉自己的脑海里也有灵光乍现，一百一十，一百一十！30、19、60、01，这四组数字的和是一百一十！戴维被一股神奇的力量驱使再次登楼，一、二、三、四……

安娜默默走上前，任凭老太太紧紧地将自己搂在怀里。许久，老太太松开了手。安娜问道：“你怎么知道我会到这里来的呢？”

“我无意中听盛儿说的。我正不知如何避开他找你，于是我决定来这里见你。我还从他那里知道你在找宝藏，这也是我要急着见你的一个原因。”

“为什么？”

“你知道你爹的财产是谁侵吞的吗？”

“谁？”

“季世卿！这是我在厉家这么多年探听得的确切情况。”老太太满脸愤恨，“当年季世卿和你爹在生意场上认识。他花言巧语骗取你爹的信任，集资雇船贩洋货。后来他称货船在公海触礁沉没，血本无归。你爹不仅投入了全部财产，还借了债，你爹是被急死、气死的！我的孩子，我要告诉你，那宝藏是你父亲的财产和血泪啊！你要为你父亲讨还公道！但是，我又非常地害怕。”

“怕什么？”

“季家不是好惹的主，你一定要小心，我的女儿！虽然季世卿不在人世了，但他的儿子们也不可小视，你万事要小心！”

安娜微微点头。

“盛儿那里你要替我保密，我不想让他察觉我隐瞒了他这么多年真相。他是个好孩子。”

第三十级台阶，看不出有什么异常。台阶的护栏上画的是圣母怀抱着出生不久的圣婴倚窗而坐，接受先知的祝贺。窗帘半卷，恰到好处地衬托出圣母柔美圣洁的轮廓。

戴维又连登十九级。这幅是耶稣在讲道，屋内已有很多人，有个门徒正卷起门帘让更多的人进来。

戴维一口气登到最高处，最后两级护栏的图也没什么特殊。一幅是耶稣坐在一块卷曲的垫子上，将饼和鱼分发给众人；另一幅是基督复活图，耶稣基督腾空显形给门徒，地上只剩一条卷了边的空席子。

戴维怅然若失地一屁股坐在台阶上。真到了山穷水尽的地步了？我不相信，我不相信前面的那么多信息都只是巧合！

戴维站起来，把头探到护栏外，护栏的外侧没有画，没有任何东西，是完全平整的光板。戴维缩回脖子，目光由护栏扫到台阶。

台阶也没有任何装饰，水平的踏板和竖立面都一样。戴维观察到水平踏板要突出竖立面两厘米。他往下走了几级，弯下腰看一眼那突出的两厘米朝下的一面。

戴维被深深地蜇了一下，整个人一下子几乎趴到了楼梯上，30——他看到最上一级台阶那分寸之地赫然刻着一个两位数01，而下一级上的是另一个两位数30。其他台阶同样地方什么也没有！

戴维迅速狂奔下六十级，看到了，看到了！数字又准确地出现在该出现的那一级，这个数字是02，却是刻在一朵玫瑰花里。

戴维再下十九级，这次数字又是30，图案变成了一个月亮。

如果顺着从下往上走的顺序，这数字排列应该是**30.02.30.01**，加上主祭台脚上的字母，**EBHR**便组成了和钻戒上字谜完全一致格式的另一组字谜——**EBHR 30.02.30.01**！

这个季老先生真会折腾人啊！这组新的密码表示什么？那月亮和玫瑰花又是什么意思？为什么有的数字刻在图案里，有的没有？他究竟要把人带向何方？他为什么要如此煞费苦心地设置这样的迷局？

华灯初上，专家检查完了两座钟楼，给了李神父一个放心的答案——炸弹之说实为恶作剧。李神父马上传指令：晚弥撒照常。神职人员们立刻投入工作，敲钟的修士也来了。

“李神父！”修士尊敬地向李神父打招呼。

“哎，你是新来的？居修士呢？”

“我是临时代他的班。居修士他身体不适已去就诊。”修士低着头，愈加显出恭敬的样子。

“哦，你去吧。”

修士立即闪进门去。

李神父把专家送至教堂门口道别。一路上，戴维原本淋漓畅快的好心情却被什么事牵绊了，令自己也困惑。想了半天，明白过来，问题出在刚才那个谦逊的修士。他的声音，他闪进门的身影都直指一人——厉害！

第十四章
意外频发

福音与画作

他来干什么？嗅觉真好，这么快就嗅到这里来。难道季忠仁同时派他寻宝？还是……戴维无法猜透，却很不爽。他意识到寻宝就像一场百米冲刺赛，当看到竞争对手就快赶上你的时候，没时间惊讶，能做该做的只有集中所有精力加快自己的脚步。

戴维折了回来，顺着赶来做晚弥撒的人流进到大殿坐下，悄悄左顾右盼。没有厉害，也没有要找的东西，前排座位的后背有着放书的凹槽，他一翻，里面只有赞美诗，却没有《圣经》。四周都没有。难道《圣经》只能供神职人员看？

戴维低着头，尽可能低调地退出了大殿，拐进了三十米开外的几排平房。教士和神父们此时大多在教堂忙碌，他们的宿舍成了无人之境。戴维轻而易举地打开一间宿舍门，在书桌和书橱上翻了翻，取走两本书，换了一身修士服扬长而去。

安娜回来的时候，戴维正在纸上急速地画着草图，完全凭记忆。直觉告诉他四幅图肯定有故事。他要给安娜看，她应该看得出其中的名堂。

“不，我看不出有什么不对劲。”安娜瞥了一眼就说。

“那这四幅画讲的是怎样的故事?”

“我说不好。你真要知道，去找本《圣经》。”

戴维纳闷地看了一眼安娜，不明白去了趟医院她为何变得如此心不在焉：“医院那里有收获吗?”

“嗯，没有。季世卿的病历卡拿不到。看别人的病历卡，编号与密码没什么关系。”安娜依旧神情恍惚。

“不想听听我的收获?”

“哦，你有什么收获?”安娜甚至连看都没看戴维。

戴维把两本书朝桌上一扔。安娜瞥了一眼，一本拉丁文《圣经》，一本中文译本。她小小地惊讶道：“你去‘拿’神父的书了?”

戴维一愣：“你怎么知道的?”

安娜嗤笑一声，懒得解释。

戴维也不追问，现在关键要尽快找出这四幅画对应的故事，才有望发现玄机。戴维在纸条上写下 **EBHR 30. 02. 30. 01**，和拉丁文版《圣经》一起递给安娜：“拜托，看看《圣经》和这上面的有什么联系吗?”戴维自己捧着另一本一目十行地查阅。

安娜总算提起了点精神：“又一个字谜? 格式和钻戒上的一模一样！哪里来的?”

戴维点点头：“在教堂里找到的，还有那四幅图。”

安娜接过四幅草图，一幅幅看过去：“都是画耶稣的?”

“应该是。”

“那你看看四福音书，《新约》的头四篇。”

太好了！范围大大缩小了！

第一幅画：圣母怀抱着出生不久的圣婴倚窗而坐，接受先知们的祝贺。窗帘半卷，室外阳光照射进来，恰到好处地衬托出圣母柔美圣洁的轮廓和圣婴健康愉悦的笑脸。

《玛窦福音》记载：他们走进屋内，看见婴儿和他的母亲玛利亚，遂俯伏朝拜了他，打开自己的宝匣，给他奉献了礼物，即黄金、乳香和没药。

在《马尔谷福音》《路加福音》和《若望福音》中，戴维没有找到记载圣母抱着圣婴接受先知祝贺的文字。

第二幅画：耶稣在讲道，屋内已聚有很多人，有个门徒正卷起门帘让更多的人进来。

耶稣传道在四福音中比比皆是，有在室内，也有在旷野里。无论在哪里，福音重在记述耶稣传道，对场景等其他信息都基本没有写。戴维来来回回翻看各篇福音，很难看出这幅画具体记述的是哪一次传道。

第三幅画：耶稣坐在一块卷曲的席子上，将饼和鱼分发给众人。

四部福音书都有记载。一共有两次这样的事情，而且叙述惊人的相似。

《玛窦福音》写第一次赠饼：到了傍晚，门徒到他跟前说："这地方是荒野，时候已不早了，请你遣散群众罢！叫他们各自到村庄去买食物。"

耶稣却对他们说："他们不必去，你们给他们吃的罢！"

门徒对他说："我们这里什么也没有，只有五个饼和两条鱼。"

耶稣说："你们给我拿到这里来！"

遂又吩咐群众坐在草地上，然后拿起那五个饼和两条鱼，望天祝福了；把饼擘开，递给门徒，门徒再分给群众。

众人吃了，也都饱了；然后他们把剩余的碎块收了满满十二筐。

吃的人数，除了妇女和小孩外，约有五千。

第二次赠饼的记述是：耶稣将自己的门徒召来说：“我很怜悯这群众，因为他们同我在一起已经三天，也没有什么可吃的；我不愿遣散他们空着肚子回去，怕他们在路上晕倒。”

门徒对他说：“荒野里我们从哪里得这么多的饼，使这么多的群众吃饱呢?”

耶稣对他们说：“有多少饼?”他们说：“七个，还有几条小鱼。”

耶稣就吩咐群众坐在地上，拿起那七个饼和鱼来，祝谢了，掰开，递给门徒；门徒再分给群众。

众人都吃了，也都饱了，把剩下的碎块收集了满满七篮子。

吃的人数，除妇女和孩子外，约有四千人。

第四幅画：是基督复活图，耶稣基督腾空显形给门徒，地上只剩一条卷了边的空席子。

戴维发现古代文献往往在场景描写上惜墨如金，四福音书雷同的部分很多，但均没有对故事场景做详细描述，要找出四幅画的特殊性很难。他仔细反复地阅读四福音书，发现第四幅画有一处和福音的描写有出入。

《若望福音》记载：一周的第一天，清晨，天还黑的时候，玛利亚·玛达肋纳来到坟墓那里，看见石头已从墓门挪开了。于是她跑去见西满伯多禄和耶稣所爱的那另一个门徒，对他们说：“有人从坟墓中把主搬走了，我们不知道他们把他放在哪里了。”

伯多禄便和那另一个门徒出来，往坟墓那里去了。两人一起跑，但那另一个门徒比伯多禄跑得快，先来到了坟墓那里。他俯身看见放着的殓布，却没有进去。随着他的西满伯多禄也来到了，进了坟墓，看见了放着的殓布，也看见耶稣头上的那块汗巾，不同殓布放在一起；而另在一处卷着。那时，先来到坟墓的那个门徒，也进去了，一看见就相信了。这是因为他们还不明白，耶稣必须从死者中复活。

画中地上并没有耶稣的汗巾和殓布，取而代之的却是一条卷了边的空席子！为什么？是作画者的随意发挥吗？

戴维又研究起第三幅画。《玛窦福音》记录了两次赠饼的过程，但对环境的描写只有“这地方是荒野”，“吩咐群众坐在草地上”。其他三篇福音的记载也基本相同。《马尔谷福音》记载：“于是耶稣吩咐他们，叫众人一伙一伙地坐在青草地上。”《若望福音》这样写——耶稣说：“你们叫众人坐下罢！”在那地方有许多青草，于是人们便坐下，男人约有五千。

显然，众人是直接坐在草地上。作为众人的神，精神领袖，甘愿为救赎众人而上十字架献身的耶稣，怎么会很特殊化地坐在席子上呢？

戴维询问安娜这种情况存在的可能性，安娜笑着摇头，当年在教堂里，从来没有人问过神父或修女导师这样的问题。

只好靠自己了。戴维将四幅画平摊在桌上。窗外，最后一丝夕阳已隐遁，戴维打开灯，放下卷起的窗帘。一刹那，窗帘在手中停顿了下来，戴维紧紧盯着手里的窗帘，回头一幅幅画扫视过去，灵光闪现，这四幅画有着一个重要的共同点——画面中都有一种可以卷起来的日常用品——第一幅中半卷的窗帘，第二幅中正被门徒卷起来的门帘，第三幅中耶稣坐着的卷曲的席子，第四幅中同样是卷了边的空席子！

这是什么含义?!

图书馆里的好戏

炎炎夏日，霞飞路上行人依旧络绎不绝。近傍晚，一位瘦弱的白发妇人慢慢悠悠地朝 1836 号上海国际图书馆走去。黄昏的阳光在珍珠项链和碎花短袖旗袍上摇曳，给老妇人的步履增添了几分蹒跚。到了门口，老妇人头也不抬，熟门熟路地拐了进去。

戴维第一次来到上海国际图书馆，虽然这条路走过无数遍。此刻站在大厅里的他打量着周围的一切，视野里碎花短袖旗袍晃进来了，他仰起头望着墙上的索引表，是国际通行的杜威十进制图书分类法。戴维并不陌生，不过，以前没有好好地研究过。今天，它吸引了戴维的目光。

杜威十进制图书分类法（Dewey Decimal Classification，简称DDC）是用十个主要的学科（main classes）分类来涵盖所有的知识体系，它的十个大类分别是：

000 Generalities 总类

100 Philosophy 哲学类

200 Religion 宗教类

300 Social sciences 社会科学类

400 Language 语文类

500 Pure sciences 自然科学类

600 Technology 应用科学类

700 The arts 艺术类

800 Literature 文学类

900 General geography & history 史地类

每个大类分成十类（divisions），接着又再细分成十小类（sections）。DDC 中每个学科都会给予特定范围的数字来表示。

比如：

000 通用一般

010 目录学

020 图书馆和信息科学

030 普通百科全书

040 语言

050 一般连续出版物

060 一般组织和博物馆学

070 期刊、出版、报纸

080 一般收藏

090 手稿和珍本书

100 哲学和相关科学

110 形而上学

120 认识论、因果论、人类

130 超自然的现象和行为

140 特殊哲学观点

150 心理学

160 逻辑学

170 伦理学（道德哲学）

180 古代的、中世纪的、东方的哲学

190 现代的、西方的哲学

……

总之，每本书都有一个有别于其他书的唯一的分类号码，类似人的身份证件号码。读者要找任何一本书或者相关资料只需按照大类（main classes）、类（divisions）、小类（sections）去寻，十分方便。

戴维学着碎花旗袍老妇人的样，先找到墙上的分类索引编号，然后在靠墙一字排开的书目卡片柜上找到对应着编号的小抽屉。拉开抽屉，所有该分类的书目卡片依次排列，每张卡片上记录着一本书的名称、出版社、作者、简介以及书架位置。

戴维拉开第一列第三行抽屉，仔细地一张一张翻看，又抬起头瞟一眼墙上的分类法索引，以确保没错，随后他关上抽屉往借阅区走去。

如果安娜没有记错的话，或许真相近在咫尺！

“你肯定没有记错？”戴维问安娜。昨晚他正在苦思冥想钟楼里的那些画，安娜一扔手中的拉丁文版《圣经》，告诉戴维一件事情，令他为之一振。

“还记得我去过霞飞路上的上海国际图书馆吗？对，就是我在阿尔卡扎尔咖啡餐厅与你碰面之后。我问你要了些钱说去洗澡买衣服，其实我是去了上海国际图书馆。”

戴维不自觉地笑了：“哦，难怪在大世界你被日本人架着出场，还是一副脏兮兮的样子。”

“讨厌！我用你给的钱办了张图书卡，然后去书库查阅那个女沙皇的资料。一开始我不知道该从哪里查。先去了历史书籍那里，查了俄国史，当然有那个女沙皇的内容，但正史里是没有她的风流轶事的，也不会提到‘涅瓦河之星’。”

安娜故意停顿下来，作为对戴维嘲笑的小小惩罚，转身倒了杯水：“我又去查了《大英百科全书》《世界著名珠宝纵览》等工具书，同样没有查到我想要的。”

安娜举杯喝水，眼角瞥着他颇为得意地慢慢喝完，这才接着说：“再后来，我只好瞎翻，误打误撞，最后我还真就在那些野史、轶闻、历史小说堆里找到了关于她的内容。”

看着安娜的小儿科，戴维就想笑：“我知道，你那鞋底里的破纸片……人家图书馆真倒霉。你还相信女沙皇之说？”

“别插嘴，仔细听我说！你知道我想说的是什么吗？根本不是那个女沙皇！我要说的是——我去查了《大英百科全书》。”

“怎么了?”

“你知道《大英百科全书》英语怎么写吗?”

“怎么写?”

“**Encyclopedia Britannica**，简称 **EB**。”安娜在戴维写有新密码的字条上写下所说英文，推回到他面前。

“光是 **EB** 能说明什么?”

“别急，如果我没记错的话，这套书的主编叫 **Hooper**！我在查图书馆的索引卡片时记得卡片上写着呢。对，我记得很清楚！如果连起来看，**EBHR** 不就是指由 **Hooper** 主编的《大英百科全书》吗？我想八九不离十!”安娜指着新密码道，“你看，**EBHR 30. 02. 30. 01**。我想后面的数字，很可能代表具体的某一本书甚至某一章节某一页！因为这部百科全书由许多分册构成。季老爷子留过学，又是慈善家，捐过学校、教堂、医院什么的，没准这图书馆也捐助过。他若把宝藏的秘密放在百科全书里也不是不可能啊!”

“放在谁都可以借阅的书里?”戴维不太相信。

“为什么不可能？不一定是他写上去啊，如果是某一段原书上有的文字呢？再说了，即便写上去的，好比这两串密码，一般人看到了也不明白，只当是哪个调皮捣蛋鬼的涂鸦呢!”

戴维的心动了。为什么不立刻去一趟图书馆呢？在经历了这么多的波折之后，在一切依旧迷雾重重之际，或许可以碰到一次“得来全不费功夫”?

戴维朝书架走去，那一行精装的百科全书静静地排列在架上，恰似列队的士兵等待着将军的检阅。戴维压抑着重重的心跳声。

就是这套书，Encyclopedia Britannica。没错，安娜说得一点没错！卡片上说由 Hooper 主编的这个版本是最新的，共有十一卷。

戴维伸手划过整齐的硬封面，手指停在了第二本上。第一卷之后应该是第二卷，可是这书架上紧邻着的是第三卷，偏偏要找的第二卷不在?! 图书馆大厅的墙上写得很明白，杜威十进制图书分类法中普通百科全书的编号是 **030**，**030** 编号的抽屉中，第 **02** 号卡片正是《大英百科全书》的第二卷！如果把普通百科全书的编号 **030** 的第一位数字 **0** 忽略，那么 **EBHR 30. 02. 30. 01** 不就是指这本书吗? **30. 01** 是否可以理解为这本书的第 **30** 页第 **1** 行或者第 **30** 章第 **1** 页? 如果这本书在手，要破解后两组数字理应不难。可是，这么不巧，书不在!

不，应当说是为什么这么巧，十一卷书为什么唯独这本不在?!

戴维随手拿了本书，疾步走向阅览区。底楼的书库只供人们现场阅览，不外借。书不在，必定是谁正在看。已近晚饭时间，阅览区的读者不多，看报刊的、杂志的、小说的，都是薄薄一本，没有人在啃百科全书这样的大部头。戴维不甘心地来回看了两圈，无奈之下折回服务台。

“请问，我想要《大英百科全书》第二卷。可是书架上却没有……”

“那说明有人拿了正在看，先生。”图书管理员对答如流。

“没有，我找了，没人在看。”

“哦，那只有一种可能，被借走了。”

“借走? 不是底楼的书库只供在这里看吗?”

图书管理员笑了笑答：“先生不常来吧? **VIP** 会员是可以借走这里的书的。”

“没有第二套吗? 包括楼上?”

“很抱歉，您知道这书是全英文版的，看的人并不多，我们只进了一套。”

“嗯，我因为有急用。我是圣约翰大学的老师，你能帮我查查谁借走了，什么时候能还？”

“请稍等。”图书管理员拉开手边的小抽屉，找出一张卡片，“是的，先生，的确被一位 **VIP** 会员借走了。嗯，他刚借走了三天，按照我们的规定，每次可借两周，并且需要的话，还可续借一次。”

也就是最长还要等上三周多！“你能告诉我谁借走的吗？我真的有急用，或许我可以去找他。”

“抱歉，这个我不能告诉您，我们这里有规定……”

“那你们能帮我催催借书人吗？我真是很着急。”

“这样您看可以吗？您留个联系方式，我们有了确切的消息立刻通知您？”

“就不能通融一下么？要不，你现在就帮我联系一下？我等着。”

“先生，我真很希望能帮到您，不过，**VIP** 会员都是各界名流，这么做我得请示我们主任，他今天已经下班了……”

“小姐，麻烦侬相帮我看看这字条上的书名。”身着碎花短袖旗袍的老妇人从服务台侧面凑上前，管理员转而去帮助她。

“忒谢谢侬了！”老妇人摘下老花眼镜诚恳地致谢。一瞬间，老花眼镜镜脚钩住了胸前的珍珠项链，老妇人慌乱中竟笨手笨脚地拉断了项链。顿时大珠小珠落玉盘，漂亮的珍珠四散了钻入服务台上上下下。

“啊呀呀！要死哉！”老妇人着急地惊叫起来，伸手拦截。管理员同情地帮着一起捡拾……

戴维笃悠悠地走在霞飞路的树荫下。转入僻静的小道，他从裤袋里掏出一张卡片，卡片上记录着《大英百科全书》第二卷出借情况。戴维足足傻在那里半分钟，卡片最后一行记着最近的借书人，此人是个刚见过的熟人，万万没想到！

波莱罗舞曲

“季忠仁？这怎么可能!”安娜将碎花短袖旗袍挂入大橱，再次瞄了一眼卡片。

“是的，我也傻了。季忠仁为什么要这么冒险出去借书？而且恰好借这本书？看来他有很多东西没告诉我们。”戴维不由得想到冒充修士的厉害。

“不对，戴维，这书肯定不是他借的。季忠仁不会带着借书卡去广州吧？他更不会在三天前为了借书而冒险去季公馆取借书卡吧？我认为应该是季忠孝借的书。你想，季忠仁不在了，谁还能拿得到他的借书卡？谁又敢拿他的借书卡冒名借书？只有一家之主季忠孝。必定是他也在拼命追查密码和宝藏!”

安娜的话有道理。当务之急是要拿到这本书。戴维发愁，自上次安娜险闯季公馆之后，季忠孝必然严加防范，门外自然也不乏各路人马的盯梢。如何才能自如地第二次进出季公馆？戴维琢磨来琢磨去，只能动用最后的一张牌了。不是万不得已不随便用，戴维曾答应过。

清晨的礼查饭店还在沉睡中，寂静的商务套房区，一位侍者拿着份邮件来到501客房门口，轻轻地按照《波莱罗舞曲》的节奏叩门：“嘭嘭嘭嘭—，嘭嘭嘭嘭—，嘭—嚓，嘭嘭嘭、嘭嘭嘭、嘭—嚓”。

“谁?”门内传来祥玉的低声问话。

“先生，夫人的急件。”

门悄然地开了一道缝，随着保险链卸下，侍者立刻闪进门：

"我有急事找季先生。"

季忠仁斜倚在床上，显然是刚醒。为了提神，他点了支烟猛吸了口，眉宇间一半是凝重一半是期望："什么事?"

"很抱歉，我碰到一点棘手的事情，必须来找你证实。你有上海国际图书馆的贵宾借书卡，对么?"

"对。怎么了?"季忠仁很感意外。

"你三天前去借过书?"

"这怎么可能?!我怎么会为了看书解闷暴露自己呢?"

戴维说："按常理，我也觉得不可思议。可是，你的借书卡的的确确在三天前借了本书，《大英百科全书》中的一册。如果不是你，那估计是你的弟弟了。"

"《大英百科全书》?我弟弟?"忠仁的表情像听到了最滑稽的故事，"也许吧，如果他突然爱上看书的话。这很重要吗?"

"是的，我必须得到那本书。"戴维直视着季忠仁，看来安娜判断得没错，"说来话长，这么说吧，这本书与令尊留下的迷局有关，至少是非常可能。令尊是否与上海国际图书馆有特殊的关系?"

"我父亲是捐助过这个图书馆。"季忠仁直起了腰板，"你是说我父亲会把秘密写在《大英百科全书》上?"

"现在还不好说，我必须得到这本书才能够给出准确答案。如果这本书在令弟手里，说明他已经走到我们前头去了。"

"所以你来找我，因为你要得到书必须去我家，而再入我家几乎不可能。"季忠仁猛吸一口烟，含在口中望着戴维。

戴维不得不承认："你说得对。"

长久的沉默，季忠仁缓缓将烟吐尽，扔下烟头："好吧，四马路上的天蟾舞台知道吧?今天是周末，晚上前五排观众席里你去找一个人。告诉他你的需要，他应该能帮你。"

"哦?可靠吗?"

“可靠。他是我父亲的亲信。你叫他四叔即可。”

“他有什么特征？”

“五十岁左右，身材偏瘦，约一米七，左眉毛上有一道疤痕。”季忠仁用手在自己的眉毛上比画了位置，随后微微翘了下嘴角，“那是拜我酒醉的弟弟所赐。”

“他凭什么信任我呢？”

季忠仁想了想，问祥玉要来纸、笔，快速地写了两行字，把字条和笔一同递给戴维：“你可以给他看这些，他认识我的字迹，也认识我的这支笔。不过，看完务必将字条销毁，把笔拿回来！”

戴维小心地将字条折叠了和笔一起收好，起身打算告辞。

“慢着，”季忠仁补充道，“你只需办好你的事，我的住址暂时保密。不要和任何人说，包括你去见的人。”

戴维点头答应。出了门，走过空无一人的走廊，跨入电梯。应急楼梯的安全门推开了一条缝，露出了阿廖沙那机警的蓝色眼珠子。

灯红酒绿的四马路上，夏日的晚风夹带着一股脂粉气。戴维躲开了两堆俗艳的“粉蒸肉”，一脚踏进天蟾舞台大门，摸出三元钱在票房买了张高档票，剧目都没看清便匆匆进入场内。

观众不多，戴维扫视一周，并没有符合特征的人士。小商贩在场内殷勤穿梭，戴维买了一包烟和一张报纸，按着票上的座位号坐下，展开报纸，眼睛越过报头守望着。

局势日趋紧张，又无头牌名角出场，今日票房惨淡，快开场了高档票座位还坐得稀稀拉拉。戴维正担心着，要找的人来了。戴维瞪直了眼，虽然打扮和发型换了，但这不就是在德大西菜社门口拦截自己的人吗？在大世界拉着他走员工通道的也是此人！他是季世卿的亲信？他也一直觊觎着戒指和宝藏，季忠仁知道么？与此人联系是祸是福？

戴维心乱如麻，眼见着戏要开场，一咬牙站起身来，罢罢罢，是福不是祸，是祸躲不过，算我自己送上门。戴维打开烟，取出一支，走上前："先生，劳驾，有火吗？"接着放低了声音，"四叔，认识我上衣口袋里的这支笔吗？"

四叔眉毛一跳，却没有过度的肢体动作："你是谁？"

"我是这支笔主人的朋友。我还有信带给你。外面找个地方详谈吧。"

"戏快开场了，看了再走吧。"说话间，果然京胡声起。四叔摸出打火机，戴维点着了烟怏怏地退回座位。

"金井锁梧桐，长叹空随，一阵风。失落番邦十五年，雁过衡阳各一天。高堂老母难得见，怎不叫人泪涟涟……"原来今日演的是《四郎探母》，四叔一上来便随着戏中的主角杨延辉摇头晃脑，一段终了还不忘投入地喝一声彩。

四叔、四郎，有意思。呵呵，四叔这是唱的哪出戏呀？戴维耐着性子等。

幕间休息，有观众起立出门去歇息，四叔也站起了身。该行动了。

四叔在剧院里三转两绕，出了一处偏僻的后门，在四马路后面的小街上步行了几分钟，一转又回到了四马路上。然后一路前行，到青莲阁茶楼进了门去。戴维赶紧跟进。

推开雅间的门，四叔正在点茶食，并不招呼。戴维不请自入默坐在一边，听着四叔将两人份的茶食下单，默契与自然得有些异样。

茶食送来，四叔挥手打发走侍者，动手斟了两杯茶，一杯放到戴维跟前，一杯自用，并不开口。

戴维从口袋里摸出纸条，静静地递上。

四叔缓缓展开："他好吗？"

"你好像对他还活着并不意外？"

四叔浅浅一笑："他叫你来找我，我很高兴。我能为他做些什么？"

直截了当！戴维也来个开门见山："请你帮忙去季公馆找本书。"

"什么书？"

"《大英百科全书》第二卷。全英文，精装版，黑色封面，烫金的书名。书上还有上海国际图书馆的标记。"

"要这本书干什么？"奇怪，四叔听到书名时的惊讶竟大于看到季忠仁活着的证据。

"四叔你是个明白人。他为何躲过一劫却不肯露面？这本书是个重要的线索。"

"哦？"四叔若有所思。

"有人三天前盗用他的贵宾借书卡借了这本书。谁能拿到他的借书卡？谁有这个胆子拿？你肯定推断得出。所以，要请你帮忙，只有你能不受怀疑地自由进出季公馆，并在这个人的房间寻找这本书。"

"哦。为什么你断定是这个人冒名借走的呢？"

"这不显而易见的么？你额头上的伤疤不也是拜他所赐么？你放心，我只要看看这本书，你马上可以原样还回去，绝对不会给你造成不便。"

"我能问个问题吗？"

"请讲。"

"你们为何一定要看被借走的这本书呢？其他图书馆没有吗？比如市立图书馆？"

戴维喝了口茶，道："听说您是他父亲的堂兄弟，我想您一定比我更清楚，季家与法租界里许多地方的渊源，包括这座图书馆。或许有或没有这层关系有着质的区别。”

四叔端起茶杯，抿了口茶，茶的甘醇之味萦绕齿间，他舒坦地轻轻吐出一口气道：“他真是成熟了。塞翁失马，焉知祸福啊！好吧，这个忙我可以帮。明晚八点，在许家集教堂有个慕道活动。你来，我把书给你带去。”

什么？戴维眼睛一亮，这么有把握？找到这本书对于眼前这个人来说竟如囊中取物，唾手可得?！正思量，四叔已在桌上放了茶钱，离席出门。

小丫啊，小丫，你可知道，你的忠仁非但没有死，而且出息了！

暴雨倾盆

再见许家集教堂的钟楼，戴维有种说不清的情绪。这里是谜面，也是谜底，谜底又是另一个谜面——谜底又将是什么呢？再一个新谜面？这样的往复轮回要到几时？夜色中直指苍穹的钟楼是否能指出一条正确的道路呢？还是如顶端的十字架一头扎入隐晦莫测的乌云中让人无从辨识？

教堂主殿的三扇大门紧闭。右后方的裙房里亮着灯，传来钢琴演奏的圣乐。戴维循着音乐和亮光上了二楼，右手第一间里坐满了虔诚的慕道者，慕道活动早已开始。在最后一排入了座，戴维接过教友递来的赞美诗集。

“圣哉耶稣，万民救主和平王，大爱奇妙力，宁息纷争浪。福音到处，凶顽强暴化驯良，和平临世界，赖主恩浩荡。……”

戴维看到了安娜，着蓝色旗袍，活脱脱一素雅知识女性，坐在倒数第三排。正望着她的背影，安娜有所感应地回转了身，黑框眼镜片后一双明眸分明闪现着同样的疑问：目标呢？

是啊，四叔呢？现场讲解的神父不是，发书的教友不是，眼前几排慕道者的背影看来也不是。四叔将以何种面目出现？他又是演的哪出呢？

赞美诗在继续："圣哉三一，我众虔诚同屈膝，赞美慈悲神，大爱冠一切；恭敬求主，来日施恩如往日，颁赐无量爱，实行奇妙力。"

我的上帝，你快颁赐无量爱，实行奇妙力，让四叔现身吧！

歌毕，神父对大家说道："各位慕道的朋友，今天的慕道活动就在这首《万世之宗歌》的歌声里告一段落。下一次我们在下周的同样时间再会。请大家尽量不要迟到。迟到的朋友以及还有疑问的朋友可以留下来，咨询道义的请跟我到底楼的小会议室，需要继续学圣歌的请留在这里，季兄弟会帮助你们。最后，让我们一起背诵主祷文：我们在天上的父，……"

我的主啊，背对着大家弹钢琴的是四叔！他一直在这里，却如施了障眼法般的隐蔽。戴维压根没把这能熟练驾驭钢琴的背影和四叔联系起来。

请教圣乐的慕道者陆续离去，房内已无他人。"拜托季兄弟多加指点了。"戴维凑到钢琴边轻声道。

"请先跟着我的琴声熟悉一下谱子。"四叔一手弹起和弦，一手从身旁的纸袋子里掏出一本报纸包着的东西。

果然是！黑色封面，烫金的书名，精装版——《大英百科全书》第二卷。书上还有上海国际图书馆的印章！

戴维摸出写着密码的小纸片，**EBHR 30.02.30.01**。**EBHR** 指《大英百科全书》，第一个 30 即为杜威十进制图书分类法普通百科全书的代码，02 是指第二卷这本书，那 30 和 01 呢？安娜迅速翻到目录，失望地摇了摇头，这书并不按章节编辑，他们事先推断的第 30 章第 1 页并不存在。英语一共才 26 个字母，也不存在第 30 个字母第 1 条的可能……

第三遍圣乐在四叔的指间流淌，安娜的眼神却越来越迷茫。所有的页面都没有后添的东西，这说明季世卿并没有在书上留过什么。围绕着四组两位数，可能的词条也反复斟酌过，安娜以掘地三尺的狠劲调动了自己所有的英语细胞，依旧没有奇迹发生。

“你们在解密码?”四叔弹着琴，头也不回地问道。

“你怎么知道?”

“因为这本书不是季忠孝借的，而是我借的。”

窗外，乌云被一道闪电刺穿。两个听众似被击中，呆在那儿说不出话来。

“很惊讶吗？季兄是个脑瓜绝顶聪明的诡异之才，这是他的雕虫小技。他能给他儿子留点谜语，为何就不能同样留个一两条，给跟了他多年的堂弟呢?”

“可惜他的才能不是靠祖上遗传来的。对么?”戴维的话颇有点尖刻。

“呵呵，是啊。因此，他也没法遗传给他儿子。”四叔毫不相让，“三个臭皮匠顶个诸葛亮。我可以再帮你们一次。”

“也是帮你自己。”戴维不知道为何喜欢上和四叔针锋相对。

四叔默不作声，只管弹琴。

“你怎么帮我们?”安娜问，“你不怕我们破了密码得了好处跑了?”

“你以为我会把我的密码谜面给你们吗?”

“不给怎么破?”

“你只需破了你们的，然后告诉我密码规律。”四叔停下弹奏，弯腰把整个纸袋提了递给戴维，“堂哥并非职业的密码专家，他只是个学建筑出身的商人。我找了几本他私人的旧书，也许有用。”

戴维接过袋子，四叔补充道：“有眉目了你知道该在哪儿找我。我想他总不会一辈子不露面吧?”

跑得了和尚跑不了庙。有季忠仁在，四叔并不担心眼前两个人从此销声匿迹。

回到住处，戴维第一件事情就是打开四叔的纸袋。还好，原以为这一路雷雨会把纸袋和书淋个透湿，老天却硬憋着光打雷不下雨。

纸袋里一共有三本书。面上一本是高等代数教程。粗粗一翻，很多页密密麻麻做了笔记。戴维把这本书撂一边，拿起第二本。猛然间天边一个响雷，戴维不由自主地一哆嗦，眼前的书是《谜趣集锦》。戴维迫不及待地翻开封面，扉页上一行英文字映入眼帘：

“To my daring Davy，Yours forever Cathy.”

窗外，暴雨倾盆……

暴雨之中，外白渡桥成了河上之河。黄浦江、苏州河像一锅开水，噼噼啪啪着不断往上涨，大有漫过堤岸的趋势。这样的天，撑伞也是没有用的，但凡能不出门的都躲在屋子里了。

苏州河北岸，一队人刚刚蹚水过了外白渡桥匆匆而去。

阿廖沙坐在车里，看着远去的这队人，踌躇满志。昨去见了面具男林姆斯基。他陷在老板椅里吧嗒吧嗒抽着烟斗，阿廖沙知道，即将会有一个主意随着烟雾冒出来。

林姆斯基猛吸了一口，不急不慢地抖落烟灰，眯起钢蓝色的眼睛说道：“公济医院有一个老修女，叫罗思嬷嬷，是她们那里管事的头头之一。你好好安排，把她给绑了。”

"绑个老修女？她有什么重要？"

林姆斯基露出一丝神秘的微笑："老修女本身没什么重要，但对某些人来讲，很重要。"

"谁？戴维？戴维会和老修女有一腿？"

"哈哈哈哈，瞧你的想象力！"林姆斯基鄙夷地笑道，"听我的，没错的。绑来了，我会告诉你为什么。"

今晚，暴雨如注，正是好时机。

一切都毫无悬念，绑个手无缚鸡之力的老修女，小菜一碟。但出乎阿廖沙意外的是，这碟小菜变成了"买一送一"——不仅绑来了罗思嬷嬷，还绑来了一个六七岁病恹恹的小男孩。属下说，这病孩就躺在老修女的卧室里。怕节外生枝遗后患，就干脆一起弄来。

阿廖沙挥挥手，让一队人马把大小两张"肉票"先送回大本营，自己和剩下的几人另有事要做。

夜深了，风雨并没有歇息的迹象，反而一阵紧一阵，打在窗户上，似一波波海浪袭来，直把人摇入梦乡。

礼查饭店像一艘沉睡着的大船，今晚，这沉睡要比往常深，有着死寂的气息。没有人发现，装饰成船内通道的五楼走廊里，闪过两个蒙面人的身影。不一会儿，501 房内充满了奇异的香气。两个身软如泥毫无知觉的"肉票"裹在两张床单里，被扛着从内部消防通道下到一楼，从已悄悄打开的侧门出去。二十米开外，接应的车早在等候着。车里，阿廖沙难掩兴奋。一打响指，汽车在暴雨中乘风破浪地飞驰，溅起的水花让阿廖沙心花怒放。没有什么是不可以做到的，只要你敢想！

昨天去见林姆斯基的时候，阿廖沙其实已有了自己的计划——绑架礼查饭店里与戴维有关的 501 客人。为此，他花了点钱安排了必要的打探。这一打探不要紧，竟然有了重大的发现，501 里住着一位三十多岁双腿残疾的男士！阿廖沙立刻想到季家大少爷。难道他还活着，却不回家？他与戴维有什么神秘的关系呢？难道是季大少爷暗中在托这对江湖混混寻宝？不管怎样，如果季大少爷被掌握在手，要挟戴维也好，敲诈季家也好，或者换种说法，就是去拿悬赏也好，总归是张王牌。

林姆斯基对阿廖沙的想法不置可否，因为501客人是否真是季家大少爷还不好说。要在礼查饭店动手，是需要好好斟酌的，不像别处，弄不好，酒店方、酒店的贵宾们以及公共租界当局都不是好对付的。

阿廖沙没有坚持，他很清楚，至少目前林姆斯基是老大。当罗思嬷嬷的信息传来时，阿廖沙的野心蓬勃起来。公济医院到礼查饭店只有五分钟的步行路程。这是否是冥冥之中的天赐？他要一箭双雕，谁能想象一晚上完成两起绑架？最不可能做到的事就是最安全、最难暴露的事。

暴雨初歇的凌晨，天色如墨。一辆汽车在法租界一路往西南疾驰，在一无人处，车未停稳，一个大男孩被推出车门，软绵绵地滚了一圈，卧倒在湿答答的草丛里，汽车扬长而去。

一个小时以后，他会在草丛中醒来。他会发现自己手脚完好、没有任何伤口地孤身一人躺在野地里，而不是礼查饭店舒适的套房内。他会发现他的上衣口袋有一封简短的信，提出了两百万赎回他主人的要价。但他不会记得这一晚上从礼查饭店到荒郊野外之间发生的所有事情和去过的任何地方。

阿廖沙得意地微微一笑，再打了个响指。

昨晚一箭双雕后，林姆斯基连夜赶了来，确认昏睡在礼查饭店被单里的是季家大少爷。他满意地点着头拍了拍阿廖沙的肩膀，不得不承认阿廖沙是块值得扶植与利用的好料子，甚至超过了预计。

“现在有了罗思嬷嬷和季忠仁这对双保险，雌雄盗贼再狡猾，也逃不出掌心。”钢蓝色眼睛笑成了两朵金属假花。

阿廖沙看法不同。季忠仁虽和戴维有着某种神秘的关系，充其量不过是互相利用的关系，而非亲戚、师长。以季忠仁做要挟，戴维未必会痛心疾首，听任摆布。不如分成两件事来做。季家不是出悬赏了吗？先敲一笔季家再说。季家小少爷悬赏大少爷的信息，大少爷却玩失踪，躲在外资宾馆里不露面。有意思！这里面一定大有文章，也大有油水。何必把季忠仁和罗思嬷嬷两张牌派一个用处呢？这不是极大的浪费吗？

阿廖沙不打算和林姆斯基商量，他想好了，放了季忠仁的侍童。他能去哪儿？他只能惊恐万状地跑回季家求助。于是，好戏就开场了。反正季忠仁在手里，侍童也不知道他在哪里，绝无被救之可能，季家只能老老实实照着信上写的做，除非季家愿意看到大少爷尸横荒郊。

怎么可以这样

雨下了一夜，整个世界都浸在老天爷的泪水中。半夜，安娜爬起来点蚊香。一下雨，蚊子就多。据说叮人的蚊子都是雌蚊子，可信。只要安娜在，蚊子专跟安娜过不去，从来不咬戴维。男人的肉臭嘛！看着呼呼大睡的戴维，被盯得睡不着的安娜时常无奈地叹息。这晚安娜却看到另一番情景，桌上的烟缸满了，烟缸边摊着四叔给的三本书。戴维如一尊石佛端坐在桌旁，指尖香烟灰有寸把长。

“你还不睡呀！明天想吧。一时半会也急不出来。”点好蚊香，安娜自顾自地倒在了床上。

凌晨，戴维摁灭了最后一支烟，“吱呀”一声轻轻地打开门。

“站住！”安娜一声大喝，“怎么回事？上哪儿去？”

桌上，三本书旁多了一张字条。安娜匆匆下地，扭亮了灯，扑向桌边，急急地拿起字条。

“你这算什么？不告而别？你别以为我看不出，自从教堂回来，你就不对劲。究竟发生了什么？告诉我啊！”

“对不起，我很累。我，我不想再参与这件事了。”

“为什么？为什么?！你为什么昨晚回来后有这么大的变化？你得知了什么？你从书里找到什么了？”安娜急躁地猛翻三本书。

“别乱翻了，书里没有什么有用的信息。”

“告诉我，为什么要爽约？别忘了，我们之间的约定可是你主动提出的。为什么要走？”安娜追问。

“我忽然觉得一切都很没有意思，很无聊。”

“那什么叫有意思呢？什么才不是无聊呢？”

“我也不知道，我就是不想掺和了，我……”

“那我怎么办？你走了我一个人怎么做？你不想要悬赏，我还想要呢！”

“你把戒指给季忠仁不就是了？”

“不，你不是这样的人，你遇到什么事情了？或许我能帮你？”

“你帮不了我。我只想远离这件事。我太高估自己了。我发挥不了什么用处。就这样了，对不起！”戴维下定了决心，迈出门槛，随手把门关上，加快了脚步。这女人一定会追出来。不快走，她会以为我是假意要走，我不能给她留有错觉。戴维的耳朵不自觉地往后竖起来，时刻准备着捕捉那头疼的开门声。

“啊！”一声惨叫强烈地震撼着耳膜。戴维不由自主地停下来，大脑飞速地辨别声音的质地和来源。

“啊！”又一声，更为绝望的一声。门并没有打开！

戴维以百米冲刺速度往回奔，猛一下踹开房门，见不到一个人影，一定是有人正挟持着安娜躲在门后。戴维顾不得多想，一脚迈进门，顺手操起立在门边的衣帽架以迅雷不及掩耳之势绕过门去准备格斗。

一瞬间，戴维感觉中弹了！衣帽架在软弱无力的双手间滑落，踉踉跄跄地立在一边，失去了武器的作用。

戴维真的中弹了——中了这个女人的烟幕弹！门后除了安娜别无他人。安娜正用纱巾使劲地勒自己的脖子，以便发出那声嘶力竭的惨叫。

戴维瞪圆了眼，又好气又好笑地望着涨成猪肝色的女人脸。

松了丝巾，本该嗍瑟的脸忽然被止不住的泪水淹没："我害怕你不会回来了。你别走！你是戴维啊，你忘记了？我们有约在先，一起做事的！"

"别，我，你……唉，我回来并不代表我……"

"不管你遇到了什么事，你别走。好么？我从来不求人，可是，可是我真的真的很需要这笔生意，太难得了。没你我干不成，我求你了！"

一个求字让戴维震惊，亦无法立即走人。这个女人这么需要钱？她到底有什么秘密？戴维真想问一问。话到嘴边还是打住了，戴维担心一旦了解了，自己会完全被套牢。这女人柔弱时就会有一种触及戴维内心最软弱处的能力，如同点穴。戴维不能让她点中穴位，思考了一晚做的决定不愿意轻易改变。

大雨后的早晨，街道像不地道的饮食摊上的锅碗瓢盆，刚从脏黑的洗碗水里捞出来，到处湿漉漉却一点也不干净，令人心烦。安娜皱了皱眉头，冒着零星小雨，踮起脚跳房子般跃过一个个小水塘，在街口买了点心和报纸以最快的速度返回。

桌上，还摊着昨晚戴维喝麦乳精的脏杯子。安娜端了去洗，顺带看了一眼还没醒的戴维，泛起一丝小小的自得，这次小伎俩又奏效了。但安娜内心是不安的，戴维就像一匹烈马，保不住什么时候发起烈性来，便左右不了他。就说现在这局面，虽然勒脖子暂时留住了戴维，但谁知道什么时候一转身，他就又走了呢？安娜不放心，于是会用一点点不上台面的小把戏，给自己一颗定心丸。当然，分寸安娜是绝对能把握的，有专业素质做后盾。

安娜在卫生间里挂好刚洗的衣服，慵懒地蜷缩在藤椅里。早点是他喜欢的生煎馒头，买来了自己却无心吃。这样的天气，一不适合洗衣服，二不适合外出。可是为了他，安娜都做了。没有人要求，完全是自愿，是种男女搭档的习惯。可是他却不愿意再继续了。是什么让他改变了主意？

问题应该还是出在那三本书上。戴维盯着书发呆了一晚上，凌晨他走时却没有带走书。

安娜拿过书一一翻看。两本数学书，一看就头晕。当年在修道院，如果数学成绩还过得去，安娜就能留任当孤儿们的老师，不去做护士，整个人生都将是完全另一回事。罗思嬷嬷的确很想留下安娜的，为此她尝试说服其他主事的嬷嬷们。但毕竟人手少，一个老师得教几门课，不是全才不行。

哎，又是“如果……”，其实如果是没有的，有的只有现实。安娜从学一元二次方程起就觉得数学特别不真实。怎么 x 就可以同时有两个答案？再学深下去更迷糊了，还有三个甚至四个答案！现实就一个样子，不可能同时有几个版本，不可能几个“如果”都成现实。

现在的现实是安娜要留住戴维，还要破解季世卿设置的迷局。季世卿到底是怎样一个人？他曾是个建筑师，又是个商人，喜欢数学也不奇怪。瞧他书上笔记做得密密麻麻，没有兴趣不可能。那么，第三本书呢？《谜趣集锦》，一个理科高手也会醉心于猜谜？

“To my daring Davy，Yours forever Cathy.”

哦，这就对了，一个叫Cathy的女孩送情人的书。一个摆弄英语的洋气女孩，是喜欢在中西文化间闲逛的，还会娇嗔地硬把心爱的人拽入自己喜好的领域。可是，这本《谜趣集锦》是纯粹的中国传统谜语，拆字减字、颠三倒四地玩赏一句句的古诗文。而季老爷子的字谜却是数字和外文字母。有什么关系呢？

“你醒了？”安娜放下书，“穿这件吧，昨天的那件我洗了。”

“哦。”戴维睡眼惺忪地胡乱答应。这女人想用这种方式留住人吗？她不知道这是多么傻吗？

“买了生煎馒头，你喜欢的，吃点吧。还有，我顺带买的报纸。”这女人收敛起浑身刺的时候还是挺良家妇女的，怎么才能让她明白自己的决心呢？戴维撑起上半身，斜倚在床栏上，一边吃着有点冷了的生煎，一边随手拿起安娜扔到床上的报纸。

怎么会？不可能！不可能！！绝不可能！！！戴维只觉得一阵眩晕。咬了一半的生煎漏出的汤汁一路沿着下巴而下，滴脏了胸前的毛巾被。这不是做恶梦吧！戴维直起身子，颤抖着的双手捧着报纸再看了一遍，确定无疑！戴维跳下床，他不知道安娜说了些什么，他什么也听不见了，急急地换掉睡衣，甩了安娜的胳膊，头也不回冲出门去。任凭安娜在身后嚎叫：“你怎么可以这样！这样对我！！”

安娜绝望极了。戴维竟这般一走了之？那还不如昨晚不要回头！刚刚燃起的一点希望转瞬被扑灭，有什么比这更残忍的？

安娜木然地倒在床上，毛巾被还留有体温，人已经不知去向。安娜鼻子一酸，有了弃妇的感觉。安娜拾起床上的报纸想撕碎了解恨，目光却被报纸吸引了去。没错，刚才戴维就是盯着看这一面这一篇：《法租界发生离奇凶案——仁和里一对独居老夫妇被害》。

第十五章
祸不单行

应接不暇

主日弥撒结束，世轩跨出大殿，通过廊道朝裙房走去。家辉扭不过世轩，已经按他吩咐与医院结了账。世轩打算从此在教堂安营扎寨，他相信这座教堂就是宝库，只等着被人发现。他要成为那只等待已久的黄雀。

世轩刚踏上裙房二楼的楼梯，被闵神父一声叫住。走近了闵神父才轻声说道："季兄弟，请跟我来，有人要找你。"眼神里颇有内容，让世轩充满猜想。

办公室门口，闵神父特地让世轩先入内，随后关上厚重的木门。两人拐了个弯，沙发里坐的人已经起身。

"祥玉?"世轩万万没想到。他的心一沉，一定是忠仁出事了，否则，祥玉绝对不可能离开不能行走的主人。

听完祥玉的叙说，世轩折好敲诈信问："你还见过什么人？或跟什么人联系过?"

祥玉一脸坦诚，连连摇头："大少奶奶有孕在身，我不敢擅自惊动她。小少爷么……我知道大少爷最信任您四叔，所以，我就直奔这里来了。我想一定能在这里找到您。四叔，只有您能救救大少爷啊！"祥玉边说边跪下了。

"你先起来。"忠仁还不知道雅萍流产了，世轩隐隐心痛。他脸色凝重地对闵神父请求道："事关人命，请允许我借一套修士服给这孩子穿了，让他暂时隐蔽在此。"闵神父答应了世轩的请求。

安顿了祥玉，世轩带着敲诈信匆匆下楼。二百万！上哪里去弄？开玩笑！祥玉几乎说不出一丁点儿的信息，绑票的会是什么人？

一楼连廊里，迎面走来两名女子。高个的是雅萍！

"大少奶奶，您怎么这就出院了？"这孩子真不要命了！照家乡的说法，小产一样是要坐月子静养的，更何况发生了大出血。

"还没有出院，"雅萍苍白的脸色让世轩心疼，"姨妈告诉我了，谢谢您献血救了我的命。今天是主日，我让菊姐陪着来做弥撒，我要为忠仁祈祷。"

"忠仁他——他一定会有消息的。上帝一定会眷顾他的。您保重自己要紧。"世轩到嘴边的话又缩了回去。她旁边的小姐妹是谁？

"四叔，姨妈说，忠仁不会回来了……是吗？请不要骗我。"雅萍羸弱的身子在风中颤抖。

世轩把两人领进一楼一间无人的接待室坐下，诚恳地说道："您姨妈跟我说了，那完全是误解！她看了小报上的八卦文字就信以为真。其实，那种无良小报刊登的东西有哪篇经得起推敲啊？不过是乱编《西游记》，博眼球、骗销售量而已。"

看到雅萍眼中升起希望，世轩觉得有必要再强调一下："大少奶奶，大少爷我是看着他长大的，请相信我，我断不至于对您——他的夫人说谎！"

“看，萍妹，你还不信我看的手相呢。我不是说了吗？你家忠仁肯定没事的，你放心好了。”雅萍的女伴自信地叽叽喳喳道，“哎，这位先生，请原谅我的冒昧，能给我看看您的手相吗？萍妹你可以再看看我说得准不准。”

这位会来事的小姐妹毫不客气地伸手就抓起世轩的手。遇到这样自以为是的女子，男人总是手足无措，不愿意也不好表露，只能尴尬地由着她来，内心默祷别太离谱。

菊姐看完抬头端详世轩的脸，问道：“你额头的疤痕是三十岁以后落下的吧？”

世轩有点不安地点点头。

“啊哟，您的掌纹常见，指纹倒是真少见，全是簸箕啊！有意思，这说明……”

你娘说过他的指纹全是簸箕，全是簸箕！泼出去留不住啊！这是命啊！你爹的命，也是你娘的命啊！

姨妈在母亲二十年祭时的叹息穿越时空震响了雅萍的耳膜。

“大少奶奶！大少奶奶！”

“哎——萍妹！萍妹！”

……

世轩的脑海里一遍遍翻腾着雅萍晕厥倒地的那一幕，一遍遍心疼着、纳闷着。泥鳅怎么没提起雅萍有这么个亲密的小姐妹呢？细想，不记得当初婚礼上见过这女人。

她是谁？一个以看手相为本事的女子显然不是虔诚的教徒，她陪雅萍来做弥撒是别有目的吗？她这么贸然地要看一个陌生男人的手相是无意的吗？还有，为什么雅萍听到我的指纹全是簸箕时会突然昏倒？

“你真怪！怎么十个手指一个圈都没有。人家说一个圈都没有的人是傻子呢！哈哈哈哈……”

世轩仿佛又回到了三十年前的新婚夜，夫妻间的卿卿我我变成了三十年后的无尽猜测。

难道雅萍知道了一切？

雅萍被众人送往医院。医生说无大碍，小产后气血两亏，需好好静心调养，近期不宜再出门。一切安排妥当，世轩正要离去，家辉神色慌张地赶来。他把世轩拉到僻静处，结结巴巴地说：“有人……有人打电话来，说……说大少爷在他们手里，准备好二百万，明天下午两点在家等电话。”

世轩暗暗一惊，祥玉带回来的信，绑匪要求在家等电话，交代具体接头时间和地点。不料电话这么快就来了，规定的交钱时间又这么急！

世轩叮嘱家辉对谁都暂时保密，赶紧回去守好电话。世轩随手招了辆车，消失在大街上。

傍晚，世轩匆匆回到教堂。去餐厅的路上，闵神父拦下世轩，关切地询问季家大少奶奶的情况。世轩对他及时派车送医表示了感谢，告知病人现已无大碍，之所以晕倒只因近日刚小产，体虚未恢复所致。闵神父画着十字释然。世轩也顺带说了最近几天家中有点事，可能要回去住两天。闵神父点点头。走了几步，闵神父犹豫着回头对世轩说：“不知道该不该告诉你，或许你已经知道。”

“请讲？”

“邢雅萍姊妹今天来要求改造她丈夫季忠仁兄弟的墓。”

“哦？怎么改？”

“你知道，墓室设计建造的时候季忠仁兄弟还没有结婚，而邢雅萍姊妹希望自己百年之后能陪伴夫君。她提出将季忠仁兄弟的墓往其父那边挪一点，以便可以加进她自己的位子。”

世轩一阵揪心，难道——这孩子不会想不开吧？世轩真想立刻赶去医院，大声地对小丫说：“你丈夫季忠仁他还活着！”不不，雅萍是信教的，她不会想不开，不可以想不开！但一个人若在思想上放弃了生，是有可能积郁成疾，郁郁而终的。为什么她这么急着要修墓？

今天的水怎么特别烫？世轩入大池没一会儿，就觉得有点心慌受不了。抬头扫视一圈，别的浴客都自在得很，闭目养神的、三两聊天的、独自轻轻哼两句的，唯独要见的没到。世轩明白是自己烦躁了。二百万！把自己所有的家当都搭上也远远填不了这个大坑。世轩闪过一丝憎恶，对自己的憎恶、对金钱的憎恶。二十多年的时间在干嘛？投身国民党，参加护法战争，大失所望之下加入共产党，隐姓埋名十多年……好笑的是此生得到的最大一笔钱竟是“堂兄”给的遗产。可也差得远呐！这辈子自己这个做爹的太、太无能了！让女儿过了二十多年没有父亲的日子，到如今依旧是什么也无法为女儿做。

世轩划拉了两下，心浮气躁地出了大池，现在只能寄希望于泥鳅，能另有办法为小丫儿把她的丈夫救出来。

泥鳅终于来了。脸上没有世轩希望的轻松样儿。世轩想问又怕问，默默看他入池，又很快地出池，去莲蓬头那里冲了一下，躺到了旁边的躺椅上。

“了解得怎样？”世轩急急地低声问道。

“不好办。托人问了电话局的人，那个电话是从霞飞路上的文艺复兴咖啡馆里打出来的。”

“哦？”

“你知道的，那个咖啡馆是俄侨聚会的场所。”

世轩皱起了眉头：“你是说这事和俄国人有关？”

“不仅和俄国人有关，而且非常可能和俄罗斯总会的人有关。”

“俄罗斯总会？”

“对。是俄侨里的黑社会组织。他们现在和日本人走得挺近。”

世轩的眉头锁得更紧了：“这么说，没别的办法了？”

“你能确认这不是个骗局，季大少爷真的活着？”

“活着，失踪了。”

轮到泥鳅皱眉了：“他们不是三两个毛贼。这么紧的时间，要劫票又不知在哪里……”泥鳅摇了摇头，“季家这么有钱，没办法弄到钱？”

“他们兄弟俩的关系……你懂的。”

“那他老婆呢？结婚这么多年，他老婆不见得一点钱也没有吧？”

这是下下策。这事若告诉雅萍，世轩的顾虑太多了。雅萍有那么多钱吗？如果雅萍主张告知忠孝怎么办？如何让她不要这样做？她能听吗？谁又能保证她身边的丫环、小姊妹不会知道？特别是那个叫菊姐的小姊妹又是什么来路？

吸血鬼

如果有百分之一的可能，戴维都不愿意相信这是真的。可是，报上写得太详细了。独居的赵姓老夫妻，在仁和里 18 号居住三十余年，靠经营一间杂货店为生……老两口一生与人为善，从未与人结怨，怎么会横遭杀身之祸，被人谋财害命？那间杂货店值几个钱呢？附近霞飞路上随便哪家店不比它有钱千千万万倍？

仁和里水汪汪的地面令戴维心惊肉跳，仿佛血迹斑斑无从落脚。戴维飞奔到第三排右转，铿亮的虎头门环上一对封条组成一个触目惊心的大叉。戴维脑袋嗡地炸响，眼前所见把内心存有的最后一丝侥幸彻底毁灭。戴维发疯般地撕掉封条，撞开门。

这哪还是家？整一个大溃退的战场。从客厅到卧室，几乎每件家具都搬离了本来的位置，能打开的，抽屉、橱柜、盒子……没有一个是闭合的。衣服、日用品天女散花地扔了一地。两个白粉圈出的人形一个躺在客厅里，另一个在客厅和卧室之间的门边。阁楼上，戴维的卧室也未幸免于难，每样东西都不在其位。

戴维小心地跨入养父母卧室，敞开的大橱里抽屉夹层空无一物，养父母的积蓄荡然无存。谋财害命，真是谋财害命啊！一生不富裕的老夫妻竟丧命于谋财，令人难以接受！戴维瘫坐在地……是谁，是谁犯下这滔天罪行？我一定要找到这个狗杂种！要亲手杀了他！

戴维迈出门去，一抬头院子里三杆枪齐刷刷地对准着自己。

戴维要去巡捕房，他要了解案子的详情，他要见一见养父母最后一面，他要亲手逮住凶手千刀万剐！没想到还没出门，巡捕已全副武装相迎。街坊发现有人撕了巡捕房的封条擅入便报了警。

戴维费尽口舌都没能让巡捕房相信受害者夫妇有一个连街坊邻居都不甚熟悉的儿子。戴维失去了自由，被当作凶案的嫌疑犯关在地下室。

整个白天，戴维被闲置在牢房里独处。傍晚时分，一名狱卒透过铁栅栏门递进来一袋面包和一杯水。戴维扑向铁门："放我出去，我要报仇，我不是凶手。蠢蛋！我是凶手我还会回现场吗?！放我出去……"狱卒不理不睬，默默离去。

戴维踢飞了面包和水，看着对面顺墙而下的水流，他满眼的泪水也无法阻拦地流淌下来。眼前浮现着养父那稀疏的白胡茬，养母眼袋重重的双眸……为什么那天连养母挽留吃顿饭都不答应？戴维追悔莫及。

不知过了几个时辰，半夜亦或是凌晨，走廊里忽然传来多人的脚步声。两个巡捕开了铁门涌进来，不由分说绑了戴维，戴上眼罩拉出门去。

“我们这么快又见面了，真没想到。”面具男陷在大靠背椅里抽着烟斗。

“告诉我，谁杀了我父母？我要见父母最后一面，我要出去报仇！”戴维看到了希望。

“仁和里那对被杀的老夫妻，他们真的是你的父母？”面具后的钢蓝色眼睛闪耀着毫不掩饰的不相信，“虽然你们中国人都长得差不多，不过，你好像并不太像他们的儿子。”

“他们是我的养父母，从小抱养了我。你们法租界居民档案里应该有我的照片，你可以查啊。”

“查？你真当我是巡捕啊？呵呵。我说了，你们中国人都长得差不多，十几年前拍的小照能证明什么呢？还有谁知道你是他们的养子？你好像不经常回家。”

“什么意思？”

“你先回答我的话。”

“是的，十多年没回家了。只是……”

“只是什么？只是你最近回去过？”面具男在椅子里坐直了身子。

“回去过一次。很短的时间。”

“哦。”面具男若有所思。

“我父母是怎么死的？我要见他们最后一面。”

“你的事办得怎样了？”

“我要知道我父母是如何死的，我要见他们最后一面！听到了吗？在这之前我不会再办任何的事情。”戴维怒目圆睁地冲到书桌前，瞪着面具人。虽然反绑着双手，戴维依然让面具男感受到了他的力量与决心。

面具男吸了一口烟，慢慢道：“好吧。告诉你也无妨。据我所知，巡捕房也不知道你父母是如何死的。”

“什么？开玩笑！他们的尸首呢？我要见他们的尸首！”

“不开玩笑。因为他们死得有点诡异。”

“怎么讲？”

“他们都死于喉部伤。但是既非刀伤更非枪伤，而是……而是……”

“而是什么？”

“听过吸血鬼的故事吗？”

“什么意思？”

“在我们欧洲，吸血鬼的故事至少流传了几百年了。有的人死后变成吸血鬼，专嗜人血。晚上出来伏击或者引诱活人，然后专门咬人脖子吸血。天亮鸡一叫就逃走。被咬的人脖子上会留有两排齿印，通常会死去，甚至也变成吸血鬼。”面具男敲了敲烟灰，继续道，“要制止吸血鬼行凶，唯一的办法是挖开他的坟墓，用木桩插入吸血鬼尸体的心脏或者摆乱他的骨头，用砖堵住他的嘴巴。”

“这和我父母有什么关系？”

“你父母喉部的伤就是两颗牙印——不是普通人的牙印，而是深而尖，直接咬断血管，像狼或狮的犬牙，只有吸血鬼的牙齿才能做到。”

戴维讪笑道：“我父母是非常传统老实的中国人，怎么会跟欧洲的吸血鬼扯上关系呢？不可能！”

面具男耸耸肩恐惧地压低了声音：“任何人都有可能被吸血鬼

看上。吸血鬼只在乎有血吸，哪管你是哪国人。这两年在江南地区已经发生过三四次呢。”

“不可能，这太荒唐了。我认为一定是谋财害命。现场被翻得一塌糊涂，你知道吗?”

“哦，有个情况你不了解。”面具人对戴维的说法不以为然，“你父母的积蓄并没有被盗，是巡捕们勘探现场时拿走的，现放在巡捕房里收着呢，都有登记。这世界上还有谁不贪财？嘿嘿，除了吸血鬼。”

“真的?”

“我有必要骗你吗?”

面具男没有骗人，戴维被允许见了一眼养父母的遗体。戴维很难解释养父母的死因，除非——真如面具人所说有吸血鬼。真有吸血鬼吗？星夜里，戴维在郊外被扔下了车。望着满天繁星，戴维突然意识到苍穹之下已没有家了。即便游荡在外十几年不归，有家和没家是两种完全不同的感觉，是有没有归宿的差别。

归宿，戴维醒悟，自己这辈子一直在找寻的东西，其实，心里并不确定理解。

戴维在杂草中跋涉，不知道该去哪里。安娜那里自然不能去，原本就不愿意再插手这宗生意，更何况又发生了这么多事情。面具洋人一再催促他加快办事速度也没用，戴维虚与委蛇只是为了从巡捕房脱身。戴维想到离开上海，但无辜的老两口尸骨未寒、大仇未报，怎可以一走了之？可是怎么报仇？连死因和报仇的对象都根本不清楚！戴维无比沮丧地朝着远处走去。

路渐渐明朗起来，宽宽整整的，离市区近了。再往前，路似曾相识，这应该是法租界的西南面。远远地戴维看到了铁艺围墙，走近了发现围墙很熟悉——鬼使神差，眼前竟是长安公墓！戴维颇为酸楚，偌大个上海滩，也只有这里是归宿。

这里葬着亲生母亲，一个他不认识的女人，却给予了他生命。如果不是红颜薄命的话，她此刻六十都不到，比养父母还年轻。她会将幼小的他搂在怀里躲避夏日可怕的打雷声吗？她会烧许许多多好吃的菜，比如梅干菜烧肉、水晶虾仁吗？她会跟着连连闯祸的儿子屁股后面不停地给人道歉赔礼吗？她会原谅他的一切，即便是十几年不回家的大错吗？戴维不知道，他真想问一问，明知无人可问。可今夜，这个女人最后的归宿已是戴维对家的最后一个念想。

戴维进入墓园，奇松古柏伸长了枝丫，露出了狰狞的面目，颤颤巍巍地扑来，想要吞吃惨淡的几小片月光。"喵——"一只野猫从脚边蹿出，站在小道中央。戴维一惊，纯黑的野猫，两只眼睛发出诡异的亮光，正盯着戴维这个不速之客蓄势待发。忽而，野猫的背后又出现了一群同类，堵住了戴维的去路。戴维转向左侧，一只展翅扑食的老鹰迎面而来。戴维不禁后退了一步，定睛一看，原来是墓碑上的雕塑。

戴维绕过雕塑向前走去。一阵阴风吹来，有什么东西落在额头，戴维赶紧往后躲，一只硕大的蜘蛛荡来荡去，幻化成美女脸朝戴维狞笑。戴维甚至可以闻到美女脸搽的香水。一迟疑，美女脸长出了尖而长的獠牙，脸惨白惨白，眼睛血红血红，张口朝戴维扑来。

吸血鬼！戴维来不及躲闪，被一阵妖风扑倒在地……

一路追去

午饭匆匆吃罢，客厅的沙发上，世轩如坐针毡。电话机边放着一只小皮包，里面是世轩的所有家当。

电话如期而至："钱准备好了吗？今晚六点，一个人，带上钱和一张《申报》头版，到霞飞路普罗托夫百货公司门口，有人会……”

“哈哈哈哈，骗子！”世轩出其不意地打断对方，“骗子我见多了。让忠仁来讲话！听着，我是他叔叔，我不听到他的声音我是绝对不会把钱送来的！”

电话“呯”的一声被狠狠地挂断了。一边站着的家辉心惊肉跳地微张着嘴，担心着四叔此举的后果。

世轩捋了一把抽搐的脸，把对方的话复述了一遍。

“等。只能等。”泥鳅拉了拉不甚舒服的修士服领子，镇定地望着世轩，“肯定会再来电话。要讨价还价，提出带着这么多钱，至少两人护送，外加一个司机。”

世轩点点头。

电话果然再次响起。世轩示意大家噤声，按了按听筒接了起来。紧张的脸立刻变得放松，挂了电话向两位道：“兰心大戏院公共电话亭。”

泥鳅微微点头，对电话局朋友的到位服务非常满意。如果绑匪能照着四叔的话做，让季大少爷打电话，不太可能把他带到这种公共场合的电话亭去，应该是去可靠的、完全在他们掌控中的地方。比如，俄国人的一大据点——文艺复兴咖啡馆。

度日如年的一小时，电话铃终于刺穿了凝固的空气。“是我，忠仁。四叔，救我。雅萍，救我……”

“听见了吗？这下信了吧？准备好钱……”

“这么多现钱，一下子真筹不到。”

“我不管，你家没金货吗？”

“最多五十万。”

“最少一百八十万，少一个子儿也不行！要么你想明天收到你家大少爷的一只耳朵！”

“别！这么多钱我一个人也不行啊，万一有个闪失，你们不是也白忙一场，大家没好处不是？我需要带个随从和……”

“好吧，最多带一个人，不能再多了。今晚六点，别忘了《申报》头版，霞飞路上的普罗托夫百货公司门口，会有人来联系你们的。要是敢报警，明天你们收到的就不只是你家大少爷的一只耳朵了！”

电话挂断后的半分钟，电话局朋友再次来电印证了泥鳅的猜想——电话是从文艺复兴咖啡馆打出的。

“按既定计划办！”泥鳅嗖地起身，郑重地对面前的两人发出指令。

泥鳅将赶往文艺复兴咖啡馆。那附近，已有他的人守候着。一旦有机会，就下手劫票。而世轩带着家辉去做另一件重要的事——上医院见雅萍。确认了忠仁活着，且在对方手上，现在是时候请雅萍帮忙了。还好，那个菊姐不在，世轩很容易地支走了宝莲，神情严肃地关上病房门。门外，家辉守着。

下午三点半，菊花急匆匆地赶回店里，一个熟悉的身影从街对过快步走来，窜进了门，直奔试衣间。非既定时间来访，必然是有紧急之事，菊花也正好有事要汇报，连忙关了大门，叉了套西装半成品进到试衣间。

“出事了。”厉害心事重重，“季忠仁失踪了。”

“我知道。”

“你怎么会知道？”厉害很惊讶。

“我刚从雅萍那里回来。有人绑架了季忠仁，放出他的侍童，带来了勒索信，索要二百万。”

“二百万？！”

“对，四叔带着勒索信来找雅萍凑钱。”

“知道是什么人干的?”

“说不准。似乎对方有些俄国口音。”

“俄国口音?”厉害稍作停顿，又道，“雅萍给钱了?她一下子拿得出那么多?”

“这还用说吗?她对忠仁感情很深。对于她来讲，有什么比得知忠仁还活着，并救回来更好的事呢?她叫家辉去取出所有私房钱，又叫我去把她的一些首饰典当了，和四叔一起凑了二百万出来。听说绑匪晚上六点就要。”

“今天晚上六点?这么急?”

“是啊。”

“四叔去赎人?”

“当然，雅萍这身子怎么离得开医院?”

厉害抬手看表。

“怎么，你要去?”菊花警觉地问。

“不行吗?”

“季忠仁有这么重要吗?组长，我们的目标不应该放在解密寻宝上吗?”

“你质疑我吗?”

“不是，我仅仅是不解。季忠仁虽然曾拥有钻戒，但他对宝藏和密码一无所知，对我们寻宝并没有多大的用处。现在绑匪勒索二百万，如此一大笔金额的勒索，说明只是一般目的的绑架，也与寻宝无关。不该顺其自然吗?你卷得太深无益于我们的目的。”

“你怎么知道无关?一切要讲证据，我必须摸清楚绑匪的来头。有时候，一个人并不清楚自己掌握着什么，我认为季忠仁就是。他是他父亲最赏识的儿子，也因此，他父亲把钻戒给了他，而不是他弟弟。他应该是最了解他父亲的人。所以，他对于我们很重要。”

“四叔难道不是最了解季世卿的吗?”

“一个助手能和儿子比吗?”

“我是担心，你的出现会不会把事情弄复杂，另外，会不会这场交易本身是场骗局呢?”

“怎么讲?”

“说不好，总有点异样，这么快。会不会交接是假，抢劫加撕票是真?”

“真这样，更要去了。”

“你要小心！我和你一起去吧?”

“不行，我们的关系不能随便暴露。我会注意的。”

“我以为你今天不会来了。”

“你毕竟是我师傅，不是么?”厉害打开报纸，做低头看报状。

长椅的另一端，那熟悉的身影“啪”地点上烟：“师傅? 呵呵，我早就不是了。东西呢?”

厉害默不作声。眼角里，对方微微一惊，“你上次说最后一次，你不会来真的吧?”

“哎!”厉害叹了口气。

“别劝我!”对方立刻堵住厉害的话，“你知道的，劝也白劝。既然这样，今天来见我作甚? 该不是怕以后见不到我了?”

“哪儿的话！好吧，我们俩谁也劝不了谁。”厉害掏出一只烟盒，握在手里，“你回答我一个问题，我就给你。”

“说吧。”

“有说季忠仁被俄国人绑了?”

对方弹烟灰的手停在了半空中：“你也关心这事?”

“放心，我不会与你作对。”

“呵呵。”烟灰自行掉落在地。

“你还没回答我的问题呢。”厉害提了提手指，叩了叩手掌下的烟盒。

“是——俄罗斯总会那帮人。”

“好自为之。”厉害“噌”地站起来，留下烟盒，头也不回地朝公园大门走去。

五点五十五分，世轩在普罗托夫百货公司门口看了看怀表。再过五分钟就到点了，泥鳅负责的第一方案估计是泡汤了。按先前的约定，一旦他得手，他会立刻派人来送信。过了六点，即便他得手，家辉手里的二百万也保不住了。因为离开了这里，泥鳅无法预知他们俩的行踪，也没法传递消息。

泥鳅若没成功世轩并不太意外，俄罗斯总会的人有多少，文艺复兴咖啡馆内部情况是怎样的，忠仁被关在哪里都是个未知数，一切都需要临场见机行事。没有合适的机会只能放弃。世轩再三对泥鳅强调，一切要以忠仁的安全为重。

世轩挺了挺身，像个即将开拔的战士。

“先生，送你一枝玫瑰花吧！不要钱。”世轩低头一看，眼前站着一个手挽篮子卖玫瑰花的小姑娘。小姑娘手里握着枝假花，花蕊里塞着一张白色的小纸条。

“谁叫你送的？”

“刚才那边的一个洋人。”

小姑娘一把把花塞到世轩手上，也不管世轩要不要，转身就消失在人群里。世轩打开花蕊里的纸条，一行歪歪扭扭的字：半小时后，福开森路霞飞路路口，诺曼底大楼前等。

两人迅速出发。傍晚六点半，天还没太暗，诺曼底大楼好些窗户已经亮起了灯，像一艘即将起航的大船。此处是法租界的西部，大楼里住的大多是洋人中的中产阶级，一派生机勃勃的样子。世轩明白这还不是最后交接的地点。泥鳅到底得手没？！

晚风里传来一阵小孩的嬉笑打闹声，与霞飞路呈30度角斜插的福开森路上蹿出三个小叫花子，嘻嘻哈哈地说着脏话，围着世轩和家辉兜圈子互相追逐。家辉呵斥着赶他们走。小叫花子并不怕，也不理睬这两个面色铁青站桩似的大人。世轩后退两步，躲入诺曼底大楼的一楼外廊，不料小叫花子们苍蝇般跟进，世轩的胳膊从后面被撞了一下。家辉怒目呵斥，佯装举手要打，三人一溜烟地跑走了。

世轩低头一看，一张纸条从胳膊边滑落：中国公墓门口，七点一刻。

“沪闵南拓路梅陇镇南面，快!”世轩与家辉再次出发。

虽是夏天，天一暗，公墓附近便没有了人影，唯有百虫鸣叫。两人满头大汗地提前五分钟赶到，环顾四周，不禁背脊发凉，这是交换赎金的好地方，也可以是谋财害命的绝佳场所。

熬心的等待。五分钟、十分钟、十五分钟，世轩再次摸出纸条，家辉也凑近了来看，没错：中国公墓门口，七点一刻。现在，已经七点半！发生了什么事？路上出事了？泥鳅得手了？两人伸长了脖子东看西看，竭力捕捉着任何一点风吹草动的迹象。

依旧是没有。七点三刻了！世轩摸不着头脑。怎么办？两人一商量，八点走人。不发生变故，没有哪个绑票捞钱的会晚那么多时间。一定是发生了什么！会不会是泥鳅真的得手了，文艺复兴咖啡馆里正上演着暴跳如雷、七倒八歪的一幕？

绝望和希望交织着，等到八点会是怎样？

几家欢喜几家愁

“是我，忠仁。四叔，救我。雅萍，救我……”

阿廖沙很满意季家大少爷的配合。这么个废人，落到如今地步能怎么样？在电话里惶恐求生是本能。很好，正需要将这惶恐传递给他的家人。显然他的家人也收到了，一改以往的傲慢，急急地甘愿被牵着鼻子走。

阿廖沙一个响指，两个手下架了双眼蒙着黑布反绑着双手的“肉票”出了房间，关进楼梯间的小黑屋。

晚上有大买卖，阿廖沙嘱咐各位略作休整，吃个早晚饭，听令出发。

阿廖沙喝着咖啡，看着属下打牌，泡妞。有任务时他们只要不喝酒，不外出，一叫便到，其他阿廖沙并不多管。他还是喜欢独自沉浸在自己的计划里，陶醉于想象中，细细品味那即将到手的诱人收获。

厨房间弥漫起饭菜香，外派的第一拨人回来了。六点准，纸条在普罗托夫百货公司门口送出。季家人赶去诺曼底大楼。

晚饭吃得差不多时，外派的第二拨人也回来了。六点半，诺曼底大楼前，纸条成功递出。

阿廖沙吃完甜品，一扔餐巾，意气风发地看看手下众人：“好了，我们出发！”

“老大！不好了！”刚走到门口，阿廖沙被一声大喊叫住，两个下属神色惊慌地奔来：“那……那‘肉票’不见了！”

“什么？你们说什么？”

“见鬼了！那‘肉票’不见了！”

阿廖沙三步并两步奔到楼梯间，怎么可能发生这种事？双眼蒙布双手被绑的一个残废——路都不会走的残废，在这么多人的眼皮底下逃之夭夭？打死都不信！

阿廖沙要来手电筒，小黑屋的角落里什么也没有，没有人，没有蒙眼的黑布，也没有磨断的绳子。有人劫了“肉票”？

文艺复兴咖啡馆有两个门，前门进来到小黑屋，必须经过众人玩乐的地方。后门进来，必然经过随时有人进出的厨房门口。厨房里老板娘加两个厨娘在忙活着，进进出出。老板娘画着十字，摸着良心反复强调，知道今日的重要性，后门绝对是锁着的，不可能有外人能从外进入。那么，是从里出去的？傻子都明白季家大少爷能自己出去吗？难道……我们里边有吃里扒外的？阿廖沙凶狠地扫视众人。众人大惊失色，纷纷表白自己的忠心。

阿廖沙抬手给了负责押解“肉票”的两人各两耳光：“就知道寻欢作乐，连个两脚残废的‘肉票’都看不住！”

夜色里，灯火多了起来。进入法租界中心地带，世轩和家辉稍微放松了一些，归程总算平安。敲开季公馆大门，阿杜告知，修士已经等待多时。泥鳅来了，世轩心定了，疾步进入洋房。

“怎样？得手了？”世轩满怀希望。

泥鳅一脸茫然：“你们没等到人？”

世轩如入冰窖。

泥鳅说，下午早些时候，派去蹲点的兄弟的确远远地看到有车开进文艺复兴咖啡馆的后门弄堂，车上的人好似运进了一麻袋东西。随后的十分钟里，季公馆接到了季大少爷的电话。晚上八点不到，突然一群俄人气势汹汹地从后门出来，上车就走，但并未再见到扛什么东西。

“也就是说，忠仁理应还在咖啡馆里？”世轩说。

泥鳅摇摇头：“他不在。”

“不在？为什么？”

“他不在那里。我们的人装扮成维修工去查电路，几乎把咖啡馆兜底翻了遍，都没见。”

“你的人为何早点不进去啊？”

泥鳅瞥了世轩一眼："那帮人在，你以为他们会让进么？"

"你确认晚上那帮人离开时没有带着忠仁？"

"我自己看的，肯定没有。不过，我现在可以确认，那帮人就是俄罗斯总会的人。我认得其中一个。"泥鳅认出从咖啡馆后门出来的为首者——隆兴庙外俄罗斯总会那个老太婆的儿子。

世轩跌坐在椅子里。忠仁再次失踪，是死是活成谜。他一个走不了路的人能去哪里？这如何对雅萍交代？

夜幕里，厉害望着季公馆合上大门，悻悻离去，疲惫的脸庞浸润着深深的疑问。想过很多种情况，却根本没想到会是这样，季公馆、霞飞路普罗托夫百货公司、诺曼底大楼、中国公墓、季公馆，一圈下来，什么也没发生。究竟是怎么回事？

远处，菊花一袭黑衣，悄悄观望着厉害。

清晨，礼查饭店总台走来一位年轻的神职人员："请问祥玉先生有没有留纸条？"

"稍等，给您。"

"谢谢。"纸条展开，只有三个数字：104。

四楼的顶端，401房门被十指轻轻叩出了一段节奏："嘭嘭嘭嘭嘭嘭、嘭—嚓；嘭嘭嘭嘭—，嘭嘭嘭嘭—，嘭—嚓。"——《波莱罗舞曲》，不过是从第二节开始。

门一开，年轻的神职人员就闪进去，将门牢牢地锁上，脱去外衣。

"大少爷！"祥玉激动地跪下了，"您真是大人有大福！我简直不敢相信，您曾预料的都发生了！四叔去救您了，可是，您却失踪了。我一听就知道一定是您脱险了。"

忠仁微笑着示意祥玉起身。祥玉说得有点过了，忠仁并没料到会有深夜遭绑架之事。只是，打从住进礼查饭店501客房那天起，忠仁就知道前路险峻，想好了万一发生意外，如何求救自保、如何与祥玉再会的方法。最不可能的也就是最安全的。所以，他与祥玉约定，如果两人失散了，就回礼查饭店会合。

跨越大半个上海滩，阿廖沙第一次进入樱の魂日式餐厅。阿廖沙对日本没什么好感。要不是发生日俄战争以及随后爆发的一系列国内动乱，说不定沙皇也不至于那么快倒台，谁又会跑到这万里之外的异乡混饭吃！

阿廖沙从没能像父亲当年一样，悠闲地在圣彼得堡的酒肆里搂着陪酒女郎狂饮伏特加。阿廖沙只能是遥遥无期地待在此地混日子，而且为了混得好一点，得强掩个人喜好地笑着个脸与小日本套近乎。阿廖沙发自内心地搞不懂，从吃饭、走路到住的房子都冒着一股子小家子气的民族能有多大的出息？可是，这个世界就是这么颠三倒四地不合理。这条狠狠咬过俄国一口的小毒蛇现在更雄心勃勃了，妄想实现一出蛇吞象的美梦，复制俄国曾有的辉煌！

哎，这辉煌俄国是不再有了。于是，像阿廖沙这样的人便只能在万里之外像丧家犬一样地活着。是的，丧家犬。昨天，林姆斯基就是这么骂阿廖沙的。当他得知季忠仁“不翼而飞”后，他的嘴巴就像淤堵的下水道，不断泛着最臭最脏的东西。

有什么了不起？阿廖沙内心火了。就和中国人说的一样，五十步笑一百步。林姆斯基也不过就是个混进公董局的杂牌俄国佬，虽然他一再强调自己身上的法国血统，却连名字都是那么的俄式——林姆斯基，哈哈，太好笑了！

又恨又恼之际，阿廖沙的心又活了。要在十里洋场立于不败之地，就得看准了风向。现在吹什么风？弥漫着膏药味的东风啊！什么法租界公董局，到时候都是个屁，公董局大楼上膏药旗哗啦啦一飘，林姆斯基还能凶个啥？连老大蒙索洛夫都绝对不敢小看日本人，我为什么不把林姆斯基甩了，捷足先登呢？我有资本啊！季家大少爷虽然跑了，但我还有张王牌——那个老修女。再说了，我是唯一一方可以证明季家大少爷还活着的，要找到他我有得天独厚的优势！

怀揣着王牌，阿廖沙费了点周折，得到了面见日本人的机会。那个叫池田的老头，早有耳闻。

安娜从车上下来，霞飞路很熟，但仁和里不曾注意过，安娜并不清楚具体在霞飞路的哪段。此刻安娜站在马路对面，对着仁和里弄堂口细细打量，像打量一个新认识的朋友。安娜多么希望戴维能出现在眼前，他一定和这里有着某种神秘联系。

运气并没有降临，安娜穿过马路进入仁和里。安娜感觉正穿越层层迷雾接近真相，不由得心紧跳起来。第一排，第二排，第三排，第四排……它只是一条极普通的弄堂，偶尔的行人行色匆匆，一问三不知。安娜走到底又折回第三排，第三排的第三个门上贴着巡捕房的封条。这应该是报上提到的案发现场。安娜迟疑地敲了旁边一扇门，门上只打开一个小长条的洞，刚够露出一双惊恐提防的眼睛。没等安娜说完，主人就在连连的“勿晓得”中关上了小长条。

安娜心灰意冷地往回走，或许这里与戴维没有任何关系，完全是自己的瞎联想。戴维是小孩手中没抓牢的气球，早已不知飞向哪里。小孩还天真地仰望天空，以为气球会从飞去的地方飞回来。自己就是那个丢了气球的可怜的小天真。

现在该怎么办呢？安娜在法租界漫无目的地踯躅着。路过酒吧，踏进门去，空无一人。值班的侍者从里间出来，告知上午不营业。

“我要杯伏特加，我给你双倍的钱！”

侍者狐疑地打量着眼前的女人，耸耸肩摊开了手表示没法为她破例。

安娜悻悻地回转了身迈出门，沿街一路走去，终于看到一家西餐厅刚开始营业，便急急地拐入。什么也不点，只要了最凶的酒。

戴维走了，人间蒸发了。安娜坠入了似曾相识的深渊，儿时养父母遭遇意外，和姐姐流落街头时的感觉又回来了。三杯酒下肚，安娜想清楚了：要跳出深渊，现在可以指望的就只剩一个人——厉害，她的哥哥。只有他有能力和可能性帮助她实现目标。

要找厉害也不容易，安娜已经好多天没有见到他，唯一的办法是去板房等。上海的夏天，小孩脸。安娜刚走出租界，一场暴雨劈头盖脸袭来。安娜赶紧躲进路边茶室，店小二正往外赶躲雨的人，安娜要了杯龙井得以坐下，边喝边顺手拧干滴水的旗袍下摆。整件旗袍都湿漉漉地贴在身上，一百个不自在。每个无意扫过的眼神都仿佛是在偷笑安娜的尴尬。

不对，不是每个眼神都是无意的，安娜直觉。雨停了，安娜迅速起身离店疾走。

“嗨，美人，这是上哪儿去呀？”

“走得那么快干啥呀？会情哥哥呀？嘿嘿……”

“要不要哥陪你呀？”

一转眼安娜被包围了。“走开！”安娜挡开伸过来的脏手。

一阵哄笑：“哟，看那骚样，还假正经呢！”

“来，跟哥走吧。哥让你欲仙欲醉。”安娜被拦腰一把抱住，另有两只脏手摸向胸部。

“混蛋！放开我！”安娜大叫一声，抬脚狠踢了对方裆部，随即收回脚用高跟鞋使劲一蹬，正中背后无赖的脚趾。趁他惨叫松手之际，安娜灵活地钻出他的掌心包围。就在安娜拔腿欲逃时，高跟鞋磕在横扫而来的一条腿上，安娜瞬间失去了平衡，扑向地面。脚狠扭了一下，即便爬起来也走不了路了。

第十六章
惊天逆转

一喜一悲一惊

“住手!”一声声嘶力竭的呵斥声，异样地凶狠。未等众人回头，一把菜刀朝黑衣背部劈来。黑衣一闪，菜刀立即一歪，变了方向划向灰衣者，血涌出的一刹那，刀已经飞向第三个人的肩膀，而来人空手耍戏法般地又变出一把刀!

安娜看呆了。

“快走!”安娜被一把拉起来，踉跄而行。

“我来。”安娜想接过纱布，不想被固执地拒绝了。安娜只得乖乖地看着脚踝被严严实实地敷了药包扎牢，有点紧，纱布缠得也多了些，却还是被不放心地按了按，生怕散架。

碗凉刀水端到安娜面前，安娜咕咚咕咚一饮而尽。一盆洗脸水和一套干净的素绸夏服摆在眼前，安娜连忙从床上单脚跳下地，双手捏住旗袍的盘扣：“妈，我自己来!”

一双手停在半空中：“你……你叫我什么？你……你认我啦？”

安娜认真地点点头。认了，认了。不是母亲，谁会不顾年老之躯以一抵三地拼菜刀？谁会端屎端尿般地服侍自己？

顾妈激动地抱住安娜，母爱的温暖从遥远的记忆里复苏，将安娜团团围住。安娜眼眶湿润。

安娜把自己想来板房的目的告诉了顾妈，顾妈说她也好多天没见厉害了，所以过来看看，不想竟然救了女儿，看来是菩萨的旨意啊！

那是上帝的旨意。安娜笑了，没有说出口。

不记得四叔和家辉什么时候走的。空荡荡的病房，空荡荡的心，时空都停摆了。雅萍枯坐在病床上，这一天，从惊喜的峰顶坠落到绝望的谷底，心碎得无法拾掇。

昨天下午，四叔带来的喜讯是那么的真切，似乎忠仁再过几个小时就能站到面前。为此，雅萍把私房钱都拿出来了，还有一些金银首饰。能换来忠仁，这些东西有什么可留恋的呢？

雅萍费了好大的劲，听从四叔的嘱咐，勉强在宝莲面前掩饰着满心的喜悦，挨着钟点盼啊盼。没来。雅萍对自己解释，这么晚了，忠仁遭此劫，一定饿坏了，脏死了。一定先要好好吃一顿，好好洗一洗睡一觉。明天一早，他肯定会出现在面前。雅萍一夜没睡好，不断地做各种梦，一会儿是与忠仁紧紧相拥的美梦，一会儿是忠仁得知孩子没了，伤心哭泣，责怪自己的噩梦。梦里的哭哭笑笑都围绕着忠仁。

不是说人生就是一台戏吗？没有主角怎么可以？戏还有什么意思？可雅萍无论如何没想到会是这样一个结局，忠仁人间蒸发了！他一个人，连祥玉都不在身边，他能上哪里去呢？怎么会不见了呢？绑匪突然不来了。会不会他——雅萍最最不敢想，但不得不想的是——他会不会发生意外了，所以绑匪来不了了？上帝啊，为什么会这样啊！

雅萍忽然觉得异常的悲凉。为什么忠仁要躲着自己？连一点点活着的信息也不肯透露，他竟舍得让怀孕的妻子心碎？他原来一点也不信任我，他还算爱我么？

这么想的时候，雅萍已经出了医院，趁着宝莲被支开还没有回来，雅萍如入无人之境地走入喧嚣的大街。这个世界对于雅萍，已经是永远没有主角的空戏台。纵然周围再喧闹，它依然是一个废弃的死寂的舞台。

雅萍不知道要去哪里。她只是麻木地往前走，走下上街沿，穿过马路，继续往前。忽然耳边一阵尖锐的声音，一个黑色的庞然大物携带着一股气流袭来，雅萍一哆嗦，虚弱地倒在了马路上。

“寻死啊，侬眼睛有伐?”离雅萍咫尺之遥停着一辆急刹车的私家车。路上有人围拢过来，伸长着脖子看热闹。雅萍目光呆滞一动不动，为什么不晚点踩刹车？这样就可以不必守着废弃的舞台，就可以去见忠仁了。

“撞倒一个女的了!”

“没有，没有啦，是这个女的自己倒下去的。”

“这个女的是不是神经有问题啊?”

“大概吓坏了。”

“邢雅萍！雅萍！季太太!”一丝熟悉的气息从非常遥远的时空袅袅而来。

雅萍被一个穿西装的男人抱离了车行道。西装男抱着她直奔宝隆医院。

“不，不！不!！我不要去!!”雅萍努力挣脱西装男的臂弯。上了上街沿，对方将她放下。

“Johnson 老师?”

“你还记得我?”俊生温情地看着这个昔日的学生。虽然在同德医学院仅做过两个学期的代课老师，雅萍却是俊生记忆深刻的学生。岁月并没有改变她的温婉恬静，只是多了深深的哀怨。令人冲动地默念“她默默地走近，走近，又投出太息一般的眼光，她飘过像梦一般地，像梦一般地凄婉迷茫”。

当年如果勇敢一点，这美丽的脸庞或许不至于平添这许多的“冷漠、凄清又惆怅”。

“去喝杯咖啡吧？会好点。我请你。”

晒衣绳上衣服飘飘，似曾相识的妇人在晾最后一件衬衫，那是他的。窗外微风吹来，飘荡的袖管甩出一串水滴，冰凉冰凉。哎，哎，安娜，你怎么把衣服晒在屋里，外面这么好的天气。妇人转过脸来，却是个陌生女子，满眶晶莹。孩子啊，你在喊谁？我是你的妈妈啊！你的亲妈妈呀！妇人的泪水流淌下来，合着衣袖上的水珠，一起滴落到戴维的脸上，分不清哪滴是水，哪滴是泪……

伸手抹了下脸，戴维睁开了眼，一丛碧绿的小草挂着露珠直愣愣地瞪着自己，小草后面是一块硕大的石碑，矗立着冷眼旁观。戴维一下子坐起来，使劲地甩甩头，自己居然在墓园里过了一晚。渐渐地，戴维想起来那只美女蜘蛛，又想起刚才做的梦。梦里的那个妇人是谁？是妈妈？她托梦给我？她知道我是谁吗？戴维起身朝母亲的墓走去。

高淑仪的墓位于整个墓园的西部，那里的墓占地面积都不大，也没有精美的雕塑，大同小异的墓碑，墓穴一个靠一个地排列着，以小树做间隔。不像中区的大墓，千姿百态。远远地，戴维发现了异样——那排墓道突兀地堆起了两堆小土堆，上次来可是没有的。

戴维疾步向前，他见到了这辈子最惊恐的一幕：墓已挖开，棺材被撬，透过斜扔在一边的棺盖望进棺内，森森白骨呈现出极为怪异的姿势，大腿骨被交叉着放在胸前，骷髅嘴里塞了一大块砖块！

天！这是怎么回事？谁干的？为什么?！去世了这么多年的她与谁结下如此深的仇恨？戴维惊得不知所措，想跳下去把砖块拿走，想想不对。报警、求援？看了一圈周遭，一个人也没有。大清早，又不是清明冬至，谁会上这里来。照养父母的说法，没人知道小小姐的墓地。是谁干的？那献花的神秘人物？既然给她献花，为何突然掘坟？

尸骨的姿势让戴维很恐惧，这种怪异的摆法……那个面具洋人说过，要制止吸血鬼行凶，唯一的办法是挖开他的坟墓，用木桩插入吸血鬼尸体的心脏或者摆乱他的骨头，用砖堵住他的嘴巴。

按这种说法，难道她是吸血鬼？太荒唐了！她若是吸血鬼，为何要害养父母？养父母帮她养大了儿子，应当感激才是。退一万步来讲，即便她就真是那所谓的吸血鬼，养父母已死，又有谁知道，并来这里用对付吸血鬼的方法对付她的尸骨呢？

戴维隐隐感到背后有一只可怕的黑手在操纵着一切，残忍地杀了养父母，继而连去世那么多年的母亲也不放过，为什么？

“不许动！”戴维抬头一看，拿枪的清一色黑衣黑裤，只在领口处绣有一个麻将牌“五饼”的图案。

坏了，五爷的人。戴维懊恼自己太入神，只好任由对方绑了。在被装入麻袋前的一刹那，戴维看到对方有人手里拿着一束花，一束百合。

邂逅亲情

蜷缩在麻袋里，戴维很纳闷：五爷怎么会知道我的行踪，大清早到墓园抓我？莫非五爷有眼线在洋人那里？或本来他就与洋人勾结在一起？若是那样，为何不在我被释放后就抓，还让我在墓园睡了一夜？美女蜘蛛狰狞的笑、奇异的香水味再一次涌进戴维的脑海，挥之不去。

昨晚，墓园里一定发生了见不得人的事情！那奇异的香味来自勃罗特花，一种产自西班牙的具有迷魂功效的植物。戴维曾经也有过一小瓶，不过能极为快速地把人迷倒一定经过特殊的方式提纯。显然，有人不愿意我立刻赶到母亲的墓前，或许他们正在干着丧尽天良的勾当——掘墓。是谁？是谁?！戴维义愤填膺，却只能在麻袋里扭动着身子。

“老实点!”一脚踢来，戴维的肩膀疼得发麻。

麻袋被卸下了车，四人四角提溜着跨过几道门槛，又上上下下了两次，最后一次往下走得厉害，随后被撂在墙角许久。戴维明白是在地下了，插翅难飞。现在，唯一能做的事情就是继续想问题。问题太多了。比如会不会掘墓的就是五爷的人？干完了遭天谴的勾当再顺带把我绑了？我竟是他们的意外收获？太冤了！

他们掘墓为什么呢？以为我会把戒指放墓里？他们怎么知道我和墓主人的关系呢？如果单纯找戒指，为什么要把遗骨摆成那种姿势？并残忍地塞上砖块？若不是，那又是为什么呢？

另一种可能，就是他们与掘墓没有关系，那么大清早的去墓地干嘛？难道是守株待兔？这又绕回来了——他们怎么知道我和墓主人的关系呢？怎么知道我要去呢？连我自己也没事先打算去啊！

戴维正想得头疼，脚步声渐近，戴维重新被拎了起来，拐了两个弯，走了二十来步路。麻袋打开。戴维置身于昏暗的灯光下，两边站满了小喽啰，正对面珠帘低垂，隐约见帘后的太师椅上坐了个人。

“孙悟空大闹天宫，多横呀，他也终究跳不出如来佛的手掌。你以为你能逃得出我的手掌？”

算我倒霉！戴维暗暗叹息。

“怎么不说话？货呢？”

“你以为我会带在身上？”

“老实点，怎么跟五爷说话的？”戴维的后背被猛踹了一记，合扑摔倒在地，鼻子里渗出了血腥味，人又立刻被拎起。

“我也料到你不带在身上。”五爷在帘后朝前倾，加重了语气，“在哪儿？”

“我不能告诉你。”

“你在道上混不是一天两天了，不知道规矩吗？”

“敢吞五爷的货，你小子想点天灯？”抬手之间，戴维的眼角青了一块。

“你小子能耐啊。吞我的货还嫌不够是吧？还想盗墓敛财！我今天不给你做做规矩……”

“血口喷人，贼喊捉贼！”戴维满腔的怒火腾地升起来，不管了，反正今天豁出去了。

“嘿！好家伙，还倒打一耙！墓不是他掘的？”五爷问左右。

“他狡辩！回五爷，我们去时就他一人在那里，坟已经挖开，连棺材都打开了，还虐待尸骨，丧尽天良，无法无天！”

“是的，五爷。我们都可以作证。”

“你们全都放屁！”戴维的声音如炸雷，盖过了一切，“你五爷不想要货了，我今儿落在你手上，要杀要剐随便，何必还要编理由栽赃。给谁看啊？哈哈哈哈，这就是你五爷的作派？传出去不笑掉大牙？”

“小子不想活了！”戴维顿时淹没在拳头堆下。

“停！”五爷一声喝止，“好，我五爷给你个公道，让你知道什么是我五爷的作派。你说你没盗墓？你拿出证据来啊！你看见是谁盗的？或者谁能给你作证，说明不是你干的。你要是能说服众位弟兄，我五爷也不会强安你个盗墓敛财的罪名。”

掘墓的事情真与五爷无关？那他们在普通日子的大清早来墓园干什么？戴维想起那束百合。难道五爷的人里竟有认识母亲的？太匪夷所思了！罢罢罢，今天这田地，过了这村就没这店。

“哈哈哈哈，证据？哈哈哈哈，即便在道上混的人，即便再心狠手辣，五爷你会掘你妈的墓吗？”

“你说什么?!”五爷惊得站直了，“你再说一遍。”

戴维一字一顿道：“你会掘你妈的墓吗？那墓里葬的是我的亲妈！这算是个证据吧?”

绝对的寂静，时间停止。

良久，五爷挥手屏退了周围的小喽啰，屋内只留下了两三个亲信。五爷紧贴着垂帘站着发问：“你刚才说什么？你亲妈？她叫什么名字?”

“高淑仪。”戴维紧紧盯住垂帘后的人影，等待着一团乌云里穿刺出一缕霞光。

“你的生日。”

“光绪二十九年五月十五，也就是公历1903年6月10日。”

“你养父的名字。”

“赵大贵。”

“你家地址是法租界仁和里29号?”

“不对，是仁和里18号。”

垂帘猛地掀起，五爷疾步而出，戴维第一次真切地看到他的脸，一张陌生却有些许熟悉的脸。在场的人都屏气凝神地看着五爷一步一步走向戴维。

“你竟然是她的儿子?”五爷站在戴维跟前，瞪大了眼睛上下打量，仿佛要把戴维看个穿透。“哈哈哈哈，像，有她的神韵！他奶奶的，这个世界咋这么小呢?”

“你认识我母亲?”

“当然！她是个好人啊，而且又漂亮又聪明，只可惜……”

“你是她的——”

“别瞎猜，说来话长。先摆酒吃饭，慢慢再说。”

“你好端端地在赵家长大，怎么就过上现在的生活了？赵家夫妇对你不好?”一杯酒下肚，五爷开腔道。

“不是，他们对我很好。”

“那你为何离家十几年不归?”

嗯？看来五爷是无事不晓啊。“你也认识我的养父母?”

“是啊。我已经回答了你的问题，你还没回答我的问题。”

“缘于一场误会。他们已经不在人世了，我不愿意再提起。”

“你知道是谁下的手?”

谁？难道不是你五爷？戴维默默地注视着对方。

“你又在怀疑我贼喊捉贼?”五爷冷冷一笑，抿了口酒，叹了口气，“你养父母当年带着襁褓中的你到上海谋生，生活着实不易。不过，他们时常会得到匿名的资助。这样的资助延续至今，即便你已离家多年不知去向。这你知道吧?”

“你怎么会知道这些?”

“现在揭晓谜底也无妨，因为我就是那个资助人。”

“你？你究竟是谁？为什么要资助他们?”

“因为我是你亲舅舅。”

戴维瞪大了眼睛。怪不得五爷这张脸有着说不清的熟悉劲儿，三代不出舅家门。那脑门，那下巴，戴维不愿意承认又无法否认。

“是你把我妈从上海押回苏州，让她在荒宅里难产致死?”戴维知道不该问，可他憋不住，“所以你良心过不去，匿名资助我养父母?”奇怪，那个死板狠心的老爷子容不得女儿自由恋爱，怎么容得了儿子吃这行饭呢？

“你错了。你妈有三个哥哥、一个姐姐、一个弟弟。押她回去的是她的大哥，当初带她到上海读书的也是他。”五爷点起一支烟，沉思片刻，低声补充道，“我则是她的弟弟，同父异母的。”

五爷吐了一口烟，看着烟圈变幻着，思绪也随之升腾：“你一定奇怪一个出身于深宅大院的少爷怎么变成五爷了，对么？其实很简单，就像你怎么变成现在的你。那个大院对于一个失去亲生母亲的少年来说，家的感觉并不多。唯一视他作亲人的是和他年龄相仿的同父异母小姐姐，就是你的母亲。”

五爷仰头将一小杯酒一干而尽，咂吧着嘴，叹息道：“可惜，她红颜薄命啊！她的死剥夺了我对这个家最后的一点留恋。我不知道该去哪里，四处打听小姐姐孩子的下落，后来得知赵家夫妇带着去了上海，我就跟着追来了。找了一年多，终于找到了。”

“你认识我父亲吗？我指亲生父亲。”

“不认识。你妈去世之前我没来过上海。哼，他们怎么会送我到上海读书呢？”

“那你也没有听说点什么吗？”

“你妈的事情在家里是件很不光彩的事，老爷子忌讳得很，我哪里听得到什么。”

戴维有点沮丧。母亲的故事总像海市蜃楼，远远地看得见，却无法真实触碰。

“五爷，……”

五爷立即伸手阻止道：“你不应该再叫我五爷。”五爷猛吸了口烟，“我是你舅舅。听我说，你不要再做你那行了。你待在我这里，你是大学生，你应该做些正事。我们有很多事要一起做，给你妈修墓、给你养父母落葬，最重要的要查清是谁挖了你妈的墓，又是谁害了你养父母。那枚钻戒，我不再追究了，权当我这个舅舅送外甥的见面礼吧。来，干!”

夜入者

季忠仁的墓移位的事说开工就开工了。闵神父说这工程不涉及其他家墓主，且只是移位了再添置一个石台，工程量小，又是季家的请求，自然不好拖延。安道尔主教很快应允了。

地下室墓区是教堂重地，教堂谢绝了季家自请工程队的提议，由长期为教堂服务的施工队操办，季家则派一人专门负责与施工队的沟通。世轩没想到，代表季家来的不是家辉，也不是任何一个在雷上达路季公馆服务过的人，而是那个菊姐。

那天，雅萍昏倒从教堂送医后，世轩借故先走。等菊姐出门，他一路小心地尾随，找到了她的落脚点——爱文义公寓临街的裁缝店。女裁缝与女主顾成了好朋友，也说得过去。成为女主顾的代言人，不多见。在世轩眼里，雅萍一贯娴静文雅，典型的知识女性，与菊姐几乎找不到共通点。

闵神父讲，这个姊妹似乎不太满意不能自请工程队，对教堂的施工队挺挑剔，因而原定的工期要延长近一倍。世轩微微皱了皱眉，眼前浮现出菊姐自以为是的模样。

上午，家辉来到教堂，告诉世轩，雷上达路季公馆的小改造工程即将完工，忠孝少爷特地嘱咐把四叔的卧室也重新装修一下。他的意思还是请四叔回去住的好。虽然家父和兄长都不在了，季家还是离不开四叔的。四叔长住在外，也难免让人误会，落下不必要的闲话。

“什么叫家父和兄长都不在了？忠仁有不好的消息了？”世轩警

觉道。

“警局前日告诉小少爷，大少爷的一只失踪的小行李箱冲上了岸，空空如也，进一步说明他可能遭遇了不测。这也算是警局调查的最终结果。小少爷决定给大少爷举行葬礼，就安排在后天。”

“这么快？大少奶奶知道么？另外，忠仁的墓室在改造，后天怎么来得及？”

“大少奶奶已经知道了，痛不欲生，但也别无他法，只得同意。墓室改造，听说明天晚上可以竣工。”

世轩的心一颤。

“小少爷说了，大少爷的葬礼还少不得要请四叔帮忙。所以，还请四叔回季公馆住。这样商量事情也方便。”

世轩为难地解释说：“感谢小少爷把我的卧室也连带着装修了一下。不是不愿意回去住，新装修的房子不吹个两三个月绝不敢贸然入住，我对油漆颇为过敏，一旦发起哮喘便要住院吸氧诊治，没有三五天出不了院，非但葬礼帮不了忙还添乱。小少爷找我，打电话给闵神父差人叫我就是了。”

后半夜，万籁俱寂的裙房，雨后的月光肆意地扑进落地窗，随处安卧。忽然，月光的梦被一阵风踏碎。地下室门口，一张狰狞的傩戏面具轻轻地溜进打开的铁门，转眼消失。

季家的墓区堆着施工用的石材。忠仁的墓周围被挖开一尺深的沟槽，石基座在未来的一天内将挪动到新的位子上。傩戏面具弯下腰，摸出一把细小的金属榔头，轻轻地沿着沟槽边缘敲打。金属小榔头逐渐靠近了季世卿的墓，傩戏面具听到了期盼的声音——如鸡在有力地啄着木板上的米粒。一路跟进，墓周围都是这样的声音，这就对了。傩戏面具难抑兴奋，终于赢得了先机！小榔头敲到墓碑基座处，一道寒光闪来，傩戏面具躲过了头，却来不及将左胳膊抽回，匕首狠狠地划开了一道深深的血口子。傩戏面具顾不得疼，左腿一绊，趁对方一愣神之际，右手一把上去扯松了他的蒙面头巾。那人急忙手捂住脸匆匆逃离。

腿脚再快，终究抵不过眼神的迅速一瞥，娇小的蒙面夜行者是个女的，白天她也经常出入这里。她被呼作菊姊妹。

又是一场暴雨，门外的小道泥泞不堪，板房的角落滴滴嗒嗒地漏着水。除了冥思苦想，啥事也干不了。安娜瞪着两串密码，一筹莫展。原本指望厉害，可他来了，也是发呆。

厉害很矛盾，安娜是自己的妹妹，前路险峻，本不希望她卷得太深。可是她和戴维已经破解了钻戒的第一层密码，再主张他们退出怎么可能？他们这行奔的不就是个钱字吗？不得不承认，两人是聪明的，能赶在自己前头发现密码的秘密。问题是其结果居然又是一串密码！

“教堂除了钟楼，还有哪些部分一般不让普通人进？”沉思多时，厉害问。

“多了。”安娜说，“神职人员的宿舍、主教的办公区域、地下墓室……”

“地下墓室？”厉害想起多年前季世卿的葬礼，“你知道除了正规的入口外，还有其他入口吗？”

“怎么，你想去地下墓室？对呀，季家的墓室在那里！我带你去。”

暴雨带来的方便比不便多。如果不下雨，大街小巷会布满乘凉的人。暴雨初歇的半夜，安娜带厉害从裙房边上绕到教堂正背后。安娜指了指一扇不起眼的低矮小门，厉害一推，不出所料，门从里面上了锁。

正规的进入地下墓室的通道在裙房靠近连廊处，平时并不对外开放。必须先进入连廊或裙房，再到正规的通道口进入地下。在这漆黑的夜晚，撬开几道门走正规通道不现实。主教和高级神职人员生活工作区近在咫尺，还有那些尽职的值班修士随时都可能被撬门声吸引来。安娜知道的另外一个入口便是教堂的正背后这扇小门，很多年前偶然听嬷嬷们说起过。那之后不久，安娜还有幸进入到地下墓室一回，为了抢救一名在葬礼上晕倒的妇人。

厉害依照安娜的描述，仔细地查看着周围的地形。在离教堂外墙十米开外有一片灌木丛，厉害高一脚低一脚地走进灌木丛，蹲下身去。在他眼前是一处突起物，这不是自然的小丘，而是一个人造设施。

厉害笑了，教堂的地下墓室不同于传统的中式墓室，其实就是间放着棺材、供墓主家人凭吊的大屋子。活人要进入，就必然要解决通风和采光的问题。厉害挪开周围的杂物、枝叶，卸下木质的小百叶窗，拿出小刀沿着边框把墙体接缝弄松动，两手握紧一使劲，一米长、六十厘米宽的腐朽的铁栅栏就拆了下来。

地下墓室是个不规则的空间，弯弯曲曲像没有尽头。厉害猜测其原因，一是也许受地面建筑地基的影响，二是设计时可能有意为之，让葬于此地的每家墓主有相对独立的空间。

厉害拽着绳子慢慢下到地下室地面。没想到地下室亮着微弱的灯光，令人想起帝王陵墓中的长明灯，难道鬼魂也怕黑？这倒好了，找墓碑变得容易了。

正想着，寂静的前方拐弯处传来脚步声、打斗声，有人朝这边奔来，厉害赶紧拉着安娜躲进墓碑与墙的夹缝中。十数米之外，一个矮小的蒙面身影一手拿着匕首一手护着脸上的布巾急急地跑过，又转向另一个岔道，“哐”一声开门出去，是刚才推不开的教堂背面的小门。

紧接着，另一人捂着手臂踉跄而来，追到门前又返回，慢慢地远去。微弱的光线下，此人一副极其狰狞的面具着实吓了两人一跳。过了约半分钟，远处传来轻微的关门声。那人从连廊上的门出去了。

他应该是教堂里的人，安娜和厉害在对视中达成了共识。

等了十分钟，一切归于寂静。厉害走出墓碑后的夹缝，一个个寻找。季世卿——果真在此！他的墓旁边堆着一些石料，墓却并未有半点损坏。厉害绕开石料，把注意力放到了墓碑上。

这是块奇特的墓碑，虽然这里的墓碑都很有个性，但季老爷子的尤其特别。墓碑的底纹像围棋棋盘，分割成一块一块的小长方形，有的有数字，有的空白。厉害没有发现数字或空白有什么规律，只好摸出纸笔，匆匆抄下来。安娜示意厉害看地下 一小摊液体。厉害用手沾了一点凑近看了看，又闻了闻，是鲜血。刚才两人所关注的也是这块墓碑！

上午十点，店铺刚刚开张，厉害出现了。不是既定的碰面时间，菊花关严实了试衣间。

“昨晚你在教堂地下室与人过招了？”

“你怎么知道的？”菊花有点不情愿地承认。

“你得尽快撤离了。”

“为什么？”

“一个特工，在那种场合被人看到了脸是致命的。”

“那么黑暗的环境，那么短暂的一瞬，不可能看得清。而且他还受伤了。”

“可是我远在十几米开外就知道是你。”

“你在？”菊花难掩惊讶，“那……那是你对我太熟悉了。”

“你怎么知道对方对你不熟悉？你知道对方是谁吗？”

菊花语塞。对方戴着张夸张恐怖的面具，从连廊通道出入，一定是教堂里的人。会是谁?

兄妹相认

一夜的雨，到早上还在滴嗒不停，愈发显得寂静。从阶下囚到座上宾，为戴维提供了无限的可能。一直到凌晨，戴维才昏昏睡去，醒来又听得雨滴之声，恍惚间不知是梦是真。

戴维一起床，有人轻轻敲门进来，端来洗漱用品和早餐。戴维想问话，才发现来者是个哑巴。戴维颇为扫兴地随便扒拉了两口，一抹嘴推门而出。

门外院子里站着两个跟班。“根哥早，五爷有急事去外地两天，临走吩咐，外面不安全，请您不要外出。”

软禁我?“五爷什么时候走的?”

“不知道。”

“不知道你怎么知道五爷走了呢?”戴维嗓门里透出火气。正此时，外一层的门开了，来者是五爷手下的亲信阿忠，四十多岁，国字脸络腮胡，微凸的肚腩给人以稳当的印象。他手里拎着一只沉重的方方正正的袋子，客气道:“根哥早，怪我来晚了。”

两人进了屋，阿忠把袋子往桌上一搁，掏出十来本书:“根哥，昨晚半夜五爷走之前嘱咐的，怕您这两天闷得慌，给您带几本书来，也不知道是否合您的意。”

戴维没有答话。阿忠补充道:“根哥想看什么别的，只要写个书单，我立马叫人再去弄。”

戴维摇了摇头，这些书够看十天半个月的了，何况戴维并没有心思好好地看。如何自由出入，如何破解密码，如何找到掘墓和杀害养父母的凶手，这些问题像一座座大山重重压在身上。

第二天的午后，哑巴端走午饭的碗筷，戴维紧跟着跨出门，对跟班说要一副围棋和近几日的报纸。跟班连连点头答应，说等阿忠来了，向他汇报，他会立刻去办妥。“根哥您现在闷的话还是先看看书吧。”

戴维明白这是个软钉子。看书、看书，真把我当学生了？有什么好看的？回到屋里，戴维无聊地翻了翻，十本书居然有七本数学书，还有一本是外文字典。五爷这是叫我专心解密啊，戴维苦笑。

一夜太平无事，唯一值得戴维注目的是阿忠送来的报纸，上面刊登了一则关于季忠孝的消息。说季忠孝已接替掌管家族大权，两天后他将为失踪的哥哥季忠仁操办葬礼。据悉，季忠仁将与其父季世卿为伴，葬于许家集教堂的专属墓区。

戴维冷笑一声，合上报纸。又做婊子又立牌坊。如果季忠仁突然出现在葬礼上，季忠孝会是什么表情？

又是一个寡淡的早晨，戴维在院子里伸腰踢腿，疾走慢跑。跟班们看着并不干涉。戴维活络筋骨的同时仔细观察了周围的环境，他已经观察过多次，他住的一层房是这个院子的盆地，陷于周围的二层厢房之中。根据被送入此地时的记忆，在这圈厢房外肯定还有其他的房屋和戒备人员。要飞越这里不是容易的事情。昨晚戴维试了试，碰落了一只杯子，跟班立即敲门问安。戴维从窗缝中看到，二楼厢房里也有了动静。五爷的人不好对付，只能静观待变。

接近午饭时分，院子里一下子热闹起来。五爷带领了一帮随从进门，三两下摆了一桌子的菜。“这两天寂寞了吧？吃完饭，我带你去一个地方看看。”五爷拿起筷子自己先吃了起来。

戴维用目光询问，却见五爷吃得起劲，仿佛这两天都没吃饭似的，便不作声也动起了筷子。不管去什么地方，能离开此地便是转机。

没想到，五爷领了去的地方是长安公墓。戴维更没想到母亲的墓这么快就修复了。墓地换了位置，在高档墓区，墓碑也换了，周围种了小柏树，添置了石亭、小石狮、围栏和祭奠用的小石桌、小石炉。五爷说其实早就想把小姐姐的墓弄得好一点，只是赵家夫妇在的时候不便出面。遗憾的是没有小姐姐的照片，否则墓碑上嵌上照片就更好了。

已经出乎意料地好了，戴维认为。光是母亲的墓碑就应该价值不菲，上好的石料加精心的雕刻，很难想象是几天工夫完成的。墓碑做成一卷羊皮纸的样式，右上方插着一支羽毛笔，左下方是一束鲜花，符合母亲年轻、洋气的富家小姐形象。墓碑正面除了名字外，边边角角上装饰着秋千、垂柳、落雁、睡鸭、靴子等图案。戴维有点纳闷，这非中非西的装饰什么意思？

“这些图是你母亲喜欢的。我就叫人弄了上去。”五爷说。

“我母亲喜欢这些有什么含义吗？”

“你母亲读的书多，琴棋书画都会。她怀孕后被接走，她的房间就一直关着，老家伙没让人动。有一天，仆人们突然从她的房间往外搬东西，我才知道她已经不在了。”五爷望着墓碑陷入回忆，“我进入她的房间，家具几乎被搬空，地上凌乱地散落着她的书籍和写过字、画过画的纸张，还有一块绣花的手绢，是她亲自绣的，我看到过。我悄悄地拿了一些字画和那条手绢留作纪念。后来来上海谋生的途中，装这些东西的包裹被人抢了。”

五爷用手指着碑上的图案：“我只记得她的手绢和画上有秋千、垂柳、大雁、鸭子、靴子等东西，可惜我识不了几个字，否则认得她写的那些字就好了。”

原来，这是母亲绣的、画的，她喜欢的。感觉多看几眼，就离她近了一点。戴维脑子“嗡”地一响，类似的图案见过，在教堂！是巧合还是有联系？是自己想疯了吧？对了，墓碑，季世卿的墓碑是怎样的？会不会也有他喜欢的东西？作为一名设计师，提前亲手设计好自己的墓碑也很正常。无论如何，一定要去看看。

戴维有点焦急，五爷看了看戴维，引导他到附近另外一处新的墓穴。这处没有母亲的档次高，却是中规中矩的一个双穴墓。

“给你养父母的。”五爷拍了拍戴维的肩膀，“他们有恩于你，你得负责给他们安葬。”

戴维感激地望了五爷一眼，重重地点点头。五爷继续道：“我已经派人打点了，你可以去法租界的巡捕房认领尸首了。阿忠会陪你去。天热，得赶快入土为安。棺材店我也叫阿忠联系了，你去选俩合意的吧。”

阿忠陪戴维选好了棺材，安排了灵车，直奔巡捕房。巡捕房昨天已打点过，今天无非就是领戴维办一下手续接走。

两人一踏进巡捕房，即被引入贵宾室。等了片刻，吉约姆跨进门，面露难色：“事情有变化，有点麻烦呢！”

阿忠忙从怀里掏出一小布囊往他手里塞，吉约姆摆摆手，朝门外瞥了一下：“哎，我不是这个意思，是真碰到意外了。”

“什么情况？”戴维紧张地问。

吉约姆挠挠头，皱了一下眉：“你们没告诉我有人要与你们争领尸首啊。”

“争领尸首？谁？”两人大感意外。

“一个女的，现在就在大厅里。你们不知道吗？你不是死者的儿子吗？而那女的说是死者的女儿，还带了证件。”吉约姆摊开手，眉毛一扬，耸了耸肩，摆出一副法国式的无奈。

那女的来了，娇小圆熟的少妇模样，双眼通红又添了一丝哀婉柔美。

“菊妹？”

“根哥？”

“真是你!”

“是啊！真是你啊!”

女子毫无扭捏之态地扑入戴维怀中嚎啕大哭：“阿哥啊，你这么多年上哪里去了啊？阿爸、姆妈想死侬了呀！他们死得好惨啊！阿爸、姆妈哪能遭此横祸啊……”

办完手续，菊花跟随戴维一同去了公墓。

“阿哥，这么多年在外，看来你过得很不错啊!”像样的跟班、像样的排场，让菊花很是羡慕。

戴维笑笑，望着远处铁艺围墙外狗尾巴草在风中飘摇。世间的东西，表面上看到的大多是虚假的，更别说世间的一切再怎样都将归于尘土，去作野草的肥料。戴维看了菊花一眼：“听妈说你结婚了？过得好吗?”

“听妈说？你回去过了?”菊花很惊讶。

戴维点点头，菊花长长地叹了口气道：“福无双至，祸不单行啊。我现在是都不知道可以去哪里了。”说罢低头垂泪。

“怎么了?”

“不怕阿哥笑话，妹妹命苦，结婚才三年，那死鬼就外面有了小的。今年过了年，他竟然卷了细软跟狐狸精跑了。我怕爸妈担心，一直没敢说。屋漏偏逢雨，都说日本人要打过来了，各家公司都在裁员，我……我上周也被裁掉了。现住的房子是借的，已经欠了两个月的房租，房东天天来催要。爸妈的房子即便能住我也不敢去住……”

没想到菊妹活得这么艰难！戴维听出菊妹的意思，期望活得很滋润的哥哥帮一把，不是很正常么？只可惜……哎？为什么不可以接她回去住？阿忠敢拒绝吗？五爷能拒绝吗？有了菊妹，就有了一个助手，多了一份回旋余地。

"真的吗？那好呀。我烧饭、打杂都可以帮着做的。你有小孩了吗？我也可以带小孩，有几个也没关系……"

菊花就这么住了下来，和戴维一个院子。五爷让腾出二层厢房的底层一间。

有了女人生活就有了生气。半天工夫窗明几净，院子里飘扬着洗净的衣服，空气中弥漫着慢慢煮出来的饭菜香。戴维莫名地想到安娜，不知道她现在在干什么，依她的个性，绝不会对自己的离开无动干衷。

五爷来了，要戴维明天陪着去参加季忠仁的葬礼。太好了，可以看到季世卿的墓，真是得来全不费功夫。

菊花在一边听着，突然插话道："我能去见见世面吗？"

五爷有点意外，随即答应了她，并嘱咐阿忠尽快为两人准备合适的衣裳。

"哦，不必了，你们不知道我的尺寸，我回家拿一件就成，不算远。"

五爷哈哈一笑，说："你可别小看阿忠，他是裁缝出身，目测准得很。你们吃个饭的工夫，他就能把这事安排妥，省得你来回折腾。"

五爷一走，戴维对菊花说："你真逗，葬礼有啥好看的，下葬的人你都不认识。"

"那你不也挺高兴去么？你认识？"

"我不一样，是五爷叫我去的。我得给面子吧？"

"你不想去为什么不可以明说啊？还要装得很乐意的样子。五爷到底是你什么人？"

戴维看看菊花，没有答话。

第十七章
走马上任

虎口脱险

一早，两人穿戴整齐等着，却不见五爷，只来了阿忠和几个随从。五爷半夜又去了外地，临走时托阿忠转告，让戴维代表他本人前去。这正中戴维下怀。五爷不去，自己岂不更自由。真不知道五爷忙什么，真的也好假的也罢，戴维不便问，整了整衣襟，二话不说，带了一干人出门去。

季家大少爷的葬礼成了当日上海滩的头等大事。离教堂还有两个街区，车水马龙之中已经弥散着葬礼的气息。路上人和车都向着教堂涌去，街角亦增加了警力巡逻。到了拐向教堂的小路入口处，巡捕房设了栅栏，车辆一概不得进入。戴维一行下了车，随着熙熙攘攘的人流向前。

教堂主殿前的签到台边，戴维递上五爷的名片，由修士引导进入主殿。修士介绍这里正在为季忠仁先生举行弥撒，来宾先在此为季先生在天之灵祈祷，随后可以进入地下室墓区进行祭拜。

主殿里坐了约一半的人，不时有人静静地进出。戴维待了五分钟，默默起身朝通往裙房的门口走去。

刚到连廊，旁边厕所里横穿出个穿长衫的人，一甩带水的手，一枚金灿灿的戒指滴溜溜飞落地面直打转。那人颇为狼狈地满地追着，终于在戴维的脚边按住了戒指，捡起来戴上，向戴维欠了欠身表示歉意，摇头自言自语道："人老了瘦了，戒指圈大老是掉，套不住。哎……"

戴维的心漏跳一拍，眼前这个手忙脚乱的人是四叔。"戒指圈大"，"老是掉，套不住"——四叔是在用极为隐晦的方式警示这是个圈套，他想阻止我入地下室墓区！

是继续往前？还是回头？回头了就很难再有机会进入地下室。已经近在眼前、唾手可得的事情，没尝试就放弃？可不是我的风格！更何况阿忠等人也不是吃素的，在这记者、公众云集的公共场合谁能拿我怎样？再说，明里我代表五爷前去，怎么能打退堂鼓？

戴维不动声色继续前行。走到连廊与裙房衔接处，又是一道关。几个黑西装礼貌而坚决地说明：鉴于今日来的人多，地下室墓区场地有限，天又热，通风条件不好，为了确保大家的健康安全，各位宾客的随从留步。请沿着连廊那头的岔道到裙房的另一头入口，已有两大间房开放了供随从们休息。宾客出了地下室墓区也不用走回头路，继续往前从裙房那头与随从会合了离开。

戴维转身对菊花和阿忠等人说你们都去裙房休息吧。又低声嘱咐阿忠道："如果二十分钟后我还没出来，立即行动。"阿忠点点头。

"不，我要进去看，否则我不是白来了呀。"菊妹的小脾气来了，"人家是说随从不让进，是说我吗？"

"夫人当然可以进。"黑西装连忙点头哈腰道。

菊花顺势挽住戴维的胳膊，戴维无奈地牵着她进了裙房大厅。

厅里人不少，人们或与相熟的人交谈，或默默地上前排队，等候着两三人一批地进入地下室，还有的人只是在一边驻足观望等待。

忽然门口一阵骚动，戴维的手臂一下子被人抓住："阿 Sir，就是他，刚才故意撞我一下，差点把我撞倒了。后来我就发觉我的耳环缺了一只。要知道，这是我家祖传的，道光皇帝的贵妃赐给我曾曾祖母的。这人肯定是小偷!"

"这位女士，你认错人了吧?"戴维彬彬有礼地说。

"你这个女人有没有毛病啊? 在教堂里胡说八道啊? 我们是有身份的人哦!"菊花开腔道。

"有身份? 哈哈，骗子小偷额头上又不写字。阿 Sir，我的耳环一定在这两人身上。这么短的时间他们肯定还没转移。你知道吗，这副耳环我去估过价，一只就值十几万呢!"

戴维满脸很无辜的样子道："你要搜身啊? 搜就搜，我怕啊? 我自己翻给你看!"随即伸手进裤袋，把左右两边都掏了出来。

"啪!"一样东西掉到了地上，引起旁观者的小小惊呼。巡捕眼明手快地蹲下捡起，正是一只耳环。

"看到吧? 看到吧! 从你口袋里掉出来的，瞧，与我左耳朵上的一模一样! 你还有什么好讲的，不是你偷的还能是什么?"女人不依不饶。

"你这女人什么来路? 肯定不是好人，肯定是你偷偷放到阿拉先生的口袋里的!"菊花说。

"阿 Sir，我要是拿了这位女士的耳环，知道自己裤袋里有赃物，我干嘛还主动掏口袋露馅? 这不是不打自招吗? 有这么傻的人吗?"

围观的人群指指点点，有的同情那女人，有的赞同戴维。巡捕们一时也判定不了孰是孰非，决定先羁押了相关的三人到巡捕房再审。

这场闹剧四叔看得云里雾里，这个菊姊妹到底什么来头？雅萍的小姊妹怎么转身与神偷成双成对？一打听，居然还是打着五爷的名号而来……世轩决定回到自己的房间好好想想。楼梯上他冷不防与下楼的修士肩膀撞在了一起，世轩疼得弯下了腰，在修士的歉意声中匆匆上楼。进了门，拉上窗帘，牙关紧咬，满头是汗，脱了长衫，左臂上，血已经渗出了绷带……

“哥，你怎么了呀？你为什么不叫阿忠他们来啊？你搞什么呀？”菊花发着脾气，继而又哽咽起来，“这算什么啊，莫名其妙被关到巡捕房来，我还从来没受过这种气呢！”

戴维闷葫芦似的任由菊花发牢骚。 边角落里那女人扭着头坐着，虎着脸一声不响。菊花见自己一人唱独角戏，调转枪头愤愤地骂道：“哪里蹦出来的狐狸精，害人害己！”

女人转过头，冷眼把菊花从头看到脚，嗤之以鼻：“也不知道谁是狐狸精，一会儿‘阿拉先生’，一会儿‘哥’。切！什么东西！”

菊花冲到那女人跟前，叉着腰道：“我叫他什么关你屁事啊？他是我的表哥，也是我的先生，不可以啊？你是什么东西？我们与你有仇啊？这么陷害我们？”

女人一下子站起来，昂着头针锋相对：“陷害你们？陷害你们的话，怎么我的耳环在他口袋里？全世界哪个白痴信啊？倒打一耙倒挺有本事的，有本事把赃物藏藏好，别露馅啊！”

“你！”菊花挥起手，女人毫不示弱地抬手抓住，两个女人僵持在那里。

“你们俩别吵了行不行？”戴维冷冷说道。

两个女人顿时都哑了声音望向戴维。菊花一跺脚：“哥！你也不帮我！”

牢房的大铁门传来哐当的开锁声，两个巡捕拉着菊花就走，充耳不闻菊花的尖叫和戴维的质问。

一切归于寂静。

“为什么死缠着不让我去地下室?”

“不为什么。看来我的关心真是多余。”

“什么意思?”

“没什么意思。我只是觉得自己可笑，还以为依旧是人家的搭档，到处找人家。哪知人家这么两天早就有了……我该怎么说?新搭档?老婆?妹妹?三位一体?”

“安娜!她真是我养父母的女儿，她不是干我们这行的，只是被我无意中卷了进来，现在还不知道被他们带到哪里去了。”

安娜冷笑一声。女人最见不得男人心疼别的女人。

戴维哭笑不得地对着安娜摇摇头。安娜的一只耳环放在戴维那里，这是两人约定的一种备用应急联络方式，见物如见人，没想到成为今天这出戏的道具。这女人真想得出!戴维不得不佩服安娜的应变能力，却同时又恼恨她的任性与愚蠢，她这么做就因为看到菊妹，还是与四叔的暗示有关联?究竟地下室有着怎样的真相?

两人冷战到晚上，各自倚着墙睡去。半夜，熟悉的哐当声响了。

“啪啪啪……”

一进门，迎接戴维的是稀稀拉拉的一阵掌声。戴维扯下眼罩，面具男坐在书桌后的长靠背椅子里，转来转去慢悠悠道:“聪明!没想到你们竟能用这样的方式逃脱虎口。”

“虎口?有这么严重么?”戴维说道。

“不是吗?地下室可是个好地方，你们中国人称作什么……哦，对了，‘瓮中捉鳖’的好地方。”

“大庭广众之下他凭什么敢抓?他又凭什么知道我要去?”

“哈哈哈哈，你中有我，我中有你，你没听说过吗？”

五爷的人中有季忠孝的人？

“你知道为什么他们仅允许两三人一批地下去吗？绝不是地下室小，空气不好。如果你进去了，你就成了那只鳖，地下室都是他的人，只等他一声令下把你抓住，套了麻袋直接从教堂大楼背面的小门出去，扔上车，开了就跑。”面具男抽一口烟继续道，“如果你们不下地下室，也不是万事大吉，教堂外日本人正等着你们呢。哈哈哈哈，可是他们千算万算没算到你们会这一招，借警力逃脱包围。”

面具男把烟斗一搁：“好了，言归正传。密码破得怎样了？你为什么一定要去教堂地下室呢？你怀疑宝藏藏在那里？”

戴维一耸肩：“谁也不知道宝藏在哪里，谁也不知道所谓的密码的答案，如果那么好破，早已都不存在了。我父母的死你查得怎样了？”

“你父母不是死于吸血鬼之手吗？我知道你不相信，但我信。欧洲人都相信。”停了一下，面具男又说：“听说你是打着五爷的名号去参加葬礼的，你怎么一会儿变成五爷的人了？陪你去教堂的那个女的到底是你妹妹还是你老婆？”

“你什么时候成户籍警了？”

“呵呵，好吧。我只想说，放点心思在解密上吧。你可以逃脱日本人和季二爷的罗网，但是我这儿不行。明白吗？”

“你放了她，她对此事一无所知，也不是道上的人。”

“我放不放人，就看你的表现了。当然还需要你搭档的完美配合。等会儿当你重新获得自由时，我相信你的搭档会在原地等你。”

面具人摇了摇铃，通知门外的随从谈话结束。

杂草丛生之中的自由，戴维跋涉着，并不轻松。远处依稀传来许家集教堂熟悉的钟声，却不见安娜的身影。

又一份重托

天蟾舞台、青莲阁茶楼，乔装打扮去了两次都一无所获，戴维又去了礼查饭店。501已换了客人。戴维的目标只有一个，找到熟悉季世卿墓碑的人，四叔也好，季忠仁也好。可是，这两人像退潮似的悄悄失踪了。直觉告诉他，墓碑应该有秘密。

转眼到了星期天，戴维冒险一搏，化了妆早早赶往许家集教堂，四叔不会连弥撒都不去吧。

谁知四叔真的没有出现！随着人流离开主殿，戴维犹豫着步入裙房，上到二楼，走廊里三三两两地来往着神职人员和教友，那间曾经供慕道者学圣乐的大房间空关着。戴维怅然下楼。

"跟我来。"一个清晰的声音小声飘来，一袭长衫擦肩而过。

四叔！戴维跟着长衫背影向前，到走廊尽头沿墙角转弯，又出现了一节走廊，世轩走到最底一间，头也不回，推门而入。戴维也不紧不慢地跟进。

"来找我是吗？"世轩关了门。

"我还以为找不到你了。我去过天蟾舞台和青莲阁茶楼。"

世轩的脸色异样地惨白。

戴维迟疑道："你怎么了？这里讲话不安全吧？"

"安全。这里原来是季先生的私人休息室，他去世后教堂依旧为我们保留着，除了我没人来的。"

"季忠孝不知道吗？"

世轩冷笑一声："他除了给自己父亲、兄长下葬外，何时来过教堂？更别说这里。说吧，什么事？"

"我想了解季先生的墓——我是指季世卿。你应该见过吧？"

“你那天不顾我的阻止，要去地下室，就是为了这吧？”

“对。”

“想具体了解什么？”

“你知道什么，我都想知道。”

“哈哈……”世轩刚咧开嘴又皱起眉头。戴维看到了他左臂略微鼓起的异样。世轩喘了口气：“你首先得满足一下我的好奇心。”

“请讲。”

“你怎么成了五爷的红人？”

“只能说是碰巧了。”

“和你一起参加葬礼的女士是你的夫人，还是五爷的人？”

戴维笑了笑：“四叔今天好兴致。告诉你也无妨，她是我的妹妹。”

“妹妹？”

“不像是吧？她是我养父母的女儿。她现在还在巡捕房，所以，您得帮我。”

巡捕房也瞄上了？真是没有不贪腥的猫。世轩望着戴维充满期望的眼睛，沉思了片刻道：“你帮我把这几本书拿下来。”世轩打开书橱，戴维按他所指，把最上层中间的几本书拿了出来。紧贴书橱板壁有一只牛皮纸信封，世轩示意戴维打开：季世卿墓的照片。

“季先生的墓是他生前早就设计好的。”果然！戴维两眼紧盯着世轩，生怕漏掉一个字。“现在不方便带你去地下室。你即便去了那里，见到的也就是这个。”

“我可以带走吗？”

世轩点点头。

临走，戴维还是忍不住问了：“你是刀伤还是枪伤？谁干的？要我做什么吗？”

世轩婉言谢绝，不愿多说：“皮肉之伤，没有大碍。”

季世卿的墓是西洋式的，石棺放在突出地面的石台上，周围一圈欧式工艺铁栏杆，让戴维想起长安公墓的围墙。它要比围墙更精巧、更繁复，正面的七根铁柱子中间高，两边低，形成“人”字形排列，每个柱子上是一颗铁“钻石”，像极了王冠。

石棺的后面是墓碑。为什么要把自己的墓碑设计得像个围棋盘？戴维不解。照片上的整块墓碑，除去上半部分的半圆，下半部分的底纹分割成横七竖七的长方格，长方格内有的刻着没有规律的数字，有的是空白，什么含义呢？

戴维反复地揣摩着这些数字：

第一排：30、 39、 48、空格、10、 19、 28；

第二排至第六排的中间三列给墓主人的姓名遮挡了。只留下左右各两列数字或空格。

第二排：38、 47、 □、□、 □、 27、 29；

第三排：46、 空格、□、□、 □、 35、 37；

第四排：空格、14、 □、□、 □、 36、 45；

第五排：13、 15、 □、□、 □、 44、 空格；

第六排：21、 23、 □、□、 □、 空格、12；

第七排：22、 31、 40、49、 空格、11、 20。

季世卿真是个喜欢捉弄人的怪人啊，母亲居然会喜欢上他？戴维苦笑着决定还是先回五爷那里再说。

“根哥，您终于回来了！”阿忠急得如热锅上的蚂蚁。

“我没事，不用担心，巡捕房没拿我怎样。”

“可是，五爷他出事了！”

穿过空旷无人的庭院，戴维随着阿忠走进法租界一栋隐蔽在高墙绿荫中的小楼。走廊里默默站着几个弟兄，见了来人点头致意，默不作声，楼里弥漫着异样的寂静。上了二楼，阿忠推开一扇门，是个套间。外间两个医护人员静静忙碌着，见了阿忠，一人点点头，引领着向里间走。

“还好么?”阿忠轻声问。

“还好，”那人脸上却实在地写着不妙两字，“醒着呢。”

雕花红木床上，五爷面如土色地闭眼躺着，恍如一具尸体，戴维眼皮猛一跳。阿忠俯下身轻语：“五爷，根哥来了。”

五爷慢慢睁开了眼，微微抬起手，示意阿忠回避，独留戴维一人。

“您这是怎么了?”戴维依着五爷的手势坐在床边。

“你终于来了。让我把——要紧的事情先交代你。”五爷闭起眼，喘了两口气，“日本人要打过来了，千真万确了。大上海要遭大灾了。不能让日本人吞掉上海，不能做亡国奴!”五爷情绪一激动，猛烈地咳嗽起来。门外的医生冲进来，五爷挥手将他赶走。

“您以后再说吧，您先好好养病……”

“不，不。你让我说，”五爷紧紧抓住戴维的胳膊，“天下兴亡匹夫有责！我告诉你一个秘密。”

五爷示意戴维凑近：“战争一旦在上海打响，日本人必定会飞机、军舰一块儿上。上海的一些爱国义士打算联合起来，切断日本飞机、军舰的供给。”

戴维一惊：“这么说，您最近经常去外地就为此事?”

五爷点点头。

“您受伤也是为此事？谁干的？日本人?”

“八成是，但我没看清。先不说这些，我有重要的事情要交代你。”五爷从枕头底下摸出一块鹅蛋大小的玉佩，“宝根啊，你是我在世上唯一的亲人了。”

五爷的眼角泛起晶亮：“在江湖上混，总是要还的，我不怨。

但我怨不能完成大事啊!”五爷将玉佩挥了挥，“你替我完成吧。兄弟们见这玉就如同见我，没有人敢不服的。”

五爷停下喘了口气：“你完成了这事，一定在我坟头洒杯酒告诉我一下，以后的去留就随你的心吧。我不干涉。”

“舅舅，您快别这么说，您肯定会好起来的!”

五爷一抬手：“你是答应不答应？你说我现在这样离不了床，还能怎么办？你是我唯一可以真正信任的人!”

“您是说，有内奸?”

五爷闭眼喘气道：“你中有我，我中有你，没什么大惊小怪的。这个计划可能已经泄密，你不要擅自行动，你等一个叫‘风雪夜归人’的人来联系你。”

“联系后呢?”

五爷土色的脸上终于有了一丝微笑：“这么说，你是答应了?”

戴维一愣，答道：“好吧，我是怕我不能胜任。”

“联系后你就照着他的指示办，你不必事先把意图告诉弟兄们，以免走漏风声。我们的计划叫这个。”

五爷示意戴维伸出掌心，他用食指慢慢地写下三个字：沙琪玛。

五爷让戴维把阿忠等人叫进来，当着他们的面将鹅蛋玉佩交给戴维。阿忠等立刻改称戴维“根爷”。戴维着实不习惯。

该换药了，戴维和大家暂避外间。里间意外地响起瓶瓶罐罐跌落之声，戴维未多犹豫，闯进门去，见年长的一位正满脸怒火地用眼神责怪着助手。五爷的上衣已被撩起，脏纱布被移走，露出了涂着药水的伤口。这伤口是戴维熟悉的，和养父母身上的一模一样!五爷因着刚才与戴维的面谈，已经累得昏昏沉沉睡去。

戴维自知帮不上什么忙，退到外间问道：“五爷是怎么受伤的?应该有陪他同行的兄弟啊。”

“是的，根爷。陪五爷去的有四人，都是跟了他多年的兄弟，为首的叫阿昌。”阿忠介绍，他们五人到外地的当晚，阿昌突然发病，竟然是犯烟瘾，这可是犯了大忌。五爷又气又恼，当即命令绑在床头，让一个兄弟看住，说等事情办完押回上海家法处置，自己只带了剩下的两名兄弟前往接头处。

不想五爷过了半夜还没回来，看守阿昌的兄弟感觉不对，与阿昌一商议，斗胆放了阿昌。两人一同赶去与五爷接头的地点，不料在半道上就见到五爷重伤，陪五爷去的两个兄弟已经断了气……

“带我去见阿昌。”

第十八章
云遮雾罩

不如愿

家辉又传话来，大少奶奶请四叔去一趟医院，具体什么事不知道。

世轩心里直打鼓。雅萍因流产身体弱不禁风，上次在教堂晕倒后更是下不了床。忠仁的葬礼，她这位做妻子的也没有参加。当初曾考虑是否推迟葬礼，忠孝的意思是已经广而告之，推迟不甚方便。“嫂嫂现在的样子，不出席也好，免得伤心过度，身体状况雪上加霜。”其他人原觉得这样不妥，不料去医院征求雅萍的意见，她也赞同按期举行。

葬礼那天，世轩在教堂里前前后后一转，才清楚为什么忠孝执意要为哥哥办一场少了嫂嫂参加的葬礼。这场葬礼就是一场关门打狗的戏，嫂嫂不在自然方便许多。不想最后却空忙活一场。至于雅萍的态度，世轩始终没有搞明白，她和忠仁感情深厚，为何竟选择不参加葬礼？

葬礼后的第二天下午，家辉来传话，大少奶奶要见四叔，事由不知。

雅萍住着贵宾病房，是单人套间。世轩一进门，雅萍即屏退了护士和贴身丫环宝莲，开门见山地求世轩帮忙打点巡捕房，把菊姐救出来。世轩惊异于雅萍的消息灵通，不动声色地问了几句菊姐的基本情况，答应尽力。没想到雅萍这么着急，才过了一天，又派家辉来催。世轩既牵挂着雅萍又怕见她，矛盾中赶去了医院。

世轩告诉雅萍，已经去找过巡捕房的头儿，说她早已被释。

“怎么可能！菊姐要是被放了，一定会来我这儿。”

“大少奶奶与她是亲戚？”

“不是，也可以说是。”想起往事，雅萍忧郁起来，“我小的时候曾经寄养在她家。我是个孤儿，我妈妈年纪轻轻就病故了，而这之前，我们早被狠心的父亲抛弃了。”

“世事艰难，或许，您父亲他是迫不得已，另有原因。恕我冒昧，您母亲没有跟您提起过您父亲离开你们的原因吗？”

“没有。母亲去世的时候我还很小。”

“我想，您的父亲定然是深爱着你们的，会用一切可能的方式弥补您。以后如果您与他重逢相认，您一定会理解他。”

“我没法理解他！”

世轩惊愕地看着雅萍泪水夺眶而出。

雅萍清理着嗓子缓缓说道：“我有一个闺蜜，和我经历相似，二十年后与父亲重逢，父亲对她竟形同路人。干看着不明就里的她同自己的堂哥结婚！我的主啊，这个父亲的爱在哪里呢？这就是所谓的重逢弥补？他为什么要漠视女儿背上如此的罪孽而不加以阻止？这父亲就不能给他女儿一个合理的解释么？”

模糊，眼前一片模糊，世轩无可奈何地低下头。面对近在咫尺的小丫，他这个父亲没有资格抬起头。不能啊，他不能明明白白地相认，他不能给女儿一个合理的解释，他更不能告诉女儿她和丈夫忠仁根本不是堂兄妹！真正的世轩——他亲爱的战友，早已长眠在黄土高坡上了。

一阵猛烈的咳嗽，咳得泪都流了出来。世轩尴尬地转身面向窗外，掏出手绢擦拭。缓过气来，世轩问道："大少奶奶可曾听说过江湖上赫赫有名的五爷?"

"略、略有所闻。"世轩话锋一转，令雅萍诧异又伤心，这是怎样的一个人！可怜的母亲怎么会至死不渝地爱着他！

"您的小姊妹那天出席葬礼，是打着五爷的旗号。大少奶奶可曾知道?"

雅萍摇摇头。

"我想她一个裁缝店职员应该没有这么大的胆子，擅自冒用五爷的名。不是冒名，她就必然与五爷有着千丝万缕的关系。依您的说法，您也只是很小的时候与她生活在一起，后来就分开了。成年后的她，您真正了解吗?"

雅萍盯着眼前洁白的被套，心想他怎么知道菊姐是个裁缝店职员，口中却坚定道："这个您不用管，我也不想了解。她待我如亲妹妹，我当然得帮她一把。"

"她如果是别有目的的呢?"

雅萍从被套上抬起目光，射向世轩："别有目的? 神爱世人，爱迷途的羔羊，我们为什么要对朋友疑神疑鬼呢? 会不会让人觉得以小人之心度君子之腹?"

"并不是所有的人都是基督徒，都和您一样单纯善良。"

雅萍苦笑道："基督徒未必没有做过错事，也未必就比非教徒好。四叔如果觉得不方便，也不用勉强，我另想办法就是了。"

世轩走后不久，俊生捧着一束鲜花敲开雅萍的病房。雅萍拿出半瓶香奈儿香水让宝莲去先施公司照着样子再买一瓶。

世轩朝爱文义路、哈同路口走去。心想这个菊小姐真是个角色，既是戴维的妹妹，又是雅萍的小姐妹，还是潜入教堂地下室的刺客和洋服定制店的职员，着实不一般。戴维说得很清楚，菊妹依旧关在巡捕房，雅萍也着急地要救她。可是，巡捕房的头头吉约姆却说早就放人了。孰真孰假？葬礼上赃物是从戴维的口袋里掉下的，现在戴维都出来了，菊小姐还不被释放，有悖常理。但人呢？世轩决定去爱文义公寓底楼的洋服定制店打探打探。

世轩站在街角上，店就在西边街对角。一眼望去，店开着，两位时髦小姐刚刚结伴走进门去。世轩跨到下街沿，准备穿马路。店里走出一人，回头打量了一下店面，沿着爱文义路朝西而去。世轩止住了步子，不会错，厉害。厉害和菊小姐也有关系？或者他也嗅出了菊小姐特别的气息？

迎接世轩的是位四十多岁的男裁缝，操着苏北口音。里间还有一名年轻女职员正在接待刚进门的两位时髦女郎。世轩扮成一名健忘的丈夫，打探起老婆一直夸的那个三十来岁的女职员。男裁缝告诉他，那是原来的店长小菊小姐，她已经将店盘给了自己。至于原来的老板是啥人、小菊小姐现在去了哪里等等一概不知。接着，男裁缝夸起自己的手艺也绝对不输给原来的店。要做衣服，不管是旗袍还是西装，都是拿手的，上海滩上好几家有钱人都是自己的固定客户，像居尔典路上的……

世轩赶紧打住了男裁缝的自吹自擂，说今天来并非为了做衣服，而是寻小菊小姐有点别的事情。既然问不出个所以然，就不打扰了。

世轩前脚边出门，门里就飘来男裁缝的声音："小瑛，今朝蛮有劲哦，一歇歇工夫，有两个男人来找那个小菊小姐，却都不是来做衣裳的。"

"要么是相好的?"

"你这个小姑娘，也变坏掉了哦!"

"哈哈……"

"阿昌逃跑了!"

"怎么回事? 你们都是干什么吃的?!"

戴维举手示意阿忠息怒，当务之急是要尽快掌握阿昌的行踪。有一点戴维想不通，五爷出事后，只剩下阿昌和另一个看守阿昌的兄弟。照理说阿昌要逃跑，当时在外地是绝佳的机会，为何要等回到上海被监押起来呢?

阿志——从外地活着回来的第三人说，五爷的命是阿昌救回来的。阿昌给五爷服用了一种秘制的还魂丹，稳定了凶险的伤情，然后和他一起将五爷护送回沪。

"你还想为阿昌辩护! 要不是他犯大忌，五爷怎么会遭不测?"

"你眼里只有你师傅阿昌，没有五爷是吧?"

……

戴维再次示意大家少安毋躁。阿忠及时向众人说明了戴维的身份。众人面面相觑，难掩狐疑，戴维出示了鹅蛋玉佩，大家才不敢造次。

阿昌是如何逃跑的呢? 当初安顿了五爷，阿忠下令将阿昌关禁闭，听候发落。阿昌并没有反抗。晚饭时分，给他送饭的兄弟发现，看守他的雷子倒在了禁闭室内，而阿昌已不知去向。雷子并无大碍，阿昌用一枚铁蛋击晕了他。据雷子说，也就是差不多半小时前的事。

半小时，半个多小时他会去哪里? 他能去哪里?

"他有个守寡的老娘住在南市，他是她的独子。"

"走!"

一群人以最快的速度赶到福佑路。阿志敲了半天，开门的老妪佝偻着背，一脸的惊恐，问什么都听不清楚，回答不了。戴维微微一笑，八仙桌上的瓷茶盘里，茶壶周围一圈小茶杯，其中有一只正放着，里面还有茶。此地无银三百两。若是老太太自己喝，未喝完，大大方方地搁桌上便是。此必然是听见敲门，匆忙中想掩饰第二人的踪迹，反而弄巧成拙。

戴维带着众人退出门去。守在门外的几人突然狂奔向东，十几米开外，一个熟悉的黑影瞬间从福佑路穿过，往南进入西园。糟了，西园亭台楼阁繁复，出口不止一个，更复杂的是很多难民进入西园抢占空地，搭建了棚户。阿昌这样身手活络而熟悉地形的人进入其中，无异于石沉大海，再难找到。

追踪暗器

“我们有几个弟兄?”戴维问。

“一共十六个，您也算上。”阿忠回道。

戴维果断地安排道：“两人一组，把守点春堂、仰山堂、会景楼、玉华堂、九曲桥、绿波廊，最后两组，一组走西线，从大假山到仰山堂、三穗堂、九曲桥到绿波廊，阿忠跟着我一组走东线，点春堂到绿波廊汇合。任何一组发现情况，邻近的组跟进合围。”

虽然阿忠不完全赞同大部分人守株待兔的安排，但他还是迅速落实人头，各就各位。戴维命令阿忠：“我带路，你认人。”

戴维熟练地穿梭于西园，少年时候的他，曾经昏天黑地和伙伴们在这里疯野过，闭着眼睛都知道哪里是出口，怎么走能以最短的距离经过所有的标志物，包括那些大大小小的建筑和假山、花坛、曲桥。他骄傲地成为常胜将军。后来他看书才知道这不属于他的创新，也不是他的独门秘笈，早有人做了更深入的研究，得出了更科学的结论，而不是像他那样光靠悟性和直觉。

现在他仿佛飞了起来，凌驾于西园之上，俯视着整个园区。那弯弯曲曲的小径围绕着各式各样的建筑，别人眼里的一团乱麻，在他的脑海里只是一幅简单的一笔画。不，画不了一笔，从九狮轩到会景楼再到玉华堂那里，必然是重复的，是绕不过去的一条道。所以，他要武艺高强的阿忠陪着自己亲自走这条道。果然，一堵一追之下，熟悉的人影被发现，阿忠的飞镖击落了铁球，闻讯而来的众弟兄合力擒住了阿昌。

“这是五爷亲自授权的代理大当家根爷，也是五爷的亲外甥。见根爷便如见五爷。阿昌，你也是老人了，你应该懂规矩的。”戴维连夜审问刚押回的阿昌，阿忠的开场白让戴维听到了先前没有的服从与拥戴。

阿昌双膝跪地，汗流浃背，衣服上沾满灰迹。要不是阿忠先前的介绍加上飞镖击落铁球的一幕，戴维只会把他视作随处可见的落魄男，大白天在墙角席地而坐的那种，慵懒而无能。

“你为什么要逃跑？”

干瘪的脸庞抬起，满脑门的汗珠和一双小而圆的眼珠一齐惊异地瞪向了戴维：“你……你真的是代理大当家？”

戴维默默地将鹅蛋玉佩举到他眼前，让他看个够。小眼珠子专注而虔诚地看了许久，重重地点点头，慢慢地竟呜咽起来：“我该死，我害了五爷。我该死啊！”

戴维示意左右为其松绑，递上一方手帕。阿昌一半犹豫一半感激地接过帕子。许多年前，他同样跪倒在地，泪流满面，从五爷手里接过一方帕子。五爷将他扶起，收入门下。从此，他铁定了心跟随这位全家的救命恩人。

“阿昌，五爷此刻最需要你做的是，将——功——赎——罪！”

戴维拉长了声调吐出最后四个字，每个字都如榔头重重地敲在阿昌的脑门上，“你好好地回答我的问题。你知道是谁害了五爷和那几个兄弟？”

阿昌睁大了眼睛连连摇头：“我真的不知道。我要是知道，千刀万剐凶手也不解恨。”

“你和阿志在出事地点见到五爷是什么情况？”

阿昌一脸悲哀：“已经什么都发生了。兄弟们和五爷躺在地上，行凶人早不见了踪影。”

“凶手没有留下什么可疑的线索吗？”

阿昌转着眼珠想了想，又是摇头。

“五爷此次外出具体要见谁？你应该知道五爷此行的目的。”

“是。他要去见的人叫‘风雪夜归人’，但我没见过。”

“你为什么要逃跑？你既然要逃跑为什么不在外地就跑？”

阿昌顿了顿，说：“我虽然不是东西，犯了大忌，可我良心还是有的。五爷因我遭遇袭击，我怎能见死不救？如果我逃了，光凭阿志一人，很难将五爷护送回来。”

算能自圆其说吧。戴维吩咐属下，将阿昌关禁闭一个月，好好反省和戒毒，等五爷病情稳定了再听凭五爷处置。

“这期间，阿昌的一日三餐由我亲自安排，未经允许，其他人都不得擅自接触阿昌！”戴维强调道。

众人很意外，代理大当家亲自负责给一个犯了大忌关禁闭的人送饭？是根爷弄不清帮内等第还是……只有阿昌明白，根爷不简单，他这是要创造一对一说话的机会。

阿昌的预料没错。后半夜，他果然来了。

“听说你是暗器专家，今晚我也领略了你的身手，的确名不虚传。”

根爷究竟要说什么呢？阿昌恭敬地等待他的问话。

“要不是你毒瘾在身，今日交手，阿忠未必是你的对手。”戴维停顿了一下，“你应该见过五爷的伤口，你认为五爷的伤口是什么东西造成的？是什么样的人拥有这样的东西？”

小而圆的眼珠不易察觉地亮了一下，阿昌摇了摇头。

“好吧。你不愿意说，那我只能认为，五爷的事和你母亲有关。”

阿昌大惊：“怎么可能?！您这是想哪里去了?”接着，他又扑通跪下，“我犯了大错，要杀要剐任凭发落，请不要动我风烛残年的老母!”

“我这么说是有我的根据。”戴维不听他的哀求，“要我说出你的秘密吗?”

“我有什么秘密?”小眼珠里满是问号。

“你的母亲是日本人。你伺弄了这么多年的暗器，五爷的伤不会不认得，你早已看出是日本人干的，对么？或许，还是你认识的日本人干的。”

“我母亲是日本人不是什么秘密，五爷也知道。她十几岁就嫁到中国来了，在日本都没有亲戚朋友了。我真的不知道五爷的伤到底是什么东西造成的，是谁造成的，更不可能与我母亲有关。她不会武功，她只是个连走路都走不快的普通老太太。”

“我姑且相信你说的。凭你对五爷的忠心和对暗器的熟悉，我要你做件事情。”

“愿听吩咐。”

“我要知道暗器的来源，谁是害五爷的凶手。这里是一身衣裳和日用开销，外面门卫我已经支走，你母亲那里我会照顾好的。”

放我走？阿昌惊讶得合不上下巴。他立马换了衣裳拿了东西。

“慢着。”戴维说道，阿昌回过头。

“有眉目了就回来，不要一人行动。那晚在隆兴庙与俄国人交手的是你吧？我记着。”

阿昌的眸子里闪过一丝惊讶与感动，他点点头敏捷地消失在门外。这位根爷，竟能发觉我就是隆兴庙外戴着面具救他的人，有点五爷的风范。只是当爷的时间不长，还不知道江湖的复杂。五爷为了抗日事宜奔波，必定就是为日本人所害？有这么简单就好了。

离开爱文义公寓，世轩走在街头，却没了方向。想想时间还早，招了辆车，报了目的地：南市丽水浴室。

世轩没有买筹子，径直入内，找了熟悉的伙计一番询问，伙计说这几天您的老熟人没来过。说罢，伙计顺手递给世轩一块干净的毛巾，说，天热，您不洗澡就擦把脸吧。毛巾下有异物，世轩擦了脸，谢过出门。

走过一个街区，世轩展开手掌，捋直一小团纸片，看到歪歪扭扭的几个字：晚八点，玉玲珑。

世轩不知道发生了什么事，让泥鳅这么神神秘秘。晚上，世轩按时赶到了接头地点——豫园的玉玲珑前。

“先生，算一卦吧？我胡半仙算不准不要钱。”

世轩定睛一看，眼前的算命瞎子是泥鳅。

“好啊，你跟我到家里一趟吧，就在附近，不只我一个要算卦呢！”世轩一把牵了泥鳅的手，带盲人一般引着他拐入隐蔽处。

“你这是……发生了什么事吗？”世轩问。

“说来话长。我暂时不能公开露面，只好每晚到这里来等你。”

“听说你们帮里新来了个五爷的红人。”

“四叔消息好灵通。他是我们五爷的亲外甥，代理大当家。”

“这个代理大当家身边有个叫菊花的女人，据说是他的妹妹。你能查查她的底细么？”

泥鳅沉思道：“好吧，我听说过那女的，不过没有见过。你现在住哪里？听说你有一阵住院了。”

“我已出院。暂时住在许家集教堂。”

“教堂？也好，你不要回到季公馆去住。”

“哦?”

“轻易也不要吃那里的东西。切记！我现在还没办法告诉你一切，我只是揣测。”泥鳅从身上摸出一小块东西递给世轩，“如果你有半个月以上得不到我消息，麻烦带着这东西去福佑路找我妈，然后带上我妈去五爷那里找代理大当家，这是具体地址。她会知道是谁害了我。拜托了!”泥鳅深深鞠了一躬，转眼匆匆消失。

世轩低头看着掌心里的东西，形状奇特，有点像毛笔的笔帽，又有点像猛兽的牙齿，不清楚是做什么用的。要不，是一种罕见的暗器?

第十九章
难以置信

无法接受

世轩一晚上没睡好，耳边尽是泥鳅的话。

你不要回到季公馆去住。

轻易也不要吃那里的东西。切记！……

好容易睡着了一会儿，噩梦袭来。黏稠的血流像泥石流一样从季公馆里奔涌而出，一瞬间变成血的沼泽，使人越陷越深……血的泥石流并不满足，又浩浩荡荡地冲向了教堂，吞没了大殿，教堂的尖塔摇摇欲坠。世轩大喊一声，满头大汗地醒来，支着身子斜靠在床上喘气。

一大早家辉来到教堂，手里拎着食盒。家辉说是来找闵神父付款——地下墓室改造工程的费用，顺道来看看四叔。家辉屁股没坐热便告辞："我还得急着赶去医院，章妈特地为大少奶奶熬的汤得赶紧送去。送完了还有别的事。”

世轩一激灵：“什么汤？天天送吗？天气这么热，送来送去的不甚方便，不能去国际饭店或者新雅粤菜馆订了，让他们送？”

家辉答道：“倒不是大少奶奶挑剔，完全是章妈的一片心意，说要好好地给大少奶奶补补身子。反正也快了，大少奶奶过两天就要住回去了。”

“哦，你要不直接去办别的事情吧，我替你送补汤。大少奶奶要出院，我也得去问候一下，帮衬着照应照应。”

家辉求之不得，告谢了而去。

世轩急急地打开食盒，浸着药材的鸡汤，世轩凑近了细细闻。倒了一点在杯子里，啜了一口，咂巴着嘴，拎了出门。

见了雅萍，世轩递上食盒，解释说正好顺路代家辉送来。雅萍的丫环宝莲伸手去接食盒，不知怎地两人没交接到位，食盒在惊呼声里摔在了地上。世轩连连道歉，说，真是人老了，递个东西都老眼昏花出岔子，可惜了这鸡汤和药材。

“没事。章妈天天煲了营养汤送来，我都吃腻了，也不差这一顿。”雅萍淡淡地说道。

宝莲叫来了医院的勤杂工打扫。世轩看着打翻一地的东西被清理，一皱眉：“炖鸡汤怎么放菊花呢？”

“不可以吗？”

“老法里讲，鸡和菊花是相克的。”

宝莲顺水说道：“这个章妈也是，弄惯厨房事务的竟不知道。”

“可能得怨我自己了。”雅萍依旧淡淡说道，“前两日章妈亲自送来补汤，我曾提起火气大，牙龈疼。估计她为此就放了菊花，清清火。”

世轩沉默了片刻，说：“大少奶奶还是要万事小心的好。或许，季公馆也非往日的季公馆了。”

“四叔的好意我心领了。再怎么说，我是季家大少奶奶，季公馆是我的家。”

“对了，听说您打算马上要出院回去了？您为何要急着回去住呢？”

“这有什么好奇怪的吗？那是我的家啊！”

世轩语塞。

“宝莲，看看早上的一顿药送来了没有。我想吃了再睡个回笼觉，昨晚没睡好。”

这是下逐客令了，世轩只得起身告辞。雅萍的冷淡是意料之中的，世轩并不计较。世轩担心的是她急着要回去。

世轩一走，雅萍吩咐宝莲赶紧把东西都整理好，这就回季公馆。账不用管，家辉会来结。雅萍这么急，令宝莲也担心起来。

大少奶奶回来了，季公馆顿时注入了生气。部分仆人还在放假，在值的都忙活起来。章妈挎了篮子出去买菜，宝莲忙里忙外地打扫卧室，刚弄完，雅萍又吩咐她去霞飞路买花露水和润肤露。

从二楼卧室阳台望出去，干粗活的仆人都在院子里忙。雅萍退回室内，慢慢下楼。空荡荡的房子里，软底便鞋踏在铺着地毯的楼梯上，雅萍竟能听到一步步的声音，往日忠仁在的时候怎么可能？

雅萍穿过客厅、餐厅，打开餐厅边上不起眼的一扇小门，沿着一小段通道拐入厨房。雅萍打量着周遭，平日里她几乎没什么机会来这里。这是章妈的天地。新式煤气炉、老式烤箱、整洁的碗橱、齐刷刷挂着的一溜锅子。雅萍轻轻地打开橱门，一个门里，各种大小的碗碟整整齐齐地叠着。另一个门里，搁着大大小小的瓶子。雅萍随手转了转几个瓶子的标签，是各式各样的调味料。在橱的角落里，一只暗色无标签的小瓶子静静地躲在其他瓶子背后。

雅萍小心翼翼地旋开瓶盖，取出随身带着的小空瓶，倒了一点点粉末进去，然后把暗色的小瓶子放回原处。雅萍蹙眉想了想，继续依次打开所有的抽屉，在底层抽屉的几块待用的洗碗布下静卧着一张旧纸，凑着窗前的阳光看，上面密密麻麻地写着许多字："鹅肉忌鸭梨：同食伤肾。白酒忌柿子：同食心闷，多食亡。鲤鱼忌南瓜：同食中毒。鸭肉忌鳖：久食令人阳虚，水肿腹泻。虾皮忌红枣：同食中毒。螃蟹忌南瓜：同食中毒。田螺忌蛤：同食中毒。生鱼忌牛奶：同食中毒。甲鱼忌黄鳝：影响胎儿健康。鲶鱼忌牛肉：同食中毒。鲤鱼忌甘草：同食死亡。鸡肉忌菊花：多食死亡……"

"天热，吃点清淡的饭团吧。"顾妈从竹篮里端出一个扁平的大盘子，整整齐齐地罗列着八个紫菜饭团，外加两小堆爽口酱菜和几片白切肉。接着，顾妈又变戏法似的端出一碗银耳羹，一碗豆浆，一小瓶白糖。

"呀，妈，你还会做日本人的寿司?"安娜惊喜得很。

"我看见过他们的东西，不就是紫菜包着饭团嘛，我就依葫芦画瓢做来试试，尝尝好吃不好吃。"

"一起吃吧，这么多东西。"

"我吃过了。我看你啊，整天算呀、看呀，两天了，也不休息。你要多吃点。这银耳羹、豆浆都是补的。"

"没办法，我天生数学不行。现在要研究数字，真是赶鸭子上架呀。哥啥时候能来呢？最近他好像忙得要命。忙啥呀，也不来帮帮我。"

"我也不太清楚，好像听他说过要去外地几天，他手上有好几个案子呢。不过，他哪里丢得下这里啊，快了，说不准已经在赶来的路上了。"

但愿是。安娜夹起一个饭团往嘴里送：要是戴维在也好啊，他天生长着个数学脑子。

干嘛又想到他！安娜在心里唾了自己一口。

顾妈笑眯眯地看安娜吃完午餐，立即收拾干净小桌子，腾出地方把布包里的书拿出来。这是厉害临走时交代的，说安娜这几天兴许用得着。

安娜一看是几本往日望而生厌的数学书和算卦书，此刻却成了死马当活马医的最后一丝希望。安娜硬着头皮拿了一本狂翻，双手只在有类似图表的地方停顿，数阵图、九宫格、幻方……

安娜前倾了身体，紧皱眉头，艰难地仔细阅读。

奇次幻方的解法介绍一：

> “1”居首行正中央，
> 依次斜填登楼忙，
> 上出框时底行扛，
> 右出框时左边放，
> 碰壁便用下格帮。

安娜不敢相信自己能够做出玄而又玄的数学难题！反复验算了，没错！季老头的墓碑就是七乘以七的幻方。每个格子都是按照那口诀填的。

没有戴维、没有哥，完全靠自己！安娜激动得想大叫，想拥抱妈妈。可是顾妈刚刚离开，板房里没有其他人。安娜坐在床沿边，笑眯眯地想：太好了！终于可以摆脱面具男的要挟了！终于可以拿到许多的钱！终于可以……安娜定了定神，把答案折得整整齐齐塞进口袋，出了门。一阵奇异的香味袭来，安娜倒了下去……

我怎么躺在这里？我、我不是出去了吗？然后……安娜努力回忆着。

“你醒啦？”顾妈笑容可掬地拿着冷毛巾替安娜擦着额头。安娜坐起来打算下床："妈，我有重要的事情，要出去一次。"

"你晕倒了，孩子，现在你哪儿也不能去。"

"不，没事的，我保证办完事就回来——很重要的事。"

"安娜！我知道你要做什么，我有比这更重要的事要告诉你。"顾妈伸出双手压在安娜的双肩上，笑容换成了一脸严肃，"我一直想找时间告诉你，现在该是时候了。孩子，我知道你破解了宝藏的谜底，想拿着去换钱。不，你不能目光这么短浅。你不是中国人，你和我都是日本人。"

"什么？日本人？"安娜张大了嘴。

"难道你没有发现我的口音不像中国人？否则我扮顾妈时干嘛要装哑巴呢？"

安娜崩溃了："怎么会？怎么会？你是日本人？你不是说……"

"是的，我那天在医院后院里跟你讲的是事实，你是我的女儿，你也是日本人。你的名字叫池田纯子。"你要不是我女儿，现在你还能跟我说话吗？顾妈暗想。"孩子，你刚才晕倒了，我蛮可以趁机拿了你的答案一走了之，把你一人扔在这里，不顾你的死活。可是，你是我的女儿啊！我就只有你一个女儿啊！我怎么忍心看你一辈子东混西混，浑浑噩噩，没人照顾，没有生活目标，贻误一生？你是我们池田家的人啊！那天我没告诉你我们是日本人，我只是说我的家很远，我怕你一时接受不了。"

现在就接受得了吗？不！安娜抬起脚发愣，一个连脚跟上都刺着杭州西溪梅花的杭州姑娘，怎么一眨眼又变成了日本人？这怎么可能?!

神秘毒药

“那是朵樱花。”安娜遭到当头一棒，顾妈走近前来恳切地说，“这也是个证明啊。你仔细瞧瞧，虽然我只刺了花朵，没有刺樱花那长长的花柄，难道你就发现不了它和梅花的区别吗？你看这朵花，每个花瓣尖上都有一个小小的缺口，只有樱花才这样啊！有哪个中国人会在自己孩子身上刺樱花呢？”

安娜仰起头，顾妈马上猜到了：“你想问厉害脚上是什么花吗？和你一样。虽然他是中国人，但我不得不刺成一样，为了掩人耳目。”

“掩人耳目？你干嘛要掩人耳目，长期扮成残疾老太待在中国？你不惜把女儿与别人家的调换，导致女儿丢了，你就是为了调查丈夫失踪的财产？这样值得吗？”

顾妈的眼中散发出骄傲的光芒：“丈夫的财产？哈哈哈哈，请原谅我上次这么说。我们大和民族是有远大抱负的民族，是亚洲各民族中的精英。亚洲不应该由欧洲人、美国人插手，亚洲该由我们日本人掌控！许许多多日本人在为这个目标而奋斗，这也是效忠天皇的最好表现。安娜，我亲爱的女儿，你知道吗？我们正在日益逼近目标，实现它可以说指日可待！”

顾妈握住安娜的手：“我的孩子，目光要放长远，你破解的密码非常重要。不要像中国人只知道去换点小钱，应该把它贡献给天皇，让它发挥它应有的作用。做一个像样的日本人吧！你是我的骄傲！拜托了！”

“不，我不要贡献给什么天皇。我不能！”

“为什么?！我的孩子，你是日本人，怎么可以说出这样的话来？”

“为了我的孩子。”

“你的孩子？你有孩子？”

“是的。他七岁了，生着重病。我要挣钱带他去美国治病，听说现在只有美国能治好他的病。你也是母亲，你也尝过失去孩子的痛苦吧，你总不能不让我救自己的孩子吧？”

“这到底是怎么回事？孩子的父亲呢？”

“孩子没有父亲！说来话长，一言难尽。孩子是无辜的。主爱世人，我怎么可以连自己无辜可怜的孩子都不顾？”

“你还年轻，即便这孩子没了，以后还可以有。和国家大事比，牺牲一个有病的孩子算什么呀！”

“不，我没有你的所谓理想，我只想尽一个普通母亲的责任。密码是我破的，我有权做主，请你理解我！”安娜挣脱了顾妈的双手，下了床，穿上鞋往门外走。顾妈并没有阻拦。

一、二、三、四……八、九——在中国传统的软筋散基础上改进的“十步软”果然厉害，没服解药不出十步必瘫倒。顾妈笑了，架着安娜拖进屋。

家辉告知世轩，大少奶奶有急事，请回一趟季公馆。雅萍这么急着回去住，又这么急着有事，究竟怎么了？

“四叔，有劳你赶来，实在是——我也不知道怎么办。”

“您说。”

“章妈失踪了。”

雅萍说自己回来后，章妈出去买菜。听下人讲，她拎了一篮子菜回来过，又匆匆出去了，嘴里嘀咕着有什么忘记了。谁知一去不复返，已经一天一夜。从来没有过这样的事情。派阿柱去找，也未果，不知道这事怎么处理。四叔是季公馆的老人，章妈可有亲戚？这么大的事情得通知她家人一声。

世轩摇摇头，说这事难办了。章妈早先倒是有个儿子的。母子俩也不知是托谁介绍来在季家做事，一做就二十几年。听口音，章妈该是无锡、常州一带的人，不算远。但这些年里既没见章妈回过老家，也没听说有亲戚来上海走动。

“那她儿子呢？”

“死了。”

“怎么死的？”

世轩停顿了片刻，面露悲哀：“当年小少爷留学日本，年少气盛，不肯回来。老爷派了几位兄弟去日本请他回来，不料在日本遇上地痞纠缠，最终以一死两伤的代价摆脱了那些恶棍，带着小少爷踏上回国的轮船。那个死了的兄弟就是章妈的儿子。”

雅萍有点明白了。这么说，章妈一直为此事怨恨在心，是季家人害得她老来丧子，所以要报复。可是，她儿子的死再怎么说和忠仁没有关系啊，连我也不放过？难道——忠仁的失踪也和她有关？

世轩问是否报警？雅萍说，要么，再等等看再说，你先回吧。

连接厨房的小通道走到底有扇小门，需低头进入。门里往上是通往一楼和二楼之间的极狭小的夹层，只有维修时才有工人上去。门里往下也有个通道，下十几级台阶便是一个储物的地下室。

雅萍第二次踏入。今天之前她从来没有来过，甚至根本不知道这个地下室的存在。虽然住在季公馆多年，对这楼、这家还是了解得太少了。

地下室的正上方就是厨房。昨天，雅萍站在厨房的同一个位置凑着阳光看那张食物相克的清单，全身的毛孔猛地紧缩，一盘盘菜流水般地在眼前显现，又忽然跌落在地发出吓人的声响。这巨响分明来自背后，雅萍不由地一个寒战，跳开去转身回头，章妈手握尖刀倒在门边。她的后脑勺滴着鲜血，圆形的红木食盒在地上来回滚动，门口另一双眼睛也正惊恐地瞪着章妈。

“大少奶奶，章妈她、她……我正好来送食盒，我……”

“谢谢你，救了我。……家辉，现在怎么办呢？她……”雅萍半晌才回过神，她蹲下来摸了摸章妈，“她晕过去了。把她扶起来。”

“我找根绳子把她捆上。”家辉边干边叹息，“章妈是这里二十几年的老人了，她为什么要害您啊？”

“你看看吧。”雅萍把纸条递给家辉。

“她一直在暗地里害人？那老爷他会不会……”家辉的毛孔也竖了起来。

雅萍听从了家辉的建议，将章妈押解在厨房下方的地下室。雅萍有太多的问题要审问，要亲口听章妈说为什么要害她，是受谁的指使。除了使用相克的食物外，还用了什么手段？碗橱中暗色小瓶子里是什么东西？老爷中风而亡是否也是她干的？对了，还有忠仁，他从马上摔下来是否也是她暗害的？另外，在松江疗养的时候，忠仁的轮椅因配件损坏而失控，差点出事，是否也是她动了手脚？爱子心切的老爷嘱咐她去松江为忠仁烧饭弄菜，她是否也下了黑手？

章妈打了个喷嚏醒来，受伤的头已包扎，后脑勺疼得晕晕乎乎，一动弹发现手脚被捆着。这是地下室，章妈认得，这个地下室堆放杂物，少有人来。即便呼叫，上面的人也听不见。

家辉收起嗅盐，居高临下地发问：“章妈，你为什么要害大少奶奶？”

章妈一言不发。面对家辉和雅萍连珠炮似的问题，章妈始终不语，令两人束手无策。想象中，章妈应该满怀悲愤地破口大骂，或者，全盘认账并狂笑着称害了季家全家人，自己已经赚了。

没有，什么也没有。连表情也没有多余。雅萍和家辉正犹豫如何处置章妈，章妈忽七窍流血，倒地而亡。两人惊恐懊恼之极，才发现趁他俩不备，章妈咬破了上衣盘扣里所藏的毒药。

雅萍麻木地挪着步出了地下室。章妈的结局完全出乎她的意料，她读不懂这老太，不否认、不辩解、不认账，就去了，甚至有慷慨赴死的英气。她到底是怎样的一个人？她以这种极慢性、极不可靠的方法害人为了什么？毕竟，这是条人命啊，更何况还是认识了那么久，天天吃着她烧的饭菜的老人。

雅萍不知不觉走到厨房门口，她拐了进去，看着厨房里的一切，仿佛章妈还在忙忙碌碌，只是她看不见。她蹲下来，打开橱门，就像章妈天天做的那样，椭圆形的大盘子盛整条的鱼，圆形的盘子盛热炒，金边小碗盛饭，西班牙的橄榄油做西餐，山西老陈醋吃蟹用……雅萍几乎跌坐在地，那瓶——那暗色的小瓶子不见了！

雅萍移走橱内所有的调料瓶，没有，根本没有那瓶子！雅萍下意识地掏出自己上衣口袋里的小瓶子，里面清晰地装着米白色的粉末，就是从那暗色小瓶子里倒出来的。要不是握着眼前的小瓶子，雅萍真以为暗色小瓶只是幻觉。

雅萍胡乱地放回调料瓶，关上橱门，好似要把魔鬼和噩梦也关禁闭。她起身匆匆奔去地下室，家辉正吃力地往一只木板箱上钉钉子。家辉的主意，暂时这么处理章妈，然后择机再做打算。或者，趁月黑风高之时运到郊区荒地埋了；若怕人见，大少奶奶不忌讳的话，就在院子里挖个坑亦或甚至就在地下室挖个坑埋了，浇上水泥，鬼也发现不了。雅萍被家辉说得心惊肉跳，分不出什么好，说全听你处理吧。

雅萍的突然返回，令家辉也吓了一跳。“大少奶奶，有什么事？”

雅萍的脸色异常难看。章妈的事，一下子拉近了两人的距离。但是，雅萍迟疑了，她觉得谁都不可信。这屋子太可怕了，人人都戴着面具。“哦，没什么，来看看你一个人处理是否有困难。”

“大少奶奶，放心吧。这点力气我还是有的。您上去休息吧。”

“那好。”雅萍转身上楼，把瓶子不见的事咽下肚去。

第二十章
命案迭出

桃核挂坠

缺了章妈，雅萍吩咐宝莲暂时接管厨房的事。宝莲这厢在厨房洗碗，雅萍那厢就匆匆出了门，只对把门的阿柱说了声去教堂。

雅萍进了许家集教堂的裙楼，闵神父不在办公室，七问八问，有人说闵神父好像去了季兄弟那里。热心的修士将雅萍带到世轩的房间外。

轻轻敲门，无人应声。雅萍发现门是虚掩的，她推开了门，没有人。靠门近处是茶几与沙发，排成“L”形的两只沙发将房间隔成了两个区间。远处靠窗是一只单人床和写字桌，墙边一溜是橱柜，有书橱也有衣橱。雅萍看到了令人不安的东西——茶几前的废纸篓里，一堆浸透血迹的脏纱布。茶几上，搁着一只手提医用箱。雅萍心一紧，只听得身后修士的声音：“您来啦，邢姊妹正要找您。”

闵神父赶紧朝边上甩干了手，礼貌地同雅萍打了招呼。雅萍开口："闵神父，我有件重要的事情，想同您单独谈谈。"雅萍把"单独"两字说得特别重，修士知趣地告别而去。闵神父说："要不，您就在这里谈吧。这里没人。"

雅萍在沙发上坐下，从小挎包里摸出一个小玻璃瓶，轻轻放在茶几上："闵神父，我听您讲道多年，在我心里，您就是我的心灵导师。"雅萍摆手阻止了闵神父将要出口的谦虚之词，"我充分地、绝对地信任您。同时，我知道您博学多识，对很多学科都有研究。所以，我只有找您了。您能查出这瓶子里的东西是什么吗？"

闵神父小心地拿起瓶子，对着窗户仔细观察片刻："您是从哪里得到的？"

"依您的观察，这可能是什么？"

"这个不好说，只有化验了才能确定。您是……怀疑——上帝宽恕我——有人下毒？"

雅萍望着闵神父，默默地点点头。

"上帝啊！"闵神父闭上眼睛默祷了几句。窗外的阳光照射进来，书橱玻璃门的反射之下，闵神父笼罩在一片神奇的光晕中，圣人一般。雅萍看到，那扇玻璃橱门的把手上挂着一串项链。严格地讲，还算不得是正儿八经的项链，只是一根红丝带吊着一个挂坠，挂坠是桃核镂空雕的一只不起眼的小鸟。

妈妈曾经解释说，那是一对白头翁，是你爸亲手雕刻的。白头翁、白头翁，白头到老……妈妈去世后，妈妈手里的那枚桃核挂坠就成了雅萍的珍藏。对于妈妈，它是思念丈夫的寄托；对于雅萍，则是思念妈妈的寄托。而对于他，这普通的桃核也承载着那么多年厚重的寄托吗？没有这份厚重，又何以保存至今？

闵神父转过身来："好吧，这事交给我吧。无论什么结果，我会给您一个答案，并为您保密。"

"闵神父，您现在有空吗？我想向您做告解。"雅萍的目光真诚中夹杂着恳切与迷茫。

“好吧，请跟我到告解室。”闵神父开了门。

雅萍起身，玻璃门上的反射光耀到了她的眼，她重重地望了一眼橱门。

从告解室出来，雅萍惦记着世轩房里的废纸篓，那一堆带血的纱布让人忐忑。她问道：“闵神父，四叔受伤了？”

闵神父犹豫地回道：“原本我不该说，既然您问了，他又是与您一家人，所以……皮肉伤，天热，不太肯收口，不过无大碍。”

“怎么伤的，伤在哪儿？”

“手臂上。他说是晚间去公共浴室洗澡出来，碰上了劫财的。”

“那他人呢？还不好好休息？”

“这怪不得他，是刚才有人叫他去公司总部了，说有急事。”

“您是说季忠孝先生派人来叫他去的？”

“是。”

雅萍急急地告别了闵神父，坐上车，颠簸中雅萍的泪随着思绪流淌。

上帝呀，如果可以，请让我们以真实的面目相对，请让我相信我的母亲是幸福的！

“小姐，您不能进，老板在会客呢。”

“你知道我是谁吗？我是季家大少奶奶！”雅萍推开总裁办公室沉重的西式木门，眼前一片开阔。偌大的办公室用家具和地毯分割成几个区域，会客区一个服务生正蹲着身子上茶点。沙发里对坐着两个人。

“哟，稀客稀客，什么风把嫂嫂吹来了？嫂嫂可是难得来的。”

“不欢迎吗?”

“哪里！身体恢复得可好?”

“谢谢关心，马马虎虎。四叔也在啊!”四叔欠身致意的时候，雅萍挑了个沙发坐下。茶几上放着一叠报表。

忠孝问：“嫂嫂来是有什么事情需要我办的?”

雅萍说也没什么大事，上街办点事路过这里，就上来看看。最近难民越来越多了，许家集教堂正在策划开展义诊、义教活动，需要大家人力、物力方面的帮助。季家公司不知道能否做点贡献。

忠孝表示那是应该的，不过，现在比不得父亲在的时候了，只能算是表表心意了。忠孝朝茶几上的报表努努嘴：“时局紧张，生意滑坡，正请四叔来研究集团内迁的事情呢。哥哥不在，嫂嫂来听听，发表发表意见也好。”

服务生端了一杯咖啡来。忠孝把茶几上几碟小吃推了推：“来，先吃，吃了再说。”忠孝忽然想起了什么，起身走到办公桌旁，从橱里拿出一个饼干盒，打开了放到世轩的跟前：“章妈前天差人送来的。四叔不住雷上达路了，难得吃到。嫂嫂别抢啊，呵呵，以前父亲也是特别中意章妈的烘烤手艺。”

章妈烘烤的美国小甜饼，还有曲奇。雅萍的气血凝固了，她盯着铁制的饼干盒，一把抢到自己怀里：“看你说的，好像我不让四叔上门似的。章妈的小点心我可不能错过。你们爱吃，以后我多让她做点给你们。”

世轩有点意外，淑女样的雅萍今天如此的活泼。她自得其乐地猛嚼饼干，几块下肚，她略微探起身，伸出胳膊端咖啡，饼干盒一下子滑落在地，雅萍“啊”了一声：“糟糕！都浪费了。我去洗手间，顺便叫服务生来。”

地毯上的饼干碎屑清理了。忠孝与世轩等了许久，也不见雅萍回来，纳闷中，遣了服务生去找。

服务生魂飞魄散地奔回来："大少奶奶，大少奶奶，她倒在洗手间里了！满嘴是血！"

两个男人不顾一切地冲进女洗手间。

"怎么会这样？快，快，备车，送医院。"

"先打电话给医院，做好抢救准备！"

"对了，我去打电话，叫家辉把章妈先扣下，季公馆里谁也不许出！"

……

忠孝的话越飘越远，世轩什么也听不到，他的世界、他的全部关注只有臂弯里的雅萍，他着急地摸出一个小瓶，颤抖着倒出两粒"秘方定魂丹"让雅萍服下，不断地按摩着她的颈部，期望药丸顺畅地咽下发挥作用。可这并不顺利，雅萍的嘴里还在不断地往外冒血丝。

忠孝一把从世轩臂膀上接过雅萍，奔下楼去……

中毒。究竟是什么毒，你们还不知道？只能按常规先洗胃，效果不可测？

章妈失踪了？去了哪里？季公馆的人都不知，是否是她下毒的你们暂时无从查验？

什么？一天一夜过了，这就是你们给我的答案？你们不都是你们那行的专家吗？你们干什么吃的？章妈要毒的不是嫂嫂，是我！她烘的点心是专门送给我的！天哪！她居然失踪了！谁知道啥时候她的魔爪又伸出来？我侥幸地躲过了一次，能躲过第二次、第三次么？这个丧心病狂的老太婆，我们季家待她不薄，她为何要这样啊？你们不抓住她，你们不救活嫂嫂，我跟你们都没完！

忠孝像头困兽对着医生和警察咆哮。世轩默默地僵坐着，任凭内心被强酸腐蚀、被尖刀凌迟。为什么雅萍要对忠孝隐瞒章妈失踪之事？为什么要抢着吃饼干？难道她知道饼干有问题？不，不，不，她知道的话，有必要自己吃吗？如果这一切都是意外，那章妈想毒的应该是忠孝。为了当年她儿子的死？为什么又要等那么多年才报复呢？讲不通！什么都讲不通！都不对……

“哪位是四叔？病人求见。”

世轩连忙起身，跌跌撞撞地跟着护士进入抢救室。脸色灰白的雅萍对着世轩伸着指头，却无力抬起胳膊。世轩一把握住雅萍的手，雅萍嗫嚅着，世轩把头凑到她耳边。

“请原谅，我要走了……迫不……得已。快……”雅萍喘着气，拼尽全身力气，“快，到主的怀抱去，再也……不要回去……爸……爸……”世轩泪如雨下，寒气从他握着的玉指指端蔓延，将他整个地淹没……

忠孝无法相信护士传来的噩耗：“怎么这么快？她没留下什么遗言么？”

“她送来就神志不清了。刚才她回光返照，清醒过来一会儿，对那位四叔说请他原谅，她要走了，快到主的怀抱去了，再也不想要回去了，拜拜。就这些。”

忠孝冲进抢救室。

从此，季家就剩四叔了。

惊人的消息不断传来，警察竟在季公馆的地下室找到了章妈的尸体；尸体被钉入木箱；这事竟是家辉干的，他已在警局里坦白了……

世轩努力地转动麻木的大脑整理着思路。照家辉的说法，章妈为了不说出袭击雅萍的动机情愿服毒而死。雅萍遭到章妈的袭击，却对外谎称章妈失踪，对忠孝更绝口不提，明知章妈对自己怀有敌意，却抢吃章妈做的点心而死。

这一切都是为什么？难道是为了阻止我吃？世轩吓了一跳，他想起泥鳅。

你不要回到季公馆去住。

轻易也不要吃那里的东西。切记！……

是巧合？不可能！

又一条人命

忠孝雷霆大发，一会儿痛咒章妈忘恩负义，残害主子；一会儿大骂家辉处事幼稚，间接害了女主人。世轩心乱如麻，不告而别地出了门，却不知该去何处。

请原谅，我要走了……迫不……得已。快……快，到主的怀抱去，再也……不要回去……

……不要回去……爸……爸……

雅萍的话千遍万遍地响起，世轩咀嚼着她要表达的意思：我走这条路是迫不得已；你赶快去教堂；再也不要回季公馆。我认你了，爸爸。世轩赶紧猛地咳嗽，掏出一方手帕又抹鼻涕又抹泪，还好，没人注意。雅萍说得对，我应当赶紧去教堂，我需要有个地方哀伤、思考。什么让她迫不得已呢？章妈已死，她为什么还要阻止我回季公馆呢？

世轩跪倒在空无一人的祭台前，任凭泪水如海潮汹涌。潮起潮落间，心田满目疮痍。他无法相信自己还能收拾起心情耕种另一季的收获，但那又是无法逃避的责任。主啊！你真存在么？你若真存在，为何这么残忍地让笃信你的雅萍离去?!

不知过了多久，世轩踉跄着直起跪麻的腿离开祭台。走到门口，瞥见一修士候着："季兄弟，闵神父请您去他办公室。"

紧闭的室内，闵神父一脸凝重，将一只小玻璃瓶交与世轩，还有一封信。一天前，递出这些东西的玉手已经不复存在了，而当时的情形却还历历在目。

闵神父望着霜打茄子般的世轩，怔怔地看了好一会儿，内心努力把陌生感和老熟人合二为一。这位谦和的老熟人、热心的教友、慈善的季世卿兄弟的得力助手竟然是一个抛妻弃子、不负责任的人？他可是从来没忏悔过这些事！闵神父无法质问或引导他忏悔，这不符合规矩，神父是应该绝对恪守告解秘密的。

当邢雅萍姊妹在做告解时，闵神父说："孩子，我们拥有的真正的宝藏充满内心，也充满苍穹，那就是对主的爱，对人的爱。爱和宽恕永远是一对孪生子。"

这句话对前来告解的教徒们说过多少遍，闵神父早已不记得了。之所以会说无数遍，因为他深信这句话的神奇力量，它让许多人从俗世的泥沼中自拔，获得了新生。闵神父可以轻松地列举许多例子，比如许多年前的季世卿兄弟。

同样，雅萍姊妹也听进去了，她留下的东西不是给别人，而是嘱托闵神父在她有意外时给世轩。她在学着爱与宽恕，她的心底里还是把父亲放在重要的位置。闵神父欣喜雅萍的悟性，也不禁暗暗感动，却没有料到意外这么快就发生，而且是这样的一个意外。

闵神父怀着无限的怜悯看着世轩，他真的知道雅萍姊妹是他女儿吗？如果知道，闵神父愿意相信他是有他的苦处。可怜的羔羊，今天我要对他说："我们拥有的真正的宝藏充满内心，也充满苍穹，那就是对主的爱，对人的爱。爱和忏悔永远是一对双生子。"

闵神父有点失望，他引以自豪、对许多教徒有振聋发聩作用的话今天失效了。这些话并没有唤来世轩的忏悔。世轩再次让他感到了陌生。或许，突如其来的打击击垮了他，他首先需要的是静一静。但有一件事必须要告诉他，也是完成已去世的邢雅萍姊妹的嘱托：经检验，这瓶来自季家厨房的粉末有毒。雅萍姊妹只是倒了点拿来，厨房里的瓶子在章妈死后不翼而飞。

世轩小心翼翼地拆开信封，一封信夹着一张照片：日本餐馆的场景，半开的包厢移门里，两个男人正惊讶地望向镜头，似乎镜头这边突然发生了什么意想不到的事情。这两个男人不是别人，都是世轩所认识的，一个是季家小少爷，一个是大世界里一心想抓获戴维的日本老头池田。

找泥鳅！上次豫园一别，泥鳅相约五天之后老地方见，若没碰面，则一天隔一天的晚上八点同一地方等着。如果过了两周泥鳅没露面，世轩得拿着那个"铁笔帽"去福佑路，带上泥鳅的老母去见五爷。这才过了两天，按常规世轩别无他法，唯有耐着性子等三天。泥鳅三天后能出现吗？

昏暗的路灯下，世轩看了看表，十点十分，这个时间应该正合适。福佑路上行人稀少，路边的住宅也大多熄了灯。世轩依着纸条上的门牌号寻去。他来不及等几天后才行动，他一刻也等不得！要提早见，唯一的办法是贸然直闯他的家。世轩顾不得了，或许他正在家，即便不在，他母亲应该有办法找到他。

到了，两层的房子，整一长溜街面房中的一个门子，与左邻右舍共用山墙。世轩试着一推，油漆斑驳的门吱呀一声开了条缝，世轩对着门缝往里瞧，是条通道，临街右手是个灶间，通道深处似乎有些微光。世轩想了想推门步入通道。

"有人吗？"无人应答。世轩直往里走，正房的门虚掩着，些微的亮光便是从那里透出来。看来，老太太在房里呢，年老耳背没听到世轩的招呼。

世轩的指尖推开正房的木门，他立刻倒吸一口冷气。老太太倒在桌边，头以一种奇怪的角度扭曲着，有人拧断了她的脖子。

世轩打量了一圈室内，极简极整洁，没有翻动的迹象。老太太的脸、颈、上肢已出现尸僵，但整个躯体还没有完全僵硬。此地不能久留，世轩赶紧小心退出正房，黑暗的通道前端是楼梯，楼上看来是另外的人家。世轩原路返回到大门口，仔细朝外张望，确认无人，这才开门跨到街上。

刚走十来步，一条黑影从身后窜出，紧捂了世轩的嘴将他倒退着拖进漆黑的深巷。

“怎么是你?”

泥鳅的声音，世轩松了口气，瘫坐在地：“找你有急事。你今晚去过你家没?”

“没，我刚刚拐到福佑路，就见你从我家出来……”

“你家里出大事了。”

“什么事?”惊讶瞬间转化成恐惧，泥鳅撒开腿朝家奔去。

泥鳅紧紧拥抱着母亲，极力压抑着的痛哭声让人透不过气来。世轩憎恨心头无端冒出的一丝羡慕，泥鳅可以抱着母亲，而自己却没有机会抱一抱二十多年失而复得、得而复失的女儿。

泥鳅慢慢起身，将母亲轻轻放到床上。世轩发现，老太太的左手有两个手指发亮，细一看套着笔套一样的东西，就是泥鳅给过一个的。世轩朝泥鳅瞥了瞥，泥鳅一言不发地从母亲手指上一一摘下“笔套”，收进自己的衣袋里，整理好母亲的肢体，盖上薄被。随后盯着墙壁一路细看，在离地两米许的木柱上一连挖出三枚“笔套”。

世轩默默地陪坐着，不知道能干什么。

良久，泥鳅捋了把脸，眨着充满血丝的眼睛问道：“您找我有什么急事?”

“大少奶奶雅萍死了。”世轩瞟了眼泥鳅，泥鳅的脸抽搐了一下，没答话。

“她是被毒死的。我记得你提醒过我，不要回去住，也不要吃那里的食物。而她恰恰是被那里的点心毒死的。这不是巧合吧?”

泥鳅无语。世轩继续道：“雅萍不仅仅是我的侄媳妇，她……她还是我已故的妻弟失散多年的女儿。这就是为什么我上次托你调查她的情况。我夫人早亡，没有孩子，雅萍是我亲上加亲的小辈，这么个好孩子莫名其妙地就……我想要为她讨回公道!”

“四叔,”泥鳅斟酌着语句，“您也知道，我们这行，有规矩。其实，我不用说，您也明白，行话说的好，你中有我，我中有你……我就说到这个份上吧。季家的厨子章妈，长期在食物里做手脚，是慢性的。我也是最近才听说。但是，你知道，懂这行的人需要的话，急性的东西，也是会弄的。”

“她自杀了，吞了毒药，是在不知道雅萍中毒的情况下自杀的。我要知道谁是幕后指使。”

泥鳅很惊讶，苦苦想了想：“这真不清楚。既然章妈自杀了，她下毒应该不是为了自己，毒杀季家人，谁能获得好处?”

这正是世轩在想的，他需要关键的一链。

“这个还你。”世轩摸出泥鳅给的“笔套”,“天气热，得早点让老人家入土为安。”

泥鳅勉强地点点头，眼泪不由自主地流淌下来。

“你知道谁是凶手，对吗?”

泥鳅掩饰掉一丝慌乱朝世轩瞪大了眼睛。

“老太太还没有完全僵硬，说明才去了一两个小时。晚上八九点，一个人能被独处的老人放进门，却不影响近在咫尺的隔壁邻居，不是熟人会是谁？一不可能劫色，二不劫财，杀一老太太又究竟为什么？你给我的那个铁套子是种暗器，你母亲也会用，但她年老体弱，自然下手快不过对方。这至少显示，老太太内心对对方还是有所防范的。你难道心里就一点没谱吗？”

泥鳅转而盯着地上，喉结上下翻动，终于慢慢说道：“我的外公是日本青森中川流的忍者，受同门的排挤和暗害而殒命。之后不久，我的外婆和舅舅也遭遇不测，只有我年幼的母亲逃过一劫，独自流落到仙台，为一中国富翁收留并嫁与他为小妾。再后来的事我说过，你是知道的。”

“这暗器是你外公传下来的？”

泥鳅点点头。

四十多年过去了，难道是灭门仇家找来了？世轩努力地理清思路，这种可能很小。但刚才泥鳅承认的一件事让世轩心里有了新的想法，季公馆有五爷的人，这个人应当就是家辉。一般干粗活的佣人并不能随便出入建筑内部，更不可能发现厨房内的秘密。退一万步讲，即便家辉不是，他也可能知道更多的秘密。

“我要见你们的代理大当家。”世轩郑重地说。

世轩见到戴维已是后半夜。由阿昌引荐来，戴维知道有非同一般的情况。莫非托付阿昌的事有眉目了？这和四叔有什么关系？没想到，四叔开口便是要戴维以五爷的旗号与巡捕房交涉，保释季公馆的家辉。戴维不方便告诉他，这事已经布置了，只是淡淡地问为什么。

四叔递过来一张照片：“这是大少奶奶留给我的。她死了，被毒死了。在公司总部里，吃了厨子章妈做给小少爷的点心。章妈也死了，在季公馆自杀。”

戴维干咽了一下口水。

“大少奶奶不仅是大少奶奶，她……还是我去世的妻弟的独生女儿。我知道，她也与你家有着一些渊源。”

戴维暗惊，四叔知道得不少。

“她为什么要留给我这样一张照片？毒死她的背后黑手是谁？只有家辉可能知道得更清楚。”

戴维不语。

“你知道这张照片是谁给她的吗？你认识。”

“谁？”

“大少奶奶的小姐妹，她叫她菊姐。”

戴维无法再保持淡定了：“你怎么知道？”

“大少奶奶不光留给我照片，还有一封信和一个玻璃小瓶。信里她告诉了我照片的来源，而玻璃瓶里的东西是季家厨房里发现的，她托许家集教堂博学的闵神父检验，证实瓶内装的是一种植物的粉末，有毒。”

戴维捏着照片，他无法理解，菊妹怎么会有这样的照片。

世轩看出了戴维的纳闷：“你觉得这张照片奇怪吗？你认为它要告诉我们什么？”

“这张照片至少说明了三个情况：一、季忠孝与日本人有着密切的联系。二、两人的表情说明，会面被什么事情突然打扰了，而非他们意料内的事情。三、这是张秘密拍摄的照片，否则，照片上的两个人应该不会让它继续存在。你家大少奶奶没有告诉你，她的菊姐为什么给她这张照片吗？她又为什么把照片给你？”

问得好。世轩道：“这个菊姐给她照片是为了告诉她，季忠孝与日本人在勾结。她给我，是万一她有什么意外，不希望这信息被湮灭。菊姐失踪了，在忠仁的葬礼上，和你一起被巡捕房带走。你知道她的下落吗？”

戴维摇摇头。

“大少奶奶听闻她被抓，托我去保释她，巡捕房却说早已放人，但她再也没出现过。葬礼那天的情景我也清楚，既然你都出来了，她更是没有道理还出不来，除非……”

戴维心一紧：“四叔直言无妨。”

“多种迹象表明，她不是一个普通的良家妇女，她负有某种特殊使命。”

“你是说她是共产党？……还是国民党？”

“这个不好说，不过，无论她是哪党哪派，现在都应该身处极度的危险中。”世轩望着戴维，“她是你妹妹，对么？”

“是。”戴维神色严峻地点头承认。

“你也真没有她的音讯？”

“没有。”

“我没记错的话，前一阵你的养父母也被害了，至今没查出凶手？”

“没有。”

“今晚，他的母亲也被杀了。”世轩指指泥鳅，“我们三方亲人的死有千丝万缕的关系，虽然在不同的时间地点被杀。打个不恰当的比喻，好比是死在同一张蜘蛛网上的昆虫。这张网还在等待着更多的猎物。我们得联合起来找出它，消灭它！”

“可是，我的养父母的死与你们亲人的死并没有什么关系。巡捕房都相信他们死于西方传说中的吸血鬼，据说江浙一带已出现不止一起这样的事情。我见过他们的尸体，除了颈部看似吸血鬼的利齿咬的窟窿，别无他伤。”

“代理大当家，这不是吸血鬼的牙印，这是一种很罕见的暗器，现在连日本都很少有人会使了。”泥鳅突然插话道。

“哦？日本暗器？那你知道谁会？”

一声呼啸，泥鳅的眉心爆裂，双眼圆睁，慢慢倒下。子弹来自窗外。戴维大喝一声：“谁？”窗外是院子，有自家兄弟们值班，怎么可能进得了外人？

一瞬间，窗外人声四起，接着又传来几声枪响。阿忠为首的四个兄弟直冲进门，脸色异常紧张，见了戴维毫发无损，稍松了口气：“雷子是奸细，他已经自杀了。”

泥鳅被兄弟们抬出门去。走之前，世轩当众摸了摸他的衣袋，掏出一把叮当作响的东西，轻轻放到了桌上。他脸上浸满了沉痛：“我想，这就是他想说而没能说出来的东西。”

“日本暗器？”

“是。”世轩拿起两只“笔帽”试了试套在拇指和中指上，一张一合，如眼镜蛇对着猎物下嘴。世轩又做了个挥抛的动作：“熟练之人也可以当作飞镖那样使用。你养父母身上的窟窿应该就是这个东西造成的。为了致人死命，可以在顶端涂上致命的毒药，那样就必死无疑了。”

“你怎么知道他的衣袋里有这东西？难道他是杀我养父母的凶手？”

世轩苦笑了一下，怎么可能！若他是凶手，他怎会死在当下？世轩把暗器的来历告诉了戴维。

可这有什么用？凶手也不可能是他母亲，一个连走路都蹒跚的老太太，何况也已被杀。那么，到底是谁呢？谁能使这么罕见的暗器？戴维无法释怀。在江湖混了多年，第一次看到一个活生生的人中弹后瞬间死在眼前，咫尺之遥。造成这一切的只是一粒花生米大小的金属块。

戴维浑身发冷，如果这个小东西飞偏一点的话，躺倒的就是自己！

第二十一章 功亏一篑

躲无可躲

戴维一个人冷嗖嗖地坐了一晚上，眼前反复着阿昌中弹的那一刻。为了阻止阿昌说出暗器的主人，两条人命没了——杀手甚至不惜以自杀为代价！这暗器这么重要？掩盖杀害养父母的凶手这么重要？

戴维再次站在了十字路口，走还是不走？虽说以彩票中大奖的几率成为代理大当家，出入都是前呼后拥的架势，但这架势不过是个空壳。自己之所以还能自主地喘气，不过是一个原因：有被利用的价值，又构不成威胁。日本人这样认为，面具人何曾又不是这样的想法。难保还有潜伏着的第三、第四股势力这么想。

戴维感到背上一阵紧一阵地发凉，趁着晨曦微露，赶紧走人！戴维从裤腰上摘下鹅蛋玉佩，轻轻地放在桌上。对不起了，五爷！戴维看了一眼玉佩，轻手轻脚悄悄打开了门。

“根爷早！”戴维一惊，阿忠正候在门外，“根爷，有重要的事情要向您禀报，请允许我进屋内说。”

戴维退进屋里，阿忠关上房门，认真地推了推，从怀中摸出一张纸条呈上：“晚七点，松江方塔旅社 203，两人间。沙先生订。”署名处画了一古装打扮正在顶风冒雪行走的书生。

风雪夜归人？戴维抬眼，阿忠心领神会地点点头，他看见了桌上的鹅蛋玉佩。

或许，一切都是天意，风雪夜归人此时出现了。在阿忠的贴身跟随下，说走人也并不容易。也好，姑且走一步看一步，真要能完成五爷的心愿，又能找到宝藏和杀养父母的仇人，可谓一举三得。

“根爷，还有一里地就到了。”阿忠凑上前来低声道，把戴维从沉思中拉回。

按事先商议好的，一干人在离方塔旅社半里地的地方下车。阿忠陪代理大当家去赴会，其余几人做好外围保护。

五爷出事、阿昌殒命让阿忠十分不放心，本想多派几人近身保护根爷，可“风雪夜归人”的纸条上明确写着“两人间”，即只允许来两人。若是阿昌还在，定是阿昌陪护着当家的。如今，只有阿忠自己上。武艺高是一个条件，还得是铁定的忠心。

方塔旅社正如其名，离方塔不到百米。周围一片南市般的老房子，熟悉环境的人，一出旅社就能消失在蜘蛛网似的弄堂里。

旅社的房子是一幢马蹄形的两层小楼，二楼头上靠应急通道的 201 客房内，临窗的桌上摆着一壶茶、两小袋外卖的熟食，俊生以茶代酒小酌着。华灯初上，眼前窗外就是方塔旅社的大门，时不时地有人进进出出，却没有看到期待的那个人。

时间尚早，俊生放下茶杯，看了看装书的布袋。没有人会对一个无缚鸡之力的教书先生特别注意，这正是俊生希望的。

俊生的安宁被一阵有分寸的敲门声打破，门外传来了侍者彬彬有礼的声音。俊生扫了房间一圈，打开了房门。侍者满怀抱歉地解释说，楼下客房的厕所漏水了，怀疑是这间房厕所水管的问题，要拆开了检查。若怕打扰，可以安排换房。

俊生打量着侍者，接受了换房。拿了新客房的钥匙下了楼，径直走出了旅社，总感觉背后有眼。

这世界，谁不盯梢别人，谁不被别人盯梢！俊生趁着扔掉吃剩的熟食，迅速瞄了一眼背后，没见异常，便一头钻入满口香食府，拣了一个靠窗近门的位子，要了一碗黄鱼面。一旦有任何情况，可以第一时间发现，第一时间行动。

戴维压低了帽檐，与阿忠前后走入方塔旅社。之前一刻钟，同来的兄弟们已巡查过旅社，没有异样。阿忠捏着钥匙牌上了二楼，202，走到底再左拐，最后第二间。206、205、204，阿忠看到最后一间房开着门。忽然 202 的门也打开了，阿忠赶紧停步，站在 203 门口，扮作访客敲起门。

202 里出来了维修工，对身后的侍者嘟嘟囔囔，为没有找到漏水原因而一包火气。

“先生，您找人？203 没人的，您是不是搞错了？”侍者准备打开 203，让维修工继续查漏水。

“哦？那我问问总台。谢谢！”阿忠顺势转身走人，原本应跟在后的根爷不知何时不见了！

阿忠飞奔下楼，不见人，阿忠跨出大门，街道左右两个方向都没有，街角对面，同来的兄弟见到阿忠独自出现，神情紧张地围拢过来。

俊生看到几个貌似不相干的人从四面八方聚到旅社门前，扔下半碗面和面钱，提了书袋抬腿走人。此地不可久留！那伙人散了，有人正冲着自己的方向而来。俊生加快了脚步，在弄堂里七拐八弯，转过一栋房，猝不及防与斜向里窜出的一人撞了个满怀。此人穿着一身方塔旅社侍者的工作服，走得比俊生还急。四目相对的一瞬，两人都躲无可躲。

“宝根?”

“俊生?”

意料之外

世轩走在棋盘街的树荫下，内心随着树叶的摇曳忽明忽暗。上级这个时候急见自己，是为哪般？世轩满脑子全是雅萍，尸骨未寒的她带给世轩太多的悲伤、太多的谜。世轩心力交瘁，非常怀疑自己是否还能继续下去，将四叔的角色坚持到底，将任务的谜底揭开。

停住脚步向周遭看了看，世轩迈入同芳居广式茶馆，进入左手第二间雅间。上级已到。两人点了潮汕功夫茶、粤式虾饺、流沙包、鲍汁凤爪、牛百叶，一副老友相聚的模样关上了房门。

“关于宝藏，有了确切的消息。”上级直截了当道。

“哦?”世轩眼睛一亮。

“上世纪五十年代，在上海的小刀会起义你知道吧?”

“听说过。”

“八十多年前，小刀会在上海起义，接连攻占宝山、南汇、川沙、青浦四县，成立了小刀会政权。但是没几个月，在清政府和英法等势力的联合绞杀下，起义失败了。起义者大部分牺牲了，一小部分人逃往镇江加入太平天国。清政府虽然击败了小刀会，却始终没有找到被隐蔽起来的小刀会政权的财产。”

“难道季家的宝藏就是?”

“应该是。小刀会起义的领袖之一陈阿林突围逃出后，搭船到香港，后转南洋经商，再也没有回国。”上级喝了口茶看着世轩，“七七卢沟桥事变以来，侨居南洋各地的华人在进步组织和进步侨领人士的发动下，纷纷组织各种抗日救国救乡团体。据可靠消息，由侨领陈嘉庚牵头筹建的南洋华侨筹赈总会有个干事叫陈彬然，他提供了一个家传三代的秘密。他的爷爷即陈阿林，当初小刀会政权的财产被陈阿林秘密交给自己的女婿隐藏起来。他的女婿是浙江桐庐人，原名姓高，但因怕被朝廷追杀，顶了自己早夭的表兄的姓名隐居。他的表兄姓季，叫季宏逸。”

“季世卿的父亲叫季宏霖，也是浙江桐庐人。两人是同宗同辈!”

上级笑了笑，摇头道：“不是。”

“不是?”

“经我们的了解，小刀会失败后，季宏逸一直担惊受怕，怕有失重托，也怕连累家人。后来去算命，算命先生认为他命里缺水又缺木，就给他改名为季宏霖。”

“什么?!就是季世卿的父亲?!”

“对!”

世轩的内心一下子亮堂起来。宝藏在哪儿虽还无从知晓，但它比以往任何时候都更真实地存在着，召唤着自己去揭秘!

“为了寻宝，你在季家已经潜伏这么多年。今时今刻，应该到了最后的关键阶段。组织上要求你坚守到底，圆满完成任务。”

世轩郑重地点头。

“我知道，你很不容易。这些年始终忠于党，坚守党的秘密，默默地为党工作。特别是近阶段，意外地找到失散二十多年的女儿却不能相认，以至于产生诸多误会，来不及解释，来不及团圆……”

世轩别过头去，不想让上级看到他眼红鼻子酸。他忽然想，上级怎么知道雅萍是他女儿？他没和任何人说过！诚然，他不该对组织隐瞒，只是自确认雅萍是自己女儿之后，还没有见过上级。

上级诚恳的目光对接上世轩的诧异："我认识你的女儿。"

"哦？"

"我在同德医学院做过一年的老师，她是我的学生。"

原来这样。可那应该是很多年前的事了。

"我们最近碰到过，很偶然的情况下。失去丈夫，父亲不相认，面对我这个偶遇的老师，迷茫痛苦中的她一吐为快。真是太巧了，她的父亲竟然是你。我只能尽可能地劝慰开导她。她是个善良的人，她在努力地理解你，原谅你。没想到……"

所以，她会风风火火地赶去公司总部，会打翻饼干盒，会抢吃饼干——全然不是碰巧所为，她要证实她的怀疑，她要防止一切可能的毒害发生，甚至不惜冒生命危险。因为他是她父亲。不管他曾经如何的不负责任，不管他为何不相认，她从心底里已经完全地谅解了他、接纳了他！

世轩掩面默泣，牙齿紧紧咬着嘴唇。俊生静静地陪伴着，为这位年长二十多岁的革命同志感动、惋惜。待世轩擦去泪水，俊生真诚地说："我告诉你这些，不是要勾起你的伤心。而是想告诉你，你并没有因为革命工作而失去你最亲的人对你的爱。同时，作为对这份爱的最好报答，你必须克制自己的悲伤，重回季公馆，先敌人一步找到宝藏，让宝藏派上正确的用途。"

"我懂，我会的。请组织相信我！"

俊生点点头，为世轩夹了一只虾饺，又重新添满了茶，不忍心立即询问最近工作的进展情况。世轩放下茶杯，主动谈起工作。

俊生懊恼不已，五爷重伤？泥鳅死了？戴维成了代理大当家？这才明白为什么在松江会"偶遇"戴维。鉴于事情的高度机密，加上上次与五爷未成功接头，俊生采用的是单向的信函方式告知新的接头安排。不想有这变动，又出了岔子。

戴维怎么会摇身一变成为代理大当家的呢？他会不会贯彻五爷的想法，支持“沙琪玛”计划？这位长年在江湖上混混的惯偷，他会考虑民族大义之类的问题吗？俊生的思绪回到松江的“偶遇”。

松江的小茶楼里，俊生给戴维斟上茶。

“我听说了你父母的事，很震惊，望你节哀！警方是怎么说的？破案有眉目了吗？”

戴维摇摇头，一脸的哀伤无奈。

“或许，我可以托道上的朋友帮你查查？”

戴维有点意外地看了看俊生。俊生只当戴维惊异于他这个大学老师和道上的人混得熟，现在明白戴维是心里在发笑。可以说，他自己就是道上的大佬。

戴维说不好办。他把亲眼所见的神秘伤口、吸血鬼的传说都说了出来。

俊生很诧异，说：“那必是和洋人有关了。这种说法只有洋人想得出，故弄玄虚糊弄中国人。要么是洋巡捕懒得花心思在破案上，要么是他们本身也沾边。”

戴维眉头一紧，追问：“他们本身也沾边可有证据？”

俊生摇摇头，说：“不过是按洋人惯用的欺负中国人的伎俩推测而已。只有哪天咱们中国人联合起来把西洋人、东洋人全部赶出中国，才不会再有你父母的悲剧。”

戴维听得一愣一愣，没想到一介教书匠的俊生这么慷慨激昂。他缓缓道：“你从小就比我强，这么多年后，我们的差距更大了。我只要能找到凶手，为父母报仇就很满足了。”

……

回想戴维的话，俊生有些失望。他到松江来接头，为什么穿着服务生制服甩下随从匆匆离去？他是被逼的吗？还是有其他情况……这样一个人能承担起“沙琪玛”计划吗？

从松江回来两天了。除了前呼后拥地去看了五爷一回之外，戴维足不出户。去的时候，五爷正睡着。戴维示意不要惊动，只是询问了医生五爷的情况。医生说不容乐观，他昏睡的时间渐多，可能暗器有毒，已经伤害到脏器。原本戴维指望能从五爷嘴里了解更多情况，关于“沙琪玛”计划以及“风雪夜归人”，现只好作罢。

两天了，“风雪夜归人”没有任何消息，“沙琪玛”计划到底怎么做？就只能如五爷说的干等着对方来联系？什么时候是个尽头呢？戴维忽然觉得很荒唐，要是一辈子不来联系，一辈子傻等？养父母的仇如何报？宝藏的谜如何去破？

不能再浪费时间，要做点事。特别是墓碑上的幻方之谜，不能让别人走在前头。问题是如何避开阿忠和周围的那许多兄弟？因松江之行的失败，阿忠他们的保护愈加严密，谨防戴维再出现五爷的遭遇。当然，他们的保护还有一层监视的意思，不方便说而已。

想到这里，戴维又回到老问题上来了，今天的境遇不就是因为担任了代理大当家么？代理大当家是自己想要的吗？如果当初没有被五爷手下逮住呢？如果自己与五爷没有亲戚关系呢？五爷受伤后权力不是照样要传给别人？

想来想去，戴维意识到，主观上，自己并没想过要当代理大当家；客观上，并非自己不当，地球就不转了。那么，不当不就是了？一个人自由自在，更符合本性。

这天午饭，戴维几乎没动筷，阿忠问是否饭菜不对胃口，戴维摇摇头，说头有点晕。阿忠怀疑中暑，吩咐下人送些荷叶粥、十滴水来，又提出请医生。戴维摆摆手，说不碍事，休息休息就好。正说着，戴维就栽倒在桌边。阿忠指挥众人火速将代理大当家送去了医院。

验了血，做了检查，医生暂时还下不了定论。戴维醒来自述，学生时代也曾有过这样的情况，也未查出个结果。医生安排住院观察。

戴维满意地躺在单人高级病房内。虽然门外阿忠安排了手下二十四小时轮值，后半夜总有人困马乏之时，这里肯定不那么插翅难飞。

晚饭后，戴维静静地等待着夜色渐浓。谁也无法阻挡他的“越狱”行动。戴维悄悄地摘下玉坠，塞在枕头底下。这就够了，到时候阿忠见了就明白了。

刚想到阿忠，阿忠就敲门进来，后面跟进的是四叔。

“你身体还好吧？我有非常重要的事找你。”

阿忠知趣地退出屋子，从外面关闭上房门。

“圣约翰大学的教授乔俊生是你的老朋友、老同学吧？”

四叔什么都知道，戴维已不感到意外了。

“我刚刚得知，他被巡捕房抓走了。现在只有你有可能救他。”

一心救人

“怎么会？他一个教书的，会犯什么法？”

“这个世界都是讲理的么？”

世轩告诉戴维，他和俊生认得，缘于两人都是戏迷，逐渐成了朋友。昨天本来相约去天蟾舞台看戏的，不料他没来。到学校问，说今天正巧没他课，他不来的。赶去他家，吃了个闭门羹不说，门上竟贴着巡捕房的封条。幸遇一邻居，悄悄地告知半夜三更他被巡捕房抓走了，也不知犯了什么事。去打听，巡捕房的人装聋作哑。

托人私下打探，也问不到点滴信息。世轩补充说，俊生还是故去的大少奶奶的老师呢。

戴维答应了下来。俊生这书犊子，最多有点愤青，他犯法，天下没不犯法的人了。

夜深了，消息来了，说是策划危害社会行动的乱党。正在审讯之中，无法获知更多的情况。乱党？这顶帽子可不轻，照以前大清律法可是要砍头的，现在弄不好也会"吃花生米"！戴维如坐针毡。

后半夜，趁着月色朦胧，戴维按既定方案成功地溜出了病房。穿过一小片树林和一个花坛，眼见着快到墙根，翻过不高的院墙便海阔天空。

"根爷！"不知从哪里冒出个人来，牢牢地挡住去路，跪在了戴维跟前，"您不能让五爷失望啊！"

戴维绝没想到阿忠会下跪。

"根爷，您答应五爷的，要完成他的重托。五爷也答应您，这之后您愿意走还是留全听您的。可是现在……恕我犯上，我知道，您心中压着很多事，当代理大当家也不是您所求。但您是五爷唯一的亲人，不能对五爷言而无信，辜负五爷对您的一片心啊！"

"阿忠，你误会我了。"

"根爷，您不用瞒我了。我知道您几次摘了玉佩想走。我恳请您完成了五爷的重托再走。您要做什么，尽管吩咐我。我一定粉身碎骨，在所不辞！"

在这个世界上有人愿意为自己粉身碎骨，戴维一惊："为什么？我对你并没有什么恩。"

阿忠郑重道："因为五爷对我恩重如山！我岂能辜负了五爷，还苟延残喘？"

戴维点点头，阿忠啊，阿忠，正如其名。"你起来吧。"

"不，若您不答应，我不起来。如果您执意要走，请从我的身上踏过去吧！”阿忠从腰间拿出一把匕首双手呈上。

“阿忠，你这是干什么？”

“根爷，不是我逼您，而是我……我若没能劝说、辅助好您，随便看您离去，我怎么还有脸再去见五爷？”

“其实，我才入五爷之门几天？何德何能！我和五爷是亲戚，也是谁也不曾料到的巧合。没有我，帮里也不是没人了，比我更合适的大有人在，比如远在天边，近在眼前的你。”

“不不不，根爷，我绝没有非分之想！您是五爷钦定的接班人，帮内无人不知。您是正统，五爷亲手交给你鹅蛋玉佩，这就是一切。而且，您也已经向各位兄弟展示了您的统领才能。现在非常时刻，要完成五爷未尽的重任，帮内岂能群龙无首？这个龙首非您莫属啊！”

“阿忠，你看，这是什么？”

“鹅蛋玉佩?!”

戴维郑重地点头道：“我跟你说实话吧。你误会我了。你瞧，我并没有扔下玉佩走人。”

“那么，您是……”

“你先起来说话。”戴维斟酌着字句，“我知道你是忠义之人。你也希望我是这样的人吧？五爷对你恩重如山，也有人对我有救命之恩，现在这个人有难了，你说我能不帮吗？”

阿忠站起来认真地说道：“就是您昨晚打听的人吧？我不知道您要怎么做，但您一人出去太危险，让我去吧！”

“我肯定要请你帮忙。不过不是现在，也不是不信任你，而是——现在的事别人帮不了我。最晚明天的此时，我会回来的。”

“你又来了，事成了？”钢蓝色眼睛从面具后半信半疑地盯着戴维。

“成不成就看你的了。”

“什么意思？”

“租界巡捕房昨天在平昌里抓了一个人，一个圣约翰大学的教授，叫乔俊生。”

“跟你有什么关系？”

“他是我的朋友，在帮我解密。没有他，我做不了。”

这么一说，果然起效。面具男立刻起身，扔下一句“你等着”，匆匆离开书房。门外的侧厅，搁着眼罩的茶几旁，带领戴维赶来的巡捕们刚在沙发上打起盹。

很快，面具男重新进门，手里拿着一张纸条，一屁股坐在太师椅里，上下打量戴维，却迟迟不作声。

戴维疑惑地望着这张面具：“怎么？你搞不定？”

“哈哈哈哈。”面具后面，自傲随着笑声一齐喷射出来，“在法租界，有什么我搞不定的事？他真是你朋友？”

“是。”

“嘘——”面具凑上前来，撅着嘴摇头，“亏你还在江湖上混，说话要谨慎。你怎么能和共党是朋友？”

“他是共党？他从小学读到大学，留在学校教书，当教授，就是个书呆子，最多也不过发几句书呆子的牢骚，怎么可能是共党？”

“你看来很了解他嘛，你真不知道？”

“不可能是！他一定是受陷害了！你知道的，日本人在觊觎着密码，难说还有其他人也是。他是我的同学，学生时代就是个天才，数学、物理、天文、地理，什么都优秀。没有他，你我的好处都可能泡汤！”

“不不不不，谁也不希望好处泡汤。不过，你我的好处是不一样的，不是吗？你要我帮忙，你可以得到破解密码的好处，还可以赚得救老朋友性命的人情。而我呢，只有前面一个好处。我是个生意人，你应该懂的。”

“好吧，我的份额里再给你百分之五。”

“百分之三十。”

“你大概忘记了，我总共才有百分之二十五。”

“那是你和你的女搭档的事。”

“百分之十。没法再多了。亏本买卖我不会做。”

“哈哈哈哈，你好像没有做不做的选择，你别忘了你妹妹在我手上。”

“我也要提醒你，她和我并没有任何血缘关系，她并非我的亲妹妹，不值那么多。”

“好吧，百分之二十，我的底线。”

“听说过五爷吗？你在法租界不会不知道吧？”戴维拿出鹅蛋玉佩，“他是我的舅舅，他把这个传给了我。不信你可以去打听。百分之十，我的底线。”

蓝眼睛对着玉佩瞪圆了：“好吧，成交。”

面具男抽了两口烟，干咳了几嗓子道：“我听得一个消息，明天晚上，巡捕房会按照华埠的要求，将这名共党引渡过去。晚上七点出发，沿着这条线路走。”

戴维拾起书桌上的纸片。

“慢着，不能死人。”

该计划的都安排了，可以说万无一失。戴维离开后，世轩感到莫名的心慌。依照对方的意见，世轩不参与劫车，只管静候佳音。世轩不年轻了，打打杀杀的日子已很遥远。今日的安排虽不至于造成枪林弹雨，但戴维手下也不缺人，世轩不露面更为稳妥。

此时，阿忠已带一队人马在预定地点埋伏好。另一路由阿忠的徒弟强仔负责。强仔天生一副帅哥模样，穿上一身笔挺的西装，头上抹了一厚层发蜡，香烟一叼，眼睛一瞟，活脱脱哪栋高档洋房里走出来的纨绔子弟。今天他要带上妹妹阿莺演一出戏。

大夏天的晚上七点，天还没有完全黑，天气好的话，还处在日落黄昏的最后阶段。这个时候是有点浪漫的。于是，在租界边缘的某条行人不多的马路上，会有一个风流阔少为了博得美人芳心，手把手地教美人驾车。小轿车在美人兴奋的惊呼声中蛇行。为了躲避一辆人力车，小轿车会不慎从侧面轻轻撞上巡捕房的囚车，人力车也会随之而倒。接着，在三方的惊呼、呵斥、埋怨与哀嚎声中，一股神秘的香气四溢，渐渐地给各路声音打上休止符。

此时，第四方人员会迅速地打开巡捕房的囚车，将不省人事的犯人扛出，放上人力车拉了就跑，不消三五分钟便消失得无影无踪。当夜幕全黑之时，巡捕们会发现就像做了一场梦，阔少、美女、人力车、小轿车都毫无踪迹，只有撞瘪了的囚车和失踪的囚犯在提醒他们，应当庆幸还能感觉到蚊叮虫咬的疼痒。

世轩脑海里放电影一般地将白天纸面上的计划变成图像，远去的人力车会在不远的僻静处对接上另一辆轿车。半小时后，救下的俊生就会出现在眼前。

那日在同芳居广式茶馆碰面，俊生还带来一个好消息。卢沟桥事变以来，国共两党正在积极磋商，停止对抗联合抗日，建立抗日民族统一战线，也就是说国共将迎来再一次合作。

国共合作一致对外，当然是好事。只是不知国民党的诚意有多少。就看如今，发生在俊生身上的又叫什么事呢？法租界以“策划危害社会行动的乱党”为名从家里把俊生抓去。才一天，居然要引渡到华埠！

当戴维说出俊生被捕的缘由时，世轩内心被狠狠一击。作为一名地下党，上线被捕，得尽快撤离，以免出现更大的损失，这是惯例和常识。世轩却是一百个不愿意。潜伏了那么多年，在离目标越来越近，说不定是咫尺之遥的当口，突然撤离，太可惜了！俊生和自己单线联系，而且自己是这条线的末端，如果不幸被捕，不会进一步祸害到其他同志。还有一点，世轩是深信不疑的，看似文弱书生的俊生是一名坚强的地下党员，他绝不会背叛组织背叛同志。

留下！世轩向自己下达了命令。

奇怪的礼物

夜，出奇地静。秒针的滴答声将夜色集聚、浓缩成望不到边的黑幕，直压得世轩喘不过气来。院内脚步声急促而来，一瞬间世轩以为幻听。竖起耳朵再听，戴维已到跟前。

“人救到了？”

“没截到。”

厚重的黑雾炸裂开来，震碎了世轩的心，他连连后退了两步，跌坐在椅子上。

“我们的人一切都准备妥当，早早地埋伏好。可是，囚车没有来。”戴维解释道。

“我们等了三个小时，过了九点才收工。”阿忠补充道。

戴维示意阿忠离开房间，让自己单独陪着世轩，随后小心翼翼轻声开口：“你还好吧？”看上去俊生和四叔的关系远非一般的朋友。

“啊，”世轩回过神来，“现在要紧的是摸清到底发生了什么情况。”

“两种可能，要么是已经引渡去了华埠，要么是因故改期了。我……”

“要是已引渡就糟了。”

“为什么？华埠会判得重？”戴维不太明白，“我可以去请最好的律师。俊生不可能……”

“你真是不食人间烟火啊！”

戴维被怼得一头雾水。世轩望着戴维，像恨铁不成钢的老师对着不成器的学生：“俊生以这种罪名到了华埠，你以为等待他的是什么？与警察面对面地坐着录口供，然后有吃有喝地等着上庭？有钱的可以请最好的律师做无罪辩护，然后释放回家，和亲朋好友吃一顿压惊酒席？”

不成器的学生不解老师讲话的关键点，但听出了老师语气里的不屑。

“根本不会有什么上庭的机会，更不必说请律师辩护。”戴维欲言又止，世轩悲痛地自言自语，“等待他的只有严刑拷打，血肉模糊之下要么招，要么做好刑讯致死或者被枪决的准备。如果他已经被引渡，那么，十有八九，你再也见不到你的老同学了。”

戴维着实震惊：“华埠就真是没有法律、没有讲理的地方了吗？难道俊生他……他——真是什么共产党？”

世轩一瞪眼：“你觉得共产党很可怕吗？就应该受到非人的对待？蒋委员长去年底就表态要和共产党联合抗日呢。”

“那、那……华埠怎么敢这么对待共产党？华埠的政府、警察不听蒋委员长的？”

“呵呵呵呵，你很聪明。”老师终于看到没心没肺的顽童有点开窍了，“你开始看到问题的症结了。”

“症结？”

“谁阴一套，阳一套。”

“我不懂政治。不过，我得赶紧打探俊生的下落。”

“如果俊生——我只是说如果——俊生是共产党，你还帮他么？”

戴维想了想，毅然道："帮！我说过了，政治我不懂，良心和义气我还是懂的。他救过我的命，就算是共产党，我也要救他。"

"好吧，有了消息麻烦尽快告诉我。"

戴维点头答应，走到门口，还是没有管住自己的嘴："四叔，你不会告诉我你也是和他一样的吧？"

轮到世轩震惊了。

戴维摆摆手："别在意，我开玩笑的。走了。"

从法租界巡捕房得了消息，戴维不知道该如何面对四叔。虽然四叔不会怪罪，这原本就不算是他的错，可一点也不能减轻戴维内心的自责和痛苦。四叔的话一直在耳边回响。

> 俊生以这种罪名到了华埠，你以为等待他的是什么？与警察面对面地坐着录口供，然后有吃有喝地等待上庭的日子，有钱的可以请最好的律师做无罪辩护，最后无罪释放，亲朋好友围坐一桌吃一顿压惊酒席？
>
> 根本不会有什么上庭的机会！更不必说请律师辩护。
>
> 等待他的只有严刑拷打，血肉模糊之下要么招，要么做好刑讯致死或者被枪决的准备。如果他已经被引渡，那么，十有八九，你再也见不到你的老同学了。

戴维难以想象儒雅、秀气的俊生，书生特有的干净光滑的皮肤，简直可以赛过一半女人的皮肤，此刻或许已经血肉模糊，读惯唐诗宋词的嘴唇发出凄厉的惨叫，握惯笔和教棒的手已经无法伸直或正常弯曲。戴维看见过那样的手指，在两年前的一个黑暗的日子，闸北一条冷僻的巷子里。一阵令人心悸的哀嚎平息后，几个闲人聚拢来围观着一具正在变为尸体的年轻身躯。映入眼帘的那只垂死的手在戴维脑海中挥之不去，每个手指都像深秋挂在树枝上摇摇欲坠的枯黄叶片……那是上海“下只角”的帮派之争，俊生根本不属于那样的世界。

可俊生好端端地做学问，怎么会与政治沾上边呢？

戴维完全想象得出四叔会多么的痛心，但他不得不如实相告：华埠临时改变了计划，就在阿忠他们刚刚埋伏好，强仔和阿莺化好装待命的时候，华埠警方已经将俊生改道提走。重要的犯人，华埠提前一两小时主动派了车，改变了线路来接，也不是没发生过。这么热的天，能少出一趟门，法租界的巡捕们乐得轻松。

世轩沉默了许久，说：“两天前，你去了松江方塔旅社对么？”

每次见面，四叔都会带来大大小小的意外，戴维已经习以为常。

“你去是赴一个化名为‘风雪夜归人’的约，可是出了点岔子，没见上。你至今还在等他再联系你。”

戴维嚯地起身，仿佛椅子上生出了钉子来。四叔手里拿着一本书，翻开的那页里有一张书签，是幅画，一个古代书生正顶风冒雪前行——和纸条上画的一模一样！

“你是——”

四叔一摆手：“想想你在松江碰到了谁？”

“俊生。俊生是——”

四叔点头道：“他就是。”

“什么？他是‘风雪夜归人’？太不可思议了，这不可能！俊生若是‘风雪夜归人’，为什么他要兜这么大个圈子约我松江见面？我们在松江碰上了还一起喝了茶，为什么他什么也不说？”

“这里面有点原因。俊生当时并不知道你是五爷的接班人。”四叔解释道，“他要办的是件绝对机密的事。不知道你的身份以及你出现在松江的缘由，他怎么可能随便跟你说？”

戴维无限遗憾地想：那现在怎么办呢？“他找五爷究竟具体要做什么事？”

“这正是我现在要想问你的。”

“我？”戴维丈二和尚摸不着头脑，“在松江，他并没有对我透露任何事情啊。据我所知，他约五爷的那次，他也没见上五爷。所以，五爷也没告诉我什么。”

四叔点头道：“这我知道。我是要请你帮忙，运用你的智慧——既然你本来就是这件事的参与者。”

世轩打开身旁的书橱抽屉，拿出一个布书袋，连着手上的书递给戴维。戴维认得，松江那天，俊生也提着这么个装书的布袋。

“今天一早，有个陌生的小青年，二十来岁，学生的样子，来找我。一定要单独见我。他说他是圣约翰大学的学生，俊生是他的导师。几天前，俊生告诉他，这本书是向我借的，虽然不值多少钱，但对我有着特殊的意义，万一他遇到什么意外，一定要替他还给我。”

戴维眼睛一亮：“其实你根本没借给他过这本书？”

“是的。”

第二十二章
前赴后继

八音盒的秘密

戴维低头翻看手中的书，是一本薄薄的外文书。想起安娜，这女人在哪儿呢？戴维皱着眉头将书放入布袋，本色厚实的麻布，一面印着一台落地座钟形状的大型八音盒，八音盒里飞出的五线谱青烟袅袅般地裹挟着一对盘旋着的天使。有点俗气的舶来品图案。

“我能帮什么忙呢？”

世轩小声地说：“俊生掌握着一个重要的秘密计划，叫‘沙琪玛’计划，他找五爷也就是为了实现这个计划。计划的核心是联合上海各地方势力，一旦日本人在上海开战，就破坏日本飞机、军舰的能源储备，切断其能源供给。现在俊生突遭逮捕，无人知晓整个计划在哪里，如何联络相关的人士。”

“你认为在这本书里？”

“至少，这本书很重要。否则他不会通过这种方式托人给我送来。”世轩回忆早上年轻人讲起警察在学校的搜查和盘问，接着说道，“救人失败了，我们现在能做的就是找到这个计划，并帮他完成。”

“我有点搞不懂。既然这个计划是抗日的，为什么华埠要抓他呢?”

“你如果懂点政治，就不难理解了。”世轩望着戴维，停顿了一下道，“若你今天为抗日做成的事情，既提高了你的声誉，也提高了你的能力，你对这个城市的了解掌握也好，你在这个城市的人脉也好，都有了很大的提升，这不是对他们有潜在的威胁吗？保不准哪天你拿这些资源和能力对付他们呢?‘攘外必先安内’，这是几年前蒋委员长提出的基本国策。”

戴维沉默了，他开始体会到俊生的不易。

过了贝勒路，葛罗路不到一点的地方，西式里弄连着好几条，平昌里平平淡淡地夹杂其间，既不是最气派的，也不是最寒酸的。这里离仁和里也就百来米的距离。这点距离当年让俊生和宝根得以同路上学，成了要好的朋友。

戴维下了车，望着平昌里的石质匾牌感慨万千。今天上午，他又去见了阔眉男。他需要找人聊聊，聊俊生，聊过往。他希望能从中获得灵感和悟性，来更好地破解眼前的谜题。

两人聊了很久，聊到小时候去俊生家。每次去，俊生的母亲就会端来一些点心，茶叶蛋、糯米汤圆、油煎馄饨，一同吃的还有俊生的哥哥。戴维从没见过俊生的父亲，听说原来留过洋，后回来做生意，四十出头就得急病去世了。幸好留下了不少的家产，让妻子儿子们衣食无忧。

俊生的家要比养父母的家大几倍，家里有许多稀奇的玩意儿。印象最深的那只西洋自鸣钟，一座小房子的模样，每到准点阁楼的窗户会自动打开，一只小鸟伸出头来叽叽喳喳叫唤的同时，底楼的大门也会自动溜向两边，男女主人、他们的孩子以及宠物犬会依次来到门口打招呼，然后消失在合拢的大门内。

当然新鲜的远不止这只钟。还有表面锃亮可以照出人形的钢琴、带着个漂亮大喇叭的唱机、全套的镀金咖啡杯，以及装着个大金属盘的玻璃橱，原以为是钟，走近了一看，金属盘上并没有指针，只有不规则的小孔。戴维不敢问这是啥东西。很久以后，当戴维在江湖上混了几年，才知道那是一种西式的八音盒。因为唱机的出现，这玩意儿早已遭淘汰了。

二十年了，这些东西还会在吗？二十年不短了。戴维知道，二十年里，俊生的母亲病逝，哥哥去了外地，失去了联系。热意融融的一家三口变成了形影孤单的俊生一人。再后来，也就是现在，这个家变成了大门上贴着巡捕房封条的一套空房。

一只手有力地把封条撕了下来。倘若有人喜欢管闲事的话，巡捕房会告诉他此为无主空屋，现已被某某公司盘下。

世轩和戴维前后脚走进门里，两人上上下下走了一遭。正如所料，能翻的都翻了，能搜走的也都搜走了，甚至一些护墙板也被挖开。报纸扔了一地，镀金咖啡杯、唱机不翼而飞，自鸣钟被摔破在墙角，抽屉橱柜都被打开，细软早已不见，唯有那西式的八音盒大抽屉里歪歪斜斜地扔着好几张金属盘。

世轩知道金属盘的用处，它们就如同唱机的唱片。实际上连带着放金属盘的抽屉，整个立式的橱就是一只大型的八音盒。这种八音盒一分为二，下半部分为放待用的金属盘的抽屉，上半部分是个玻璃橱。玻璃橱里能看到的主要东西是一张镜子般竖立着的金属盘，金属盘与后面的机械连着。上足发条，机器上特制的音刷扫过金属盘上的一个个小孔，会发出高低不同的声音，人们就能听到一首完整清脆的曲子。金属盘是可以换的，不同的金属盘因着小孔的不同排列可播放出不同的曲子。堂兄家里也有一个类似的八音盒，忠仁、忠孝小的时候，有一阵特喜欢听。

世轩卸下抽屉，朝里张望，除了八音盒上半部分延续下来的一些机械部件外，空空荡荡，没有任何东西。世轩苦笑了一下，这么明显的地方，若藏有东西，还能留到现在么？低估的何止是俊生的智力！

戴维看着搁在桌上的金属盘，黄金般的光芒有着一种神秘的诱惑。他拿起一张来，细细端详，这些金属盘已经是属于自己的东西了。他克制不住好奇，把手伸到玻璃橱里摸索。

这个时候还有心情听八音盒？世轩的内心平地升起一丝反感。但看戴维的笨拙样，他上前帮忙，希望尽快地满足他的好奇心，然后做正事。八音盒这种东西，即便在欧洲也只是贵族的珍玩，不是一般老百姓玩得起的奢侈品。戴维稀奇也不奇怪。

清脆的音乐声响起，戴维痴痴地听着，世轩转身上楼。俊生这书生藏书应该不少，书房内却仅剩零星几本散落。没估计错的话，都被警方搜走了。世轩拾起仅存的几本，翻看之余，把书都狠狠抖了一抖，并没有意外的惊喜发生。忽而，世轩有了新的想法，环视书房，捡了块弃于桌边墙角的石镇纸，地毯式地一番敲打，书房、卧室、厕所、过道，不放过每一寸墙壁和地板。一番折腾，满身臭汗，毫无收获，世轩沮丧地下楼去。

不知何时，八音盒的音乐已经停止。戴维正趴在桌上忙活，见世轩走来，他举起一张金属盘朝世轩扬了一扬，脸上的喜悦无异于发现了新大陆。

“蝎子”现身

从闵神父办公室出来，世轩手里多了本书，厚厚的拉丁文字典。他疾步来到自己的房间，关紧了门，摸出字条对着字典查阅起来。

奇才俊生，鬼才戴维，天生的一对兄弟，瞒天过海，心有灵犀，竟用这种方式将“沙琪玛”计划保存传递了下来！

“看看它，和这些有什么区别？”在俊生家，戴维朝走下楼的世轩递来一张金属盘。

世轩眯起眼，仔仔细细地正反两面都看了，又把几张金属盘并排放着细看：“这张的孔好像大一点？”

“是。还不止这点。你换上听听看。”

世轩将信将疑地把这张金属盘换上，上了发条，八音盒奏出了一串毫无规律的杂音，简直是“呕哑嘲哳难为听”。

“这根本不是一张‘唱片’。”戴维拿下这张特别的金属盘，像正在表演的魔术师，神秘地一笑，卖了个关子。

出乎世轩的意料，戴维将俊生的那本书摊开，拿起金属盘直接罩了上去，金属盘成了书的外切圆。戴维调整了一下角度，不无得意地招呼世轩走近了看。每一个小孔里显现着一个拉丁字母。戴维趁世轩在楼上之时，已经抄录了一部分。戴维将纸条递给世轩：“我外文不行，但我可以判断，这不是英文。如果我没有猜错的话，可能是拉丁文。”

“既然你不认识这些字，你的把握是什么？”

“无巧不成书，但是巧合多了，就必定不是巧合。”戴维找了张椅子给世轩，自己也坐了下来。他把书、布书袋和特制的金属盘一一摊开。

“俊生托人在自己发生意外时送你这本书，说是还你的，只不过是个障眼法。这本书就是一个谜的谜面。谜底是什么呢？要揭示谜底，得有个指引。就像传统的字谜，在谜面后会注明谜格，什么秋千格、下楼格之类的，就是指引你如何去猜，是谜面和谜底的桥梁。我们这个谜的桥梁在哪里呢？就是这个布书袋。”

戴维将布书袋推向世轩：“这只普通的布袋子，唯一特别的是这幅画。我仔细看过了，这画不是印上去的，而是用墨水画上去的。也就是极可能是俊生自己画上去的。为什么这么说？因为我看到他画的内容——八音盒。”

戴维指着房间里的八音盒继续道：“当我看到这个，直觉告诉我一定有戏。但戏在哪里，我还是没有方向。我检查了所有部件，也播放了音乐，我终于发现了这张与众不同的金属盘。它不仅不能正常播出动听的曲子，而且孔比其他盘子都大。”

戴维一手一张金属盘，重叠了做比较。“孔大有什么用处呢？我想不出来。我拾了张报纸，打算把这张金属盘包回去研究。这时，我无意中看见几个小孔处露出了报纸上不完整的汉字，突然灵光乍现，赶紧翻开俊生的书。这书是洋文，一个个字母要比报纸上的汉字小，如果把露出来的字母连起来呢？可惜我看不懂，但我有了新发现。”

戴维把那张特殊的金属盘扣在俊生的书上：“瞧，这本书和金属盘契合得非常好。不仅是书和盘子，圆孔和字母都大小正合适。这引得我再回过头来看这本书。你看，这本书不是正规的书局出版物，没有书局名号，也没有书籍登记号。如果我没说错的话，这是一本私印品。而且文字看不懂，不是英文，也不像法文，我猜测可能是拉丁文。我曾经看到过拉丁文的《圣经》。懂拉丁文的人不多，而俊生多半是懂的，圣约翰大学是所教会学校。所以，这极有可能是俊生自己编印的，独此一本。我想，十有八九，你要找的东西应该就在这里头。”

世轩不懂拉丁语，但他赞同戴维的分析。拉丁语是教会的官方语言，俊生知道世轩与教会关系密切，不懂拉丁语，也是有渠道、有可能来破解的。

世轩艰难地把一大串字母按每种可能分割成词，这实在是项艰巨的工程。翻看闵神父那里拿来的拉丁文字典，他发现，拉丁语的名词每个词居然有六七种变化，什么主格、属格、与格、宾格、夺格、呼格……动词也有四种变化法，晕！原以为像小孩学生字一样，一个个字对应着查出来并不是难事，现在变成了一团乱麻，手握剪刀却不知道该在哪里下剪。

晚饭后的夕阳里，世轩踱步到闵神父那里聊天。从《圣经》很自然地聊起了拉丁语。闵神父来了兴致，很久没人与他谈到拉丁语的话题了。当年在神学院学习，他的拉丁语成绩是全班最好的。作为一门仅在专业研究和宗教领域使用的语言，拉丁语的普及与使用正不可阻挡地呈现出日落西山的局面，令人惋惜心痛。

闵神父极耐心地为世轩做启蒙讲解，世轩大开眼界，也无比丧气。他第一次体会到，语言和语言之间可以有着如此大的差异。一句简单至极的“老师批改作业”在拉丁语里竟然有六种语序，可以主谓宾、主宾谓，也可以宾谓主、宾主谓，还可以谓主宾或谓宾主！世轩没来由地想起了泥鳅，想起了他随心所欲玩耍的三粒花生米。去哪里找一个可靠之人，能像泥鳅玩花生米那样熟练自如地掌握拉丁语呢？

夜晚，世轩还在为找人的事头疼。想过请教堂里的神父，比如请闵神父出马。问题是不知道这些文字到底写的什么，如果闵神父认为是违背教义的事情呢？或者他害怕了呢？能保证他准确无误地将文字的真实意思翻译出来，同时保持缄默吗？世轩不敢打这个包票。

有人敲门，世轩藏起纸条，打开门。一袭神父的使服闪了进来。

“季兄弟，我给您送两本书来。”

“太感谢你了，闵神父。”

闵神父并未将手中的书递给世轩，而是径直走到书桌前，一边放下书，一边探头朝书橱张望：“没想到季兄弟喜欢看莎士比亚的作品。您这本可是老版本舶来品吧？我看不会晚于1860年吧？”

世轩打量着闵神父，平静的外表下微起波澜：“严格地说，是1858年的版本。想不到您对这也有研究啊。”

“研究谈不上，只是有点了解。我有一本1832年出版的莎翁作品。”

“那了不起，很可能是国内现有的最早版本了。”

“不，我在朋友那里还看到过1798年的版本呢！”

世轩内心的惊喜喷薄而出：“你是——”

“我是‘蝎子’，你是‘石臼’吧？”

世轩重重地点点头，两双大手紧紧地握在了一起。

“可联系上你了！”

“真没想到竟是你！”

“是啊。‘蝎子’一直潜伏着。直到昨天，得到上级的指示，‘玫瑰’同志被捕牺牲了，要‘蝎子’接替他的工作，并与‘石臼’取得联系。没想到你就是‘石臼’。”

“什么？！你说他……他牺牲了？！”

“蝎子”痛心地点头确认。说“玫瑰”本来就有心脏病，他们急于从他口中挖信息，给他上了电刑，不承想他身体受不住，就去了。

世轩痛苦地闭上眼睛。不敢想象，前两天还活生生在眼前的俊生，说没就没了。“‘玫瑰’他认识你吗？”

“他只知道有个‘蝎子’以神职人员的身份潜伏，具体是哪个教堂的谁他并不知道。一旦他有事，组织上会启动第二套方案，让‘蝎子’苏醒。”

世轩恍然大悟，原来俊生用拉丁语其实是写给“蝎子”看的！

第二十三章
意外之劫

再回季公馆

多日不见的雷上达路更为阴郁了。两旁林立的梧桐树像一群张开臂膀行将猛扑过来的怪兽，恨不得把整条路都吞了。世轩叩开38号的大铁门，整理好心绪，跨了进去。

根据新上级“蝎子”的指示，鉴于世轩长期在季家潜伏的特殊身份，“沙琪玛”行动由“蝎子”直接负责，世轩还是以寻找季家宝藏为目标。为了完成这项艰巨的任务，同时，也为了查清雅萍死因，替她报仇，世轩明白必须深入虎穴，回到季公馆。

曲折的中式庭院、法式的花园洋房，红色的平板瓦、黑白相间的鹅卵石外墙，世轩眯着眼细细打量，仿佛不认得一般。洋房弧拱形大门如今空荡荡，再也走不出雅萍的身影。

世轩曾经向戴维提出想见见忠仁，他知道，忠仁活着。雅萍去世，作为丈夫他应该被告知。当然，忠仁也会从各大报纸上得知噩耗，但这不一样。家中如此大的变故，他该出面了。

戴维说自己也不知道他现在在何处。面对世轩疑问的目光，戴维简略地把遇到忠仁的事情说了出来。

会不会只是换了房间，并没有离开礼查饭店？对于一个坐着轮椅又要隐蔽起来的人来讲，这样是最安全也最方便的。世轩提议去礼查饭店打探，这年头，钱是好东西。

戴维泼了他一盆冷水，试过了，没用。礼查饭店是个外资饭店，素来以对宾客隐私的绝对尊重闻名。

哦，这就是为何忠仁选择在那里隐居的道理吧。世轩叹息道。前两天忙于俊生的事，世轩没有太多的闲工夫想到雅萍。此刻，一踏入季家的大门，世轩无可躲避地被投入了雅萍的世界。

弧拱形的大门口，她穿着洁白的婚纱挽着忠仁接受大家的祝福……

一进门气派的螺旋形楼梯上，她款款而下去教堂做弥撒……

底楼的琴房里，她坐在飘窗前静心阅读……

世轩目光掠过客厅钢琴上雅萍的照片，闭上了眼睛。

阿柱关紧了院门，望着世轩死灰色凝重的脸，毕恭毕敬地跟着进了洋房大厅，不敢吱声，却随时准备着被使唤。世轩注意到了，平日里阿柱就是个门卫，兼带在院子里打杂，并不管洋房内的事。

“其他人呢？”

“小少爷放了大伙一周的假，就剩下我、宝莲和园丁老聋头夫妇。”阿柱放低了本就不高的声音，“章妈出事了，家、家辉给抓走了，您知道的吧？”

世轩点点头：“宝莲呢？”

“应该在厨房呢。自从章妈不在了，她就暂时兼做了厨子。”

“哦，你去吧，我没事。”

支走了阿柱，世轩将包着茴香豆的纸袋往桌上一放，把房子上上下下看了一圈，改造的痕迹并不多。推开二楼阳台门，花园亦看不出改动之处，连园丁老聋头也一如既往地在院墙边捯饬着一盆盆小花小草，好像除了那些花草这世界就没有什么与他搭界了。老聋头的老婆患有严重的关节炎，世卿在的时候，这老婆子就难得出院角里夫妻俩居住的小屋，除了偶尔帮着缝缝补补，基本上就是季家养着了。他们夫妻在季家做了几十年，老态龙钟时辞退他们，季家做不出来。

“四叔回来了呀!”宝莲端着茶水送来，“您这是回来住了吧?您的房间重新修整过了，待会我帮您打扫打扫。”

世轩刚想说不用，宝莲恳求道：“您就回来住下吧！大少奶奶这一去，这个家一点人气都没有，连佣人们都放长假了。大家私底下在议论，是不是要辞退我们了。”说到伤心处，宝莲哽咽起来。

“小少爷天天回来住么?”

“偶尔回来一趟，基本不住这里。”

“大少奶奶不在了，你自己是什么打算呢?”

“那是真的要辞退我们了?”宝莲急了，把茶水搁一边，竟跪了下来，“四叔，请不要辞退我，我是个孤儿，十二岁就被大少奶奶的母亲收养了陪伴服侍大少奶奶，到如今都十年了。现在，大少奶奶虽然不在了，但这里有她的气息，在这里就好像与她在一起……再说，我也无处可去，一个亲人也没有了。我什么都能干，烧菜、打扫、缝缝补补……”

世轩抬手打断了宝莲的哀求：“没人要辞退你，放心吧。”

宝莲千恩万谢下楼去。望着她的背影，世轩若有所思，取了本书，跟着下楼，在客厅里坐定，翻开书，打开纸袋，茴香豆的香气立即散了开来。每每吃着，世轩就感觉在咀嚼家乡的味道，家的味道。

虽说上海城隍庙已经有了另一种更好吃更风靡的蚕豆小吃——奶油五香豆，但世轩并不认同。茴香豆的香来自茴香、桂皮、山奈这些纯植物，而非奶油五香豆所用的香精，一粒入嘴，满口生津，咸而透鲜。那年的生日，妻子炒了两个菜，温了壶酒，买了包茴香豆，世轩喝酒吃豆的时候，妻子便抱着牙牙学语的小丫儿在边上教她念："桂皮煮的茴香豆，谦裕、同兴好酱油，曹娥运来芽青豆，东关请来好煮手，嚼嚼韧纠纠，吃咚嘴里糯柔柔……"

这辈子，怕是这个土嗜好改不掉了。真的有点土，连院子里打杂的下人都说奶油五香豆好吃，茴香豆哪比得上啊。

几粒下肚，宝莲过来问："四叔，您今天都在家吃饭吧？我这就买菜去。"

世轩想了想点了点头说："等会我要出去办点事，一会儿就回来，不耽误吃饭的时间。"

看完一章书，世轩折好茴香豆的纸袋，起身出门办事。

晚饭后，世轩泡了杯茶，又是一本书一把茴香豆，好不自在。不知看了多久，渐渐地世轩倒在了沙发上，似是睡去，嘴角却滴出了鲜血，口鼻间气若游丝……

谁是无影手

是夜，一场夏雨突如其来，又急又猛，淋得透湿的季公馆一派静默，唯有花园里的无数枝叶瑟瑟发抖，无奈地为一场罪恶的行径掩饰着。

在远离洋房的偏僻角落，连园丁老聋头都懒得去的地方，陈年的枯枝败叶堆在一边，空出来的泥地正一铲一铲地被吃力地挖成坑。坑不小，足以放下一口薄棺，如果只是埋一具无棺尸首的话，上面铺上两尺土，再盖上原本在那里的陈年枝叶，谁也不会发现异常。哪怕哪天洋房拆了重建，也不会把房子建到院墙根。

挖坑人暗暗得意地瞅了一眼一米开外的死尸。四叔，去了阴曹地府，别怨我。要怨就怨自己命不好。好好地在教堂住不好么，偏要回来。

挖坑人捋了一把脸上的雨水，朝一旁呆站的另一人埋怨道："你还呆着干吗？还不快点帮忙？"

"你为什么要这样？四叔哪点得罪你了？"

"你别问这么多了，已经这样了。你叫我怎么办？你想报警吗？"

"可是，可是，你为什么要害四叔？啊？你总得有点理由吧？"

挖坑人摇了摇头，挤出一丝笑来："你总不想一辈子待在季家做佣人吧？你不是想和我在一起吗？我们一起远走高飞！"

"这和害四叔有啥关系？"

"呆子！不为老大做事，哪儿去弄那么多钱远走高飞过好日子？"

"老大？老大是谁？"

"哈哈哈哈，说你呆，你还真呆得出奇！你看季家，失踪的失踪，死的死，谁是老大？"

"你是说小——少爷？"

"嘘——你终于聪明点了！"

"这么说，章妈也是受他指使？"

"哈哈，你算猜对了，谁让那老婆子太笨呢？竟然会给大少奶奶发现了药瓶。要不是我偷偷取走了药瓶，整个事情就完了。老实说，大少奶奶人还算不错，她的死我多少觉着可惜。不像四叔，仗着和季家沾亲带故，自以为高人一等，整天游来荡去的，什么也不干，还和主子似的使唤我们其他人。说破了，他也不就是一个季家的下人么？”

“你不怕事情败露吗？”

“败露？怎么败露？老聋头夫妻已经是活死人了，他们会知道个啥？还有谁？你会告发我吗？哈哈哈哈，再说了，晚饭我们大家都吃，都没事，四叔是给自己外面买来的茴香豆毒死的。即便报警，警察凭什么查到我头上？”

“凭我还活着！”一个响雷打来，明晃晃中，躺在地上的尸体不知什么时候已经站了起来。

“啊呀，妈呀，诈尸啦！”挖坑人惊叫着欲逃。世轩一步挡住了道：“宝莲，没想到你小小年纪竟敢做这样伤天害理的事！”

“你是死人还是活人？”宝莲浑身颤抖，“你明明……明明中了毒，口鼻流血，没有了呼吸。”

“哼哼，雕虫小技。我不假装中毒，你会主动认账并供出幕后主使吗？”

宝莲回过头喊道：“阿柱，还愣着干吗？我们两个搏他一个，不信搏不过！”说完，宝莲操起铁铲就朝世轩冲去。阿柱拾起地上的铲子也直冲而来。

“啊！”一声惨叫，被铲入坑中的是宝莲，“阿柱，你……你疯了！”

“你才疯了！宝莲，我没想到，你真是这样歹毒的人！下午四叔跟我说，我还不愿相信呢！”

“什么？他怎么可能早就知道我要下毒？”宝莲捂着疼痛不已的腰大吃一惊。

“告诉你也无妨，我早就猜疑到你了，但我没有任何直接的证据，直到今天你见了我求我不要解雇你。你说你十年前就被大少奶奶的母亲收留。你可知，她母亲早在二十年前就去世了。你打了一张错误的亲情牌。”

雨不知什么时候停了，世轩在坑边踱着步：“我告诉你我饭前要出去办事。我料定你会趁此机会偷偷地打电话给你的主子报信，甚至还会迫不及待地对我下手。虽然我不在季公馆，但你的电话还是被人听到了。”

“谁?”宝莲愣了愣，将怀疑的目光射向了阿柱。

“对，你想得没错。在你出去买菜的时候，我找了阿柱。我知道你对他有意思，他也对你有那么一点好感，但我从小看着他长大，我相信阿柱是个是非分明的好小伙。更何况，我在日本救过他爹的命。别人的话他可以不信，我的话他会听。”

“阿柱，你这个王八蛋!”

“这个称号应该更适合你和你所谓的老大。你的老大要你立即行动，你就趁我不在，对我下手。最好的办法是什么呢？在我的茴香豆里拌入毒药。正如你刚才说的，万一事情暴露，我也是给自己从外面买来的零食毒死的，跟季府的人没有任何关系。聪明啊!”

世轩蹲下身子，对宝莲笑了笑：“可惜你没读过什么书，你不知道世上有一门学科叫指纹学。每个人的指纹都是不一样的，你没发现装茴香豆的纸袋子特别油吗？我在上面涂了一层油，谁动过了纸袋，指纹会很清晰地留在上面，查一查就知道了。顺便告诉你，外国在上个世纪末就已经靠指纹定过凶杀案了。”

宝莲脸一阵红一阵白，自以为神不知鬼不觉的计划其实早就在人家的掌握之中。宝莲被击垮了，她绝望地恳求道：“四叔！我知道我错了。我不该做这种事，求你放我一条生路吧！我愿意将功赎罪，我愿意去作证。我什么都听你的。”宝莲跪在半人深的坑里，伸着双臂拉住了四叔的腿。

“你且上来说话。”世轩站起身，示意阿柱上前搀宝莲一把。就在此时，宝莲双手抱住世轩的脚向后一拽，世轩仰天滑入了坑中，宝莲迅速从身后裤腰上摸出一把匕首向他刺去。几乎同时，一把铁铲横空飞来，彻底击碎了宝莲的鼻梁和一侧的眼球。宝莲“啊”了一声便一动不动了。

阿柱跳进坑里，紧紧地抱住满头血污、面目模糊的宝莲：“宝莲啊，对不起，对不起！我太着急，下手太重了！对不起，对不起，你吱一声好吗……”

世轩艰难地爬出到处是泥水和血污的土坑，踉跄而去，把空间留给了阿柱。

“你醒醒啊！你为什么要这样啊？你为什么要一条道走到黑啊？平平安安过日子不好吗？穷点又怎么样呢？做一辈子佣人又怎么样呢？你真傻啊！真傻啊……”

这世间，有几人不是一条道走到黑啊。世轩叹气。

错失良机

一大早，季公馆的门铃一声紧一声，门一打开，“怎么是你？什么时候出来了？阿柱呢？”

“托小少爷的福，我也刚到，今天一早出来的。”家辉欠身致意，把门大开。小少爷一进院子就下了车，三四个随从也跟着下。

“阿柱呢？怎么你当看门的了？”

“四叔说阿柱和宝莲双双辞了回老家了，他们俩好上了，呵呵。”

忠孝心里一沉，宝莲失手了！难怪昨晚没打电话报喜。忠孝等了大半夜，贸然主动来电觉得不妥，硬挨到早上，急急地带上几个亲信赶来探个究竟。如此看来，宝莲不但没得手，很可能反而被四叔做掉！四叔他一个蔫不拉几的小老头这么能干？答案就在眼前，院子里两个从未见过的新下人在打杂。

叔侄两人在客厅入座，新来的女仆端上咖啡后，退到墙根，拉了拉围裙与家辉一同侍立在旁。家辉扫了一眼小少爷的随从，露出一丝不易察觉的浅笑。女仆刚才借着送咖啡与随从擦身而过，探清楚了他腰间的软硬。

很好，跟着小少爷入客厅的只有一人，其他随从都留在过厅里。只要四叔“一不小心”碰翻了咖啡杯，就是拔枪之时。过厅里的人自有院子里的兄弟解决，而客厅里不仅仅是三对二，还有客厅通往厨房的过道里隐蔽的两位兄弟。勾结日本人又害死嫂嫂的季忠孝，在家辉的眼里就是十恶不赦之人。

家辉注意到，季忠孝很小心地没有喝咖啡，开门见山地说明来意，与四叔商量如何给大少奶奶办后事。

刚说着，门铃又大作。有人禀报：大少奶奶的姨妈来了。既意外又情理之中。

一见到季家人，已经哭肿了眼的姨妈立刻又哭开了：“四叔，小少爷，这么个健健康康的姑娘嫁过来才几年，竟然……竟然给下人毒死了！这怎么可能？雅萍这样的好孩子，与世无争，下人怎么可能这么恨她？天呐！谁能接受得了啊?！天呐！我怎么对得起她死去的母亲啊！”

忠孝心情沉重地解释道：“章妈真正要毒的是我，嫂嫂误食了而已。”

姨妈大惊：“啊？天地良心！小少爷您这样的大好人，当年对我这无亲无故的老太婆都能伸出救命之手，这个章妈更没有道理要害您啊！”

世轩一脸诧异。姨妈解释，雅萍在读大学时，自己曾患重病无钱医治，幸亏雅萍通过小姐妹认识的小少爷及时相助。“这是老天爷安排雅萍报恩呀！老天爷啊，做啥要雅萍用自己的命来报啊？应该用我这个老太婆的命啊！”

全屋子的人耐心地等待老太太尽情宣泄悲哀，等待她收泪。世轩用舌头拼命地抵住上颚，恍惚间是小丫儿的妈妈在哭泣。不能恍惚，不能流泪！世轩快撑不下去了……

一边是忠孝假模假样的演戏，一边是老太太的悲痛欲绝，世轩恨不得立刻摔了杯子，让季忠孝成马蜂窝。可是，不能这么做！世轩强抑冲动，蛰伏了那么多年的目的岂能被一次冲动所毁？

现在世轩终于能把关于雅萍的诸多缺失的环节连成完整的故事脉络。姨妈重病，闺蜜牵线，忠孝救急，雅萍感激……只是事情并没有朝鸳鸯蝴蝶派小说的常规套路发展，而是拐了个弯，在恩人有意无意的帮助下，当上医生的雅萍认识了恩人的哥哥，两个爱啃书本的基督徒最终走到了一起。

世轩能感知，雅萍写信时内心的纠结。一方面是救了自己姨妈的恩人，另一方面则是曾一起长大的亲人。拿着菊姐给的照片，究竟应该相信谁？从内心深处讲，雅萍应当是有所判别的，也一直在纠结。丈夫的儒雅与隐忍搏杀着恩人的慷慨与神秘。当事情朝着越来越诡异的未知方向发展时，她觉得有必要让各种可能的真相留存下来。

家辉心如乱麻，不明白四叔为何迟迟不下手。是怕伤到大少奶奶的姨妈吗？大丈夫做事不能太瞻前顾后。要不是根爷有嘱咐，必须听令四叔，家辉早不管不顾地动手了。现在他只能眼睁睁地看着老太太哭晕过去，季忠孝顺势送老太太去医院而溜之大吉。

妇人之仁！不足以谋！

第二十四章
巧破玄机

无限接近

“根爷，放这里可好？”

戴维点点头，上前仔细地端详、抚摸着。八音盒木质立柜有两处磕碰，掉了漆，正面的一大块玻璃也有了裂纹。阿忠曾提议重新上漆，配好玻璃，戴维拒绝了。整修过了，就没有了俊生的气息，他要留着。留着，俊生的魂魄就会聚拢来，哪天就会文绉绉笑眯眯地出现在眼前，说：“走，喝茶去。”

得知俊生噩耗的当晚，戴维失眠了。世事果然被四叔言中。俊生的样儿不停地在眼前闪回，到凌晨，竟带着戴维去执行“沙琪玛”计划。谁说他不在了？不活生生地在这里吗！俊生，你别走得那么快！俊生，等等我！等等我!! 一着急，戴维从梦中醒来，八音盒上的金属盘闪着耀眼的清辉，孤冷而哀伤。

戴维问过世轩，发狠劲地追问俊生怎么会被捕的，因为“沙琪玛”计划吗？被人告发了？是谁?! 凭着手里的玉佩，戴维豁出去了。世轩喝止道："你有几条命?！你养父母的仇呢?"

是啊！养父母的死还是个迷局，菊妹的命还拽在面具人的手里。

世轩劝慰道，我们不是单兵独斗，俊生的死会有人查明的，踏着同胞鲜血上位的人必会自食其果。我们现在能做的就是把该我们做的事做好，这是对逝者最好的告慰。

戴维郑重地将八音盒抽屉里的金属盘一一拿出，包好，放入柜子。破解钻戒迷局、完成"沙琪玛"计划，这是我最该做的事，舍我其谁。

戴维把季世卿墓碑的照片拿了出来。多天忙碌，是时候回过头来面对这奇人怪碑了。

七七四十九格，什么意思呢？为什么不是八八六十四格？或者六六三十六格？那些数字和空格又有什么规律呢？哑巴跟班拿着刚收下的干净替换衣服送进门，菊妹要比他叠得整齐。菊妹，养父母的唯一血脉，无论如何得保住。

戴维用冷水洗了把脸。数学真的是要有点天赋的，戴维一头扎进阿忠带来的数学书，搜肠刮肚地挖掘记忆。一丝笑容浮现在脸上，他想到了曾经玩过的九宫格，有一阵很喜欢。九宫格并不一定是九个格子，复杂的可以扩展至更大、更多的格子，四乘以四、五乘以五……

戴维猛然一想，季世卿的墓碑为什么不是扩大了的九宫格即幻方呢？戴维从数学书上找到幻方那章，幻方是用 1 起的自然数填满 N×N 空格，使得每一行、每一列的总和都相等。金属盘的作用是把书上无用的字母覆盖掉，起到过滤的作用。墓碑上的汉字类似金属盘，但反其道而行之，是故意覆盖了有用的数字，增加了破解的难度。如果墓碑底纹是 7×7 的幻方，尽管有汉字的阻挡，空格也应该不难填。

一支烟的工夫，漂亮而完整的答案跃然纸上。戴维把被墓主人名字遮住的十五个数字用双线框标出，把墓碑上故意空出的空格的数字用下划线标出：

30	39	48	_	10	19	28
38	47				27	29
46	_				35	37
_	14				36	45
13	15				44	_
21	23				_	12
22	31	40	49	_	11	20

除了第二行外，每一行都有一个故意空出的空格，从上到下，这些应该填进去的数字是1、6、5、4、3、2。这些数字什么含义呢？不不不，这串数字应该算上第2行的7，这样才完整。7只是恰巧处在第3列的位置，被姓名遮住而已，并不表示7无用。戴维已经有了个大胆的猜想，关于这7个数字，他要立即验证。

夏日的夜姗姗来迟，戴维等得心焦。九点，戴维熄了灯，在黑暗中捱了一个小时，悄悄地独自溜出了五爷的宅院。阿昌、雅萍的被杀，让戴维的担心从没有如今这般强烈。现在，谁都无法信任，谁都可能是那毒蜘蛛网的一部分，一切唯有靠自己。

戴维围绕教堂默默地兜了一圈。在教堂的正背面不远处，一大片灌木丛里找到了通风天窗。铁栅栏已经被卸下，有人捷足先登？戴维顾不得多想钻了进去。

面具男曾经说过，教堂正背面有扇小门通地下室。戴维借助着灰暗的灯光很轻易地打开，虚掩着以便出去。地下室并非想象中的规整，弯曲分叉之处戴维用粉笔在墙上做了记号，以免有所遗漏或找不到出路。

季老爷的墓此刻就在眼前，和照片上一模一样，既熟悉又陌生。一个脾气古怪、善于敛财、精通数学、诡异自私、满脑子怪主意的老头。即便躺进了坟墓，依然要弄着周围的人。不管怎样，今天，你的克星来了。

戴维凝望着墓碑上的幻方，又将眼光收回到随身携带的纸条上。

30	39	48	1	10	19	28
38	47	7	9	18	27	29
46	6	8	17	26	35	37
5	14	16	25	34	36	45
13	15	24	33	42	44	4
21	23	32	41	43	3	12
22	31	40	49	2	11	20

戴维心头一热，墓前皇冠状的栏杆上，“人”字形排列的小铁柱有七根！他立刻伸手握住一根小铁柱，试了试，纹丝不动。错了？戴维将手移到柱顶握住铁钻石一拧，动了！

1、7、6、5、4、3、2，从上至下按着顺序，戴维一个个依次转动相应的圈数，最后一个铁钻石转完，戴维紧张地等待着，或许墓碑会移动露出一扇门？或许这个墓本身就是个假墓，棺盖会自动打开呈现出一棺材的宝石？

什么也没有发生。又错了？墓碑一言不发地嘲笑着戴维。

让你笑，让你笑！

戴维盯着铁钻石，感觉胜利之神已经拍着翅膀飞临，她在找落脚点。为什么不是从左至右5、6、7、1、2、3、4？每一列正好对着一个铁钻石。戴维再次尝试。

“嘎啦”一声，掌心传来特别的震动。石棺慢慢地在眼前升起，升起……戴维不自主地往后退了一步，俯视、平视、仰视，石棺停顿在了空中，石棺的大理石基座正面露出了一个一人高的门洞，门洞里是正在缓缓伸展的铁制伸缩楼梯，通往地下空间。

成功了，成功了！原来宝藏就在这里，季老爷子死了也要亲自镇守着宝藏！谁会想到他就堵在宝藏的门口？哈哈，怪癖。正想着，石棺前的铁栅栏“咔嚓”自动打开。戴维走入栅栏，低头一步一步走下伸缩楼梯，一条不长的甬道展现在眼前，随着脚步，墙壁上的灯依次渐开。甬道在尽头打了个弯，戴维小心地拐过去，前方出现两扇中式的厚重木门，上面贴着大大的倒写的“福”字。戴维一推，门并没有上锁。一使劲，门开灯亮，是一个三十来平米的房间。

房间正中央是高出地面十来厘米的平台，平台上有一张石桌，被巨大的铁笼子罩着，透过笼子可以看见桌上有一只精致的木箱。笼子该是锁的地方却是一块铁板，上面又是一个幻方！

戴维低头细看，背后却传来异响。

“哈哈哈哈，没想到吧？”季忠孝持枪慢慢走近，“你的确有点小聪明，能破解老爷子的迷魂阵，我算是跟踪你跟对了。不过，真正的聪明不是对物的掌控，而是对人。”

“你要怎么样？”

“很简单，打开铁笼子，我就放你走。”

“你怎么就断定我能打开呢？”

“这和墓碑上的有什么区别吗？你能找到密室，怎么不能打开笼子？”

“我要是打不开呢?”

季忠孝歪着脖子一白眼:“那你也没有存在的必要了。”

“打开了之后我同样也没有存在的必要了吧?”戴维忍不住接口道,内心暗暗地后悔。直到出门前,戴维还是有点犹豫,要不要带上五爷的人。

“少废话,你有权选择吗?”季忠孝恶狠狠地一步步上前,用枪直指戴维脑门,几位随从也齐刷刷地跟进前来。“还不赶紧解开这玩意?干得好,等我当上上海商会会长,或许我一高兴,非但不杀你,还好吃好喝、大把金钱供着你。我也是个爱才的人哪!”

戴维看了看眼前的几支枪,货真价实,季忠孝的威胁也货真价实,他是说得出做得出的。戴维定了神说道:“我可以尝试破解,但有个事情我想提醒你一下,你那价值连城的钻戒我可没带在身上。”

戴维朝对方露出刻意的一笑,回转了身走上平台,研究起那块铁板。铁板不是一整块,八八六十四格幻方,每一格是一小块可以按动的铁块,看上去就像活字印刷术的模板。戴维试了试,笼子的任何一个部件都不能转动,如果没有猜错的话,应该是以八阶幻方对应的数字。

戴维果断地下手。一块、两块、三块……最后一块!所有的眼睛睁圆了盯紧着铁笼子。笼子并没有打开。突然,戴维脚下一空,眼前一黑,径直掉了下去,刚才脚踩的地面在头顶上方轰然合拢。

玫瑰花窗

黑暗中戴维的胳膊被一只手抓住,跌跌撞撞地牵着在地道里前行。约走了三四十米，更多的亮光照来，戴维这才看清前面的身影穿着神父的衣服。神父抓着戴维的手坚强有力，戴维感觉摸到了什么。在一个点着壁灯的转弯处，戴维依稀看见神父服袖口内露出一道陈旧的伤疤，戴维有点恍惚。他跟着神父在多有岔道的地道里又拐了两拐，来到一个不起眼的小支洞。神父打开洞壁上的一扇小门，往上走了二三十级台阶，进入一间卧室，卧室里已经有一个人候着。

一块毛巾递了过来，给灰头土脸的戴维："没伤着吧？"

"四叔！"戴维惊喜之余，打量着救自己的神父，上次见过，算不得认识，"这位是——"

"这位是闵神父。你要好好谢谢他。"四叔道。

戴维的目光盯在闵神父的脸上，看得闵神父局促不安，他微微欠了欠身朝两人道："不必谢，举手之劳。你们慢聊。"

"请稍等。"戴维说，"你、你是乔秋生吧？我是赵宝根，还记得吗？"

"这位兄弟，你认错人了。"

"不会。你应该是秋生，这么多年了，你胖了，年纪大了，但你的模样神韵没变，还有你的手。"戴维望向四叔，像要讨救兵，"四叔，他是俊生失散的哥哥！"

世轩大吃一惊，不置可否地看着闵神父。闵神父笑了笑，稳稳说道："我能理解，我也有认错人的时候。很荣幸和你的老朋友长得像。你们慢谈。"转身出了门去，扔下戴维半张着嘴。

"你说他是俊生的哥哥？俊生还有哥哥？"四叔问。

"是的。俊生是我的同学，他家离我家很近。那时候我和他及他的哥哥秋生都是好朋友。有一次我们几个还有其他同学去河滨游泳，我不知怎地就脚抽筋溺水了，大家手忙脚乱地救，可都没救人的经验。是秋生救了我，他还因此划伤了手，流了很多血，也留下了抹不去的一长条L型伤疤。”

“你没认错人？我怎么没看出来他和俊生长得像呢?”

“那天在俊生家，你没注意看墙上他们一家四口的照片。秋生长得很像他母亲，俊生可能更多地像他父亲，而且兄弟俩差十来岁。不过，你细瞧的话兄弟俩神情之间还是有很多相似之处的。”戴维惋惜道，“俊生在松江与我喝茶时还拿出皮夹里的全家福，提到这些往事。他说，哥哥失散已久，很是想念，母亲去世哥哥也不知道。不想他哥哥近在咫尺。”

“你别纠结了。或许人世间真有非常像的人。”世轩停了停，摇了摇头，“从某种角度讲，我倒但愿他不是俊生的哥哥。即便是，都已经没有意义了。”

戴维沉默了。他如入冰河，只觉得头顶发麻，一股寒流从天灵盖倾泻到脚心。他内心一直无法接受：这个世界真的没有俊生了？半晌，戴维沙哑着嗓音转了话题：“这里是哪里?”

“教堂附近的神职人员宿舍。”

“这里可靠吗?”

“没关系，只要你不大声喧哗。”

“你早就知道那个密室?”

世轩点点头，拿了茶壶倒了两小杯水，自顾自先端了一杯喝着。

“铁笼子里的根本不是季世卿的宝藏，对吗？你给我墓碑的照片时为什么不告诉我?”

“如果你连这个都找不到，我怎么指望你能找到真正的密码和宝藏呢?”

“你们怎么会知道要赶来救我?”

“我们碰巧就在教堂里啊。”

“教堂里其他人怎么没惊动呢?”

“你的好奇心还挺重的，一定要打破砂锅问到底？好吧，等你破解了密码我就告诉你。绝不食言。”

“你真认为肯定有密码宝藏？”

“对。”

“那季世卿为什么要设计这个密室呢？”

“哪个教堂没有密室？就像哪个寺院没有佛塔没有地宫？当然和地宫不同的是，教堂的密室不是封死的，也不仅仅是放置东西的地方，它还可以是个紧急逃生通道。否则你今天也就狼狈了。”

戴维尴尬地撇撇嘴，却未能露出一个轻松的自嘲式微笑。宝藏到底在哪里呢？

“依我看，要找到宝藏，我们还需回头从戒指入手。”四叔似乎能看透戴维的心思，“为什么他要把神秘的数字和字母刻在戒指上而不是其他东西上？这应该是有讲究的。”

“讲究？”

“对。”

“因为钻戒很贵重？你不觉得把密码刻在贵重的东西上是反常吗？”

“是的，钻戒本身的价值容易造成风险，实际也正如此。”世轩道。

“那为什么他还是刻了？”戴维真纳闷，这个季老爷子为什么老是不按常理出牌？

世轩默坐着，良久道：“看来我们得换个思路看问题。”

“哦？”

“他不是一个专业的密码专家，应当说，连个起码的专业人士也及不上。也就是，他不太会从常规角度做事。他很可能会把他心里最宝贵的、最看重的东西都安排在一起。”

“什么是他最宝贵、最看重的？您应该很了解他。”

世轩犹豫地摇了摇头："我的确长期跟在他身边，但那是他四十多岁以后的事了。我对他以前的事情并不十分了解。他是个话不多的人。"

"那凭您的直觉呢？"

世轩喜欢戴维这种猛追的劲头，认真答道："信仰，信上帝。还有……"

"还有什么？"

"说不好，可能是某种深藏的情感。如果是，这就可以解释为什么把密码刻在这么大一颗钻戒上。"

情感？深藏的情感？难道……难道他对母亲怀着深藏的情感？那为什么当初不追到苏州娶她？母亲算他的什么呢？名分都没有，什么也不是。这么个负心汉他有情感吗？30、02、30、01，这和母亲又有什么关系？

"从某种角度上讲，他的内心是很自我的。"世轩并没有注意戴维，而是继续陷入思考，"即便是我，跟了他那么多年，也没法完全洞悉他的内心。不过，我们可以从他的遗物中窥见一斑。看了我给你的他的书了吗？特别是那本《谜趣集锦》？"

戴维点了点头。

"没什么要说的吗？"

戴维不知道四叔指什么。

"这本书给我们的信息不少。扉页看了吗？这本书至少说明他曾经有过一段刻骨铭心的爱。对方却不是他的妻子，我知道他两任妻子的英文名字都不叫 Cathy。扉页上的落款时间很早，三十多年前了，他却一直保留着，说明对于他非常重要。另外，请注意这本书的内容，说明那个女孩是个喜欢猜谜的姑娘。在我和堂兄接触的这么多年里，我从来没见他乐于猜谜，这只能说明是那姑娘喜欢。他会不会也学那姑娘编排他的密码呢？可惜我研究了很久不得要领。”

刻骨铭心？四叔用“刻骨铭心”来形容！养母说到母亲的一生时分明是满含着哀怨怜惜，很为其鸣不平的。

我们服侍小小姐的那些日子，小小姐一直闷闷不乐，整天整天地不太说话。哦，对了，还有就是翻看她的那些书，有些书还是洋文的，边翻边落泪。哎，作孽啊！

难道季老爷子真对母亲刻骨铭心了？这到底孰是孰非？历史的真相到底是什么？

“你怎么看？说说你的想法。”

“能告诉我寅时是什么时间吗？”戴维突兀地问。

“嗯？”世轩很不明白。

“一天中的寅时是什么时候？”

“凌晨三点到五点光景。”

“你知道光绪十年的春分之日是几号吗？”

世轩打量着戴维，一声不响地从书架上搜出一本书仔细查阅，每年的春分对照公历总有差异，一般在 3 月 20 日至 22 日间来回。

“那年是公历 3 月 20 日。”

一道闪电刺穿阴霾在戴维脑海炸开。

你母亲生于光绪十年春分之日寅时初。

难为不识字的养母几十年牢牢记着！那就是 10、03、20、03！从右往左整个颠倒，不就是 30、02、30、01——新密码的后半段吗？不知道季怪人为什么要颠倒，但是能说两者之间的关系纯属巧合吗？不可能！那 EBHR 是什么意思呢？安娜不在，怕是一时半会儿解不开了。还有月亮和玫瑰花呢？为什么只在两个数字上有？

“教堂有什么地方与月亮和玫瑰花有关吗？”

天马行空的一连串问话如同毫无正常逻辑的疯话，世轩眯起眼睛：“月亮？玫瑰花？没有吧。”

正说着，闵神父返回屋内。

“或者类似的，麻烦认真想想。应该有，不，肯定有！”

“闵神父，教堂有什么地方与月亮和玫瑰花有关吗？”世轩复述道。

“月亮和玫瑰花？……是不是指玫瑰花窗？教堂大殿大门上方的圆形彩色玻璃窗也有人叫作玫瑰花窗的。”

玫瑰花窗！第一次从面具男那里出来，和安娜一起来到教堂前，印象最深刻的除了双塔就是圆形的花窗，美丽得像万花筒。如果是指玫瑰花窗，那么与月亮也就有关系了。月亮照在玫瑰花窗上会发生什么景象？会穿透玻璃照进大殿的什么地方？大殿芸芸众生都可以进入，如果宝藏藏于此，真是应验了一句：最危险的地方也是最安全的地方！

“月光能穿透玫瑰花窗么？”

“月光？”闵神父摇摇头，“日光还有可能，月光是很弱的，彩色玻璃就像毛玻璃，怎么穿得透呢？”

想错了？不可能。戴维起身往外走，世轩一声喝住戴维：“站住！太危险了！”现在若要跑去大殿前，难说不碰到季忠孝的人。“为什么不等到寅时呢？今天虽不是春分之日，但那样至少更接近于准确。”

戴维内心一笑，四叔是聪明人。寅时，月光照在玫瑰花窗究竟会发生什么情况？

灯亮了

“找到了宝藏后，你打算干什么？往后怎么过？”世轩悠闲地抿了口茶。

“往后？”戴维笑笑。如今的他，已不是从前的他……

“你这么聪明的一个人，对自己一生没有规划和目标吗？”

戴维默不作声，他知道四叔有话要讲。

“你继续当你的代理大当家？”

戴维摇摇头：“完成了五爷交代的事后，我就会离开。那不适合我。”

“这样的话，我想忠仁会留你的。”

戴维抬起头，有点意外，随即又摇摇头：“我自由惯了，不想给季先生添麻烦。”

“也是，可以自己开个公司。只是这个时局，内忧外患的，动荡不堪，中国人有钱也未必不受欺啊。”

“是不是日本人真要打了？”

“早晚的事。而且，极可能已经迫在眉睫。”

“哦？”狼真的要来了！四叔、五爷、俊生都印证了这点。“日本人总不至于连租界也要吞吧？他们敢得罪那么些国家？这些天有越来越多的人涌进了租界也不就是图个安全么？”

“难说。不过，即便日本人不吞租界，中国人在租界就不受欺负了？”

“哪里不弱肉强食？”戴维苦笑道。对于普通老百姓来说，打仗和没打仗，有租界和连租界都给毁了毕竟还是不一样的。

“中国人关键要团结起来进行斗争，国家强大了，才能不受东西方各路洋人的欺负。”

“没想到你们信教的人也这么说。”

“信教的人应该怎样呢？只能束手待毙？苟且偷生？做外国人的奴才？”

戴维再次陷入沉默，这类问题一度很遥远，现在却被四叔、俊生、五爷这么多人硬生生地拽到眼前来。

“信教之人是不是也不该陪你半夜三更偷偷摸摸去教堂大殿啊？”世轩边说边用一根细绳把一方帕子绑在手电筒上，随后又绑第二个。

真是太好了，四叔主动提出陪同前往，戴维求之不得。

“你一个人贸然地半夜闯进大殿，还没正眼瞧见花窗，教堂值班修士就已经到你跟前啦。”

戴维不相信自己会这么粗糙，但还是笑了笑，接过手电筒，跟随四叔和闵神父走入寂静的夜幕。

三人绕了远路，来到裙房的侧门，闵神父打开大殿。戴维急急地探向玫瑰花窗的方向，被世轩一把拉住，贴着墙边小心向前。最靠近主祭台左侧的第一个小祭台旁，闵神父抬起朦胧发光的手电筒。循光望去，半人高处竟横着一根极细的丝线，从祭台边一直伸向大殿右侧的黑暗中。三人蹲着绕过丝线，继续向前。又一根，再一根，戴维这才明白四叔的话。原来教堂有着极秘密的防范措施，不知情的人若碰断丝线，就会触发机关，教堂的人就会第一时间得知。这也是四叔他们能很快发现地下墓室有人的原因。这么细密的防范为什么？只是为了保护殿堂和笨重的祭台？

玫瑰花窗来到了眼前。从黑暗的室内仰望，花窗呈现着异样的美丽。窗的中央是一朵呈十字形的四瓣花，周围是太阳光芒般四射分布的十二片纺锤形花瓣，再外围是一圈十二朵五瓣的圆形花朵，圆形花朵之间还间隔着十二朵如辰星般明亮的六瓣小花。玫瑰花窗高高地静默在那里，仿佛是一条通往天国的路。

她能指引开启宝藏的路吗？戴维收回目光，转向大殿里，没有。闵神父说得对，月光只能让花窗显得明亮，却不能如阳光穿过厚厚的彩色玻璃，投一片界限分明的光亮在地面或墙上。

若在主殿外面看玫瑰花窗会有什么奇迹？闵神父从里面向外打开主殿大门。虽然不是满月，没有云朵的遮挡，月光亮亮地倾泻满地。戴维面向大殿仰望，大殿的三个大门上方有一个平缓的斜坡顶，对应着室内大门到大殿的门廊。坡顶连接着一面垂直的墙，花窗就位于这面墙的正中央，花窗的上方才是真正大殿的顶。月光斜照下，花窗的石制边框和彩色玻璃凹凸有致，繁复华丽，像极了罗马钟表。唯一可惜的是无法完整地看到花窗，花窗的正前方矗立着一尊伸展着双臂的耶稣像，圣像的左右便是钟楼。无论从哪个角度仰望花窗，总有一部分被圣像和钟楼遮住。

“能上去看么？”一出口，戴维自己也不抱希望，半夜徒手爬上花窗前的斜坡顶谈何容易。闵神父的话更似一盆冷水泼来：“上面什么也没有，坡顶翻修的时候我去过。”戴维相信他，同时也相信自己。秘密就在眼前，自己却是个睁眼瞎！上帝啊，耶稣基督啊，请给我指明方向吧！

谁也没有理睬戴维。上帝隐秘在群星闪耀的苍穹中。耶稣基督依旧平伸着双臂默立着，在镶嵌花窗的立面墙上留下一个倾斜的十字形身影，他左手的影子显得特别长。戴维甚至觉得长得有些异样。

慢着。他的左手分明是有所指，瞧那手臂和手指，戴维调整着自己的位置，与耶稣像面对面站成直线，这条直线也正是大殿的中轴线。然后一步步后退，一直退到大殿前方的教堂附属建筑的墙根。

看！耶稣的左手指清晰地指着花窗最外围的一朵小花，从最上方按顺时针数起第三朵。顺时针，罗马钟表，十二朵花，对，如果把花窗看作钟表，那朵花不正是代表3点钟——寅时的开端么？是啊，为什么在第一串密码里，数字只关乎日子，而第二串密码里数字却涉及钟点？说明这个钟点很重要，必不可少！问题是接下来呢？宝藏在哪儿？

那手指尖以一股不可阻挡的神奇力量召唤着他，戴维血脉偾张："我要上去，一定！"

闵神父二话没说，转身奔向大殿，在门廊处他指挥两人一起搬动靠墙而立的四开门屏风，屏风后出现一扇仅一人高的小门！根据方位，戴维立刻判断出那是通往主殿两侧钟楼之一的通道。

钟楼里螺旋状楼梯上了三分之一，闵神父推开一扇百叶窗，窗外即是耶稣像所站的坡顶。戴维手一撑抬腿翻出窗，世轩紧随其后。戴维紧紧盯着手影子直指的那朵花，一步步靠近，突然举起手电筒朝彩色玻璃猛一捅，充耳不闻其他两人竭力压低的惊呼。

三人飞身返回大殿，关上大门，他们看到了兴奋难抑的景象。黑暗中，一束光清楚地射了进来，落在左边一根柱子上。这座哥特式教堂中间的十根柱子很复杂也很美，每根柱子由十根细长的小柱子包围着，在约莫两人高处，小柱子汇聚成繁花高浮雕，上接大殿的拱券顶。石雕叶片间是一朵朵硕大的花蕾，像成熟的稻穗一样把花枝压弯了呈下垂状，而透过破碎的玫瑰窗照进大殿的光束就投射在两朵下垂的花蕾之间。

隐约地，裙房那边好像有动静了。得抓紧时间！三人一对眼神，果断地竖起一排长椅，闵神父和世轩挡着直立的长椅，戴维拿另一椅子作踏板，猛一蹿，踩了上去。两个花蕾之间是一小块略有起伏的光洁石面，与周围连为一体，没有缝隙没有按钮，没有任何机关的迹象，也没有任何字迹符号。戴维用蒙了布的手电来回照，究竟是哪里出了错？

手电扫到两旁的花蕾。朦胧的光束下，叶片、枝条、花蕾互相掩映，看不清花蕾根部的细节。四叔说过"为什么不等到寅时呢？

今天虽不是春分之日，但那样至少更接近于准确”。难道，春分之日月光所照之处本不是花蕾之间的空档，而是——花蕾本身？哪一个？

戴维手握花蕾，又按又旋，“咔啦”一声，右边的那个被转动了！寂静的大殿里，声音被放大得足以震撼三人的耳膜。戴维往后一仰，险些跌落。脚下竖起的长椅被突然打开的并列三根细石柱往外推开，露出一扇隐蔽的长条形石门。戴维暗暗赞叹设计者的匠心。石门左右细缝被细石柱遮挡，上下细缝又隐藏在基柱和高浮雕里，没有触动机关前，根本看不出来。

戴维伸出手，却发现无从下手。石门没有把手，也没有凹槽。轻轻一推，竟可以朝里推进两厘米，手一松，石门又恢复如初。石门背后必有类似弹簧的构件，如此往复推了几次，戴维都没有想出拆除构件打开石门的办法。

当石门再次被推至最深处时，他有了新发现——两侧的石壁上各有一列小方格。戴维屏住气息，胸有成竹地手指伸向左侧小方格，第五格、第二格、第八格、第十八格……接着，手指按向右侧小方格，最底下一格、上数第二格、最底下一格、上数第一格——石门突然往下掉去，一根长棍迎面朝戴维的脑袋砸了出来。

闵神父眼疾手快，伸手去接，长棍的一头砸中了他的手，却不怎么疼，原来是一个装书画卷轴的圆柱形盒子。戴维拔了盖子，取出一卷卷轴。藏宝图?！戴维无比兴奋。

当看到左侧石壁上一共二十六个方格、右侧石壁则是三十个方格时，他就明白，目标近在咫尺！他充满信心地左右各按四个方格，按照字母和数字顺序，所代表的含义就是 **EBHR 30. 02. 30. 01**！果不其然，成功了！

戴维感到一阵眩晕，不是兴奋所致，而是大殿里的灯突然全部亮了。

第二十五章
终极混战

亲缘噩梦

“佩服，佩服!”和着阴阳怪气的称赞，面具男带着一帮高鼻子蓝眼睛的洋人从正门走入大殿。

“你是谁?”闵神父问道。

“我是谁不重要，重要的是我带来了谁。”面具男一打响指，两个洋人架着一个女人进门。

菊妹！戴维心头一紧。

“咱们一手交人一手交货。”

“这是教堂的东西，不属于任何个人。你……”

“哈哈哈哈，看来这位神父还不知道这个女人与你朋友的关系。”

戴维只好承认道：“她是我妹妹。”

菊花配合着嗯嗯地点头，又朝面具男示意有话要说。面具男取下她嘴里的布条。“哥，不要管我，东西千万不能给洋人！这是我们中国人的宝藏！毁了也不能……”菊妹的嘴又被堵上了。

戴维指着面具男说道：“你搞错了，这并不是你要的东西。”

“啊哈，你真厉害。没有那位共党朋友你也照样能找到宝藏，找到了还想对我瞒天过海，也不管你妹妹的死活。你不想想不与我合作，你今天还能走得出这教堂吗？与共党勾结，只消我一句话，你还有明天吗？”

“说得好，我也想问问你跑得出去吗？”几下单调的掌声从裙房的侧门传来。戴维一阵头皮发紧，历史重演了。

日本老头池田笃悠悠地进门，后面一帮人里，两个小喽啰绑着安娜，一颗晶莹的泪滚落下那张熟悉的脸颊，消失在满口的毛巾里。

“做生意也有个先来后到。我记得是我先与这位先生约谈生意的。我们谈不成的话，再挨到你啦。”池田说。

“请别忘了这是法租界，不是什么日租界！”面具男趾高气扬道。

池田慢条斯理地回敬：“不过现在是我控制了这个教堂。”池田转而对戴维道，“咱们又见面了。三更半夜的，长话短说，让我们把上次中断的生意了结了，各自好回去睡个安稳觉。你们好几天没见，也该亲热亲热了。”

“闭嘴！”戴维火冒三丈。

“唉，这可是在教堂哎！再说，和气生财嘛。我可不会拿什么与共党勾结来要挟你，更不会亏待你。你给我宝藏图，我还你你的女人，外加五千大洋，怎么样？七千？最多了，不能胃口太大了。”池田从衣襟里掏出一张汇票挥了挥。

现在是池田把握着整个局面。里里外外日本人不少，为什么不来个瓮中捉鳖，强取豪夺呢？戴维纳闷了，他葫芦里卖的什么药？

“不能给日本人！”四叔怕戴维犹豫，低声嘱咐道。

“唉，这位先生，中国古话说得好，识时务者为俊杰。何必跟钱过不去?”池田回转头，望向安娜。顾妈立刻领会了池田的意思，取下安娜嘴里的毛巾，附耳说道：“别忘了你是日本人!”

“且慢！这位小姐，看看这是谁。”面具男及时插话，几个西洋人迅速解开身边的两只麻袋，一位嬷嬷和一个病恹恹的小男孩被五花大绑着现身。

罗思嬷嬷和约瑟！安娜几乎瘫倒在地。阿廖沙一拔罗思嬷嬷嘴里的布，嬷嬷就可怜巴巴地哀求道：“玛丽亚，你救救孩子吧！财物都是身外之物啊。你快求求你家先生吧!”

安娜满眼是泪，绝望地求道：“戴维！救救我的孩子！求你！他生着病！别管我！东西给洋人，给罗思嬷嬷!”

她原来有一个儿子，为了儿子什么都愿意做。那个尖嘴利牙的江湖女、那个泼辣机敏的假小子都是一层外壳。知道了，为什么安娜会那么渴望着挣钱。戴维闭上眼睛，拿着卷轴的手不由得微微颤抖。菊妹被堵的嘴，安娜哀求的眼神，小孩的病态模样撕扯着戴维。

“八格!”池田挥手狠狠抽了安娜一耳光，安娜跌倒在地的一刹那，几支暗器从顾妈手里飞出，直奔对方阵营。几乎同时，面具男就地一滚，双手连发几枪“叭、叭、叭……”

一切发生得如此迅速，菊妹倒下了，嬷嬷和安娜的儿子倒下了。

“约瑟!”安娜惨叫一声。而顾妈扑向了池田，一颗本该射中池田的子弹在她背上开了花。她一下子侧倒在安娜身上。

为什么！为什么呀！安娜看着刺中约瑟的亮晃晃暗器，对自己的儿子行凶的是自己的母亲！三代人第一次在一起，竟是这样的结局?!

“菊妹!”戴维大喊。突然，一只强有力的大手一把将戴维手中的画轴夺下——是闵神父，他快速地跑向大门，才迈出几步，一颗子弹呼啸着追上了他。

几乎同时，大殿的大门被从外关闭。四叔猫着腰疾步至闵神父身旁，接过画轴返回石柱，刚登上当梯子的长椅，“叭！”一枪，肩膀被鲜血染红。

“别开枪！他会解密宝藏！”戴维惊呼。紧接着又一枪，再次中枪的四叔跌倒在地。画轴脱手，戴维本能地冲上前去接应。

“听好了，别动！”面具男用枪直指戴维，一步一步走来，洋腔洋调里充满杀气，“你也想挨枪子吗？”“叭——！”子弹打在画轴旁的石板地面，火星飞溅。

“不！约瑟！我的儿子！”一声凄厉的呼喊撕裂了凝固的空气。晕厥的安娜被枪声震醒，挣脱了捆绑，推开血迹斑斑的顾妈，不顾一切地朝儿子扑去，刚触到约瑟，面具男回过头两枪，母子两人均被击中。

“谁还想试试枪子的滋味？”面具男把打空了的手枪递给阿廖沙，换了一把装满子弹的手枪，傲慢地环视大殿。日本老头像蔫了的老丝瓜。戴维僵在那里，不知所措地看着画轴在几米远的地上来回滚动。面具男朝画轴走去。

“阿廖沙，你还等什么！”忽然，池田抬头怒目，大吼一声。局势飞速逆转，阿廖沙拔枪抵住了面具男的脑门，面具掉了下来。

“你！”面具里钢蓝色的眼睛喷出惊异的怒火。

“别怪我，人人为己，不是吗？”阿廖沙冷笑道。

“连脸都不敢露的人，还那么横。你不就是林姆斯基，法租界公董局的董事嘛。上海早晚是我们日本人的，你们法租界就快成历史了，你这个董事也不值钱了。”池田讥讽道。

“你！安德烈！你这个混蛋！你杀了你的儿子！”一身鲜血的安娜呼天抢地扑向林姆斯基。所有人惊呆了。

"你说什么?"林姆斯基弱弱地质问。

"我终于看到你这张脸了！果然是你！我是玛丽亚！你打死的是你儿子！你一生做了多少坏事啊！"

"你瞎说。"

"你看看他吧！看看他的脸，他的鼻子，他的卷发！我努力地学会爱他，把他抚养大，为他治病，你却连个病孩子都不放过，你打死了他！你遭天谴！"

林姆斯基握枪的手颤抖起来，他无法接受这突发的意外。由不得他多想，阿廖沙已子弹出膛，林姆斯基直挺挺地倒在安娜面前，手中的枪扔出去数米，落到戴维的脚下。戴维迅速地捡起枪，直指阿廖沙。

"你开枪啊，开啊!"阿廖沙与池田会心地交换了眼神，对戴维讪笑道。

扣动扳机，没有子弹射出。阿廖沙换给林姆斯基的是一把没有子弹的空枪，所以阿廖沙会镇定自若地等着捡枪被指！戴维懊恼地一扔："好吧，你赢了。你开枪吧，打死我你自己去解读这幅密码图吧。"

"不不不，我们不会打死你。"池田主持起局面，老头不能确定，眼前的江湖惯偷已经知道这是幅密码图？如果是，没有他破解还真只好干瞪眼。"我们合作得不是很好吗？我们继续合作，继续合作。你把画给我，我呢，不瞒你说，是安娜失散多年的亲生父亲，我决定让她嫁给你，这样你就是我的女婿了。吃香的，喝辣的，荣华富贵，要什么有什么，怎么样?"

不啻又一个重磅炸弹开花！人人被炸晕了。

——他是"顾妈"的丈夫，我的父亲?!

——安娜是日本人?!

——这两个惯偷一忽儿与池田老头成一家人了？还会有我什么

事吗?!

一不做二不休，阿廖沙嘴一抿，果断地朝池田开枪，一时间，枪声四起，阿廖沙手下也纷纷朝毫无心理准备的日本人下手。

戴维迅速趴下，一把将画轴抓在手心里。刚起身，阿廖沙的枪直指而来：“别动!”

“别过来，你再过来，我就把画烧了。”戴维变戏法似的摸出了打火机，“叭”地打开了盖。

“好好好，我不过来。你把打火机收起来，拿着东西跟我走。警告你别想耍赖。”阿廖沙指指卧倒在地的人群，“你不希望你的女人们都像其他人一样变成僵尸吧?”

阿廖沙招手之下，喽啰们立刻抬起血泊中的安娜和菊花。安娜发出了一声痛苦的呻吟。阿廖沙满脸嘚瑟地转身班师回朝。一声呼啸，笑容意外地定格了——一颗子弹不偏不倚地射中眉心，阿廖沙顷刻间变成了二郎神!

千钧一发

惊讶、恐惧如电流通遍全身，所有人不约而同地抬起头，大殿两侧高处的回廊里射出了更多的子弹，企图还击的喽啰们纷纷陪着二郎神倒地，戴维趁乱爬过横七竖八的尸体跑向大门。

一只黑洞洞的枪口突然出现在门口，逼得戴维步步后退至大殿中央。

“哦?四叔也在啊。呵呵。我说呢，一个外人怎么就这么容易得手。”螳螂捕蝉，黄雀在后，季忠孝一脸的得意。

季家班下了回廊，鱼贯而入大殿。季忠孝慢悠悠地踱着步，逐个踢了踢日本人，长长地舒了口气。

哈哈，再也不用受制于池田了，噩梦啊，十几年的噩梦。不是在噩梦中毁灭，就是在噩梦中强大，把噩梦踩灭在脚底下！今天，终于做到了！

季忠孝俯下身看了看林姆斯基太阳穴开花的脸，站起身来把面具踢飞，又瞄了一眼难以瞑目的阿廖沙。都死了，哈哈，都死了。和我竞争宝藏的人都得死！我才是名正言顺的拥有者！

“你！算你运气，还活着。好吧，继续你的运气去吧，把东西留下。”季忠孝死盯着戴维。

骗谁？季公馆的一幕谁会忘？“要这画可以，但是你必须让教堂的嬷嬷、修士们将这些受伤的人立即送教会医院去。”

“你以为你有资本同我讲条件吗？你以为我像这帮西洋人、东洋人这么蠢吗？你还没打开看过，怎么就知道手里是密码图呢？若是密码图，为何还要设置重重的密码和机关保护呢？我才不信这是幅没有你就解不开的狗屁密码图！”

戴维脸上的肌肉不自觉地抽搐了一下，季忠孝这恶棍说对了，谁也不知道这里面是什么。“你要强夺，我就把图毁了！”

“收好你的打火机吧。实话告诉你，这教堂的人都在我的控制之下，我早就在教堂大殿里外布好了线。你敢把图毁了，我立即把这教堂连带教堂的人一起炸了，谁也休想得到宝藏！不过，难说，或许宝藏就炸出来了。哈哈哈哈。”

“忠孝！你怎么可以！”嘶哑的呵斥从四叔的嗓子里迸发出来。

“住嘴！你这个吃里扒外的家伙。信不信我现在就一枪结果了你？你会为你的行为付出代价的！”

季忠孝用枪抵着四叔的脑袋，胜券在握地威胁戴维：“给你一分钟考虑，不乖乖地把图交出来我就开枪！……对了，他还不足以做筹码对吗？”季忠孝一挥手，安娜被拖了过来，“那就再加上她，够了吗？”

惨了，不要说宝藏图，性命都要丢了。这一路走来，逢凶化吉，多少风浪都过了，到最后的节骨眼上，竟然是满盘皆输？把命都要输掉了？

不不不，为什么就不存在一线生机？为什么我的猜测就不会是现实？为什么这幅画轴就不会是密码图？无论如何，今天不看到画轴的真面目，怎能死心?!

戴维握着画轴的手伸向对方，忽然间一倾斜，手指将绳结一抽，画轴出人意料地展开。没有图，没有密码，仅有寥寥几个毛笔字："真正的宝藏充满内心，也充满苍穹，那就是对主的爱，对人的爱。"

完了，彻底完了！季老爷子竟然这般要命地玩哲学玩深沉！今天要把所有人的命都玩完了！

戴维的手在抖，他万万没想到真相是这样！画轴从他无力的手中被一把抢去，季忠孝发出了绝望的狂笑："哈哈哈哈，哈哈哈哈，好好好，我玩不过你，我玩不过你！你一辈子高高在上，一辈子看我不顺眼，到死了还捉弄我，还要给我上课！做人不能太过分！我是你的亲生儿子啊！"

季忠孝转向大殿主祭台，面对着主祭台上方的耶稣像继续着自己的绝望："看看吧，看看吧，这就是你的忠实信徒，看看他怎么对自己的儿子的！什么爱充满内心，充满苍穹，连自己的亲生儿子也玩弄于股掌之间啊！哈哈哈哈，好啊好啊，你不仁，休怪我不义，我让你死无葬身之地！让你的神看着你死无葬身之地！看他能不能救你!!"

季忠孝恶狠狠地回转身，瞄准了戴维："你，你们都去陪葬吧!"

这就是我的结局？冰凉的感觉从头灌到脚，戴维没法再多想，瞪大着不甘的双眼听着子弹发出意外的巨响呼啸而来，擦过耳根飞去。随之，季忠孝直挺挺地倒在跟前。

主祭台前，厉害持枪站立着。第一排椅子前，季家班里家辉也同时举着枪。

“各位兄弟，请冷静！容我说一句。”家辉伸出双手，阻止同伴过激举动，“季忠孝死了，他是日本人的狗腿子。这位厉先生是侦探，看，他和谁在一起。”

随着他手指方向，季忠仁坐着轮椅出现在众人面前。

“啊？季大少爷！”

“季大少爷还活着！”

季忠仁摆摆手：“各位弟兄，忠孝虽为我亲弟弟，但他罪恶累累。他叫人在食物里下毒，在我的车上动手脚，残害父亲与手足。另外，我的妻子也倒在他的手下，四叔也险遭暗害。他勾结日本人，证据确凿。他还要炸毁父亲捐赠的教堂以及他老人家的坟墓，实乃不忠不孝之极！他的下场是咎由自取！”

季忠仁平息了下愤怒，缓了口气道：“各位在季家做事多年，可谓对我们父子两代忠心耿耿，我自然会另当别论，善待各位。各位切不可盲目学着他再行不仁不义之举。今日之事，明日报纸自会登载：外籍黑帮火拼。此事与诸位及季家绝无瓜葛。当务之急，烦请各位速速将伤者抬去救治。”

季家班依言而行。戴维发疯似地跨过两具尸体，抱起菊妹。菊妹睁开眼，急切地望着戴维，示意有话要说，戴维侧耳倾听，却几乎听不到声音。两枚暗器醒目地插在菊妹胸口和脖颈上，引起她浑身的战栗抽搐。戴维拔下暗器，蛇牙印般的窟窿内顿时涌出了更多的鲜血。戴维无比震惊，无比绝望，这和养父母脖颈处的伤痕一模一样！戴维用手按住伤口，血依然从指缝中流淌出来，顺着菊妹的衣襟滴到了戴维身上。

“哥，哥……”菊妹艰难地想说，却说不出话，泪水溢出了眼眶。戴维想对菊妹说的太多了，同样堵在嗓子眼里，出不来声。他无奈地感觉着臂弯里的分量变得越来越沉……养父母的血脉活生生地断了……

“放开我，放开我！我的孩子，约瑟！我要我的孩子啊，我的孩子还在那里呢，戴维！帮我……”

安娜浑身是血，却只是肩部中了弹。危急时刻她会选择静如死尸，此刻却无法抗拒季家班将她抬走，只留了一路的悲泣与哀嚎……

“快走！”有人在喊。

“快走！教堂要爆炸了！”戴维被家辉等人强行架往门外，“季忠孝生前已经启动定时炸弹，设定一个小时后炸，现在离爆炸时间只剩下 25 分钟了！”

“什么？”一旦爆炸，教堂就不复存在了？季老爷子的墓也没了？眼前的这些人呢？戴维看到四叔斜靠在墙角，用那只未受伤的手牢牢抓住铁艺栏杆坚决拒绝离开。

“四叔，”戴维奔到四叔跟前，“季忠孝生前已经启动定时炸弹。”

“我正要找你。我这样子什么也干不了了。”鲜血淋淋的四叔目光如炬，“只有靠你了！宝藏一定还在！只是我们还没准确找到。如果教堂炸毁了，什么都没有了。我们已经为宝藏付出了太多太多的代价，宝藏没有了，雅萍、你的养父母还有其他很多人就白死了！”

四叔的眼睛里弥漫起一片晶莹。他喘口气继续：“小伙子，这宝藏不是一个人的，也不是一个家族的，是我们中国人的！有了这笔宝藏，就可以武装更多的军队。这也是季老爷的初衷。只要尚有一线希望，就不能让这座教堂连同宝藏灰飞烟灭！”

“炸弹在哪里？”戴维问家辉。

家辉显得很迟疑。戴维大声地重复道："你一定知道的，炸弹在哪里?"

家辉拉过戴维，远离了四叔说："您真相信还有宝藏啊? 没有，肯定没，不值得去冒险。"

"快说！在哪里?!"

"你上不去的。内线说了，钟楼大门都反锁了，上面有人把守，到点之前他们会以特殊的方式安全脱离。"

"在钟楼? 哪个?"

家辉沉默。

"好吧，你看看这是什么?"戴维一把从裤腰上拽下五爷的玉佩。家辉愕然。

"这是五爷亲手传给我，见玉佩如见五爷。快说，哪个?"

"你应该知道，他最恨洋人了，也最恨教堂了，教堂是洋人用来毒害我们、欺负我们的据点。洋人的教堂巴不得炸了，为什么要阻止? 炸了最好!"

"你就忍心看着这么多人一起做教堂的陪葬? 季家待你也不薄，你就看着季老爷的心血还有他的墓一起炸掉?"

"五爷还健在呢，你怎么可以就违背他的旨意，干他痛恨的事情?"

"你！回来跟你算账!"时间不等人，戴维掉头奔向钟楼，好吧，拿命搏一记。

"你回来！你不回来，我开枪了!"家辉没想到戴维这么不要命，五爷指定的接班人，怎么可以这么轻率！实出无奈，愿这一招能吓住戴维。

"叭——"戴维浑身一颤，却没有意料中的中弹。回头，家辉已经跪倒在地，努力地转身，惊讶地喃喃道："你，你……"

厉害踉跄前行数步，俯下身替家辉合上眼，迅速地奔向戴维：

“来不及了，你左边，我右边，一人一个。小心有防卫。”

两人分别撞开大殿过道上的小门，进入左右两个钟楼。戴维贴墙而上，提防着时刻可能飞来的子弹，却未遇任何袭击。半道上一扇敞开的窗户外，一根粗麻绳悬挂着，这就是家辉所说的特殊方式吧——沿绳而下，悄悄从建筑的侧面撤离。此时留守的喽啰已经早早溜之大吉。戴维上到顶层，细细找寻，没有任何炸弹的踪迹。他生怕遗漏，爬上了钟架，没有。

晚风阵阵，顺着风侧过头望向右边的钟楼，月光中，厉害正艰难地爬在钟架上，向一个附着在横梁上隐隐发光的东西伸出手去。戴维不由自主地闭上了眼，红线、蓝线，会不会故意颠倒？扯哪根？如果扯错……今夜，戴维已数次面临生死关头。

“喃，没事了！”夜风传来厉害的大声招呼。

地面上响起一片欢呼声……

第二十六章 谁是王者

谁笑到最后

风姿绰约的菊妹死了，虔诚善良的罗思嬷嬷死了，羸弱无辜的小约瑟死了，儒雅博学的闵神父也去了。临终，闵神父艰难地吐出一句话："如果可以，请把我和俊生埋在一起。"世轩、戴维两个大男人顿时泪如雨下。

所有活着的人已经痛得麻木。大家不得不质疑，这难道是真的吗？这是为什么？宝藏真的存在吗？值得那么多人付出生命的代价？季老爷子的迷局太残酷了！

世轩说得很坚定："宝藏一定还在！只是我们还没准确找到。"

他有资格说这话，凭他是季老爷多年的心腹，凭他这么多年为了这一件事雌伏。他向戴维承认，当初要戴维破了密码告诉他方法只是个幌子，他的目标就是要找出这批宝藏，用到最该用的地方。

事情本不该如此复杂，怪只怪当年季老爷突发中风而亡，打乱了一切。

“宝藏一定还在!”

世轩的话似一记记重锤敲打在每个人的心上。宝藏在哪儿呢?一个开玩笑的卷轴都有着这么复杂的密码和机关掩护，真正的宝藏该有着怎样的保护?或许，反而会反其道而行之?

“真正的宝藏充满内心，也充满苍穹，那就是对主的爱，对人的爱。”教徒虔诚的表述此刻变成一张嘲讽的脸挥之不去。

沉默，再沉默。

真正的宝藏充满内心，也充满苍穹，可以说到处都是，就是看不见，令人发狂!

卷轴摊开在茶几上，泛黄做旧的纸面，字迹端正隽秀，裱糊精细，轴杆是根质量上乘的红木，杆头顶端雕刻了一朵内陷的小花，颇为别致。

戴维猛抓了几下头发，做“烟幕弹”用的东西还正儿八经地弄得这么好，气人!

厉害一言不发。

深陷在沙发里的季忠仁看着两位，摇摇头，说:“算了，大家还是各自休息去吧。这事急不出来，得慢慢研究，并且还得再仔细考察教堂的各个角落。”

“我有个想法，不知道对不对。”安娜迟疑道，“我想试试，只要一分钟。”

没有人会拒绝一位女士的这么个小小要求。

“你们谁帮个忙，把我的盘发解开，我不方便。”安娜肩部中弹影响了手臂。戴维立即明白了安娜的意思，站起身慢慢解开安娜盘发的表层，一股束发的根处套着那枚摄人心魄的大钻戒。

安娜将钻戒对准轴杆凹陷的雕花处，严丝合缝。钻戒就是一枚特殊的钥匙!轻轻一转，轴杆断成两截。抽出轴杆，短的一头上一枚铜制的钥匙镶嵌其中。这是哪里的钥匙?

“这应该是银行保险柜的钥匙。”季忠仁说。

厉害接过钥匙细瞧：“不错，是汇丰银行的。”

“真正的宝藏充满内心，”内心即内芯，轴杆的内芯！四人相望，惊喜荡漾。“也充满苍穹，”还有苍穹？什么是苍穹？卷轴的“苍穹”不就是装它的盒子吗？戴维伸出手去，厉害却先一秒拿到了手。层层剥笋地拆散了盒子，从盒壁夹层里取出了一只薄薄的小信封。信封里是一张便条纸，上面记着一串数字——进入汇丰银行宝库的密码。

厉害欣喜地把钥匙和密码两相对照：“我们终于找到宝藏了！”说完，他迅速地将钥匙和密码放入口袋，退后一步拔出了枪。

“哥？！”

“对不起了！我不是什么厉害厉神探。我真正的名字是池田秀行。对，我是日本人。”池田的声音里充满自豪，“寻找这个宝藏是我的重要工作，我要让宝藏用到最该用的地方——天皇的圣战。为了这个目标，我的父母已经献身了。但是，我终于代表他们、代表我的家族赢得了胜利！”

“哥，你疯了！”

“纯子！我想妈妈不会没告诉过你，你叫池田纯子吧！你已经让他们失望过一次，现在，请拿出做日本人的勇气来，不要再让父母的在天之灵失望！你们几位，我们合作得很愉快，谢谢了。为此，我不会为难你们，我会让你们痛快上路。”说完，池田秀行对准戴维……

“不！”安娜扑向戴维，哥哥再冷酷，断不会朝自己开枪。戴维紧紧抱住安娜，本能地把她拽到身后。傻姑娘，池田一旦扣动扳机，哪里来得及收手！

怎么？什么也没发生？池田狐疑地打开枪匣，一粒子弹也没有。不可能，不可能！

戴维笑着摊开掌心。池田恼羞成怒，一甩手一支暗器直奔戴维。戴维猛地推开安娜，就地一滚，消失在沙发旁。池田拔腿向前，腿窝处却突然受到一只大脚的重踢，池田毫无防备地合扑倒地，脑袋撞击在茶几上。一瞬间，他背上压上了一个人，挣扎间，又增加了一倍的分量。接着，池田的头部遭到钝器的猛砸，天旋地转中有热乎乎的液体流了出来，他再也无反抗之力……

看着池田被巡捕架走，安娜再也忍不住了："季先生，你的腿?"

"我的腿早就恢复了。我一直瞒着，原本是为了提防弟弟，没想到今天用上了。"

"多亏了有你这一腿！上帝保佑!"安娜画着十字。

"不，真正要感谢的是他。"季忠仁转而面向戴维微笑道。

戴维正沿墙面一路望去，从房间门上和旁边装饰橱上取下两样东西放到茶几上，玻璃台面发出了清脆的"哐啷啷"声。大家好奇地望去，是两只铁制的"笔帽"。

戴维面色沉重："菊妹临死前告诉我，她是复兴社的人，那个厉害，也就是池田也是，但是他们并不知道他是日本人，只是发现他可能存在着问题，已经盯了他好久。"

戴维指着"笔帽"继续说："这就是刚才池田使用的暗器，源自日本古代青森中川流的忍者，几近失传。池田跟流落到上海的这个派别的后人学到了这手诡秘的暗器，又传给了池田家族的其他人。这暗器造成的伤口像被动物的利齿所咬，所以池田家族每每害人之后，就放出风去，说是被害人遭到了来自西方的吸血鬼的袭击。转移视线，混淆视听。"

"既然你识破了他，你是何时卸了他的子弹的?是趁他被众人捧为英雄的时候?"

"是的。"戴维略显腼腆地笑了。池田排除了炸弹下了钟楼后，众人欢呼着将他抬起来抛向天空，上上下下很多次。

“我还有一事不明白，这个池田为什么要冒着生命危险排除炸弹呢？当时连炸弹在哪个钟楼里都不知道。如果他或你失手的话……”季忠仁问。

“不，我认为池田秀行是知道的。你弟弟本来就一直受控于池田家族——这还得感谢你的夫人，为我们留下了珍贵的证据。还记得他当初边跑边说的话吗——‘来不及了，你左边，我右边，一人一个。’他把炸弹分配给自己，以确保能解除炸弹，他怕宝藏随教堂一起毁灭。”

“我还有个很大的好奇，你究竟是如何由钻戒上的密码一路追踪到教堂，找到柱子里的卷轴的？这些数字和字母究竟是什么意思？”

“要解答这个问题，得需要一个道具。”戴维回答。

“道具？”

“对，你父亲放钻戒的匣子。”

季忠仁示意祥玉把八宝匣子拿来。戴维打开匣子，把钻戒仔细嵌入基座，把匣子的正面转向对方道：“你看，人人都看到钻戒内圈的这行密码，但是没人注意实际上这匣子也是密码的组成部分。”戴维的眼前浮现出俊生的布书袋。

“哦？”戴维一下子把大家的兴趣吊了起来，安娜问，“你快说下去呀，内侧盒盖上的这行字母和数字不是与钻戒上的一样吗？”

“重要的不是这行一样的字，而是盒盖的底衬。请看，底衬上绣的是百子图的局部，在30和19两组数字的上方正中间，小孩在玩一只没有尾巴的猫；在60和01两组数字的上方正中间，另一小孩在玩一对女人头上的钩钗；在这四组数字的正下方，第三个小孩在玩一副兵器，那是十八般兵器之一的钩；在他的下方，第四个小孩在看一卷书。”

戴维停顿下来，让众人看明白，然后说道：“只有这四组人物和字母 CG 上方的小孩是绣得精细而完整的。这是什么意思呢？很奇怪不是吗？我也一直没理解。”

戴维拿起身边的一本书：“直到我看了这本介绍谜语的书《谜趣集锦》。我发现传统的谜语都有谜格，就是根据谜面去扣合谜底时需遵守的格律。编谜的人把谜格化用到了数字和字母上。第一个孩子提示，3019 应该按掉尾格变化，即变成 3091；第二个孩子提示，6001 要按双钩格变成 0160；第三个孩子提示 30916001 要再次按双钩格变成 60013091；最后一个孩子是说要按卷帘格变化为 19031006。”

“戴维，我想起来了，你要我看的四幅圣经故事图画，每幅都有卷起来的东西，也是卷帘格的意思喽？”

戴维点点头：“对的。不过这第二个谜要先放一放。第一条字谜还有字母部分，你曾经认为，IHCG 意思是为了纪念叶卡捷琳娜大帝。虽然后来我们知道这枚钻戒与她无关，但是你的分析给了我启发。当我在许家集教堂听神父向慕道者介绍该教堂时，我得知教堂的外文名字是 CHURCH OF GOD'S MOTHER，这教堂建于前清光绪三十年，大殿共设 19 个祭台，钟楼高 60 米，规模是上海各派各宗教堂之首时，我立刻明白，CG 指的就是这座教堂。30、19、60、01，这四组数字也无一不是指向这座教堂。”

“那 CG 上方也有个小孩，正在脱靴子，也是什么格吗？”

“对，这叫脱靴格，即弃掉最后一个字，所以只剩下 CHURCH 和 GOD'S 两个实词，从而 CG 便是指代许家集教堂。”

“既然 30、19、60、01 直接与教堂有关，你刚才分析的那些谜格，把数字颠来倒去又为的什么呢？”

戴维露出自信的微笑：“那是因为密码的另一层含义我没讲。”

“还有含义？”安娜瞪大了眼睛。

“你看过《谜趣集锦》，扉页上有赠书题词。那个女孩的洋文名字叫 Cathy。她姓高。所以，CG 的另一个解释是这个高姓女孩。而经过谜格变化的八位数字 19031006 就是这个女孩的忌日。”

“啊?”安娜觉得太不可思议了，“你怎么知道？为什么不可能是她的生日呢?”

“这很简单。一，赠书题词的落款日期早于 1903 年 10 月 6 日；二，我们接触到的第二重密码的数字，其实就是她的生日。”

“原来是这样?”

“对。刚才你也讲了，钟楼里的那四幅画都有一个共同特点——卷起来的物品，提示的是卷帘格，即相对应的数字应从尾至首反过来读。那么，我们看到的数字 30、02、30、01，应该是 10、03、20、03，即那女孩的生日光绪十年三月廿日，她出生在那日的寅时初。寅时就是凌晨 3 点到 5 点，所以最后的 03 就是指凌晨三点。”

“真的？这个你是怎么知道的?”安娜越听越觉得玄乎。

“请不要怀疑其正确性。我、四叔和闵神父就是根据这个时间月光透过教堂花窗的投射点，找到藏于石柱中的卷轴的。”

“那么 EBHR 什么意思呢?”

“这个的确很难解释，我想应该是对藏卷轴的地方的某种辅助提示，或许安娜你可以研究研究。”

“听你的解析，的确是闻所未闻，但不得不相信。”季忠仁感叹道，“照这么说，我父亲他曾经深爱过一个薄命的女子，学会了她猜谜的爱好，后来就把这爱好运用到藏宝上?”

“可以这么说。”

季忠仁默默地重新认识自己的父亲。许久，他回过神来：“谢谢你们俩，历经千辛万苦，帮我找到了宝藏，让我有机会完成父亲未能完成的事情。”他起身请祥玉拿出两张支票：“这是你们的酬劳。”

戴维伸手一挡："我有一个不情之请。季先生如果想替令尊完成心愿，那么也算上我的这一份。我也是个中国人。"

"可是……"

"请不要可是，季先生。作为中国人，别人可以前赴后继地牺牲生命，我不过是贡献了一点钱，有什么不可以呢？"

"我也是，和他一样打算。"安娜接口道，"我本来确实很需要钱，可是现在不了，我一个人了，无牵无挂，真的无所谓了。"

李鬼和李逵

安娜害怕监狱，自从干了这行，多次做过进监狱的噩梦。不是巡捕房的拘留所，是真正的监狱。听说牢房是比单人床大不了多少的狭长空间，不到四平米，终年不见阳光。与苍蝇老鼠为伍，糟糕的饭食，与世隔绝地待上十年、二十年，甚至一辈子。若是风烛残年倒也罢了，若是青春年少，该如何挽救这绝望的余生？

一定有办法吧？即便犯下了不可饶恕的罪过，也能有所补救对么？世上的罪人，天主不都说可以赦免的么？

一定有办法的。他是不幸的，他没能在一个健康的环境中长大，这不是他的错，他没得选。他是被逼的。他的内心是有着善良的一面的，他救过我！他又帮助过季大少爷。还有，不是他，我们都会死在教堂大殿里，死在季忠孝的手里，爆炸会让所有的人死无全尸！

一定有办法的！对的，让他坦白，把黑樱社的事情彻彻底底地交代出来，反正他的……我们的父母也不在了。我是他唯一的亲人了。给我一次机会，让我劝劝他。他会听我的。肯定！他是我唯一的亲人，给他一次机会吧！

安娜小心翼翼地迈过大铁门，登记，检查，过二道门、三道门，满眼的铁栅栏几乎望不到尽头。狱警大头靴在铁质过道上踩出吓人的隆隆声，不新鲜的空气夹杂着很可疑的气味，安娜不确定是不是血腥味。一切显得如此地阴森，令她汗毛耸立。

忍着想吐的感觉，安娜继续往前，她在狱警停住的地方停住。栅栏里，阴暗的远处墙角，她看到了熟悉的背影。以前，那背影总是一袭白色府绸衫，明亮、飘逸，像春天里的阳光，生机勃勃。此刻，裹在土灰的囚衣里，昏暗光线下，粗一看像浦东赵家沟野地里的顽石。

“哥……”安娜颤抖地喊出了声。背影一动不动，仿佛对着安娜的真的只是一块石头而已。

“喂，你妹妹来看你了。”狱警不耐烦地用警棍挥向铁栅栏，发出硬邦邦的敲击声。

安娜等待着刺耳的金属响声停歇：“哥，我给你带来了你爱吃的小常州排骨年糕。”安娜将食盒递进栅栏里。

依旧没有任何反应。排骨年糕的香气袅袅散开，无望而狭窄的空间顿时有了人间的气味。

“警方说了，只要你坦白了，就可以为你争取减刑。另外，我们的父母也已经落葬。哥，……”

“我的父母，不是你的。他们没有你这样的女儿!”

“哥，你是我唯一的亲人了。父母已经不在了，你要为自己想想啊！也要为我想想啊!”

“你不是我的亲人，池田家没有你这样的人！我们池田一家三代为效忠天皇忍辱负重，历尽艰险，鞠躬尽瘁。却在你手里功亏一篑！你给我滚!”

“你以为，你不想承认，你们的兄妹关系就不存在了吗?”戴维的质问，令池田一惊，“你以为，你的失败都是因为安娜不配合你导致的吗？你太幼稚了！”

戴维转向安娜道：“一个没有亲情的人算不得亲人。我们都是你的亲人，唯独他不是！他不过拥有与你相近的躯壳而已。我们走！”戴维拉着安娜就走。

“慢着！”池田秀行扑到门口，抓住栅栏，一双充满血丝的眼睛瞪出了一百个不甘心，“告诉我，你是什么时候发现我的？我哪里做得不到位？我做得这么天衣无缝，你怎么发现的？”

戴维轻蔑地一笑：“你为什么要冒充厉害厉侦探？你告诉我，我就告诉你，我是什么时候、如何发现你有问题的。”

“当真？”疲惫充血的眼球望着戴维，将信将疑。

“你可以不说，如果你不想要答案。”

池田屈服了：“银楼老板王福根被骗钻戒后，急于要请有本事的人找回来。他告诉了他的相好，麦家圈医院的护士长。因为工作关系，那相好接触的社会面广，三教九流认识得多。她打听到厉侦探挺有本事，在法租界破了好几个案子，一心想找厉害。但那个厉害神龙见首不见尾，一时半会没找到。我们在麦家圈医院有眼线，还是她的好朋友。于是，我就灵机一动，由眼线牵线，冒充了厉侦探。”

“你就这么自信，不怕遇上真的厉害？”

“怕？我侦探扮得不像么？做我们这行的天天都在冒险，怕能成什么大事？”

戴维点头讪笑道：“是啊，反正你还有复兴社这张牌可以打，谁会想到你是日本人。”

池田无话可说。一定是菊花违反规定告诉戴维他复兴社的身份。他们俩是兄妹关系啊。该死的关系！父亲说得对，亲情是毒药，在不知不觉中会中毒上瘾，失了是非判断，丢了信仰和纪律。现在看来，亲情更是炸药，一着不慎，做出错估，就会将多年甚至几代人构建的大厦瞬间炸毁！

“该你告诉我了，我哪里露出了破绽？你怎么发现的？”

望着池田充满渴求的眼神，戴维忽然心头涌上一丝怜悯。可怜之人必有可恨之处。事到如今，这个日本人心里，亲情、未来，什么都不重要，只想知道自己哪里露了破绽。他耿耿于怀的只有这，他不能接受的也是这。这成了他生命的全部。亲情，多少人的渴望！而他，并不需要，他活成了一台机器，不，战争机器上的一颗报废的螺丝钉。

戴维感到悲哀。他瞄了一眼安娜，又看着池田，欲言又止。

“你说啊，你不能赖，你答应的，你快告诉我啊！君子不能不讲信誉！”池田撼动着栅栏。

这个日本人多么想知道答案啊，不告诉他，他会死不瞑目。而告诉了他，戴维知道，他同样会死不瞑目！罢罢罢，既然横竖是死不瞑目，得让他心服口服！

“你是李鬼，而我就是李逵。”

时间在此刻静止。

“不可能！你骗人！你怎么会是厉害？哈哈，你是戴维，你是她的搭档，你们俩是江湖上有名的雌雄大盗！”

“你不相信，可以问问安娜。”

“纯子，告诉我，老实告诉我，他到底是谁？他到底是谁?!”

安娜泪流满面，不住地点头：“他是厉害。”

“不可能！你也骗我？你和他一同去隆泰银楼骗钻戒，一同去德大西菜社与季家人接头，却被五爷的人追杀，我亲眼所见！是我救了你们！”

“可你看到是我和她一同去的银楼吗?”真正的厉害问道。

池田愣住了。

“不错，是我假扮戴维和安娜去德大接头，遇上了你。是我以戴维的名义和安娜共同经历了以后的风风雨雨。可在这之前，和她在一起的戴维并不是我。”

“你从见到我的第一面起，你就知道我是假冒的？”

“当然，我倒要看看你的面具下藏着怎样的真实嘴脸。”

“纯子，你也是?！你一直在骗我，在与我逢场作戏？”

安娜哽咽着说不出话来。一路走来，她多么希望假厉害和假戴维是一样的人，虚假的身份下有着一颗正义的心。

池田又转向厉害：“我不信，那真的戴维呢？你杀了他？”

“哼，这就是你们日本人的逻辑吧？”厉害嗤之以鼻，“你也不想想，我为什么能冒充戴维，连多年不见的亲朋好友都没看破？因为我在明面上帮他，他在幕后帮我。”

安娜边流泪边补充道：“我和戴维去报社了解悬赏启事……遭到几路人的围追，戴维想办法让我先逃脱，殿后的他……却中了枪，幸亏厉害救了我们。”

“小日本，你可以不信这两个中国人，可你不能不信我。我，你总该知道是谁了吧？”吉约姆笃悠悠地出现了，“厉害是我的老熟人了。帮我破了好几个棘手的案子。我欠着他人情。那天他来找我，我没办法，只好答应他，给他弄了个地方安置他朋友养伤。他则假扮成他的朋友出去做事。别说，他们俩身高模样粗看也差不多。”

“法国佬，你一个执法者，竟然敢徇私枉法，包庇掩护盗贼?！”

“啧啧啧啧，自己得了杨梅大疮三期，还指责别人打了个喷嚏？哪来的脸皮？切！呸！”吉约姆朝地上吐了口唾沫，“厉神探是季忠仁季大少爷的救命恩人，是他在客轮上救下季大少爷，又受了季大少爷的委托，调查谁想谋害法租界有名的慈善家季世卿老爷的后人。这不是帮我维护法租界的秩序与安宁么？季家人也都是我的老朋友，我于公于私都岂有不帮之理？”

“什么?!”池田松了手，倚着铁栅栏门跌坐在地上，“这么说，我从文艺复兴咖啡馆里偷偷救他出来的时候，他就知道我是假的。他一直知道，一直知道！一直知道……”

“救他?！嗨！说的比唱的还好听！你不过是要把季大少爷拽在自己手上。可你没想到，季大少爷早就和真正的厉害搭上了线。你也不想想，你冒了人家的名，占了人家的坑，人家不得腾出地方来成全你，让你好好表演表演？哪能扫你兴呢？嘿嘿……”

尾声

林木葱茏、绿草成茵的长安公墓添了两座新墓。一座在顶级高档墓区，一座在侧面的普通墓区。若不是一个东家付的费用，外人断不会将两者联系起来。而对于戴维，他们都是他的亲人，五爷和菊妹。戴维很遗憾，自己受伤，因而错过了与这两位亲人最后的交往。唯一值得欣慰的是，对于他俩来说，并不知道面对的是个不认识的外人。他俩的关爱和亲情是给宝根的，如今，通过厉害的转述，戴维全都感受到了。

五爷自遭日本人暗器伤害后，在病榻上挣扎了多日，终究还是没有挺过这一劫。依他的身份，厉害把他葬在高档墓区，在他的小姐姐、戴维母亲墓地附近。菊妹则陪伴着自己的父母安息。

闵神父和罗思嬷嬷是神职人员，在季先生安排下分别葬于各自教堂的墓地。闵神父最终没有完全如愿，和他葬在一起的只是俊生的衣冠冢。厉害几经努力，都未能找到俊生的尸首，便将俊生的那本拉丁文密码书和画着八音盒的布书袋放入了他的墓穴。

闵神父在世的时候已经将拉丁文密码书全部译出，并交予四叔。那张特殊的金属盘厉害没舍得一起放入墓穴，他征得四叔和戴维的同意，留给了自己。说不清楚为什么要这样做，他只是隐隐觉得，俊生提供了他对人生无限可能性的新视角，原来有人可以活成那样子。

本来，厉害提议在长安公墓再买一处墓，给安娜的儿子约瑟。但安娜决定让约瑟陪着罗思嬷嬷长眠。是罗思嬷嬷帮安娜一手带大了约瑟，并且艰难地教会了安娜抛弃怨恨，爱上这个病弱而无辜的孩子。

几个人的后事料理得飞快。厉害急等着一切办妥了可以出发，季忠仁已经全权委托四叔和他处置在汇丰银行保险柜里的财产。

厉害带领一干人来到那块独特的墓碑前，一卷羊皮纸，一支羽毛笔，一束鲜花，还有那一圈调皮可爱的图案，秋千、垂柳、落雁、睡鸭、靴子……

“这是你亲生母亲的墓。”厉害示意下，戴维毕恭毕敬地献上手中的百合花。厉害将两本一模一样的《谜趣集锦》放在花前。风吹来，掀开了封面，两相对应的题赠肩并肩。

看着戴维伫立在碑前深思，厉害往后退了两步，转身向远处走去。

“等等。”安娜的声音。

厉害回头：“有事？”

“嗯……现在讲有点多此一举，不过，你这一走，不知何时才能再见。憋在心里难受。”安娜浅浅的笑容很好看，竟有一些少女的纯真。

“说吧，什么事？我还有些时间。”

“对了，那个 EBHR，我初步研究出来了。教堂里大殿中间的十根大柱子叫束柱，英文叫 beam-column。那个有秘密的束柱是自主祭台数起第八根，EB 即 the eighth beam-column，也就是第八根束柱的意思。”安娜听得见自己咚咚的心跳声，她努力地集中精神，生怕走神，不自觉地加快了语速，“HR 比较复杂一些。你告诉过我，HR 的上方画着一颗颗珠子，下方画着两条不断向上的折线，像楼梯一样。那分别是遗珠格和上楼格。许家集教堂叫 CHURCH OF GOD'S MOTHER。按遗珠格和上楼格，去掉当中的词 OF GOD'S，再把最后一个字母提到最前头，这样 HR 就代表着许家集教堂。”

“厉害！你是我见过的最聪明的女子！”厉害称赞道。

安娜很享受厉害的赞美，转而又惋惜道：“真希望再有机会与你搭档。你……真的一定要离开上海么？”

“我不能不去。”

“替季世卿季老完成心愿？那他为什么不早点把宝藏拿出来，藏教堂里那么多年呢？”

厉害望着远处在风中摇曳的野草，微微眯起了眼：“时事纷乱，他不知道该给谁，就只能先想尽办法稳妥地隐藏起来，直到四叔说动了他。”

安娜轻声问道：“闵神父、四叔也和菊妹一样吗？”

“不好说。”

“啊？他们一个神父、一个教徒难道是共产党？”

“他们都是好样的中国人。我敬重他们。”

“所以，你坚持要走？为了他们？危机四伏，……”安娜的声音低了下去，她突然意识到，虽然和厉害在一起没有多少天，却仿佛已过了大半辈子，她还没有准备好去适应没有这个人同行的日子，“厉害！你……你是哪里人？”

“嗯？”

“能告诉我吗？”安娜的眼神里充满着期望。

哪里人？这个问题对于厉害来说有点难。这是他一生的心结。

这些天，冒名戴维，过了一把别人的生活，有了许多从未有的体验，比如追寻“自己”的身世，感受到养父母的慈爱，兄妹的亲情、老同学的大义……好多次，他“入戏”太深，为所遇见的这些人与事流泪伤怀。他得提醒自己，这是别人的生活，是戴维的，不是厉害的。他惊讶他的内心竟有两个自我，另一个“我”很想让那个爱提醒人的对方闭嘴。很恼人的是，总是不分胜负。他意识到自己根本不愿“出戏”，恰如此时，他几乎无法直面眼前的安娜。

“抱歉，我不知道。我是个孤儿。”

“你不是……有说你是药材商厉忠良的儿子?”

厉害苦笑了一下道：“不是。他只是有恩于我。”

安娜哦了一声，咀嚼着这个新信息，原来自己的母亲当初说的厉害的身世都不真实。“你也是孤儿，没想到。那天你说，‘一个没有亲情的人算不得亲人。我们都是你的亲人。’是故意刺激池田秀行的气话吗?”

“当然不是，是真心话。”安娜的眼睛变得水汪汪。他敏锐地感知到什么，有点不知所措。他望了一眼远处的戴维。昨晚，两个男人一起喝了顿小酒。

“安娜，戴维和我，还有四叔，我们都是你的亲人。”厉害伸出了手，一脸的真诚，“我比你大，两个孤儿，结个兄妹吧!”

安娜迟疑了下，释然地握住了对方的手：“好。哥，保重！后会有期!”安娜给厉害灿烂的一笑，旋即回转了身跑远了。

风风火火的样子。厉害想起了她的尖嘴利牙，他笑了。昨晚，戴维也说，安娜的刀子嘴可以杀人于无形。说话间，那双阔眉飞扬起来，笑得酣畅淋漓。

“根爷。”阿忠轻声唤道，在知道了一切真相之后，厉害依旧是他眼里的根爷。

厉害回过神来，审视着阿忠的表情：“出什么事了?”

“刚得到的消息，那小日本在狱中自杀了。”

意料之外，也意料之中。厉害的脑海里回荡着昨日的情景，他拉着安娜匆匆跨出大铁门，身后监狱大楼如同一只关着厉鬼的巨大铁笼子，那厉鬼撕心裂肺的绝望尖叫似要将铁笼震塌……如此聪明能干的人却终究跨不出认知的窠臼！

厉害回头望向来处，早晨的阳光笼罩下，戴维和安娜相对而立的身影散发着温馨的光晕，朦胧如画。

“安娜小姐那边……”阿忠迟疑道。

厉害思索了下，轻轻摇摇头：“我们走吧。”

昨半夜，信使终于送来了碰头信息：明午十二点整，青莲阁茶楼莲花厅。风雪夜归人。

厉害踌躇满志地踏进车里，与等候自己的四叔相视一笑，朝阿忠道：“启程！”晨风迎面，前路有着太多的未知，也有着重重的危险，但他知道他心向往之。

安娜看着厉害的车远去。

戴维低着头，抽着烟，沉浸在自己的过往中。这是他第一次正视自己的内心深处，也是第一次打定主意，朝一个女人袒露自己的心声。

“……当我知道自己非养父母亲生，而他们又不肯告诉我真相时，我出走了，一走就是十几年。我自以为看透了世事，哪怕是至亲，人与人之间也都是自私、欺骗、虚伪。待我隐约知道了我母亲的经历后，我更是失望，为她可惜、为她痛心。”

戴维吐出一圈烟，望着烟圈慢慢地变化升腾，他的心境也变了：“现在，我终于发现，他们是相爱的，是幸福的。旁人不必为我母亲可惜，觉得她不值，毕竟她拥有了一个人一生的思念。”

阳光下，戴维的眼中某些东西晶亮地闪过。

"母亲和教堂，应该是我父亲内心最最看重的，他将两者放在了一起。"

这是昨晚厉害的观点，戴维非常赞同。这一个多月，相遇、相约、相救，协同抵御疾风暴雨，共享一段人生，两个陌生人成为最投缘的朋友，也是最成功的搭档。

戴维弯下腰，捡起两本《谜趣集锦》，端详着安娜："商量个事，这书，你帮我保存，行吗？要是——你急着嫁人不方便就算了。"

"呸！是你自己急着找老婆，怕带在身上引起误会吧？"

"呀？你怎么都知道啊？"

"你！"安娜满脸不屑，"这么猴急，你咋不赶紧去登个征婚广告啊？"

"没钱啊，钱不是给捐了吗？"

"省省吧，留得青山在，你还会愁不来钱？"

戴维灭了烟头，看着安娜："你以前叫什么来着？"

"我？"安娜很惊讶，戴维第一次主动对别人的过往感兴趣，"银凤，怎么了？"

"银——凤，没有什么戴维了，这世上只有宝根。我打算回老家，养好了伤，找个安稳的方式过日子。"

"季忠仁先生不是想请你留下来吗？"

戴维摇摇头："我自由惯了。再说我也不想继续留在上海。那是戴维玩的地方。"

"那你——"

"哎，你说，我是先征婚呢？还是先征个护士呢？哦，对了，你不愿意帮我保存书，我还得征个图书管理员呢，天呐，那得多少钱啊！厉害说，你聪明，你一定有法子帮我省点钱。是吧？"

"尽打我主意！你们男人没一个好东西！"

附：建筑原型对照表

大江东流，斯人已去，人间已换。今天的我们，徜徉在魔都街头，依然可以邂逅诸多的存在，寻觅曾经善恶相争、智慧相搏的气息。这里的建筑原型对照表，或许可为感兴趣的读者提供一份今日探寻“密藏”的行走路线。

建筑	小说中的存在	真实情况
雷上达路	季公馆所在的马路。	曾是法租界高档住宅所在地之一。现今名为兴国路。
季公馆	季家住宅。	此住宅为虚构。建筑参考对象：爱庐（今东平路 9 号），现为上海音乐学院中等音乐专科学校。
宝隆医院	小说中多人住院、寻找宝藏线索之地。	现为第二军医大学长征医院（凤阳路 450 号）。历史建筑仅存一栋西式小楼。
许家集教堂	季世卿所设计的教堂，藏宝之地。	此教堂为虚构。建筑参考对象：徐家汇教堂（今徐家汇蒲西路 158 号）。

续　表

建筑	小说中的存在	真实情况
望平街	派报行所在地。	一条小马路，曾开有数十家报馆，享有“报馆街”的美誉。现为黄浦区山东中路的一部分（南起福州路、北到南京东路之间）。
德大西菜社	戴维初次约见季家人的地方。	是上海最老的西菜社。原址在塘沽路 177 号。现在有多处分店，南京西路 473 号/云南南路 2 号等。
老闸捕房	安娜、戴维、厉害逃生路过。	公共租界内的一个巡捕房。现为上海市商贸旅游学校（南京东路 750 – 768 号/贵州路 101 号）。
公济医院	罗思嬷嬷工作的医院。	该医院曾是国内最大的西医院。1952 年更名为上海市第一人民医院，现历史建筑仅存一栋附楼（北苏州路 190 号）。
大世界游乐场	戴维第二次与季家接头之地。	今西藏南路 1 号（延安东路口）。
法租界巡捕房	戴维与安娜多次被关、戴维认领养父母尸首的地方。	法租界有多个巡捕房（小说中未写明两人被关的是哪个巡捕房），其中，中央巡捕房在薛华立路（今建国中路 22 号）。现为黄浦区人民检察院。
爱文义公寓	菊妹的西服定制店所在地。	现名联华公寓，公寓共有三排（位于北京西路 1341—1383 号，铜仁路 330 弄，以及南阳路 208—228 号，即北京西路以南，铜仁路以东，南阳路以北的三面临街地块上）。
卡尔登大戏院	厉害借打桌球与人接头的地方。	1954 年改名长江剧场，位于今黄河路 21 号。1990 年代因建筑老旧被拆除，现为新建建筑。
顾家宅公园	厉害与师傅接头地点。	现为复兴公园（复兴中路 516 号）。
马斯南路	柳莎的面包店所在地。	现今名为思南路。面包店为虚构。
圣约翰大学	俊生工作的单位。	旧址现为华东政法大学长宁校区（万航渡路 1575 号）。

续 表

建筑	小说中的存在	真实情况
广学大楼	俊生的工作地点。	小说故事发生时，圣约翰大学正借在此楼办学。现今地址：虎丘路 128 号。
东正教三一教堂	戴维与白俄黑帮接头的地方。	此教堂为虚构。建筑参考对象：东正教圣母大堂（今新乐路 55 号）。
亚尔培路亨利路口	柳莎被撞死的地方。	今陕西南路新乐路口。
礼查饭店	季忠仁秘密隐居之处。	上海第一家现代化豪华宾馆。1959 年以后改名浦江饭店（今黄浦路 15 号）。
老半斋	世轩提及想吃老半斋的肴肉面。	上海有名的老字号淮扬菜馆（今福州路 600 号，近浙江中路）。
贝勒路仁和里	小说中戴维的养父母家所在之处。	贝勒路即现在的黄陂南路。 仁和里为虚构。建筑参考对象：步高里（今陕西南路 287 弄）。
天蟾舞台	季忠仁介绍戴维与四叔接头之处。	现为天蟾逸夫舞台（福州路 701 号）。
外白渡桥	阿廖沙绑架罗思嬷嬷等人路过。	连接黄浦区和虹口区的桥梁，中国第一座全钢结构铆接桥梁和仅存的不等高桁架结构桥梁。
诺曼底大楼	四叔与绑匪联络接头之地之一。	中国第一座外廊式公寓大楼，现名武康大楼（淮海中路 1850 号）。
法租界公董局	小说中阿廖沙提及。	1930 年代的法租界公董局，位于今淮海中路 375 号。
先施公司	大少奶奶雅萍为支开宝莲，让她去那里买瓶香水。	该公司是中国人开办的第一家现代百货公司。1930 年代的先施公司所在地为今上海时装公司（南京东路浙江路口）。
南市福佑路	泥鳅的家所在地。	南市的一条街道，东西走向。东起人民路，西至旧仓街。今以小商品市场闻名。
西园	阿昌逃跑，被戴维等人抓获之地。	即豫园，在黄浦区的老城厢东北部（今安仁街 218 号）。

续 表

建筑	小说中的存在	真实情况
国际饭店	四叔与家辉交谈中提及。	1930 年代远东第一高楼。现今地址：南京西路 170 号。
葛罗路	俊生家所在地。	今嵩山路。
平昌里	俊生的家所在里弄。	此里弄为虚构。参考建筑对象：渔阳里（今淮海中路 527 号）。

图书在版编目(CIP)数据

假面真探 / 张晓流著 .— 上海 ：上海社会科学院出版社，2023

ISBN 978 - 7 - 5520 - 4191 - 0

Ⅰ. ①假… Ⅱ. ①张… Ⅲ. ①侦探小说—中国—当代 Ⅳ. ①I247.5

中国国家版本馆 CIP 数据核字(2023)第 133207 号

假面真探

著　　者：张晓流
责任编辑：王　睿
封面设计：陈　昕
出版发行：上海社会科学院出版社
　　　　　上海顺昌路 622 号　邮编 200025
　　　　　电话总机 021 - 63315947　销售热线 021 - 53063735
　　　　　http://www.sassp.cn　E-mail：sassp@sassp.cn
照　　排：南京前锦排版服务有限公司
印　　刷：上海盛通时代印刷有限公司
开　　本：890 毫米×1240 毫米　1/32
印　　张：12
字　　数：305 千
版　　次：2023 年 9 月第 1 版　　2023 年 9 月第 1 次印刷

ISBN 978 - 7 - 5520 - 4191 - 0/I·501　　定价：68.00 元